《山西农民报》记者历时一年全景记录

决战决胜

山西省58个贫困县的产业扶贫故事

《山西农民报》编辑部 编著

山西出版传媒集团
山西人民出版社

图书在版编目（CIP）数据

决战决胜：山西省58个贫困县的产业扶贫故事 /《山西农民报》编辑部编著. —太原：山西人民出版社，2022.10
ISBN 978-7-203-12162-6

Ⅰ.①决… Ⅱ.①山… Ⅲ.①纪实文学—作品集—中国—当代 Ⅳ.①I25

中国版本图书馆CIP数据核字（2022）第167167号

决战决胜：山西省58个贫困县的产业扶贫故事
JUEZHANJUESHENG SHANXISHENG 58GE PINKUNXIAN DE CHANYE FUPIN GUSHI

编　　著：	《山西农民报》编辑部
责任编辑：	高　雷
复　　审：	武　静
终　　审：	梁晋华
装帧设计：	郝彦红

出 版 者：	山西出版传媒集团·山西人民出版社
地　　址：	太原市建设南路21号
邮　　编：	030012
发行营销：	0351—4922220　4955996　4956039　4922127（传真）
天猫官网：	https://sxrmcbs.tmall.com　电话：0351—4922159
E-mail：	sxskcb@163.com　发行部
	sxskcb@126.com　总编室
网　　址：	www.sxskcb.com
经 销 者：	山西出版传媒集团·山西人民出版社
承 印 厂：	山西出版传媒集团·山西新华印业有限公司
开　　本：	720mm×1020mm　1/16
印　　张：	24.75
字　　数：	330千字
版　　次：	2022年10月　第1版
印　　次：	2022年10月　第1次印刷
书　　号：	ISBN 978-7-203-12162-6
定　　价：	72.00元

如有印装质量问题请与本社联系调换

前　言

习近平总书记强调："发展产业是实现脱贫的根本之策。要因地制宜，把培育产业作为推动脱贫攻坚的根本之路。"

有了产业，就能有富足的生活。打好打赢脱贫攻坚战，出路在产业、希望在产业、关键在产业。

变"输血式"扶贫为"造血式"扶贫，变"开发式"扶贫为"参与式"扶贫，变"常规式"扶贫为"超常规式"扶贫。2016年新一轮脱贫攻坚启动后，山西紧紧围绕"一村一品一主体"的产业扶贫总思路和总抓手，以市场为导向，以项目为载体，以措施为保障，以"五有"为目标，把特色产业扶贫工程放在脱贫攻坚八大工程之首，有效促进贫困地区产品变商品、收成变收入、服务变劳务，培育形成了一大批有价值、能复制、可推广的产业扶贫好典型，蹚出了一条山西特色的产业扶贫之路。

宣传产业扶贫胜利成果，总结产业扶贫典型经验，挖掘产业扶贫山西故事，弘扬新时代脱贫攻坚精神……作为山西一家服务"三农"的主流媒体，从2018年5月15日起，《山西农民报》怀着对脱贫攻坚的政治担当和职业自觉，在山西省农业厅的大力支持下与山西省特色产业扶贫工作领导小组办公室携手启动了产业扶贫暨"一村一品一主体"大型采风活动，集结全体记者，以"采访不落一个贫困县"的坚定决心，分批次向全省58个贫困县进发，用笔和镜头去表现那些有价值的、接地气的、有烟火气的第一手材料。

在采访实践中，《山西农民报》的记者们始终认定与时代同行，报道产业扶贫是一件十分有意义的事情；始终抱定一定要为农民做点什么，一定要用扎实的采访作风和朴实的文风表现脱贫攻坚大时代的壮美画卷和奋斗精神，凸显党的新闻工作者的价值追求和新闻理想。

把采访作为报社"住村采访"品牌又一个衍生的"自选动作"，上至社长总编，下至普通记者，翻山越岭、进村入户、田野记录、炕头唠嗑，大家不辞劳苦、无怨无悔，历时13个月，走遍了全省58个贫困县，行程4万多公里，以解剖麻雀的精神，聚焦特色产业、科技引领、模式创新、融合发展等篇章，相继为读者和社会捧出了58个各具特色的县域产业扶贫路径整版稿件。

平顺的中药材、隰县的玉露香梨、大同县的黄花菜、吉县的"金苹果"、交口县的食用菌、岚县的马铃薯、娄烦县的光伏产业、繁峙县的畜牧业……一个个亮点产业被发掘报道，一个个脱贫故事被精彩呈现。

壶关县的"多轮驱动"、五寨县的"政府助跑"、右玉县的"绿里淘金"、代县的"借势发力"、交城县的"主体带动"、永和县的"扬长避短"、宁武县的"依村兴旅"……一个个创新模式被广泛宣传，一个个贫困村庄蜕变提质，一个个贫困家庭唱响"翻身道情"。

微光成炬照征程，涓水成河汇磅礴。

《山西农民报》这一史无前例的超长系列报道，跳出了常规套路，把模式和典型写出了新色彩，用一个个鲜活的案例、一张张灿烂的笑脸，一幅幅幸福的图景，生动地回答了"脱贫攻坚为什么能"等彰显大历史、大主题、大情怀的时代命题，用新闻的语言深情记录了山西脱贫攻坚的伟大功绩，为打赢脱贫攻坚战贡献了党的新闻工作者的智慧和力量。

感谢时代，感谢历史。不负时代，不负韶华。

岁月水波相逐，历史川流不息。《山西农民报》主动融入时代，全员践行"四力"，浓墨重彩推出的产业扶贫大型报道必将载入山西新闻发展史册，载入山西脱贫攻坚厚重的史册。

脱贫摘帽不是终点，而是新生活、新奋斗的起点。

我国已如期全面建成小康社会，现已进入全面实施乡村振兴战略的新阶段。产业发展是脱贫攻坚的根本，也是振兴乡村的基石，继续培育壮大产业是脱贫攻坚与乡村振兴最直接、最有效的衔接点。从这个层面来看，《山西农民报》把产业扶贫报道汇集成册出版，希望能对乡村产业振兴起到一点借鉴和启示作用，希望我们的愿望能够实现，让我们继续为山西乡村振兴添砖加瓦加油鼓劲！

《山西农民报》编辑部
2022年10月

CONTENTS 目 录

平顺：脱贫攻坚中药材产业"唱大戏"…… 王　涛　柴俊杰 / 001
壶关县：多轮驱动让特色产业遍地开花…… 王　涛　白慧磊 / 007
左权：靶向精准，吹响脱贫攻坚号角……… 刘　雅　贾昕宇 / 013
一颗玉露香：一条脱贫路　一个小康梦
　　——隰县产业扶贫深度调查………………………… 金建强 / 019
静乐：产业带动奏响脱贫新乐章……………………… 柳　飞 / 025
平陆：发挥区位优势　多条腿走产业致富之路
　　………………………… 刘桂梅　杨晓青　裴彦妹 / 031
垣曲：特色产业齐头并进　脱贫致富独具一格
　　………………………… 刘桂梅　裴彦妹　杨晓青 / 038
浮山：打造产业集群　助力脱贫攻坚
　　……………………………… 曹　鑫　卫　琦　高生芳 / 045
灵丘县：把绿水青山变成金山银山… 何彩仙　白慧磊　张美丽 / 051
安泽："脱贫三件宝"带着老乡奔小康
　　……………………………… 史晶雯　曹　鑫　韩　晶 / 058

沁水：村村有本精准产业致富经

………………………………何彩仙　张美丽　王小东 / 064

阳曲县：多方合力为特色产业精准脱贫树起标杆

………………………………………………柴俊杰　米　玲 / 071

夏县：成就区域品牌　打好脱贫战役

……………………………刘桂梅　杨晓青　裴彦妹 / 077

陵川县：筑"太行药乡"　兴富民产业

………………………………何彩仙　白慧磊　王小东 / 084

万荣县："瞄准靶心"精准脱贫…………………马建军 / 091

沁县：产业带村　能人带户……………………赵跃华 / 097

闻喜：汇聚全县之力巩固脱贫成果……………马建军 / 104

昔阳：探索精准帮扶"多元路径"………刘　雅　贾昕宇 / 109

阳高："4+N"产业扶贫模式决战脱贫摘帽

………………………………………………米厚民　柴俊杰 / 115

广灵："三驾马车"跑出脱贫加速度………米厚民　何海亮 / 122

神池：健康养殖国际领先　扶贫路径多管齐下

……………………………刘桂梅　裴彦妹　林晓方 / 129

代县：借势发力　产业化铺就致富路……………杨继兴 / 136

宁武：多种模式齐发力　脱贫路上风光好

……………………………刘桂梅　裴彦妹　林晓方 / 142

大同市云州区：遍地黄花香　人勤产业旺…柴俊杰　何海亮 / 149

和顺：传统现代齐发力　脱贫致富有保障

………………………………………………刘　雅　贾昕宇 / 156

平鲁：扶贫产业开花结果　精神提振深入民心

……………………………刘桂梅　裴彦妹　林晓方 / 162

大宁：产业升级带动精准脱贫……………………柴俊杰　闫红星 / 169
天镇：扶贫产业"节节开花"…………………………马建军　柳　飞 / 175
永和：扬长避短兴特色产业……………………………………白慧磊 / 182
山阴：优势特色产业稳定带动脱贫
　　………………………………刘桂梅　裴彦妹　林晓方 / 189
榆社：坚持精准方略　促进产业融合
　　………………………………………………刘　雅　贾昕宇 / 195
蒲县：三大主导产业助农精准脱贫……………………………张美丽 / 201
古县：产业攻坚实干脱贫
　　………………………………林晓方　闫红星　王培亮 / 208
右玉：生态大县"绿里淘金"　发挥优势产业富民
　　…………………………………………………………柳　飞 / 215
浑源：黄芪产业扛起精准脱贫大旗……………………………杨晓青 / 222
畜牧企业"驾辕拉车"　攻坚贫困"挂挡提速"
　　——产业扶贫的"繁峙战法"………………王　涛　金建强 / 229
"3X+4145"模式开辟中阳产业扶贫新路径
　　………………………………………………曹　鑫　杨晓青 / 235
乡宁：巩固脱贫成果　提质持续发力
　　………………………………刘桂梅　裴彦妹　林晓方 / 241
柳林：夯基础　抓特色　踏上产业致富新征程
　　………………………………………………杨晓青　曹　鑫 / 248
吉县："金苹果"奏响新时代富民曲
　　………………………刘桂梅　裴彦妹　林晓方　王彦章 / 255
离石区：大力推进"六有"　为产业富民提速
　　………………………………………………杨晓青　曹　鑫 / 262

河曲：富民产业成就百姓脱贫梦……………………………何海亮 / 269
产业发力反贫困的汾西答卷………………………金建强 闫红星 / 276
武乡：红色战地变身脱贫热土……………………………赵跃华 / 283
方山：统筹整合资金 助农脱贫增收………………林晓方 杨应平 / 290
产业扶贫岢岚迸发新活力…………………………王 涛 金建强 / 296
偏关：产业富民"拔穷根"…………………………米厚民 柴俊杰 / 303
保德：变传统资源为优势产业……………………王 涛 白慧磊 / 309
企业领跑 政府助跑 贫困户跟跑
　　——产业扶贫助推脱贫攻坚"冲刺决胜"的五寨实践
　　………………………………………………王 涛 金建强 / 316
沁源：中药材拓宽百姓幸福路……………………………赵跃华 / 323
临县：特色产业圆了贫困户的增收梦……………………何海亮 / 329
岚县：立足资源禀赋 做大产业格局………………………柳 飞 / 335
立足"一主五辅" 致力产业富民
　　——看兴县精准脱贫如何跑出"加速度"…杨晓青 白旭平 / 341
做强特色 做大龙头 做好保障
　　——交口县产业扶贫模式调查……………………柴俊杰 / 348
石楼：依托区域优势 打响绿色品牌………………王 涛 柴俊杰 / 354
交城：强化主体带动 力推产业扶贫………………林晓方 柳 飞 / 361
特色产业开拓扶贫新路径
　　——五台县产业扶贫发力撬动农民增收脱贫走笔
　　………………………………………………金建强 金俊贤 / 367
娄烦：光伏、土豆全覆盖 "七朵金花"争异彩……张美丽 / 374

后记………………………………………………………………/ 381

平顺：脱贫攻坚中药材产业"唱大戏"

本报记者　王　涛　柴俊杰

4月中下旬是春播大忙季节。如果你在这时候走进地处晋东南的平顺县，会发现无论是在山坡上还是在深沟里，都会有农民在地里紧张地春播劳作。他们播种的不是庄稼，而是以潞党参、黄芩、柴胡等为主的中药材。

近年来，平顺县提出了建设全国一流中药材基地特色县的发展目标，通过政府引导、部门联动、龙头带动、合作共赢，全力打造中药材全链条产业，走出了一条太行山区产业扶贫新路径，被农业部推荐为全国特色产业扶贫中药材示范县。

全县域布局　奠定中药材种植的"王者地位"

张布云最近特别关心天气预报。"如果能在党参压苗后下一场及时雨，今年的收成就不用担心了。"张布云对记者说。

62岁的张布云是平顺县龙溪镇佛堂岭村村民，全家9口人、4亩多地，原来是村里的贫困户，但是近几年因为种植党参彻底脱了贫。

一说起种党参，张布云就禁不住地乐："以前地里种的以玉米谷子为主，零星也种点党参，但多年来只是零星种点卖了钱贴补家用，价钱也不高。"张布云说，随着近几年村里提倡规模发展种植党参，大家原来"以粮为主、以药为辅"的传统种植观念一下子颠倒过来，变成了"以药为主、玉米轮作"，去年他种的3亩党参一下子就卖了4万元。"以前种10亩玉米都顶不上现在种1亩党参的收入，挣下的钱不仅够自己开销，还能给在县城打工的两个儿子补贴一部分，规模发展党参真是太好了！党参成熟时专门有人来收购，种党参已经成为全村人的一项主要收入。"

张布云是平顺县已经脱贫的34713名贫困人口之一。地处晋、冀、豫三省交界处的平顺县是国家扶贫开发工作重点县，这里因山多而贫困，因与贫困做斗争而造就了闻名全国的"纪兰精神"。而这里独特的地貌特征和气候土壤条件，也孕育了丰富的中药材资源，且品质优良。全县有植物类中药材300多种、大宗中药材67种，有潞党参、连翘、黄芩等道地中药材十多种，堪称"中药材王国"。

近年来，平顺围绕群众脱贫增收大计，因地制宜，推出了全链条中药材产业发展的大格局，以"一村一品一主体"为抓手，确立了建设全国一流中药材基地种植县、打造太行山道地中药材第一品牌的目标，对12个乡镇的中药材种植进行全域规划、合理布局，建成潞党参、连翘、山桃、黄芩、黄芪、柴胡、欧李七大道地药材生产基地，形成中药材全域化、差别化、规模化、规范化种植体系，并成功引进了山西振东集团，出台了《推进50万亩中药材基地县建设的实施意见》和一系列招商引资奖励办法，通过"公司+政府+专业合作社+农户"的经营模式，开启了平顺县中药材种植从补贴家用到支柱产业的新路子。

截至目前,全县种植中药材的重点乡镇达到7个,占乡镇总数的58%;种植中药材的行政村达到202个,占总村数的77%。全县种植和野生抚育中药材面积达到54.56万亩,中药材总产值达到2.38亿元,种植户2.5万户,农民人均药材收入1760余元,其中涉及贫困人口1.58万。平顺发展中药材种植被农业部评为全国14个产业扶贫优秀范例之一,"平顺潞党参"和"平顺连翘"成功申报地理标志农产品,在全国叫响平顺道地中药材品牌。

全链条发展　龙头企业凸显脱贫攻坚带动作用

4月11日一大早,平顺县青羊镇路家口村村民路素玲就准时来到振东中药材公司在该村建的中药材多品种试验示范基地上班。她是该示范基地雇用的土地流转户劳动力,在基地主要从事中药材育苗田间管理工作,工资按天结算,每天60元。

路素玲说,她家里的2亩耕地自2014年开始就以每亩每年750元流转给了振东,"光租金就比原来种玉米收入多,另外每年从春天这个时间开始,就在这里给公司打工,会一直忙到秋收,这样挣钱顾家两不误,收入也比较稳定"。她说每天村里会有五六十人和她一样在这里务工,忙的时候还要从其他村雇人,公司结账也很及时,所以大家很满意。

振东中药材公司业务经理陈唯物告诉记者,该基地所在地是被当地称为中药材一条沟的车厢沟,全长12公里,涉及9个自然村、科技试验田1000余亩,基地对平顺没有种植历史的品种进行本土化试验,为全县中药材产业提供优质种子种苗。目前该基地已试验选育县外品种73个,推广品种32个。基地采取"公司+政府+专业合作社+基地+农户"的运行模式，并通过统一规划、统一播种、统一标准、统一管理，构建起了山、坡、田、路立体化种植布局，最终将车厢沟建成了种植面积达3万亩的中药材种植示范沟，惠及农户1866户，其中贫困户240户、土地400余亩；雇用流转户劳动力从事中药材田间管理工作，直接转移当地富余劳动力220余人，其中贫困人口180名。

该示范基地是山西振东集团在平顺县打造中药材全链条产业链中最重要的一环。2013年，山西振东集团投资5.5亿元，在平顺县打造50万亩中药材产业化基地建设项目，使传统的中药材种植实现规模化、基地化、产业化、现代化。振东集团着力发展种、产、储、购、销全方位的产业链条，直接带动2万多农户，使中药材产业成为促进平顺发展、增加农民收入的主要经济支柱。

"没有振东集团，平顺的中药材产业不会发展这么快。"平顺县农委主任刘忠虎说，龙头企业在全县中药材产业发展过程中的带动作用十分显著。

产业全链条发展是平顺县发展中药材产业的一大特色。在科研环节，该县携手中国医学科学院药用植物研究所、山西农大等科研院所，引进全国野生连翘和党参品种建成种植资源圃，深研筛选；在种植环节，每个乡镇建立标准化试验示范推广基地500余亩，选育推广适宜平顺种植的中药材品种；在销售环节，建立了"1部、10站、50个联系点"的中药材网格化收购体系，确保农户中药材种得出、卖得快；在仓储环节，建设了全国四大仓储基地之一的振东仓储基地，确保农户种植中药材应收尽收；在精深加工环节，引进培育了振东集团、众燊制药等一批中药材企业，研发生产了潞党参口服液、党参茶、党参脯、连翘茶等精深加工产品，提高了中药材的附加值。

全方位推进　构建经济主体与贫困户的利益联结机制

在采访过程中，有一个叫原红玉的农民被平顺县农委主任刘忠虎反复提及。

原红玉是中五井乡北头村双赢合作社的理事长。双赢合作社成立于2013年，共有108户农户，以种植党参为主。刘忠虎告诉记者，去年平顺县全县党参总产量为500多吨，而原红玉的双赢合作社就卖出去230余吨，仅此一项营业额超过1000万元。

双赢合作社能够取得如此辉煌的业绩，是和它灵活有效的运转机制分不开的。原红玉告诉记者，在合作社，他和村民签订合同，分工明确。他为农户提供种苗、肥料、技术服务，党参成熟后保底收购，如果涨价随市场上调收购价格；农户则提供土地和从事种植。合作社收购的党参作为资产和农户按三七分成（合作社为三，农户为七），之后合作社卖了党参还会进行利润二次分红。分红办法还是三七分成，但比例颠倒过来，即每获得利润10元钱，农户分3元，合作社分7元。原红玉解释说，这样的机制极大地调动了农户的主体积极性，为了追求更高的利润回报，农户会尽自己的最大努力把党参种好，把品质提上来。

双赢合作社是平顺县159家中药材种植专业合作社中的一个典型，其经营模式为"专业合作社+基地"。

而位于中五井乡龙峪沟村的平顺凝鑫扶贫攻坚造林专业合作社则属于"公司+专业合作社+基地"经营模式的典型。合作社负责人桑学军告诉记者，合作社今年和振东签订了1000亩种植中药材的合同，主要种植一年生的紫苏和两年生的柴胡。振东集团为合作社垫付种子款，提供技术服务，回收中药材，将来卖了中药材从中扣除种子款，解决了合作社资金周转困难的问题。桑学军算了一笔账："每亩柴胡产量可达到300斤，每斤能卖到二十七八元。紫苏每亩可产四五百斤，每斤能卖5元。折合下来收入可能每亩比党参要少点，但是柴胡比党参好经营，风险小。"

据了解，在中药材产业发展过程中，平顺县通过"公司+专业合作社+基地""公司+基地+农户""专业合作社+基地"等经营模式，引导企业和合作社采取订单农业、保护价收购、二次返利、贴息贷款等方式，把企业、基地、合作社、行业协会、大户和农户联结起来，建立稳固的利益联结机制。

平顺县的这几种发展模式也契合了山西省出台的《山西省特色产业扶贫工作领导小组"五有"产业扶贫机制标准》（试行）。"五有"就是指贫困村有脱贫产业、有带动主体、有合作经济组织，贫困户有增收产业项目、有劳动能力的有技能。"'一村一品一主体'关键在主体。产业扶贫需要遵循市场规律，让市场主体唱主角。只有政府引导和市场培育相结合，经济主体才能真正发展起来，并经受住市场的考验。否则，专业合作社就会沦为一个摆设，难以起到带动群众共同发展、共同抵御市场风险的作用。"刘忠虎说。

（2018年5月15日）

壶关县：多轮驱动让特色产业遍地开花

本报记者　王　涛　白慧磊

提起壶关县，恐怕大家首先想到的是太行山大峡谷神奇壮丽的山水风光。其实，这里不光有闻名遐迩的自然美景，还有令人啧啧称赞的农业特色产业。

如今的壶关县在旱地西红柿、食用菌、大棚蔬菜、中药材、花卉、乡村旅游等一批特色产业的多轮驱动下，打响了一场因地制宜、精准施策的脱贫攻坚决胜战役。

一颗西红柿让8000户贫困户甜到心里

"以前家里种玉米，一年下来收入顶不住开销，现在跟着西红柿种植专业合作社发展了20亩旱地西红柿，全年能挣个20万元！"店上镇绍良村农民栗胜军激动地说。

栗胜军口中的旱地西红柿是壶关近年来重点培育的特色产业扶贫项目。在旱地西红柿产业的发展路径上，该县重视合作社的带动作用，通过能人带动、市场调控、自我发展、自我壮大的方式，逐步让农民从旱地西红柿这个特色产业当中获得经济效益，体现了"合作社+农户"为主导产业的发展格局。

由于得天独厚的地理气候，该县培育出的旱地西红柿口感沙甜、风味浓郁，深受市场认可。虽说逐步形成了绍良村等十五六个种植专业村，但多年来分散经营的模式，让种植户难以摆脱坐等客商上门收购的被动局面。直到2008年，全县的旱地西红柿种植产业才在一名能人大户的带动下逐步显现出抱团竞争的优势。

这个能人叫栗交忠，店上镇绍良村人，为扶持姐姐、姐夫创业，"意外"从自己搞了20多年的服装生意上拿出时间、精力和资金，投入到旱地西红柿种植上，而这一干就再也没离开过。

2008年，栗交忠回村流转土地近60亩发展旱地西红柿种植，当年投入成本便全部收回。凭借多年在生意场上的经验，栗交忠认为种植旱地西红柿前景不错。为此，他在第二年就联合6名村民小组长出资成立了壶关县阳光种养专业合作社，流转本村100多户农户土地进行旱地西红柿种植。社员除了可以得到40%的利润分成外，还可以参与西红柿种植管理，而流转出土地的农户仍可在西红柿种植管理环节获得工资性收入。如果遇到亏损年份，其他出资社员只需承担30%的损失，栗交忠主动承担起70%的损失。

"谁让咱挑了这个旱地西红柿种植的大头儿呢？风险自然要多承担一些。"栗交忠告诉记者。

栗交忠从2008年到2012年一直在周边省份和省内跑市场，逐步与省内外大型连锁超市等一批大客户建立起稳定信任的合作关系，从而让他手中及种植专业村的优质旱地西红柿一直拥有畅通且价格相对较高的销售渠道。

"去年，我们村的西红柿地头平均收购价是每斤一块五毛钱，每斤比散户多挣五毛钱哩。"绍良村村民闫二扁称。

栗交忠认为，市场行情是左右不了的，只有保证自己种植的西红柿品质好，才能培育一个稳定的客户群体，有利于产业长远发展。

10年来，整个壶关县的旱地西红柿产业从无到有、从小到大，栗交忠既是一名种植大户又是全县旱地西红柿产业带头人。发展到今天，全县旱地西红柿种植面积接近5万亩，辐射带动全县约8000户贫困户，贫困户户均增收3500元。2016年壶关县旱地西红柿成功取得"国家地理标志证明商标"认证，成了该县名副其实的特色产业品牌。

企业领航　贫困户坐上食用菌产业"致富快车"

4月12日，记者来到位于壶关县的山西紫团生物科技有限公司食用菌产业园，工人们正在食用菌生产车间内熟练地将精选出的蘑菇封袋装箱。

"这批秀珍菇是准备出口到北美洲市场的。"山西紫团生物科技有限公司副总经理韩翠红指着伞盖直径只有二三厘米的秀珍菇说。

有谁能想到，这样在国外市场受到追捧的食用菌品种，就产自壶关县500多座食用菌种植大棚，众多贫困农户在食用菌产业当中脱了贫致了富。壶关县是山西省确定的出口食用菌质量安全示范区，而紫团生物公司则是该县最大的食用菌产业龙头企业，年生产各类食用菌3万多吨。公司在加快自身发展的同时，主动参与脱贫攻坚工作，在带动农民种植食用菌、解决农村贫困人口就业等方面作用显著。

该县龙泉镇三家村，这个以往以种植玉米为主的村庄，如今在紫团生物公司的引导扶持下，成功转型为食用菌种植专业村，村民见到记者说得最响亮的一句话就是"一个农户一个棚，科学技术为先行，立体种植食用菌，胜过玉米种一生"。

据三家村村委会主任秦先明介绍，为了更紧密地将企业与贫困户联结在一起，村里专门成立了长青食用菌种植专业合作社，负责全村食用菌产前、产中、产后各环节与紫团生物公司对接，进一步保障了种植户的利益。

为了走出一条企业不断做大、产业不断延伸、辐射带动力不断增强、持续带动贫困农民增收的路子，紫团公司逐渐探索出一条"三对三扶三分强"的帮扶模式，成为企业参与特色产业扶贫的助推器。

据韩翠红介绍，"三对"首先是企业与贫困农户建立点对点的合作关系，给贫困农户提供就业岗位，让其成为农业产业工人；其次是龙头企业与农民专业合作社结对子，建立战略合作伙伴关系，贫困农民通过入股农民专业合作社，成为合作社的成员；再次是龙头企业与基地结对子，建立合同协议关系，公司为基地合同农户提供全方位的帮扶。"三扶"就是为贫困农户提供资金、技术、市场的帮扶。而"三分强"就是说龙头企业帮扶的总量要超过当地贫困人口的30%以上。

在紫团公司扶贫模式的强力驱动下，目前，公司直接为农户提供就业岗位1600余个，其中为贫困农民提供的就有700余个；长治、晋城、临汾3市9县70个乡镇9000余户3.5万余农民在企业带动下增收显著。

引回"玉露香"　山村找到致富的良方

百尺镇西河村地处壶关南部山区，这里地处偏远，农民在山坡地上广种薄收，全村585户中就有240户贫困户，贫困人口占到全村人口将近1/3，大伙做梦都盼望着早日富裕起来。今年4月，几经考察的玉露香梨特色产业项目在该村一锤定音，1200亩梨树苗在当地安家落户，乡亲们终于看到了致富曙光。

众所周知，玉露香梨在山西省临汾市隰县的特色产业中一枝独秀，每年为当地农民带来不菲的经济效益。但玉露香梨不比旱地西红柿，在壶关县拥有悠久的种植历史和良好的市场口碑，它可是该县特色产业发展中的新成员。项目提出之初，曾饱受村民的质疑，如今这个项目为何能在当地生根呢？这事还得从今年年初说起。

山西省农科院果树研究所研究员、著名果树专家郭黄萍曾到百尺镇考察，通过土壤化验、查阅当地气候资料，提出当地适宜发展玉露香梨产业，这将是山区贫困群众脱贫的好途径，并建议当地干部群众实地去玉露香梨产业大县——临汾隰县学习取经。为此，壶关县乡（镇）村三级派人组成考察组于今年3月底前往隰县。考察期间，他们平生第一次品尝到如此清甜酥脆、肉细多汁的梨，详细了解了当地梨树种植、田间管理、梨农收益等产业发展情况。为了让群众对传说中的玉露香梨有个直观感受，考察组特地带回一箱梨让村民代表们边品尝边了解产业前景。

经过耐心细致的工作，全村绝大多数农户同意引进玉露香梨产业。但由于梨树挂果周期长、效益显现需要时间，大伙希望将自家的土地流转到专业合作社去统一管理、集中发展，这样农户的风险就能降到最低。

"我认为群众提出的建议解决了两个问题，一是可以降低产业发展初期的风险，二是适度规模有利于项目高标准高效率运行。"西河村党支部书记姜秦旺告诉记者，"所以大家统一思想后，村里就优先组织有意愿加入玉露香梨项目的贫困户自愿报名流转土地，同时依托村里原有的野山坡种养专业合作社，通过自筹资金和利用产业扶贫资金的办法，解决了地租、种苗引进、园区配套设施等一系列项目启动问题，保证在短短半个月时间让1200亩梨树苗全部定植。"

67岁的村民郭祥则说："我原来在电视里看过隰县玉露香梨种植效益高的新闻，所以村里动员大家流转土地栽梨树，我当下就同意了，把全家7亩地中的6亩拿出栽梨树，通过这个好产业，贫困户一定能富裕起来。"

百尺镇镇长牛王虹深有感触地说："过去，政府主导产业，百姓内心反感；如今，群众意愿为先，政府引导服务。政府角色变化了，群众自发自愿地参与到特色产业扶贫中，贫困群众成了真正的主角。"

事实上，旱地西红柿、食用菌、玉露香梨产业只是壶关县特色产业的一角，当地始终把坚持群众主体、激发内生动力作为特色产业扶贫的重要原则加以实践，从而形成中药材、花卉种植、规模养殖、干果经济林、光伏发电、乡村旅游、电子商务等一大批特色产业齐头并进的格局。在多轮共同驱动下，如今的壶关县逐步筑牢了脱贫产业，促进了三产融合，实现了农业增效、农村增绿和农民增收，进一步提高了全县的农业综合效益和竞争力。

（2018年5月23日）

左权：靶向精准，吹响脱贫攻坚号角

本报记者 刘 雅 实习生 贾昕宇

左权县位于山西省晋中市东南部，太行山主脉中段西侧，因1942年5月25日国民革命军第八路军副参谋长左权将军牺牲于此而得名，是著名的红色旅游地。这里是具有光荣传统的革命老区，在新时期脱贫攻坚的路上，左权县正迈着坚实的步伐大步前行。

产业是脱贫之基、富民之本。近年来，左权县把培育产业作为推动脱贫攻坚的根本出路，已初步形成了东南核桃、中北杂粮、沿河蔬菜、西部养殖产业大框架，同时，辅以中药材、光伏、电商、旅游等新产业、新业态。产业扶贫成为拉动贫困群众增收的有力引擎。

核桃之乡　用核桃迎接美好生活

左权盛产核桃，是"中国核桃之乡"，左权绵核桃还获得过国家"地理标志保护产品"的称号。近年来，该县依托这一传统产业，统筹空间布局，让核桃成为群众的"摇钱树"。据了解，目前左权全县主产区8个乡镇核桃种植面积36万亩，主产区贫困户实现核桃树栽植和综合管理全覆盖，人均核桃树达到2亩以上。2016年、2017年分别实施核桃树栽植项目1万亩，核桃经济林改造提质增效工程5万亩，全县形成优质高效核桃经济林12.75万亩，核桃产量达1200万公斤，产值2.4亿元，主产区22283名贫困人口人均核桃树种植面积达到2亩以上，贫困人口人均增收1700元。

拐儿镇是产核桃的大镇，4月25日，记者来到拐儿镇寺坪村。据村干部介绍，该村共有438户1037口人，其中贫困户164户，共计445人。该镇寺坪村是纯农业村，核桃产业是这里经济发展的特色产业，耕地面积2300多亩，全部种植核桃，亩产90公斤。精准扶贫攻坚战开展过程中，该村按照深化联动、精准帮扶、责任到人、限期脱贫的工作思路，以持续增加收入为核心，坚持干部结对到户、帮扶措施到户、项目资金到户、跟踪服务到户的原则，持续壮大核桃林高接换优工程、成年劳力外出务工、光伏发电增收工程等增收产业。

"过去地里主要以种玉米为主，再种点小杂粮。小杂粮主要用来吃，一年到头就能卖点玉米，也就七八千块钱。"寺坪村村民孟书红讲道。孟书红现年57岁，是村里的贫困户，育有一儿一女，有十多亩地。近年来全村大规模种植核桃，孟书红把自家的十多亩地也拿了出来，政府还帮助安装了光伏发电设备，"改种核桃之后，一年能卖一万多块，改良品种后亩产量还能增加，到头来一年还能再赚不少"，她说。

寺坪村从1998年开始计划发展核桃种植经济，到2003年开始量化种植，经过十多年的发展，全村核桃种植已经粗具规模。在发展过程中，品种不好、亩产不高成为困扰种植户的一大难题。2012年，部分村民开始着手改良品种。在此举带动下，全村开始有规划、成批次地进行品种高接换优，去年改良100亩，今年预计还将完成300亩耕地的核桃品种改良。

在精准扶贫的攻坚战中，寺坪村在左权县委、县政府的统筹带领下，正通过科学有效的方法，带领全体村民，伴随着"一村一品一主体""一乡一业"的大力推进，在全面脱贫的路上大步前行，让"中国核桃之乡"的称号在全国叫响。

有机杂粮　合作社牵头带动全民脱贫

杂粮产业是左权县又一产业扶贫的重要项目。该县利用天然的区位优势和自然条件，积极发展杂粮种植产业，其中影响力最大的当数左权县龙鑫种植农民专业合作社。

该县龙泉乡连壁村的龙鑫种植农民专业合作社坚持主打有机杂粮、兼顾多项经营。目前合作社建设有机杂粮基地2600亩和年机加工杂粮1000吨加工厂1座。张国忠，龙鑫种植农民专业合作社的创始人、法人代表。2002年下岗后开过饭店、超市、洗煤厂，2008年开始组建合作社。"当时看到农村荒废土地很多，组建合作社的目的就是发展现代化农业，整合土地。那个时候很多人都难以理解这种模式，没有人愿意加入合作社。"

经过几年的发展，目前合作社已有社员130户，其中贫困户43户，以连壁村为中心，辐射周边3个行政村、5个自然村，此外还有邻县武乡县两个乡镇的7个乡村。农户通过自己的土地入社，由合作社统一安排对农户进行种植方法的培训，此外将种子、地膜等免费发放到农户手中，待到秋收时节，合作社以统一价格对粮食进行回收销售。"过去农户卖粮食要看粮贩的脸色，人家说多少钱就是多少钱，现在通过合作社统一收购，提供稳定的收购价，农户再也不用担心卖不出去的问题。"

　　拿上年入社的洞子崖村来说,该村贫困户占到了全村的八成。2017年该村拿出100亩耕地进行试验,55岁以上的农户优先加入,共有60多户加入合作社,每亩地平均收入在1200元左右,较上年每亩地收入翻了一番。为了帮助贫困户尽快脱贫,龙鑫合作社还有一套自己的方法:合作社将整合来的土地拿出一部分,以每户两亩分给各贫困户,由贫困户负责种收管理,每亩地1500元,实行亩产无责任制,即这两亩地的产量与贫困户无关。通过这样的方法,能够使贫困农户额外收入3000元。此外,在农闲时分,这些农户还能到合作社来做工增收。这种多元化的方法大大调动了农户的积极性,也加快了这些贫困户摆脱贫困的步伐。

　　龙鑫种植农民专业合作社主打有机杂粮,"目前合作社已有2650亩被国家认证为有机土地,这就像是人的身份证一样,让这些土地有了身份。我们联合了太谷玛钢厂,所产有机杂粮远销广东、福建等地。"张国忠说,"下一步我们还要将合作社做大做强,目前有5700亩耕地正在申请有机认证,未来还计划开一个年产2万吨的有机肥料厂,既能够帮合作社节省成本,又能利用农村的牛羊粪、秸秆等资源,最主要的还能让农户增加收入。"张国忠告诉记者,想要让农民摆脱贫困,就要规模化发展,合作社要尽可能地做大做强,辐射更多的地方,帮扶更多人脱贫,为全面实现小康社会贡献自己的一份力。

　　龙鑫种植农民专业合作社坚持规模化发展,作为山西省唯一一个有机基地,2015年被环保部命名为"全国有机杂粮生产基地"。在"一村一品一主体"的大力推进下,龙鑫合作社发挥了带头作用,在精准扶贫的道路上奉献着自己的力量。

左权小南庄　西红柿也能鼓腰包

小南庄村地处太行山腹地，全村1148口人，人均年纯收入2800元以下的贫困人口占总人口的68.9%。村里无矿产资源、无生产加工企业，绝大多数村民以种植玉米、核桃为主，完全靠天吃饭，增收乏力，自国家精准扶贫工作开展以来，小南庄村结合自身特点，发展西红柿种植产业，收效颇丰。

种植西红柿之前，村里的贫困人口脱贫困难，只有一少部分村民在蔬菜种植上做点文章，但始终没有形成大的气候。直到2015年，新来的"第一书记"任晋才与村里的干部一起，开始着手改变这一现状。邓雁春是任职23年的老支书，对小南庄村的困难看在眼里、急在心里，"虽然县农业、水利、扶贫等部门前几年在小南庄扶持打造拱棚设施蔬菜产业链，但大部分农民因为资金、技术等原因，还在以种玉米为生。一些种植大户单枪匹马出去闯荡，但始终没有形成一个有力的集体"。

任晋是省审计厅的年轻干部，有知识，有朝气。他与老支书邓雁春一致认为要想真正脱贫，没有支柱产业是不行的。"种西红柿是个好产业，打好这个时间差，就能为农民种下摇钱树"。二人的通力合作兼顾了经验、阅历与知识、创新的融合，小南庄在二人的带领下开始有了起色。

任晋、邓雁春和村干部商量后，确定了新建150亩蔬菜大棚建设项目，发动村民调地换地、踊跃报名建新棚，并积极协调左权县农委争取工棚建设资金每亩1万元。在他们的努力下，2015年，小南庄的西红柿实现了产量和价格的双丰收，并在河北邯郸、邢台以及山西省的阳泉等地打出了品牌，实现了"一亩园十亩田"的效益，成为左权县最成功的设施蔬菜种植基地。2016年，小南庄村在上年的基础上，又新建了50亩大棚，预计可产西红柿150万公斤，种植户年均收入达到2万元。随着收入的提高，群众的积极性变得高涨，还吸引了在外务工的青壮年回乡创业。为了进一步扩大规模，开拓市场，同年小南庄村还新建了一个200平方米的灌溉水池及输水管线，并对319省道西侧的大片一类耕地进行改造整理，统一规划，实行连片开发利用，为后续新建蔬菜大棚打好基础。此外，村干部还积极联系了左权县妈妈传农产品开发公司和太谷县瑞和种植合作社，并与他们签订收购协议，解决了村民的销路之忧。

目前小南庄已经开始着眼于长远发展，制定出打造大棚设施蔬菜、红色生态乡村旅游、绿色环保种植养殖、对外劳务输出4个产业链。多管齐下不仅让小南庄摆脱了贫困，还带动了周边地区的脱贫工作。

左权县在精准扶贫、全面脱贫工作中，坚持不落下任何一人，不断完善扶持产业清单、产业对户清单、项目实施清单，确保每一分资金都用在帮助贫困户增收上，每一个项目都对接在贫困户身上，力争保质保量完成脱贫任务，打赢脱贫攻坚战役。

（2018年5月29日）

一颗玉露香：一条脱贫路　一个小康梦

——隰县产业扶贫深度调查

本报记者　金建强

实现脱贫致富，归根到底要靠产业支撑。正如习近平总书记强调，发展产业是实现脱贫的根本之策。要因地制宜，把培育产业作为推动脱贫攻坚的根本之路。

新一轮脱贫攻坚战启动以来，隰县以玉露香梨（以下简称"玉露香"）为主攻方向，栽玉露香树、打玉露香牌、谋玉露香事、造玉露香势……以"一颗梨"穿针引线，深入践行"一村一品一主体"和贫困村"五有"扶贫新机制，写就了一个产业扶贫的好模板，托起了全县8万农民的小康梦。

解码隰县模式，探寻隰县理念，总结隰县做法，那就是带领贫困群众脱贫奔小康，关键要因地制宜选好产业、发展产业、做强产业，让脱贫可持续，让致富有支撑。

一个量身定做的战略抉择

隰县，地处晋西吕梁山南麓，属黄土高原残塬沟壑区，土地零散瘠薄，发展农业一直靠天吃饭，农民增收困难，国家级贫困县的帽子像个"紧箍咒"一直扣在头上。截至2015年底，全县97个村8万农业人口中，仍有建档立卡贫困村79个、贫困人口1.5万余户3.9万余人。

上苍好像一位会玩平衡的高手，给某一地域一块"短板"，也就顺带给这一地域一块"长板"。上苍赋予隰县独特的"长板"就是海拔高、光照足、昼夜温差大、土壤有机质含量高。隰县是国际、国内梨果专家公认的生产优质梨果的理想地带。我国最古老的诗集——《诗经》里就有隰县种梨的记载。美中不足的是，这里几乎村村都有的梨树园子，却或因品种或因管理或因销售，并没有让隰县农民从根本上摆脱贫困。

如何立足区域优势，扬长避短？如何进行差异发展，错位竞争？

面对巨大的现实和别无选择的立地条件，隰县县委、县政府在充分调研的基础上，于2008年果断提出："力推梨果提质……对于梨果产业要坚持一张蓝图绘到底、一任接着一任干、一脚油门踩到底……"与此同时，玉露香以独一无二的品质以及良好的市场潜力，被定位为带动全县农民脱贫致富的当家品种和不二选择。

战略敲定了，政府的角色和定位也定了，那就是当好"服务员"，服务果业、服务果农、服务果商，服务整个产业链条，驾好辕、拉好车。

从2010年开始，隰县主攻玉露香，响亮地提出了长抓"四配套"、短抓"六环节"的"保驾"措施。"四配套"即果水配套、果肥配套、果与林下经济配套、果与科技配套;"六环节"即栽、接、管、防、储、销,六个轮子一起转。尤其是在果与科技配套上,隰县先后上百次邀请国家梨产业技术体系、省农科院果树研究所和山西农大的专家前来规划产业的整体布局和对果农进行技术培训,一举打破了玉露香在栽培上的诸多瓶颈。

一项驱赶贫困的特色产业

暮春时节,记者深入隰县下李乡、午城镇、寨子乡采访。

放眼远望,山接着山,沟串着沟,塬连着塬……在这貌似贫瘠的黄土地上,却是一番充满无限希望的景象:山塬上成片成片的果树蔚为壮观,河川里整齐划一的密植园绵延伸展,一眼望不到头的梨花如雪似海、喷香吐艳……

沉醉于这"世外梨园",记者不由自问,这是在贫困县,还是一次美丽的乡村邂逅?

一颗玉露香究竟是如何演变成一项驱贫产业的呢?

来自隰县人民政府的数据显示:以"隰有梨,稀有好梨"为响亮宣传口号,截至2017年,该县玉露香面积已发展到23万亩,挂果面积达到4.3万亩,产值1.2亿元;建起了150个玉露香示范园,辐射带动贫困户科学栽种;全县有80%的耕地栽植果树,80%的农民从事果业生产,80%的农业收入来源于果树;75%以上的建档立卡贫困户栽植玉露香;有129个农民专业合作社专门吸纳贫困群众发展玉露香。

特别是近3年来,该县累计帮扶贫困户2210户栽植玉露香1.2万亩,重点狠抓了"快栽""快接"两大环节。"快栽"即每年动员贫困户新发展玉露香6000亩以上;"快接"即鼓励贫困户对品质低、效益差的老梨园进行高接换头,每年改造4000亩以上。隰县把玉露香为主的产业扶贫纳入年度考核,把考核结果作为评价、使用干部的重要依据。

与此同时,该县加大产业信贷支持,对贫困户发展玉露香小额信贷实行果园实体担保,对梨果专业合作社及龙头企业收贮、加工、营销所需贷款实行低息优惠;对新栽玉露香贫困户免费提供秸秆还田服务,优惠提供苗木、地膜等物资;大力推广"企业+贫困户""公司+基地+贫困户""合作社+基地+贫困户""政府+金融+企业+农户+贫困户"等模式,鼓励龙头企业建立股份合作的紧密联结和梨果订单、购销合同等半紧密联结,带动贫困户种梨脱贫、种梨增收;大力实施电商扶贫工程,通过创建"一码两站两园"(隰县玉露香梨二维码追溯系统,隰县玉露香原产地电商平台网站、微站,隰县电商众创园、电商体验园)电商扶贫运营模式,帮扶贫困户做到好卖梨、卖好梨、卖好价。

推进脱贫攻坚,推广"五有"扶贫新机制,有了拳头产业,必须还要有强有力的带动主体。只有拳头产业和带动主体相辅相成,带动主体主业突出,贫困户才会有业可从、有企可跟、有股可入、有利可获,在脱贫的路上才有保障、才有奔头。

隰县学红生态农业种植专业合作社就是这样一个"嫁接"了玉露香产业的带动主体。地处寨子乡上桑峨村的这家合作社目前吸纳80户农民入社,通过流转农户土地建起大棚32个,专业从事培育玉露香苗木。合作社实施"五统一",即统一供种、统一操作规程、统一技术培训、统一签订合同、统一销售,确保苗木出圃达标,年生产苗木达到了30万株。

4月14日，合作社理事长张学红向记者介绍，合作社通过土地流转带动4户贫困户脱贫，通过季节性务工带动7户贫困户脱贫，同时辐射带动周边6户贫困户彻底拔掉了穷根。

政府推动、龙头带动、科技驱动、电商牵动……一颗玉露香火了穷山庄，乐呵了贫困户。该县寨子乡峪里村贫困户马志明兴奋地说："去年县上免费为咱栽了18亩玉露香梨，俺家的脱贫有戏了。"午城镇午城村贫困户孟燕向记者透露，去年他抱着试试看的态度参加了县里组织的农民电商培训，今年光网上卖梨就收入两三万块钱，他已经申请要摘掉贫困的帽子。

像马志明、孟燕一样，目前隰县有723户3772口贫困人口靠发展玉露香为主的梨果业走上了脱贫致富路。据悉，"十二五"时期，该县梨果产业累计带动5930户12829人增收脱贫，预计到"十三五"末，梨果产业将带动3264户8601人脱贫致富。

隰县扶贫开发中心主任张强对记者说，毋庸置疑，玉露香就是隰县脱贫的好路子，就是农民致富的金点子。

一条通往小康的范本之路

2016年完成了34个村6598口人的脱贫任务，跻身全省脱贫攻坚第一方阵；2017年，完成了21个贫困村整体脱贫，8000口人脱贫，贫困发生率由15.6%下降到9.6%；2018年目标：全县整体脱贫摘帽……

可以说，隰县脱贫攻坚之所以能够跑出加速度，之所以脱贫脱帽能够有底气，一颗玉露香确确实实是起到了扛鼎的作用。同时，今天的一颗玉露香已不仅仅是隰县产业扶贫的一个助推器，更是撬动县域经济跃升的一根准杠杆。

以梨为媒，助农脱贫增收；以梨为犁，深耕发展沃土。

从产业扶贫到产业开发，从产业开发到产业升级，近几年隰县总是想方设法围绕玉露香做文章。县委、县政府连续举办8届梨花节、两届采摘节，以节扬名、以节厚文、以节活县；2012年着手开建梨博园；2017年隆重推出"隰县玉露香梨"区域公用品牌以及《隰县玉露香梨品牌建设白皮书》，开始着力打造集过程监管、质量保障、产品供应、渠道拓展聚合一体的玉露香生态链，同年，隰县玉露香成功出口加拿大……

立足玉露香开发，该县催生了一大批谋梨人、研梨人、写梨人、推梨人、绣梨人、选梨人、引梨人、种梨人以及"梨百万"，玉露香不仅鼓起了果农的腰包，更成为隰县一张最能拿得出手的名片，让每一个隰县人为之骄傲。

顶层设计、专业运营、多元开发/品牌赋能，隰县发展玉露香的心依旧很大。今年3月，该县县委书记李亚丽郑重宣布，下一步隰县将全力加快推进玉露香产业的标准化、品牌化、电商化和全产业链化，为促进贫困群众持续稳定增收奠定坚实基础。

隰县县委、县政府的计划是通过加速扩栽和高接换优，全县玉露香总面积达到30万亩以上，挂果面积达到20万亩，总产达到4亿公斤，产值突破24个亿，确保全县8万果农人均收入3万元，一举实现小康梦。

上下同欲者胜，同舟共济者赢。可以想象，届时玉露香带给隰县果农和县域经济的又将是怎样一番诱人的景象！（张瑞强、闫红星对本文亦有贡献）

（2018年6月1日）

静乐：产业带动奏响脱贫新乐章

本报记者 柳 飞

近年来，静乐县在精准脱贫上下足绣花功夫，立足本地地理、气候、土地等各方面的优势，按照产业带动、项目支撑、农民增收、脱贫摘帽的思路，着力培育一批主导产业和优势特色产品。经过充分的科学论证，静乐依托藜麦、辣椒、黑枸杞、小杂粮等特色种植和剪纸、刺绣等文化产品，以"互联网+流通"为载体，发展特色产品网络营销，促进农民增收。去年，静乐全县142个贫困村基本实现了村有产业、有带动企业、有合作社，贫困户有项目、有技能的"五有"目标。

5月12日，记者驱车来到静乐县实地采访，发现这里的脱贫攻坚战正酣。汾河两岸，巾字山下，"缝纫村""电商村""农产品加工村"正在兴起。"退耕还林领补偿，造林管护再挣钱"的模式，正在让3000多户贫困户受益。

产业开花　王端庄在蝶变

王端庄距静乐县城5公里，交通便利，历史悠久，但由于旱坡地偏多、产业支撑薄弱，全村贫困程度始终较深。近年来在各级部门和社会力量的资助下，村里先后有中低产田改造、村容村貌整治、光伏发电等12个帮扶项目落地，在产业项目的带动下，王端庄正在发生蝶变。

走进王端庄，给人的第一印象是美。村广场北边的3间青砖碧瓦旧式窑洞是村民李变英的家，院子里干净整洁，一个石头桌子与院中栽植的风景树相互映衬，显得十分惬意。李变英说，在房子改造之前，她家住的是土窑洞，现在搬进了新房，许多来过的人都夸漂亮。不久前，静乐县人社局组织了精准贫困劳动力中式烹饪技能培训班，李变英报名参加，她打算学好炒菜手艺，依托美丽乡村，办起农家乐，招待八方游客。

王端庄还有一个特点，就是绿。站在王端庄南梁最高处举目四望，柳树、油松、沙棘、杏树将整个村庄包裹得郁郁葱葱。昔日的黄土村变成了今天的翡翠宫，得益于政府的退耕还林工程，据了解在2017年新一轮退耕还林工程中，规划退耕还林总面积达4530亩，由包括王端庄2个合作社在内的5个扶贫攻坚造林专业合作社具体实施。

退耕还林怎么退？农民收益怎么分？忻州市委书记来王端庄实地考察时指出，生态扶贫首先要在群众身边增绿，使有人的地方先绿起来；要优先绿化汾河两岸，再向纵深发展，实现生态效益和经济效益的统一。他特别强调，要把群众从退耕还林、造林投工、参与管护、经济林收入分红中获得的收益进行细算和精算，把生态扶贫的成效精准到户、精准到人。现在的王端庄退耕还林面积达2340亩，带动贫困户105户，每亩补偿农户1500元，分5年付清。生态经济混交林项目也已完工达2000亩，进入盛果期可以为贫困户每人增收2400元。在生态治理、农村增绿的过程中，贫困户根据贡献多少可取得相应额度的分红，同时贫困户还可以在植树护林过程中领取每天100元的工资。

王端庄的其他产业发展项目也在紧张有序地开展，如光伏扶贫项目、低产田改造项目、蔬菜大棚项目、池塘养鱼项目……12个精准帮扶项目齐头并进。可以想象，整体摘帽后的王端庄必将以一个更加和谐、宜居、健康、绿色的美丽乡村形象来诠释精准脱贫的成效。

企业带动　破解增收难

"龙头企业是推进产业扶贫的主要力量，衡达涌金公司在主体带动方面成绩斐然。"静乐县农委主任李耿天如是说。创建于2014年的静乐县衡达涌金物流园区有限公司，原本是一家从事选煤、建筑、物流等业务的新锐公司。2016年初，企业转型综改，立足静乐土地优势资源集农工商一体、种养加统筹、产供销联动，以园区为中心，一手连农户，一手托市场，采取"合作社+农户+基地+互联网平台""专业队+雇工""农民种地不花钱"等模式，把企业的发展与产业扶贫有机结合。

2016年，衡达涌金公司与国内知名的辣椒种植加工企业——高平市国丹食品有限公司合作成立山西国海农业生物科技有限公司，在静乐推广种植2万亩辣椒。为推进辣椒产业的发展，公司采取"公司+合作社联合社+合作社+农户"的运作模式，流转土地，订单种植。去年，该公司辣椒种植面积已扩大到3万亩，中药材种植6000亩，引进菊芋种植1万亩，对接精准贫困户868户，提供季节性岗位1260个、长期岗位288个，使2999个精准贫困人口受益，人均增收2169元。在种植业精准对接贫困户的基础上，2017年公司创新帮扶方式，进一步加大推进全县脱贫攻坚的力度。实施"一村一品一主体"产业扶贫项目，面对农村土地撂荒严重、农村集体经济破零难、缺乏新型农业经营主体带动等实际问题，该公司勇担社会责任，有针对性地开展农村种植产业帮扶行动，尤其是在没有带动主体的贫困村计划种植辣椒500亩、菊芋1万亩、黄芪1万亩以上。

静乐县丰润镇丰润村建档立卡贫困户李振耀，全家四口人，年收入不足1万元。2016年4月衡达涌金吸纳李振耀当辣椒种植专业队队长，月工资2400元。工资加上出租4.5亩土地的收入，再加自家种地的收入，李振耀家当年人均收入达到9350元，一年就摘了贫困帽。

在着力打造产业链前端生产体系的同时，衡达涌金还苦心开展了产业体系和市场营销体系等产业链中后端的建设。以产业为躯、以农民为本、以科技为魂，公司先后成立两个专业合作社，专门与农民对接；成立5个科技开发公司，先后与中国农科院、山西农业大学、山西医科大学等7个省级以上科研单位签订产学研合作协议；成立物流公司和金大地网上商城，进行农产品的网上销售。目前该公司与河北某专业出口公司合作，产品已成功打入韩国市场；公司生产的菊芋被江苏连云港某公司全部收购包销。通过互联网，公司生产的农产品已成功销往上海、北京、广州等20多个大中城市，极大地提高了静乐农特产品的美誉度、影响力和附加值。

打响品牌　就地摘穷帽

贫困妇女既是脱贫的对象，也是脱贫的主力。为进一步拓展贫困妇女就业渠道，提升农村贫困家庭发展能力。静乐县委、县政府围绕"嫁接就业""本地就业""就近就业"的脱贫攻坚思路，将"静乐裁缝"品牌建设与脱贫攻坚工作有效对接，为贫困劳动力不离本土和不出家门就可以告别贫困开辟了捷径，让闲散妇女实现了家门口就业，为打赢脱贫攻坚战奠定了坚实基础。

静乐县五家庄创星金隆服装有限公司成立于2017年9月，先后吸收移民户50人，其中建档立卡贫困人口39人。按照熟练工每人每月2000元的基本收入，三口之家户均年收入可达2.4万元以上，人均年收入可达8000元，让贫困户实现了家门口就业。

43岁的王秀是五家庄村的建档立卡贫困户，2017年成为当地扶贫就业培训的第一批学员，经过专业技能培训，她来到服装厂上班。王秀高兴地告诉记者，在服装厂干活，比外边方便多了，既能照顾家里，一个月还能领到2000多元工资。

围绕"嫁接就业""本地就业""就近就业"的脱贫攻坚思路，静乐县委、县政府主动调整和规划用地，以最优惠的价格为企业建厂创造条件。政府开渠引水，服装企业"闻风而动"，久冠服装厂、万国工坊服装加工厂以及朔州一家服装加工厂先后主动上门洽谈。为保证易地搬迁的移民户搬得出、稳得住、能致富，县有关部门精心布局，在规划建设移民小区的同时，毗邻规划、配套建设服装加工企业。此举为广大移民户提供了上千个就近就业岗位。其中，久冠服装厂吸收移民户356人，包括建档立卡人口42人，熟练工每人每月有2800元的基本收入，三口之家户均年收入可达3.5万元以上，人均收入可达1.16万元；万国工坊服装加工厂可为移民户提供600多个就业岗位，按照每人每月1500元的基本收入保守计算，三口之家户均年收入也可达到1.8万元，人均收入可达6000元。朔州服装加工厂落户静乐之后，可为移民户再增加200多个就业岗位。

静乐县政府还积极引导经营者将服装半成品"送货进村"，交给不便离家、未能进厂的留守妇女在家里完成手工缝纫，让数以千计的闲置劳动力利用农闲时间"见缝插针""在家务工"，实现了增收。同时，创建了10个缝纫合作社，把闲散妇女组织起来搞服装加工，构建了大村有服装加工点、个体有手工缝制的产业网络覆盖体系。现在"静乐裁缝"的品牌已在全国打响，静乐裁缝协会、裁缝培训基地也已组建，在"迎老乡、回故乡、建家乡"的号召下，一批外出创业的静乐服装企业老板，感念于故土的殷切召唤和县政府优惠政策扶持条件，萌生了回乡办厂的意向，一些非静乐籍服装企业也陆续投资办厂，这些利好现象激发了贫困户脱贫致富的内生动力，在全县兴起了一股投身服装行业的热潮。

（2018年6月5日）

平陆：发挥区位优势　多条腿走产业致富之路

本报记者　刘桂梅　杨晓青　裴彦妹

千亩玉露香梨树即将开始挂果，树下栽植的中药材黄芩已有半米高。"你看这3年的梨树长势多好，林下种的药材黄芩今年就能有收益了，黄芩以根入药，效果比黄连还好，叶子还能泡茶喝，来，我给你们摘点儿吧。"5月9日，在平陆县阳煤新科产业扶贫玉露香梨示范基地，公司的基地部主任梁晋平热情地给记者介绍着。

平陆县地处晋、秦、豫黄河"金三角"地带，境内山塬沟壑纵横，地形地貌复杂，素有"平陆不平沟三千"之称。近年来，该县确立"县西玉露香、县东干果林、沿河大棚菜、美丽乡村游、技能大培训"的指导思想，着力推动包括水果产业、干果产业、蔬菜产业、畜牧养殖业、休闲农业、电商产业、生态补偿产业、金融产业等八大产业发展工程，发挥区位优势，打造出多样化的脱贫产业，多条腿走路，形成了"特色产业促民富"的格局。

全产业链建设带动、打造果业发展新格局

平陆苹果好吃远近闻名，近年来，通过不断完善规模化栽植、精细化管理、标准化生产，产业得到快速发展。产品已出口到美国、巴基斯坦、澳大利亚、秘鲁、印度、加拿大等海外市场，形成了立足本地、覆盖全国、辐射海外的销售网络。这就要提到山西阳煤新科农业开发有限公司，这是一家集果蔬种植、收购、贮藏、销售、进出口贸易为一体的农业现代化企业，位于张店镇张店村。"公司是2015年成立的，当时为解决果农卖果难问题，先建了冷库，现在已经有贮藏冷库34座，库容量1.5万吨。我们还有现代化的生产包装车间1.2万平方米以及法国进口苹果分选生产线1条。同时发展了玉露香梨生产基地1030亩，其中包括试验基地150亩，培育了梨、桃、苹果等52个新品种。将来要从这些品种中挑新选优规模发展。"作为公司的元老级管理人员，梁晋平介绍公司情况如数家珍。

全产业链建设的发展也推动了当地农户的脱贫进程。阳煤农科在张店镇横涧村流转124户农户土地1000余亩，在种植基地土地流转价格上，积极倾向于贫困农户，并为当地农户增收约200元/亩/年。企业吸纳当地群众参与到项目建设、种植基地管理、果品加工、市场销售和经营管理中，年均使用劳动力8000人次，直接提供就业岗位200个，人均增收5000元/年。收购农户苹果500万公斤，带动农户增收2000余万元，同时以优先优惠的条件和价格，为贫困户提供果蔬代储、代销平台。公司还在生产基地建有教室，定期免费对农户进行技术培训指导。据悉，阳煤农科正着力于二期工程，预计发展万亩水果种植基地，逐步完善产供销一体

化，致力实现群众拿租金、得佣金、赚薪金的目标，加快贫困户脱贫致富的步伐。

随着市场拓展，产品要提高竞争力，产业的发展也要不断提档升级。据平陆农委负责人介绍，当地根据不同的海拔规划产业园，全县示范园已经达到160个。建设新园的同时改造老园，已经实现新品种高接换优1500亩。通过大力推进标准化生产，现在平陆县水果商品率已经提高到90%，优质果率达到80%。

密切新型农业经营主体与贫困户的利益联结　共同分享产业链增值收益

平陆县光苹果种植就有25万亩以上，近年梨、桃的面积也在不断增加。如果还采用传统的生产销售模式，很难获得较高收益，平陆县神鹰果品专业合作社采取了"公司+农户+基地"的模式，建立起"企业+贫困村+贫困户"的利益联结体。合作社为农户制定了严格的标准化生产流程，采用"有机肥做底肥+生物农药+叶面肥"的方案，打造出"古虞王"原生态有机水果品牌，使整个农业生态链形成了良性循环，果农每亩收入增加到近3万元。同时探索"互联网+"模式，搭建电商平台，对种植户进行远程技术服务，有企业淘宝店、微店分销系统，帮助农民创建微店销售水果。去年，平陆县达到标准的玉露香梨全部由神鹰合作社收购，价格高达五六元一斤，高于市场同期价并且全部售出，增强了农户脱贫致富的信心。

常乐镇王村因病致贫的时建立参加了神鹰合作社，接受技术培训，并在合作社的扶持下创建微店销售产品，如今年收入已近8万元。像这样的贫困户在合作社还有1200户，涉及全县7个乡镇。合作社负责人吉林给记者介绍了8000余户社员的管理情况，尤其针对1200个贫困户，都有专门的档案，家庭人口、致贫原因都有详细记录，便于随时进行有针对性的帮扶引导。吉林说："我们引导农户改变传统种植观念，使用生物农资，采用标准化技术，生产出优质产品，这样销售就不再难了，搭建起从生产者到消费者之间的全产业链架构，脱贫致富也不用愁了。"

按照"县西玉露香、县东干果林"的规划，三门镇主要发展了花椒种植，仅所辖的三门村就种植面积近4000亩。据农技推广员王俊峰介绍，三门村多为坡地、旱地，传统种植作物后劲不足，近年来扩大了花椒面积，年可为村民增加近6000元的收入。连日来，村里的红宇花椒专业合作社负责人席养森正思谋着寻找深加工的合作企业，提高花椒品质，打出品牌效应。合作社经常组织农户学习，外出考察取经，邀请专家进行科技培训，增加种植面积的同时在提高花椒品质上下功夫，通过现场指导、技术承包等生产优质花椒，价格每斤比原来提高10元。同时还为椒农提供放心肥、良心药。合作社和周边各省都建立了销售网络，保证了价格平稳，最好的每斤能卖到50元以上，高于周边村。合作社也实现总收入近200万元，社员人均收入高于当地农民30%。

31岁的王奎是平陆县玉环食用菌种植场负责人。种植场生产的羊肚菌是一种高档菌种，价格昂贵，但种植技术难以掌握。王奎试种成功后，逐渐扩大种植面积，吸引了周边60余人务工，其中多数为贫困户，每人年收入在4000余元，并长期雇用员工十余人，年收入3万余元。王奎还对种植户进行技术培训，现跟着他学习种植食用菌的农户覆盖了运城市5个地区、平陆县6个乡镇，带动了30余户百姓脱贫致富。在产业化推广过程中，采用"公司+基地+农户"的运作模式，促进农业产业化进程，提高土地的利用率，加快农民脱贫致富的步伐，为农村劳动力转移创造了新的岗位。作为新型农业经营主体，玉环食用菌种植场得到了政府的扶持，政府为其投资80万元建起了菌类实验室和实验棚。目前王奎已投资500余万元用于基础设施建设和部分大棚升级改造，改造升级后，不仅能够为贫困户增加更多的工作岗位，而且能带动更多村民一起种植食用菌走上致富路。

新型经济主体在平陆县还有很多，通过不同方式带动产业发展的同时，公司、合作社、大户与农户形成了稳固的利益联结机制，使脱贫攻坚之路稳步向前推进。

突出产业发展，壮大集体经济，引领村民脱贫致富。张店镇张郭村采用"村集体+农户+承包+合作"的联营模式，在发展集体经济的同时，带动农户脱贫致富。记者在张郭村看到，村里建好的20来个蔬菜大棚，已经种植了从夏县引进的西瓜品种，再有一个月左右就能上市了，这些棚优先贫困户承包了出去。张郭村正在规划发展辣椒种植基地，让农户有更多的产业保障。同时村里利用自身交通优势及当地地窨院、打铁花等民间传统文化，正在积极发展乡村旅游。这三个项目都由村集体统一规划管理经营。在脱贫推动上，张郭村也发展了水果产业，新栽玉露香梨300余亩，今年亩纯收入预计达5000元。蔬菜大棚、水果、辣椒种植都有全程的培训和指导。张郭村去年已经脱贫，今年进入巩固提升阶段。

48岁的让超平是张郭村人，是平陆县2016年脱贫的8026名贫困人口之一。这段时间，他吃住在自己看护的林场边上，管护林场的同时看着自己散养的土猪。前些年，让超平因重病和孩子上学负担沉重，全家人生活一度陷入困境。身体稍好之后，帮扶干部为他联系当上护林员。护林巡山保障他一年有1.7万余元的基本收入。让超平还散养了从夏县引进的瘦肉型土猪，这种猪比普通猪肉质优售价高，加上林场种草、种玉米等，今年他家的收入预计近10万元。脱贫过程离不开各种政策支持救助帮扶，但让有劳动能力的贫困户有志脱贫，且有一技之长成为解决其贫困问题的根本。

"政府出钱买树苗、群众免费建果园"，平陆县的水果经济林逐步升级，发展玉露香梨6万亩，其中贫困户2.1万亩。县东干果经济林发展了5万亩，其中贫困户1.3万亩，确保了有劳动能力的贫困人口至少人均有1亩经济林。根据立地条件，规划种植中草药、牧草、食用菌等，通过引进、组合等方式，将林地合理流转、租赁，实行联户农庄式或"公司+基地"的模式，鼓励林农公司、加工企业大力发展林下种植食用菌等，特色产业带达到25万亩。利用不同区域的优势发展不同种类，全县蔬菜面积已达5万亩。同时引导畜禽养殖向水果和粮食种植主产区转移，在养殖优势区进行粮改饲试点，形成"粮—饲—养—肥—粮（果菜）"的良性循环。在旅游产业、生态产业、金融产业及农产品精深加工产业升级等方面都有不同针对性的措施，大力推动"一村一品一主体"工程。

平陆县在产业脱贫进程中，立足本地资源禀赋，综合考虑区位优势、产业基础和市场条件等因素，找准产业扶贫的切入点，积极培育发展优势明显的主导产业和主导产品。把"一村一品一主体"作为主要抓手，以贫困村为单元，依托龙头企业、新型农业经营主体带动，采取典型引路、示范带动、政府支持的办法，构建贫困户与新型农业经营主体利益联结机制，契合山西省制订的"五有"产业扶贫机制标准，将稳步推进今年底全县74个贫困村5544户16129人口稳定脱贫。

（2018年6月8日）

垣曲：特色产业齐头并进　脱贫致富独具一格

本报记者　刘桂梅　裴彦妹　杨晓青

垣曲县又称"舜乡"，是帝舜故里，这里气候条件独特，是"国家绿色能源示范县""国家级核桃示范基地"，同时也是省级扶贫开发重点县。近年来，垣曲县始终将产业扶贫作为打好脱贫攻坚战的重要支撑，以"一村一品一主体"为主抓手，以农旅融合为切入点，通过产业项目带动，大力推进特色产业发展，该县通过"一县一业"，特色农业、电子商务、全域旅游、光伏发电、"一线带富"、金融扶贫及资产收益等七大板块，共同促进贫困村发展、贫困户增收，形成了独具特色的产业扶贫发展格局。

"一县一业"　核桃栽出致富蓝图

垣曲县以建立地域标志性产品为目标，从2010年起，经多方充分考察论证，把核桃经济林确定为"一县一业"和"十二五"末实现农民人均收入翻番的主导产业，大力引导扶持发展。整合县乡村各类资金上亿元，通过"政府无偿供苗，部门免费服务，农民自愿栽植"的方式，发展核桃林30万亩，农业人口人均2亩核桃经济林。全县188个行政村，栽植核桃的有186个，其中达到千亩以上的有85个村，形成了以核桃经济林为主导的产业格局，带动建档立卡贫困户4758户14080人脱贫致富。为切实提高贫困户收入，2018年垣曲县实施核桃经济林提质增效项目4万亩，每亩投资200元，涉及11个乡镇、2331户建档立卡贫困户1.0331万贫困人口。

5月8日，记者一行四人来到了垣曲县华峰乡陈堡村，这里的2万余亩核桃连片示范区被确定为"国家级核桃示范基地"。一进入基地，我们就看到路边的核桃林下还种植有一行行的小型苗木，华峰乡林业站的申俊杰站长向我们介绍说，这里的核桃苗木还小，可以在林下间作其他作物，去年他们在林下种植过油用牡丹，今年统一引进种植了白皮松，在核桃尚未挂果产生效益的这几年，林下作物可为农民亩均增收1000余元。申俊杰向记者介绍说："这里的农户以每亩500元的价格流转土地，尔后在核桃地里从事田间管理，每人一般可管理5亩至8亩土地，每亩地可有约300元的收入。"

华峰乡林丰种植专业合作社成立于2011年，现已登记注册181户。合作社现有技术人员28人，从核桃示范基地发展之初到现在，他们不断增强服务意识和改进服务态度，从苗木品种选购、调运、栽植、土水肥管理、修剪、病虫害防治、越冬防护等各方面都进行全程跟踪服务，并记录造册、归档。合作社多次邀请省农科院果树研究所专家、省农业大学果树教授、汾阳核桃专家、中农乐专家、县林业局干果办专家等对本社成员及果农进行培训，培训农民上万人次。

2014年合作社产品进行了无公害核桃产地认证和无公害农产

品认证，注册了"舜垣"牌商标，借电子商务示范县东风，通过阿里巴巴电子商务平台注册了淘宝店"舜乡林产品"，产品目前已销售到北京、上海、天津、山东、甘肃等地。在合作社的精心引领下，当地百姓积极发展核桃经济林，目前，全乡共栽植核桃树2.3万亩，其中近12000亩进入盛果期，近3000亩进入初果期。

"一村一品"　布局合理各具特色

垣曲县结合"一业为主，多业跟进"的产业布局，按照"一村一品一主体"和"五有"要求，长短结合、高低组合、农旅融合，多措并举，多元化发展核桃、粮食、蔬菜、烟叶、养殖和乡村旅游等特色产业，涉及11个乡镇117个村、2300户建档立卡贫困户。

2018年垣曲县农委成立食用菌办公室，统一组织全县食用菌生产、销售，加快发展食用菌产业，全县食用菌产量达到950万袋；新发展露地蔬菜6000亩、设施蔬菜500亩，蔬菜种植面积达到34500亩。同时，该县挖掘垣曲历史文化，打造"舜帝故里，农耕之源"农产品统一品牌，努力实现由向产量提高要效益到为向质量提升要效益的转变。

走进英言乡关庙村，村口正对的山坡上立着一个醒目的牌子——"宁肯自己掉上几斤肉，也要让群众走上致富路"。随行的县农委同志向记者介绍说，从这个口号上，就体现出了这个村产业脱贫的决心有多大。记者站在高处远远望去，看到村民的地里不是春忙时节的一片绿意，而是成片的白与黑！走近了一瞧，那白色的是一个个培育好的菌棒，而一朵朵的黑木耳正从菌棒上的出菌孔中绽放出来。

黑木耳属于腐生性真菌，营养价值极高，市场前景看好。关庙村结合该村自然地理条件选定了黑木耳产业作为全村脱贫致富的突破口。该项目自2016年动工建设，前后投资300万元，成立圣威农业合作社实施这一项目，现有13个大棚、60万袋菌棒。他们采用的菌棒原料就是身后山上的杂木，在大棚中进行菌棒培育后，再露天种植。村里的贫困户主要靠日常务工和栽培菌棒收益，全村贫困户参与务工的占70%，参与分红率达到100%。合作社统一生产菌棒，贫困户自行采购种植、集中管护，采摘后，合作社负责统一回收、包装、销售，贫困户直接拿到手中的就是最后的纯收入。贫困户按每户种植2000棒计算，扣除成本，可实现增收4400元。扶贫期间，驻村工作队争取资金对贫困户进行每户600元的种植补贴，村委会给予全村种植户每人100元的补助。预计2018年底，该村即可实现整体脱贫。

当我们走进木耳田时，正遇到贫困户宁建设在查看自家木耳的长势，记者就上前与他拉起了家常。宁建设46岁，家里还有老父亲和正在上学的孩子，他因病不能从事重体力劳动，家里一直处于贫困状态。在圣威合作社的带动下，他贷款种植了1.5万袋菌棒，当年收入4万余元，一举实现脱贫。今年，他扩大规模种植了2万袋菌棒，现在第一批木耳已临近采摘。他告诉记者，自己身体不好，一直不能出门打工，现在有合作社带动，从菌棒管理技术到产品采摘销售，全都是在家门口完成。他说："经过去年的培训，我已经基本掌握了黑木耳的管护技术，今年我自己就能照看2亩地，凭自己的能力，咱一定甩了这贫困的帽子！"

特色农业的发展，使贫困户掌握了不同领域各具特色的农业管理技术，更增加了他们脱贫致富的决心和信心。在蒲掌乡西阳村一眼看不到头的樱桃林里，不少农户正在林间忙碌着。自2000年开始，蒲掌乡西阳村王红义带头在该村发展樱桃种植，经蒲掌乡政府的大力扶持，现全村樱桃种植面积已达1400余亩，盛果期的樱桃园亩收入在1.5万元至1.7万元。今年通过实施果业提质增效工程项目，西阳村樱桃基地栽植樱桃可发展到2500亩。

贫困户苗战朋提着一个塑料桶，正在采摘树上部分早熟的樱桃，他家里三个孩子都在上学，老母亲身体不好需要人照顾，一直家境贫困。2014年村里推广樱桃种植时，他就种了2亩，到去年新老品种加起来已经发展到了4亩，家里的收入渐渐可观了起来。但今年春天的一场倒春寒，让他的樱桃园减产不少。忧心之余，苗战朋说："虽然今年樱桃减产了，可是我对发展樱桃产业的信心没减，转过好年景收益肯定不错。我们村里的人大多考虑明年给樱桃林搭个棚子，这样咱就也有了一定抗灾害的能力了。"

樱桃种植现已成为西阳村的主导产业，发展前景喜人。2018年洼里村、郭家村等计划再发展500亩樱桃，可带动周边7村523户建档立卡贫困户致富奔小康。

新型主体　产业引导脱贫增效

近年来，垣曲县还制定了企业、农民专业合作社、家庭农场、种植大户等新型农民经营主体认定标准，简化审批程序，严格实施登记备案制度，鼓励支持农业企业、龙头企业培育新品种、推广新技术，着力提高经营水平、力促产业提质增效。

鼎诺种养专业合作社位于垣曲县皋落乡皋落村，目前合作社注册资金达到800万元，合作社积极探索劳务与产量相挂钩的管理模式，坚持投资、收购、风险兜底全方位保姆式的服务理念，近3年已与126户建档立卡贫困户签订劳动合同，对皋落村及周边村民的脱贫致富带动效果明显。

2016年，鼎诺合作社多方筹资建设日光温室5个，冷拱棚105个，开始吸纳贫困户发展设施蔬菜。刚开始贫困户对此前景不清楚，拒绝加入，合作社负责人张刘生与包村干部及皋落村委班子成员多次深入贫困户家里做工作，动员其承包合作社的冷光棚，并许诺种植蔬菜所有物资与技术指导及销售风险由合作社承担。经过多方努力，2016年春季成功动员17户贫困户承包冷拱棚种植蔬菜。由于按产计酬，农户的种植积极性高、责任心强，短短4个月时间每户净收入在1.8万元至2.5万元。

2017年，合作社又建冷拱棚102个、日光温室47个，与45户建档立卡贫困户签订了承包合同。贫困户赵为民就是鼎诺合作社带动致富的受益者，去年他在合作社包了6个蔬菜大棚，他的一个棚一年可产两茬菜，每茬可产约1万公斤，合作社与他签了销售合同，无论市场价格如何波动，他的每公斤蔬菜均可保证纯收入0.8元，只此一项便让赵为民一家一举告别了贫困。今年赵为民致富的信心更足了，他进一步扩大了生产规模，期待更丰硕的劳动成果。

2018年，鼎诺合作社计划再建冷拱棚130亩，目前已完成65亩，剩余65亩正在建设中，全部建成后还可以带动周边村镇30户建档立卡贫困户种植蔬菜，尽快脱贫。截至目前，合作社已与87户贫困户签订了蔬菜种植协议，为贫困户脱贫增收提供了保障。

在脱贫攻坚战中，垣曲县委、县政府始终高度重视产业发展，专门成立脱贫产业发展小组，分析总结部署产业发展工作，做到周周有进展、有成效。他们着力发展核桃主导产业，统筹涉农项目资金，突出"企业+合作社+基地+贫困户"发展模式，大力扶持当地的各类特色产业齐头并进,最终形成了独具垣曲特色的产业脱贫发展格局。为全面建成生态美、百姓富、实力强的垣曲小康社会奠定基础,使得千万农户受益,致富一方百姓。

(2018年6月12日)

浮山：打造产业集群　助力脱贫攻坚

本报记者　曹　鑫　通讯员　卫　琦　高生芳

省级贫困县浮山县位于临汾市东部山区，是典型的山区县。境内山岭起伏，峰峦相接，驱车于此，很难看到整块连片的平地，放眼望去都是丘陵山地上沿等高线修筑的条状梯田。5月16日，记者前往该县采访当地产业扶贫情况。

据该县农委副主任李银成介绍，2014年，该县确定了78个贫困村，建档立卡贫困户有9943户31936人。4年来，该县采取了强有力的脱贫攻坚举措，41个贫困村相继摆脱贫困。但截至2017年底，该县尚有贫困村37个、贫困户1645户、贫困人口4195人。

"玉米、小麦、杂粮，苹果、核桃、瓜菜……小而全，什么都有，什么都没有规模。"是浮山县过去以及当前农业产业发展的现状。

今年，该县提出了"山上牛羊猪，山下瓜果蔬"的产业发展思路，78个贫困村也重新修订了"一村一品一主体"产业扶贫方案。浮山县委书记史全喜在今年县委农村工作暨脱贫攻坚会议上提出，要深入推进农业供给侧结构性改革，在扩大规模上做文章，发展壮大特色农业产业。

事实上，早在几年前，浮山县就已经开始着手优化产业布局，并按照集群化推进、园区化承载、标准化生产的思路，全力培育打造牛羊猪、瓜果菜、杂粮及中药材产业集群。

调优产业结构　开辟增效增收新路径

"现在村里的年轻人都出去打工了，我们这些五六十岁的人在城里找工作比较难，自从村里有了温室大棚，我们在家门口就能把钱赚。"浮山县张庄乡陈庄村村民盖亚奇满脸欢喜地向记者介绍起"印象田园"生态农业项目带给他的实惠。

"印象田园"是浮山县近年来重点打造的一个集设施农业、园林观赏、休闲度假于一体的生态农业示范园区，距离县城仅3公里。该项目从2010年开始实施，目前园区设施农业项目已建成日光温室403座、春秋大棚300余座。在园区的带动下，近年来该县设施播种面积达到2万亩，全年蔬菜总产量达到18.68万吨，总产值超4亿元。

在"印象田园"生态农业园区内，陈庄村有机西红柿种植户高相杰告诉记者，近几年，他们种植的秋延后西红柿发往超市的价格基本都在12块钱每公斤，在市场上非常受欢迎。陈庄村是典型的农业村，过去村民种植的作物主要是玉米，风调雨顺的情况下一亩地也就收入八九百元。被纳入"印象田园"生态农业项目后，该村建起了日光节能温室，老百姓通过种植黄瓜、西红柿等反季节蔬菜，每个大棚每年就能收入4万元。

陈庄村是该县依托园区发展壮大的一个缩影，而尧头村作为该县基础欠账较多的贫困村的代表,今年在产业布局上也进行了大力的调整。

该村多年来一直以种植玉米、小麦为主。今年,该村从贫困户那里以每亩500元的价格流转了209.79亩土地,建起"双百亩"桃王九九集体经济示范园。

"这片桃园挂果后,亩产至少可达2000公斤,按近几年每公斤4元的地头价来算,亩产值可达8000元。保守一点,按6000元计算,刨除成本3000元,每亩纯利润还有3000元。"该村第一书记段小静掰着手指精打细算起来,"在利益分配上,村集体留10%的风险金,用于防灾或扩大再生产,刨去500元土地流转费,剩下2200元,集体和农户按四六分成。"

"到盛果期,疏花疏果、套袋、打药、采摘等,常年需要劳力,特别是对于年龄偏大的村民、妇女等弱劳力,不离土、不离乡,在家门口打工,一天还能赚到50元。"村党支部书记尹海龙对未来产业发展早有规划,"桃园发展起来后,可以适时举办桃花节、采摘节、农家乐、休闲农业等,或者延伸产业链,加工桃果罐头等,实现贫困村脱贫摘帽和乡村振兴的同频共振"。

培育带动主体　挖掘强农富农新潜力

种植西红柿是近年来浮山县着力培育的一项蔬菜产业,为了能让贫困户实现持续长效增收,该县于2016年11月,助力当地农产品加工优势企业——浮山县玉杰农牧集团,成立了浮山县神农农产品开发有限公司,从事西红柿精深加工,并创立"玉杰"品牌,延伸产业链条,打造集选优种—集约化育苗—栽植—收购—加工—灌装—彩印于一体的一条龙农产品加工体系。

去年，该公司建立发展了2000亩的西红柿种植基地，以"公司+基地+合作社+农户"的发展模式，与精准扶贫相结合，带动该县7个乡镇431户1500余口人（贫困户258户925口人）脱贫，实现了公司赢利与农户脱贫致富的双丰收。

成立于2013年5月的浮山县古桓牧业科技有限公司，也是今年该县重点扶持的优势龙头企业。该公司位于张庄乡梁村，现拥有39栋现代化高标准猪舍，其种猪全部来自具有全国领先地位的北京养猪育种中心。

"我们每年按低于市场价30%的价格为养殖合作社和农户提供能繁母猪和仔猪，同时免费提供防疫药品和养殖管理技术，进行标准化育肥，育成后由公司统一收购销售。"据公司负责人王铖介绍，目前他们已与215户贫困户签订了代养合同，由银行给每户贫困户贷款5万元，政府进行贴息，公司进行代养，贫困户每年户均可增收3000元，仅此一项，将带动当地750余口人脱贫。

在去年的基础上，今年该公司已经开始建设年出栏商品猪3万头的现代化生猪养殖基地。

拿出"真金白银" 助力特色产业强根基

为了真正实现"一村一品一主体"，帮助贫困群众长效脱贫，浮山县在去年底和今年初相继出台了养殖、种植奖励办法，给贫困户吃下了"定心丸"。

北王乡秀村是浮山县的一个贫困村，现有贫困户38户109人。原本在外从事房地产开发的本村能人李向东，2008年就转型回村成立了临汾泽坤园养殖有限公司。去年在政策的感召下，李向东开辟荒沟，新建厂房3000平方米，带领村民发展起阿胶驴养殖产业。

该县出台的养殖奖励办法规定，贫困户存栏驴100公斤一头及以上者，每户补助3000元。2017年，乘着政策的东风，李向东垫资从山东菏泽引进阿胶驴100头，与该村28户贫困户签订了代养协议，每年每户可分得红利3000余元。平时，贫困户优先在养殖场打工，一个月还能收入1800元。

记者注意到，为提高养殖的积极性，促进养殖产业上规模，奖励办法还针对带动能力强的养殖企业和农民专业合作社出台了补贴措施，规定企业每带动一户贫困户且年收益平均达到3000元的，就补助1000元，带动达到50户的，还额外奖励15万元。该项政策一经实施，极大地调动了企业、合作社带领贫困户发展养殖的积极性。"今年，我们准备把养殖规模扩大到300头。"李向东胸有成竹地说。

"除了肉驴养殖，奖励办法同样适用于发展牛羊猪鸡养殖的建档立卡贫困户。"李银成对记者说，目前，该县所有的养殖补贴款已全部发放到了贫困户手中。

继去年出台养殖奖励办法后，该县今年又在种植产业上发力，出台了一揽子优惠政策。

米家垣乡一直有种植小米的优良传统，种植的小米色泽金黄，口感鲜香，在古代就被封为"神山贡米"。

"一说起沁州黄大家都知道，但其实我们的浮山小米品质一点不输它。"李银成说，"今年县里以米家垣为核心区计划发展3万亩的绿色谷子基地。为了带动贫困地区脱贫，县里专门出台优惠政策，规定贫困户每种植1亩，就给予600元的补贴。如此一来，不仅贫困户通过种植增了收，全县特色产业也得到了大力发展，达到了双赢的效果。"

在采访中，记者了解到，眼下，浮山县正在按照"减玉米、增杂粮、扩果蔬、上畜牧"的调产思路，进一步聚焦核心品种和优势产区，在设施农业、杂粮、中药材、畜牧产业上持续发力，推进"四大增收"工程，全力打造产业集群。随着78个"一村一品一主体"产业扶贫方案的落地，该县产业扶贫的效应将逐步得到显现。

（2018年6月15日）

灵丘县：把绿水青山变成金山银山

本报记者　何彩仙　白慧磊　张美丽

精准扶贫，产业是根。近年来，灵丘县把产业扶贫作为脱贫攻坚的"牛鼻子"，不断加大投入，精准发力，着力打好增收、减支、补短"组合拳"，强力推动产业扶贫到村到户。按照"建园区、引龙头、扶产业、扩基地、增效益、带农户"的思路，下足绣花功夫，大力推进特色产业扶贫项目，形成了户户有增收项目、人人有脱贫门路的格局。

做大有机农业　增收效果明显

独峪乡曲回寺村42岁的贫困户钟德女，因患有癫痫病，不能从事重体力劳动，83岁的老母亲体弱多病，妻子不愿忍受贫困生活，丢下两个女儿，与其离异。生活的重担压得他一度脾气暴躁，常爱酗酒闹事。

钟德女的转变是从村里大搞种植养殖项目开始的。村里要试种黑木耳，在驻村干部的动员和开导下，钟德女每天积极陪着村干部绕村考察选址，还动员村里人参加基地建设。去年12月，投资30万元的黑木耳种植示范项目正式启动，平整场地、搬运菌棒、生产管护，这些活多是留守在村里60岁以上的老人和妇女干的，日工资100元，钟德女一个月满勤，收入了将近3000元，他脸上的愁容消失了，整天喜笑颜开。

曲回寺村距县城75公里，偏远闭塞。去年经过党支部、村委会和扶贫工作队多方考察，决定在村里发展有机黑木耳。

今年4月，10万株菌棒在曲回寺山脚下生根，成为贫困户增收的又一新渠道。该项目预计可产商品木耳上万斤，创造集体经济20万元至25万元，集体经济分红加上务工收入，可带动50余个贫困户户均收益1000元以上。

在红石塄乡月亮湾千亩有机苹果示范园区，68岁的贫困户谢记光给记者算了一笔账：他家里共流转了6.4亩土地，光这一项每年的收入就有2200多元，他和老伴在合作社打工，他每天可以收入120元，老伴每天80元，从修路、铺膜到栽树，老谢打工70多天，老伴因为身体不太好，只干了十几天，但二人的工资性收入已经上万元了。

园区位于红石塄村南河湾，区域面积1000余亩，区域内气候湿润，阳光充足。项目是红石塄乡全域有机产业示范基地建设和脱贫攻坚"双千计划"的重要组成部分。通过两年建设，将逐步形成经济性、观赏性和生态性相统一的示范区。

"经济林进入盛果期后，每亩经济林预计收入3万多元，产业园全年实现净收入210多万元；土地流转金收入、农业务工收入和生态农庄旅游服务收入将有效带动红石塄村415户1046人稳定增收，使134户367人建档立卡贫困户稳定脱贫。"红石塄村党支部书记姚兴军谈道。

"针对产业多而不强、种类繁而不优、品牌杂而不亮的实际情况，我们实施了千亩订单式产业片区，建立了千亩蔬菜、千亩苹果等16个乡级产业扶贫片区。进一步系紧与贫困户的利益联结纽带，辐射带动贫困户稳定增收。"灵丘县扶贫办主任赵优文向记者介绍说。

在充分调研的基础上，赵北乡大胆推出了庄稼地里养蚂蚱的项目。"1公斤蚂蚱40元，一个二分地的简易棚一茬就能赚上千元。一年收两茬两千元，比种玉米翻了十几倍。"白崖峪村贫困户武六孩告诉记者。为实现"户户有增收项目、家家有多元收入"的目标，县里启动"精准滴灌式"的特色项目，制定出台了产业扶贫的实施意见，大力扶持蚂蚱、大白谷等特色种养项目126个，全面覆盖贫困户增收"最后一公里"。

在农业产业方面，灵丘县按照长中短并举、种养加结合、一二三产联动的总思路，以"县域有机、一乡一业、一村一品一主体"为路径，实施产业扶贫"万千百"工程，覆盖124个贫困村17103户43677名贫困人口。今年一季度先期投入财政专项扶贫资金7000多万元，按照"财政资金注入、折股量化到户、龙头企业经营、集体经济破零、农民保底分红、政企村农共赢"的总体思路，采取"龙头企业+合作社+基地+农户"等模式，重点打造了润生、德威等万只育肥羊、万头育肥猪、万亩有机苦荞种植等11个规模大、带动能力强的万级基地产业项目，有效拓宽了贫困户持续稳定增收的渠道和多元收益空间，带动7000户缺少劳动力的深度贫困户每户每年保底增收1000元，同时也促进了集体经济的快速增长。

打造美丽乡村　端起旅游饭碗

灵丘县是第二批国家全域旅游示范区，自2016年以来，该县依托红色文化、生态资源，重点开发出一批农业有奔头、农民有赚头、农村有看头的特色旅游项目，为全县特色产业扶贫增添了一抹亮色。

复古的窑洞式二层小楼、汉白玉的跨河小桥、宽敞的休闲广场、游客络绎不绝……眼前的美景就是地处平型关大捷主战场的东河南镇小寨村移民搬迁安置点——含水人家。

"含水村是小寨村的一个自然村，全村87户中就有59户贫困户。村里人居环境十分恶劣，是典型的一方水土养不了一方人的地方。经过镇党委政府综合考虑，最终将含水村列为整村搬迁村，搬迁地就是小寨村。"村党支部书记王润兴告诉记者。

"搬新村、住新房、依靠红色旅游致富，我们现在可是过上了幸福的新生活。"开办客栈的村民陈焕激动地说。

小寨村所走的路子就是瞄准平型关红色景区客流量大，但吃、住、行、游、购、娱等基础设施不完善的短板，在这个移民安置点建成沿街商铺40余套，配套建设红色景观及群众剧院、农家客栈，让红色教育、民俗文化、非遗项目、农耕文化汇聚于此，彻底解决了搬迁群众的生计问题。据介绍，村民在景区的工资性收入加上农家乐的财产性收入，人均年增收达5000余元，让"搬得出、稳得住、能致富"的目标在小寨村变为现实。

红石塄乡车河村的上、下车河两个自然村曾经也和含水村一样，是个村破人穷、发展滞后的地方。自2013年以来，这片方圆27平方公里的土地在政府投资、企业帮扶、国家政策性银行贷款的支持下，一跃成为全县的明星村。

该村在灵丘县道自然有机农业专业合作社和灵丘县车河有机农业综合开发有限公司两个龙头的带动下，完成土地流转1213亩，改造土地700亩，集中发展有机杂粮、蔬菜种植和有机鸡、羊养殖。5年来，全村面貌也得到彻底改换：民居全部建设成两层结构，整修景观区3处、山地自行车道13公里，兴建民俗博物馆1座，有机餐厅、旅游接待中心各1座，呈现出一幅美丽乡村的鲜活图景。北京、河北及省内的游客纷至沓来，他们在这里吃的是有机食品，呼吸的是纯净空气，居住的是生态农庄，留下来的则是真金白银。

"现在村民全年可得到土地流转、旅游服务、劳务工资和公司分红四项收益。"说起车河村农民收益情况，村党支部书记王春给记者算了一笔账，"在土地流转方面，流转农户人均每年收入3058元；在旅游服务方面，全村每家每户都有客房出租，餐饮和住宿收入逐年稳步上升；在劳务工资收益方面，村民参与有机农牧业和旅游服务业经营、务工以及社区管理，每人每年可收入2.2万元到3.5万元；再加上股份分红收入，我们村已经实现了农民股民化、农村景区化、农业产业化，逐渐摸索出一套'有机农业+生态旅游+美丽乡村'的车河模式。"

放眼全县，红石塄乡的北泉村、独峪乡的花塔村……一个个可圈可点的美丽乡村在全域旅游建设的快车道上向前飞奔，越来越多贫困人口在家门口端起了旅游这碗饭。

建设"屋顶银行"　带富贫困百姓

不管是发展有机农业，还是开发乡村旅游，灵丘县都是在为当地的贫困群众开出"造血式"的特色产业扶贫"药方"。该县近年来建设的兆瓦级光伏扶贫项目就是开出的另一剂治贫增收的"长效药"。

"去年我们村共有26户贫困户在自家的屋顶上安装了智能光伏组件,以后每户年年就有稳定收入了。"在石家田乡温东堡村村党支部书记安海平眼里,这一排排智能光伏组件就是带领全村村民脱贫的信心源。贫困户一户一表,相当于是个"取款机"。贫困户屋顶的光伏发电站就是一个个搭建在屋顶的"银行"。

"感谢党的好政策,咱贫困户的帽子马上就能摘了,今后的日子肯定会越来越红火。"前不久拿到今年第一季度300元光伏扶贫分红款的赵北乡黄石驼村村民孙灵灵,一见到记者就诉说起心中的喜悦。在实施光伏扶贫项目上,赵北乡在充分征求民意、认真考察论证的基础上,于去年10月在赵北和黄石驼两村首批选择40户贫困户闲置的屋顶安装户用光伏板,贫困户不用贷款,不承担任何风险,前12年贫困户每年收益约1000元,12年后发电收益归贫困户所有,13至20年间每年收益约5000元,21至25年间每年收益约2000元,25年贫困户共计收益约6万元。今年,赵北乡又在全乡十多个村组织实施光伏扶贫项目,将带动1096户贫困户户均增收1000元。

不仅在石家田乡和赵北乡,在灵丘县南山地区的独峪乡大兴庄、豹子口头等9个村庄,目前正在建设900千瓦村级分布式光伏电站,建成后按年发电时间1500个小时测算预计年收益118.8万元,保障每村20户深度贫困户每年每户不低于3000元收入,每年分配收益总计54万元。

据灵丘县扶贫办主任赵优文介绍,灵丘县2016年被列入国家光伏扶贫工程重点实施范围,为了推动这场能源革命,促进贫困人口稳定增收,当地相继上马了一大批光伏扶贫项目,总投资1.03亿元，新建村级电站98个，装机总容量1.468兆瓦，实现124个贫困村全覆盖。目前村级光伏电站即将进入并网调试阶段，投产后可带动2100户贫困户户均年增收3000元；与美豪新能源等五家公司合作，在146个村实施户用分布式光伏项目，带动7243户贫困户户均年增收1500元左右；总投资6.4亿元的山煤60兆瓦光伏发电二期30兆瓦项目已全部完工，正在办理并网手续；总投资2.25亿元的集中式光伏扶贫电站项目土建工程已完成25%；总投资50亿元的佐美新能源200兆瓦太阳能碟式光热电站项目也已开工建设。待上述项目建成投产后，灵丘将从企业每年的发电利润中获得收益，用于全县精准扶贫工作，将带动贫困户实现持续稳定增收，为灵丘县脱贫攻坚工作创出一条具有示范性的绿色高效新道路。

（2018年6月22日）

安泽:"脱贫三件宝"带着老乡奔小康

本报记者 史晶雯 曹鑫 通讯员 韩晶

绿水青山就是金山银山。记者在安泽县采访时常会听到这么一句顺口溜"安泽脱贫三件宝,光伏、旅游加连翘"。它形象地概括了安泽县脱贫攻坚的三大主抓手。

为实现"一村一品一主体",安泽充分用好这"三件宝",用光伏照亮贫困户,用旅游搭建致富桥,让连翘开出富裕花。坚持完善"企业+产业+农户"的利益链接模式,发展产销直挂、连锁经营、订单农业等营销模式,确保产业发展、精准脱贫同步推进。到去年底,安泽以3个贫困乡镇为重点,村村都建立起带动贫困人口增收脱贫的特色农业产业开发体系,培育发展一批贫困人口参与度高、带动增收能力强的农民专业合作社、龙头企业和市场服务主体,努力通过特色农业发展实现贫困人口增收脱贫。

光伏发电照亮贫困户

安泽县海拔在750米至1500米，全年平均日照2457.7小时，日照率57%，光照资源充足。近年来，该县立足优势，因地制宜，将光伏发电作为脱贫致富的一项重要支柱性产业项目来抓。杜村乡文洲村耕地面积970余亩，林地1630余亩，全部为旱地，村庄南北连山，中间沁河支流相隔，是个石多地贫、草树茂密的贫穷山村。全村辖2个村民小组（文州小组和茶窑小组）145户466人，其中第一小组有农户82户246人，贫困户8户23人（因病3户，因学2户，因残3户），第二小组有农户63户220人，贫困户8户16人（因病6户，因残2户）。县农委驻村帮扶队和村"两委"共同商定，将全村16户贫困户与扶贫工作队、村干部一一对应进行结对帮扶。帮扶队要求每个人都要深入贫困户，摸清其家庭实际状况，从农户所面临的最困难、最迫切、最需要解决的突出问题入手，找出致贫原因，结合家庭现有条件挖掘潜力，找出增收脱贫的办法。

县农委驻村工作队负责人王国宝告诉记者："扶贫队驻村后，通过产业调整，把发展光伏发电作为脱贫重要途径，在全村16个贫困户当中有6个贫困户符合安装光伏发电设备的条件，其中4个贫困户每户申请3万元无息贷款，安装了3千瓦光伏发电设备。村集体也申请70万元政府投资发展壮大集体经济，安装了100千瓦的光伏发电设备，每年也有12万元左右的收入，用于基础设施改善，同时也对贫困户增收发挥了巨大作用。"

在安泽县，不仅文州村有光伏发电系统，全县102个行政村均实现了光伏扶贫全覆盖，39个贫困村集体经济增收超10万元；50千瓦村级光伏电站覆盖63个非贫困村，实现了村集体经济破5万元；为

500余户贫困户安装光伏电站，使每个贫困户年收入稳定在5000元左右。

旅游搭建致富桥

距安泽县城北5.5公里有一个小飞·田园综合体，它由府城镇小黄、大黄、飞岭三个行政村组成，总占地面积31.7平方公里，耕地面积11180余亩，辖4个自然村。园区内已形成种植、养殖、休闲、观光、餐饮一条龙的循环农业产业链，拥有优质有机玉米9260亩，有机谷子400余亩，高粱、苜蓿等饲草350亩，黄花菜300亩，玉露香梨、苹果等水果170余亩，草莓、甜瓜等反季节果蔬温室大棚37座；饲养蛋鸭、黑山羊数千只，生猪上千头，毛驴百余头，给市民休闲之余带来了农耕体验。

府城镇有关负责人李芸说，小飞·田园综合体采取村村联合、集中经营、抱团发展、共建共赢的发展模式，以党建为引领，不断壮大集体经济，夯实基层组织建设，科学制定整体布局，统筹规划发展重点。小黄村立足绿色产业发展，以静态休闲农业为主；飞岭村立足于美丽乡村建设，以动态民俗文化为主，一静一动相映成趣，从不同角度丰富了田园综合体项目内容，初步形成沿沁河旅游经济发展带。在府城镇，没有劳动力的村民可以把自家的地流转给村集体，还可以到那里务工，以每天保底60元工资，让村民实实在在得到实惠，让村民人人都有工作干。

记者采访了解到，在安泽，绿色生态游、红色文化游、乡村休闲娱乐游等多形式的全域旅游项目，通过旅游资源入股、投工投劳等运作模式带动创收扶贫。他们采取"公司+农户（贫困户）"、能人带农户（贫困户）的模式，能人吸纳和租赁贫困户山林、果园、土地、房产等生产资料、资源合作参股共同建设等形式，按照全县乡村旅游资源的不同类型和分布情况，充分利用农村田园景观、自然生态、农耕文化、地形地貌特点，深入开发农村特色旅游资源，按规划、有计划地引导乡村旅游发展传统农家乐、休闲农庄、景区依托、品牌餐饮、乡村酒店等不同模式，使农民不仅可以从事种植业或养殖业，而且用好用足生产资源和相关资源，提高资源的附加值，延长产业链条，成为企业经营主体，推动乡村旅游的发展。

据悉，该县去年全年共接待游客176万人次，旅游综合收入达4.3亿元，旅游扶贫涉及农村人口年纯收入达到3000元以上，并建设4个旅游扶贫示范引领村。通过培育一批美誉度高的旅游点，初步形成旅游扶贫产业格局。预计到2020年，该县旅游产业涉及农村人口年纯收入达到万元以上，平均每年提供1000个以上直接就业机会，建成20个旅游产业示范引领村，构建成以核心项目引领、重点项目支撑、示范点全面发展为坚实基础的布局合理、各具特色的旅游产业体系。

连翘开出富裕花

安泽是有名的"连翘之乡"，漫山遍野的连翘一望无际。全县野生连翘种植面积达150万亩，年产量达400万公斤，每年可为当地百姓带来超过4000万元的收入。目前，"安泽连翘"已通过国家原产地地理标志产品认证。

安泽县农委副主任李海春告诉记者，安泽县的连翘都是野生的，不仅本县的群众在采摘，周边县的群众也来采摘，往往是还没到成熟的采摘期，连翘就大半都被采光了。去年，安泽县委、县政府为杜绝提前抢青，确保连翘的成熟度，最大限度提高连翘的产量和品质，深度开发连翘药用价值，积极推行绿化造林、封山管护、割灌露翘、精细化管理等技术措施，当年的连翘药用品质达到了历史最好。仅20余天时间，全县通过各村集体公司收购青翘量达到2000余吨，总经营额达到2000余万元，各村集体公司收购青翘纯利润达到40余万元，全县有劳动能力的贫困人口采摘青翘人均可增收1015元。在安泽县，每个村至少都有村集体土地200亩的野生连翘，贫困户不仅可以在村集体土地务工，还可优先采摘，在连翘成熟期，该县农委以每公斤多出0.4元补贴采摘户。

位于杜村乡东部的郭庄村是靠连翘产业脱贫的典型村。村党支部书记李林茂介绍说，在郭庄村，他们严格按照县脱贫办法，不仅实现了"村委会+公司+农户（贫困户）"模式，并成立益新农业综合开发有限公司，以连翘种植管护加工收购为产业链，利用集体土地，进行连翘加工，契合了山西省制定的"五有"产业扶贫机制标准，稳步推进脱贫致富。目前该村有400亩山坡地的野生连翘、120亩大田连翘。连翘采摘期从8月中旬开始到9月底结束，以贫困户劳动力强的村民孙宝红为例，连翘采摘期差不多可以采摘250公斤，按地头价每公斤11.2元计算，他就可收入2800元，再加上种玉米收入4200元，是真正脱贫路上的领头人。

记者在采访中了解到，安泽县近年来采取多种形式促进贫困人口稳定增收。由农民变工人，增加劳务性收入。将全县18岁至60岁有劳动能力的861户1545人，通过公司形式组织劳务输出，实现稳定增收脱贫。由农户变股东，增加投资性收入。对因病致贫的1245人、因残致贫的503人，积极引导以土地、林地流转入股等形式参与公司经营管理，通过土地租金、务工薪金、分红股金等多种渠道增收。由农户变经营户，增加经营性收入。

　　用两句话可以总结安泽的脱贫攻坚总体思路：调整产业结构让强者致富，发展集体经济为弱者兜底。即安泽县把精准方略和改革创新精神贯穿到扶贫脱贫全过程，从而创新脱贫模式的"村委会+公司+贫困户"链条。通过村委会组织、公司化运营、贫困户参与的"三位一体"脱贫机制，推进帮扶政策措施精准落地，并将三大脱贫主导产业及种植养殖、劳务输出、农产品收购加工销售等多种脱贫途径全部纳入经营范围，确保实现捆绑发展、抱团取暖、共同致富。

（2018年6月26日）

沁水：村村有本精准产业致富经

本报记者　何彩仙　张美丽　特派记者　王小东

夏日的沁水，天蓝树绿水美空气清新，从历山脚下到沁河岸畔，极目所见一派生机盎然：大棚里果蔬飘香，圈舍内禽肥畜壮，山坡上光伏电板闪着银光，田野里牡丹杜仲长势正旺……近年来，省定贫困县沁水县紧紧围绕2018年整体脱贫这一目标，坚持增收为刚、项目为王、因村施策、量身定做，走出了一条产业扶贫的沁水之路。

蜂蜜产业铺平通达小康路

汽车在坑坑洼洼的土路上颠簸了将近15公里，记者终于来到位于仙翁山深处、郑庄镇中乡村的自然村张山村。贫困户董小善的养蜂场就在这里。因为父亲去世较早，母亲身体不好，还要照顾瘫痪多年的姥爷，8年前妻子也去世，全家生活的重担落在49岁的董小善一人身上，他甚至曾经心灰意冷。2014年，在山西圣康蜂业有限公司的扶持和带动下，他将自家原有的十多箱蜜蜂扩大养殖规模，建成养蜂场，今年已经发展到200箱左右，年产蜜5吨，纯收入4万元以上，直接奔小康去了。董小善又成了家，红红火火的日子有了新的盼头。

"扶贫攻坚是一个系统工程，面宽、量大、任务重，关键是要打造支柱产业，让农民把钱赚上。对此，我们就明确提出要立足县域优势，大力发展特色养蜂产业的路子。养蜂产业不占地、不争粮、不使用任何能源材料，并且劳动强度小、投资少、见效快，房前屋后、村边路旁都能养，不受条件规模限制。"沁水县农委主任何珠龙介绍说。

做精养蜂产业，打造全国养蜂名县是沁水县政府长期以来始终坚持的战略决策。沁水县是闻名全国的优质蜜源基地，是中国四大名蜜荆条蜂蜜、刺槐蜂蜜的主产区之一，2015年获得"中国蜜蜂之乡"称号，"沁水刺槐蜂蜜""晋城荆条蜂蜜"是国家地理标志农产品。沁水县全县现养蜂约5.5万箱，有蜜蜂饲养户1200余户，是山西省第一养蜂大县，养蜂产业已经成为该县农民脱贫致富和农村经济发展的主导产业。县里还成立了蜂业协会，建立了蜜蜂良种繁育场，扶持发展了以山西圣康蜂业有限公司为龙头的5家中小型蜂蜜加工企业、38个专业合作社。2016年圣康蜂业获得"全国蜂产品安全与标准化生产示范基地"和"全国成熟蜜基地试点"称号，其"沁河浪花"蜂蜜商标是山西省著名商标，生产的巢蜜荣获全国蜂业科技与蜂产业大会二等奖，成熟荆条蜜获山西名牌农产品称号。

"有政府支持，有自然资源优势，有品牌带动效应，有龙头企业扶持，有市场前景召唤，我们企业有信心有实力带动贫困户致富，并将带动更多的农户直奔小康。"谈到圣康蜂业公司在扶贫带动方面采取"公司+合作社+生产基地+农户"的孵化方式，董事长王三红信心满满。为最大限度保护蜂农利益，圣康蜂业已经实现订单生产保护价收购。下一步，他们还将大胆创新模式，探索引入合作互助机制和托管帮扶、种养结合等模式，引导企业和农户建立风险共担、利益共享的紧密型联合体，将产品生产、加工、流通等环节紧密结合起来，实行产加销一体化经营，提高农户的收入水平，推动产业化发展之路，打响品牌，提高市场竞争力。

养殖项目稳扎共赢致富根

选对产业是基础，创新模式是关键。如何最大限度规避市场风险，确保贫困户收益稳定。沁水县一方面积极发挥政府投入在特色农业扶贫行动中的主体作用，完善强农惠农政策体系，整合专项扶贫资金，及时修订和完善了《沁水县发展现代农业促进农民增收的扶持办法》《沁水县整合涉农资金促进农民增收的实施意见》，将扶持重点和涉农资金放在杂粮、蔬菜、林药、畜牧、旅游、光伏等脱贫支柱产业发展上；另一方面积极构建贫困村、贫困户和龙头企业、专业合作社利益均沾、风险共担机制，通过股权量化、按股分红、保底收益等办法，使贫困村、贫困户获得稳定的股权收益、劳务收益和财产收益。

"我们实行的是保底分红。大象农牧确保贫困户每年每户不低于7500元的收益，同时每年给村集体10%的保本固定分红4.5万元。必底村2017年在产业带动下可实现整村脱贫并完成集体经济破零工程。"端氏镇必底村驻村干部崔奇给记者介绍说。

必底村原是乡政府所在地，2001年撤乡并镇并入端氏镇。该村位于端氏镇西北部的群山之中，山大沟深，位置偏远，发展养殖业得天独厚。但是发展产业必须依托项目，必底村既无资金发展项目，也无资源吸引项目落地。在县委书记的协调下，帮扶单位县委办负责联系企业，大象集团与沁水结缘多年，肉鸡产业风生水起，并在全省其他贫困县有着成熟的生猪养殖脱贫项目。镇村负责人做好"三通"，第一书记负责跑手续，2016冬天，项目正式签约落地。

村集体先组织贫困户成立养猪专业合作社，再和新大象集团牵手成立新的养殖企业，协议实施"贫困村+企业+银行+贫困户"的合作模式，即村集体负责"三通一平"和项目前期相关手续，企业负责项目建设和后期经营管理，银行为贫困户提供政府贴息贷款，贫困户每户以5万元的贴息贷款作为入股资金享受利润分红。项目建成后企业还要优先雇用符合条件的贫困户作为饲养人员获得劳务收入。按照原先的协议，从项目投产运营后开始计算分红，但脱贫迫在眉睫，企业对项目的前景也十分看好，2017年8月，企业承诺从资金到账时间开始计算，这样一来，贫困户当年的分红就比原计划高了1000多元。

为了确保企业投产后正常运营，实现村集体和贫困户可持续增收，县委书记要求镇党委政府要协调处理好企业、贫困户和村集体的关系，要做好群众工作，监督企业履行协议，做好分红收益核算，共同营造良好发展环境，实现多赢共赢。

杜仲万亩栽下增收摇钱树

山泽村是端氏镇最偏远的村，山大林大，沟深路远，立地条件差。贫困人口38户76人，都是上了岁数的或者劳动能力弱的。摘帽脱贫，破零增收，时间紧迫，重任在肩。为让山泽村的村民顺利脱贫，村支书王立彬和驻村帮扶队队员用上了十八般武艺。一次偶然的机会，山东贝隆杜仲生物有限公司董事长高文瑞来沁水办事，表达了想在山西寻找杜仲种植基地的想法。

山东贝隆杜仲生物有限公司是国家级研发基地，资金雄厚、技术过硬、抗风险能力强，有专业技术人员驻村指导种植。此外，受邀来沁水考察的中科院专家也认为，山泽的气候土壤适宜大面积种植杜仲，打造全省杜仲示范基地。

为了让项目早些敲定，驻村帮扶队员、村干部与时间赛跑，积极与山东贝隆杜仲生物有限公司联系，并赴山东实地考察，邀请公司相关负责人来村里调研考察，介绍山泽村的资源优势，最终凭借诚意和服务打动了他们。双方很快签订了框架协议，整村推进发展万亩杜仲种植加工项目。很快，山泽村成立了沁水县福隆杜仲种植专业合作社，和山东贝隆杜仲生物有限公司合作，成立了山西贝隆有限公司。山东贝隆持股70%，合作社持股30%，采取"公司+合作社+农户"模式，"全村入社""全员分红""村社一体化"。截至目前，已流转土地2000亩，利用荒山两万亩，杜仲种植12万株。村集体每年可获得荒山租赁费、股金分红20万元以上。农户通过土地流转、种植管护一年也能获得近万元的收入。

因为前三年没有收益，他们又想出发展林下经济的办法，让老百姓在林下种植土豆、辣椒等作物增加收入。引进沁森宏泉杂粮种植专业合作社，与村里签了订单收购协议，每亩地又多出近2000元的收入。

64岁的贫困户赵玉林和老伴都患有轻度脑梗，他给记者算了一笔账：家里流转了6.5亩土地后，每年光租金有3250元收入，他和老伴在合作社打工，他每年最低可以收入4500元左右，老伴也能收入将近4000元，林下种植辣椒，又可以有将近4000元的收入，两人轻轻松松一年收入1.5万元以上。

村民王小忙是村里的"流转大户",他告诉记者:"我这14亩土地,每年光土地流转费就有7000元,田间管理费还能赚1400元,此外我还可以在田间插播辣椒、土豆等低秆植物,算下来,一年最少能有近4万元收入。"

沁水县农经局驻山泽村帮扶队队长田忠强告诉记者:"有了山东贝隆这个龙头企业入驻,沁森宏泉杂粮种植专业合作社也乐意和山泽合作,双方并在协议中明确了收购保底价。"目前,山泽村农户通过土地流转收入、栽植管护收入和股金分红,人均增收3000元以上,实现了36户全部脱贫。

沁水县坚持以脱贫攻坚统揽经济社会发展全局,突出"六个精准",推进"五个一批",全力实施八大重点工程,着力推进20个专项行动计划,尤其在产业扶贫方面,建立了"一村一品一主体"项目库,打出了企业扶贫、金融扶贫、生态扶贫等一系列组合拳。去年以来财政部门牵头制定了《沁水县农村集体经济发展基金使用管理办法》,共整合涉农资金7219.95万元;林业部门聘请建档立卡贫困林管员565人,带动1500多人增收;金融机构建立金融扶贫信用档案7519户,累计发放扶贫贷款780余万元;百企帮百村活动深入开展,民营企业支持带动贫困村新落实产业项目58个。

宜农则农、宜牧则牧、宜林则林、宜养则养、农旅一体、精准施策,是沁水县产业扶贫的基本遵循。一把钥匙开一把锁,一个村子念一本经,张村乡瑶沟村的万头猪场,龙港镇固镇村的光伏发电,土沃乡岭东村的鹌鹑养殖,胡底乡贾寨村的香菇种植,樊村河乡樊村的油用牡丹,以及杂粮加工、药材种植、生态治理、乡村旅游……"一村一品一主体"真正让山村群众多少年来的脱贫梦想以看得见摸得着的形式照进了现实。

因地制宜，选对产业，方能栽下摇钱树；创新模式，常态增收，方能扎下致富根；聚拢五指，合力攻坚，方能铺平小康路。

"只要老百姓真正有了挣钱门路，沁水完成脱贫摘帽，一定能够如期实现！"沁水县扶贫开发中心主任胡屹立满怀信心地说。

截至目前，沁水县有插花贫困户的村总计208个，现在在建产业扶贫项目共有127个；其中尚未脱贫的11个省定贫困村中，实施产业项目28个，每村平均2个到3个。

（2018年6月29日）

阳曲县：多方合力为特色产业精准脱贫树起标杆

本报记者　柴俊杰　米　玲

今年5月上旬，国务院办公厅发布《关于对2017年落实有关重大政策措施真抓实干成效明显地方予以督查激励的通报》。在表彰项目中，阳曲县3项经验做法受到表彰，是山西省唯一受到表彰的县（市、区）。而该县受表彰的3项做法中有一项是"落实重大政策成效明显、创造典型经验做法"。其具体所指，就是该县在脱贫攻坚工作中所取得的不菲业绩。

有"太原北大门"之称的阳曲县属省级扶贫开发工作重点县，有43个贫困村，建档立卡贫困人口8830户20822人。近年来，阳曲县不断从产业发展、生态建设、就业培训、村集体经济壮大、贫困村提升、政策兜底、激发内生动力等方面狠下绣花功夫，决战脱贫攻坚、决胜全面小康。截至2017年底，阳曲县实现40个贫困村脱贫摘帽，8362户19905人稳定脱贫，贫困发生率降至0.78%，在22个省级扶贫开发工作重点县中增速第一，14项贫困县退出指标均达到或高于全省平均水平。

决战
决胜　山西省58个贫困县的产业扶贫故事

阳曲脱贫攻坚取得如此业绩,"一村一品一主体"产业扶贫功不可没。

机制灵活　贫困户"借"来好日子

"2016年5月,通过'借羊还羔'的模式,我们集体饲养的300只羊产了240只羔,卖了190只,剩下的50只又赠送到了贫困户家中。"董根万认真地给记者讲述他"借羊还羔"的故事。

董根万是阳曲县东黄水镇吉家岗村下辖的自然村牛家滩村的村委委员,有6年养羊经验,在当地是个懂技术、会管理的养羊技术专家。两年前,他代表牛家滩接受了带动主体山西桦桂农业科技有限公司免费赠送的300只羔羊,按照协议,农户把羔羊养大在产羔后分3年归还60只羔羊,企业将农户归还的羔羊再继续赠送扶贫,以此让牛家滩村早日脱贫致富奔小康。

董根万告诉记者:"这个项目真的很好,而且效益还很不错呢,现在市场行情逐渐上涨,从最初的7.9元/斤到现在都能卖到13元/斤。草料缺乏时,县政府、扶贫办分两次把养羊款20万元及时地打到贫困户那里,县农委也组织了3人的技术服务队给予技术支持,同时,桦桂把在大盂镇收回的青储玉米草料免费供应给我们的贫困户。"

"借羊还羔"机制是该县在"一村一品一主体"产业扶贫工作中创造性推出的一项措施。

要扶贫,但同时企业也要有效益,白送羊的这笔账应该怎么算呢?阳曲县桦桂农业科技有限公司负责人张润英告诉记者,"300只羊企业投资35万元,实际上我们是不赔本的。我们公司有年屠宰30万只羊的屠宰场,而企业1年能育肥5万只羊,剩下的25万只,羊源哪儿来,就是找养羊户。养羊户给我们供应,企业从深加工上来营利。"张润英表示,因为除了"借羊还羔"外,公司近年来还推出了"送种还羊"的办法,就是公司把种公羊赠给农户,让他们对母羊进行优种改良。该项目精准对接全县10个乡镇的259户贫困户,计划3年赠送1000只种羊,至今已经分6批赠送了793只。

"仔猪寄养"运营模式是阳曲县除"借羊还羔"机制外推出的另一项扶贫措施。2016年3月,阳曲县与山西宝迪农业科技有限公司"仔猪寄养"运营模式和建养模式进行了对接。宝迪公司以每头收取一定数额的押金将24日龄左右的猪苗发放给农户,并全程提供饲料、兽药、疫苗、养殖技术服务指导等,农户则承担劳务及水电等相关费用。当仔猪长至115公斤左右时,公司进行兜底收购,每头猪将产生二三百元的经济效益。据测算,"仔猪寄养"产业模式一年可带动阳曲农户养殖生猪5万头。

据该县农委工作人员介绍,除了以上措施外,"送鸡还蛋""生猪放养""三金脱贫"等产业脱贫模式也被广泛推广。灵活的扶贫机制,让贫困户尝到"借"的甜头,同时也激发了他们脱贫致富的内生动力。

政策激励　新型经济组织注入活力

29岁的赵立涛是阳曲县河上咀村人。2016年,在太原打工多年的赵立涛决心回村创业。在村里干什么?赵立涛认为,依托该村紧邻太原市这个消费大市场的优势,创办个人农场,生产优质蔬菜肯定有发展前景。

在赵立涛的努力下,投资60万元、占地136亩的阳曲县阪寺山养种植示范农场在2016年5月建起来了,农场建有温室大棚40栋。

决战决胜 山西省58个贫困县的产业扶贫故事

农场有了,种什么?怎么种?这对于不懂农业科技的赵立涛来说是一个深奥的课题。要想做得最专业,就得聘请专业技术员。但建农场已经投入了所有积蓄的赵立涛已经没有余力来高薪聘请专业技术员。

恰在此时,阳曲县政府推出了对贫困村连片设施农业技术员每年补助10万元的政策。该政策规定,如果该县新型经济组织种植面积达20亩以上,带动贫困户5户以上,可申请享受该奖补政策。赵立涛的难题迎刃而解,他当即就通过申请,聘请了小店区农大毕业的技术员吴晓朋,并吸收村里的8个贫困户在农场打工。

赵立涛告诉记者:"经过几年的发展,现在农场种有西红柿、茄子等蔬菜,基本供应到阳曲县自有主打品牌——'首邑田野'农特产品超市,感觉这个产业还真不错。"

赵立涛的农场是从阳曲县扶贫奖补政策受益的新型经济组织之一。据了解,为打赢脱贫攻坚战役,该县脱贫攻坚领导小组办公室出台了一系列专门扶持新型经济组织发展的奖励办法。其中《阳曲县林业产业精准扶贫奖励办法》《阳曲县林业产业扶贫奖励办法》规定:对村集体、企业、合作社、家庭农场、扶贫合作社及贫困户,新成立一个扶贫攻坚林业专业合作社,奖励启动资金1万元;扶贫攻坚造林专业合作社完成了100亩以上造林,每亩补助300元;新一轮退耕还林工程涉及贫困户的,每亩补助200元。《阳曲县设施蔬菜项目建设及产业扶贫奖励办法》规定:温室补助每亩补助2万元至9.8万元;(根据连片面积而定,包括基础设施)大棚贫困户在此基础上另补5000元/亩;蔬菜集约化育苗场每1000平方米补助15万元;节水莲菜集中连片小区补助2000元/亩,菜窖、冷库建设补助500元/平方米;连片设施农业技术员每年补助10万元。《阳曲县畜牧养殖等产业精准扶贫奖励办法》中还有针对养猪、养鸡、养羊、养牛的补贴。

此外,该县农委还规定,对全县发展杂粮种植、水果经济林种植、中药材种植、薯类种植、小杂粮加工等特色农业产业能起到带动作用的村集体、企业、农民专业合作社和家庭农场,均有各种补助。而这些补助政策,为该县新型经济组织的发展注入了鲜活的动力。

主体带动　贫困村步入发展快车道

"借"给牛家滩村羔羊的山西桦桂农业科技有限公司是一家集肉羊养殖、鲜果采摘、科技培训、休闲观光、生态旅游为一体的农业科技企业。

据公司负责人张润英介绍,该公司紧紧围绕精准扶贫这一主题全面开展脱贫服务,在提供就业岗位、帮扶贫困户养羊、建立饲草饲料基地等方面做文章、下功夫。该公司在为人们提供牛羊肉制品的同时,也为当地养羊户解决了肉羊销路问题,排除了养殖户卖羊难、怕赔钱的后顾之忧,有力地促进了阳曲百万羊业大发展。公司还在大盂镇建立肉羊饲草饲料供应基地1万余亩,并与农户签订《青储玉米供销合同》220份,贫困户通过供应草料增加收入,公司农户相互依从、互利共赢,户均增收在2000元以上。

目前,该公司以"拉帮带"扶贫模式提供就业岗位,帮扶贫困户增收。现在长期在公司就业的贫困人口有35人,占员工总数的60%,年均收入2.5万元至3.3万元。此外,公司还通过提供临时就业岗位带动贫困户增收近120万元,在阳曲县走出一条以种、养、加三产融合发展,实现拉、帮、带攻坚脱贫的新路子。

位于杨兴乡坪里村的七峰山种养殖有限公司围绕精准扶贫这一主题全面开展扶贫服务，在提供就业岗位、旅游带动贫困户增收、借本还息帮扶深度贫困户等方面做文章、下功夫。目前，该公司有长期就业人员30人左右，主要来自附近贫困村，其中80%的员工为贫困人口，员工年平均收入为2.5万元左右。公司每年还为周边贫困户提供短期就业岗位约80个，通过就业岗位带动贫困户增收近110万元。该公司还通过政府主导的借本还息的扶贫方式，每年将利息通过村集体，以分红的方式给予丧失劳动力的深度贫困人口补助，帮助深度贫困人口改善基本生活。

产业扶贫是实现精准扶贫的有力抓手，必须要有带动主体。据了解，阳曲县20个村与县扶贫产业公司、太原市农合盛农业开发有限公司签订"折股量化"协议，投入扶贫资金770万元，分红80万元；60个村与山西桦桂、山西喜跃发、阳曲七峰山、永丰禽业等12家优质企业实施"借本还息"项目，投入扶贫资金5600万元，收益463.6万元。

阳曲县通过强化"公司+贫困户"利益联结，推进"一村一品一主体"产业扶贫，形成了乡乡有龙头企业、村村有带动主体、户户有增收项目、人人能脱贫致富的产业扶贫格局。2017年全年统筹整合财政资金2.38亿元，实施脱贫攻坚项目210个、增收达万项目74个，带动2775名贫困人口人均增收2762元，被评为全省特色产业精准脱贫范例县。

（2018年7月3日）

夏县：成就区域品牌　打好脱贫战役

本报记者　刘桂梅　杨晓青　裴彦妹

一个小县城的西瓜竟然是中国著名品牌？还真是，它就是运城夏县的"夏乐"西瓜。这不，5月10日，头茬西瓜刚采摘就已经被预订一空，而且卖到了2.8元/斤的好价格，瓜农的脸上乐开了花。"夏乐"西瓜享誉三晋，成为夏县产业扶贫进程中一道亮丽的风景。

脱贫攻坚工作中，夏县在蔬菜、香菇、西瓜、烟叶、香包、木雕、畜牧养殖和长远收益的水果、干果、中药材、苗木等产业上做足了文章。当地牢牢抓住有利时机和政策机遇，因地制宜、乘势而为，以实现"一村一品一业""五有三目标"为抓手，结合县域产业特色，大力推行"三个六"机制，走出了一条特色产业与集体经济收入破零、贫困户增收紧密联结的精准扶贫之路。

整合杂乱品牌　打出金字招牌

夏县种植西瓜由来已久，在山西省的市场上也早有了一定的知名度，但几十年来形成了十几个品牌，质量参差不齐，价格也随波逐流，产业发展缓慢。2015年，由宏伟瓜业合作社牵头，5个西瓜专业合作社"合体"，整合了13个品牌，成立了夏乐精品瓜业协会。协会采取"公司+协会+合作社+农户+互联网"的运营模式，从此让夏县西瓜"走南闯北"销往全国各地。"夏乐"被评为山西省著名商标及中国著名品牌，成就夏县西瓜产业区域品牌特色，使贫困群众实实在在获益。没有规范种植以前，夏县西瓜主要供应当地市场，由小商小贩销售，价格不高，农民收入整体偏低。联合起来之后，不仅避免了小品牌之间的无序竞争，而且产品提档升级走向精品化。现在，夏县西瓜订单越来越多，各地博览会上经常能看到夏县西瓜参展，北京、深圳、上海等地的客商慕名而来签订合同，价格还要比市场高出许多。

5月10日是夏县头茬西瓜出棚的日子。瓜业协会负责人田宏伟指着已经装箱的西瓜给记者介绍："我们的每个西瓜都有自己的二维码，不仅质量可追溯，而且实现了品牌效应，这些西瓜早就被预订出去了。"记者和田宏伟见到瓜农陈晓芳时，她正将自家每个棚采摘的西瓜数量记在本子上。陈晓芳说："我从前年就开始种西瓜了，每年都由协会提供苗木、农资和技术指导，产品也由协会负责销售，价格比市场高。"去年，陈晓芳家已经脱贫，今年她的瓜棚发展到25亩，预计收入近10万元。协会还有很多像陈晓芳这样的瓜农，收入都有了保障。如今，夏县发展设施西瓜7000余亩，其中5000余亩由瓜业协会统一管理，实现了产业的良性发展，扎实推动了脱贫进程。

在近年来的脱贫攻坚战役中,夏县坚持品牌带动、抱团发展的思路,不仅培育了"夏乐"西瓜品牌,而且还有"夏鲜"蔬菜、格瑞特葡萄酒、厚民晋茶、泗交黑木耳、展鹏柿子醋、钙果系列产品等特色农产品品牌,并且先后组织参加了上海亚果会、山西农博会、运城果交会,通过推介宣传,进一步提升了夏县特色优质农产品的品牌知名度和市场占有率,真正走出了一条"一技富一户、一户带一村"的产业精准扶贫路子。

风险我来承担　利益大家共享

提起南茶北种,必然要提到夏县的龙头企业——厚民茶场有限公司。厚民茶场位于泗交镇王家河村,近年来采用"公司+基地+农户"的运作模式,以每亩580元的价格流转农户土地500亩发展茶叶种植。公司统一搭建茶棚4000余个,负责整体的技术服务、指导培训,并投资建设生产线进行茶叶深加工,农户可以到茶场务工挣工资,也可以承包茶棚挣管理费。在这个环节,共带动当地贫困户34户120人,年户均增收1万余元。在厚民茶场打造的观光旅游区,优先贫困户从事各种工作,增加收入,可以说在茶场的带动下,游客越来越多,村里的野菜、野桃、野杏都能卖出好价格。按照"企业+贫困户"的利益联结模式,有17个贫困户向银行申请扶贫贷款入股,以每年8%的分红比例与企业签订利益分配协议,每年可获4000元股金分红,企业化解了融资难问题,同时贫困户收入有了长期保障。企业在发展壮大的同时,通过建立完善经济主体和贫困户之间的利益联结机制,根据不同情况采取不同措施,实现对贫困户的精准对接、精准帮扶,有效促进了贫困人口的增收致富。

我们来看看在这个过程中，贫困户是如何获益的。王家河村去年底脱贫的贫困户赵淑红，39岁，全家5口人，2013年将4亩土地流转给茶场，每亩收入580元，自己在茶场务工，每个月收入1200元，丈夫从土地上解放出劳动力之后外出务工年收入1万余元，公公承包茶棚30多个，每个棚每年收入管理费220元，家里还申请了5万元的富民贷入股，年可分红4000元。粗略估算，赵淑红家年可收入4万元左右。贫困户秦苏红，44岁，家里4口人，7亩地流转给了茶场，2014年开始承包茶棚，从最初的20多个到现在的50多个，自己在公司后勤务工，闲时还可以做采茶工，丈夫在外务工，有富民贷年分红4000元，一年算下来也有不少的收入，可以说实现了在家门口致富。

晋星集团是夏县规模最大的农牧企业，符合条件的贫困户可以到集团产业园就业，可以承包管理鸡舍。去年底，198个入股晋星集团的贫困户领到了分红136.25万元。晋星集团围绕贫困村10万元集体经济撬动资金，与入企的贫困村签订合同、建立档案，实行一村一档，做到帮扶精准、服务精准，确保年终15%的分红，壮大了村集体的经济收入。目前，入股产业园区的有全县61个村，分红84万元。目前，集团已经启动德盛养殖精准扶贫第一产业园建设。养殖园区围绕"公司+农户"的模式，实行"五统一"机制，即统一设计鸡舍、统一供应鸡苗、统一供应饲料、统一技术指导、统一保价回收。同时，企业利用强农贷融资2000万元，促进了养殖、屠宰、饲料为一体的产业园区建设。夏县将产业园区规划与金融部门资金相结合，将贫困户和贫困村增收与企业发展相结合，通过签订脱贫协议，实施产业发展、资金入企、定额分红、年初入企、年内脱贫、风险由企业负担的办法，吸引全县贫困村和贫困户入股产业园,实现合作共赢,助推全县脱贫攻坚顺利实施。

发展特色产业　夯实脱贫基础

北大里村位于夏县县城以北12公里,全村共有230户815人,耕地面积1938亩,其中菊花产业园区有1200多亩,主要品种有杭白菊、皇菊、金丝菊和洋甘菊等十几个品种。北大里村在脱贫攻坚的道路上,走出了"党支部+公司+合作社+基地+贫困户"的"5+"模式。党支部带领群众积极进行产业结构调整,村里成立了坤源花卉合作社,将贫困户吸纳为社员,土地入股分红。引进运城鼎坤茶叶有限公司,采用拉、帮、带模式,雇用有劳动能力的贫困户进企业劳动,增加工资性收入。公司与农户签订保底收购合同,实行订单农业,公司抵御市场风险,让贫困户吃上定心丸。引导群众发展菊花产业,免费为贫困户提供菊花苗,形成了辐射一方、带动一片、点面结合、相互促进的菊花产业发展模式。村里免费为贫困户提供菊花苗和种植技术培训,积极对接农商银行和邮储银行,为有发展意愿的贫困户办理金融扶贫贷款发展产业。群众以种植杭白菊为主,亩产600公斤左右,按保底价每公斤10元计算,亩收益可达6000元左右。同时还带动周边赵村、南大里、圪塔、上冯等村多户农民种植菊花。

北大里村54岁的贫困户丁有狮通过土地入股村里菊花种植合作社,在园区里从事种、管、收工作,自己还种了4.8亩洋甘菊和2亩杭白菊,村里的合作社还为其免费提供种苗和技术,并进行保底收购。他家已于2016年脱贫。贫困户孙根吉说:"我自己没有钱去搞种植,乡村干部帮我和信用社联系,给我办了金融扶贫贷款,拿到了1万元的发展资金,今年我种了4亩菊花和2亩中药材,致富也不用发愁了。"

如今，菊花已成为北大里村经济发展、农民增收的支柱产业。记者在菊花加工厂看到了一些瓶装成品，有金丝皇菊、平阴玫瑰、洋槐花、金银花等。据村党支部书记张生贵介绍，"村里下一步计划发展深加工，提升产品附加值，做出自己的品牌走向市场，目前正在进行相关工作。我们将依托自己的特色产业，带动群众走向共同富裕"。

推进脱贫攻坚，夏县不遗余力，产业发展不断加快，形成了优质粮食、设施蔬菜、精品林果、生态养殖、高山绿茶、观光农业、中药材种植七大产业板块，在所有贫困村实现了产业发展全覆盖。通过采访，虽不足以窥当地产业脱贫全貌，但都完全契合山西省制订的"五有"产业扶贫机制标准。当地实行长短结合、综合施策、量体裁衣，推行"三个六"机制，更是因地制宜，具有当地特色：一是长短结合，立足当前短平快，着眼长远稳准实，在当年收益的蔬菜、香菇、西瓜、烟叶、香包、木雕、畜牧养殖和长远收益的水果、干果、中药材、苗木等产业上做足文章，将符合有特色优势、有发展前景、有规范制度、有清晰产权、有保底收入、有稳定收益"六有要求"的产业列为扶贫重点；二是综合施策，对列入扶贫重点的特色产业，坚持导向市场化、产业项目化、发展规模化、设施园区化、管理标准化、打造品牌化"六化标准"，企业等经营主体主动用力，政府扶持发力，职能部门帮扶助力，乡、村、驻村工作队多方合力，综合施策，使扶贫特色产业不断发展壮大；三是量体裁衣，紧密的利益联结机制是产业扶贫的关键，采取政府扶持撬动、银行贷款促动、企业发展拉动、能人（合作社）参与带动、集体投资折股驱动、贫困户入股联动"六动措施"，形成了多方互利共赢的工作格局,建立了能人大户、合作社、龙头企业与贫困户、贫困村的利益联结机制,壮大县域特色产业,发展农村集体经济,带动贫困户脱贫增收。

去年,夏县75个贫困村已全部退出,4456户15229人脱贫。在今年的脱贫攻坚战役中,当地1221户2754人将稳定脱贫。

(2018年7月10日)

陵川县：筑"太行药乡" 兴富民产业

本报记者 何彩仙 白慧磊 特派记者 王小东

说起山西的中药材产业，就不得不提拥有"太行药乡"美誉的陵川县，这里盛产的连翘、潞党参、黄芩、蝉蜕、火麻仁由于品质上乘而被业界尊为"陵五味"，称得上是山西道地药材中的一绝。作为省级扶贫开发重点县和晋城市脱贫攻坚主战场，近年来，陵川依托资源禀赋和全省中药材"一县一业"基地县的政策优势，外引资金项目，内联农户、新型经营主体和本土企业，整个产业发展得风生水起。如今，中药材产业已成为该县农业产业结构调整、脱贫攻坚和乡村振兴的重要抓手，真正成了山区农民脱贫致富的特色主导产业。

幸福花开 农民跟着中药材园区干

"我们祖祖辈辈在山里采药材种药材，可效益从来没有像现在这样好过。我家也在中药材种植专业合作社的带动下脱了贫，再也不为生计发愁啦。"61岁的六泉乡石家坡村村民牛宪发高兴地说。

牛宪发口中所说的合作社就是石家坡村党支部书记牛永军将当地分散的50多户药材种植户联合起来，组织成立的石家坡永军中药材种植专业合作社。有了这个经济组织，就能充分发挥技术帮扶、集中管理、联合销售的优势，为当地贫困人口找到了致富的门路。

陵川农民长期以来就有采野生中药材和种植中药材的习惯，可多年来，农民采取杀鸡取卵的方式一味地向土地要效益，而不能科学地轮作倒茬，致使种植出的中药材产量和品质逐年下降。而对于野生中药材资源的利用，也因交通、信息闭塞，对市场行情不了解，再加上药材不易保存，导致"等不得"而卖不上一个好价钱。陵川农民因此长期处在守着金饭碗难以致富的尴尬境地，也使得产业发展步入了恶性循环的怪圈。为了改变这种自断后路的局面，全县开始重视培育发展中药材种植园区，从生产源头抓起，逐步解开这个困扰山区群众脱贫致富的头道课题。

牛永军联合村民发起成立的中药材种植专业合作社就是在这样的背景下应运而生的。如今，当地的党参、黄芩品质得到大型药企的认可，企业与合作社签订了稳定的收购合同，仅去年，合作社就销售中药材2000多公斤，销售收入达到40多万元。依托合作社，石家坡的贫困户不仅可获得每亩每年350元的土地流转收入，还能在合作社里打工挣钱，加上自种中药材的收入，贫困户年均增收4000多元，去年一举实现了整村脱贫的目标。

"六泉乡是陵川县的中药材种植大乡，如何发挥新型经营主体对全乡中药材产业的推动作用，是我们近年来主抓的一项工作。"六泉乡党委书记赵国锋告诉记者，"为了推动石家坡村中药材种植业迅速发展壮大，在全乡形成示范效应，我们积极联系农业科研院所，争取项目资金支持，以石家坡永军中药材种植专业合作社为基础重点打造中药材科技示范园,从而逐步实现新品种试验、规范化种植、机械化施肥研究、高端展示和药花观赏旅游等五大功能,为当地农民持续增收夯实了基础。"

六泉乡石家坡中药材科技示范园只是全县众多中药材种植园区的一个缩影。2018年初,通过积极争取,陵川县申报的中药材省级现代农业产业园被列为全省首批20个现代农业产业园之一。今年以来,围绕省级中药材现代农业产业园建设,在省级项目扶持资金尚未下达前,陵川县不等不靠,筹措财政整合涉农资金1300万元,在全县贫困村、插花贫困村实施中药材产业扶贫项目,新发展连翘、党参、黄芩、桔梗等中药材种植1.6万亩,全县2万余农户、5万多人口参与到中药材产业建设中来,仅中药材一项,全县农民人均增收突破1000元,让农民真正从中药材园区建设发展中获得了实实在在的红利。

梧桐引凤 药企围着"药乡"转

陵川人一直保持着用春天鲜嫩连翘叶炒茶饮用的习惯,清热祛暑功效显著。陵川县夺火乡塔水河村村民许雪梅从乡亲们的这个习惯中发现了商机,通过外出学习、反复试制,终于在2015年将南太行山漫山遍野的上好连翘嫩叶制出了口感媲美南方茶品的连翘茶,并为之赋予了一个有着浓浓太行山味道的诗意名字——晋之翘!

2013年,许雪梅成立了陵川县乡土人家农业综合开发有限公司,一边打理1200亩中药材野生抚育基地,一边潜心开发连翘茶系列产品。随着公司的不断发展壮大,通过土地流转、产品收购、劳务用工等,带动周边乡镇700多名贫困劳力从事该产业,乡土人家公司也因此成了该县中药材产业当中的一家明星企业。

"在农村，男劳力都外出打工去了，农村妇女们就只能在家里种地、照顾老人孩子，没工夫外出挣钱。许总可帮了我们这些贫困户的大忙了，她专门招收村里的家庭妇女进公司务工，教我们采茶、分拣、包装，到今年我已经在茶场工作4个年头了，每月稳拿1500元的工资，加上丈夫务工和种药材的收入，今年我们家脱贫肯定没问题。"46岁的古郊乡古郊村村民王红芳高兴地告诉记者。

公司董事长许雪梅深有感触地说："我觉得我们陵川漫山遍野的连翘资源不能停留在卖药材这个初级阶段上，必须走高附加值的产业化发展道路，这样才能让中药材产业升级，贫困户彻底增收致富。今年初，山西省《食品安全地方标准 连翘叶》正式实施，这对于我们发展连翘的深加工产业打开连翘茶市场大门，无疑是一张宝贵的'通行证'，连翘茶项目迎来了难得的发展机遇。"

山西兰花太行中药有限公司是晋城兰花集团在陵川投资建设的一家大型中药材种植、加工企业，在当地中药材产业链上发挥着举足轻重的作用。"我们以'公司+合作社+农户'的模式，把'生产第一车间'放在田间地头，在陵川县贫困户集中的六泉、夺火等7个乡镇设立了8个扶贫初加工点，采用订单收购的方式实现地产药材就地收购、就地加工，受益农户达3200多户，能够大范围、可持续地增加贫困人口收入。"公司总经理郭宏斌向记者介绍道。

"去年，兰花太行公司给我出了1公斤干党参46块钱的收购价，家里一亩半党参就收入了7500元，有了合作社，有了大药厂，我们这些贫困户都把种药材当成家庭主业，脱贫没问题。"六泉乡石家坡村贫困户牛国良充满信心地告诉记者。

栽下梧桐树，引得凤凰来。在良好的中药材产业基础吸引下，北京同仁堂、武汉九州通、国新能源、山西兰花等4家上市公司纷纷在陵川落地生根，以不同形式参与到当地的中药材产业开发中来。本地企业也在产业发展中乘势而上，除乡土人家公司外，山西参洋中药材公司、陵川县百草堂药业公司、晋城市农生园农业开发公司、陵川县海瑞生物科技公司等一大批企业都在中药材深加工项目中纷纷取得突破，涵盖中药饮片、中成药、中药保健品、药用植物提取、中药养生茶、药材初加工等多个领域。这些项目总投资达3亿多元，达产达效后，年加工转化能力将达到1.5万吨，可使全县90%以上的中药材实现就地加工转化。全县中药材产业形成的闭合链条，从根本上保障了脱贫群众增收的可持续性。

精修内功　政府做好产业"服务员"

审视陵川中药材产业这些年突飞猛进的发展路径，县农业综合开发局郭俊锋局长道出了其中的关键所在："陵川中药材产业能打造出成今天这样的一项富民产业，和县委、县政府多年来一直致力于推进扩张基地规模、聚集加工龙头、建设市场体系、科技创新提质、服务体系支撑和培育新型主体是分不开的，政府只有把'服务员'的角色做好，才能早日将陵川打造成全省一流、全国知名的中药材产业大县、强县。"

陵川县由政府主导组织的大规模中药材产业化开发，起步于1999年，当年，县委、县政府首次提出了建设全省乃至全国一流中药材大县的奋斗目标，并把中药材开发的具体职能确定到县农业综合开发局，把发展目标分解到了各乡镇，作为重点考核内容，由此拉开了全县大规模发展中药材的帷幕。2012年，陵川被确定为全省中药材"一县一业"基地县之后，县委、县政府抓住机遇，积极争取省市有关优惠政策和扶持资金，促进全县中药材产业基地得到了较快发展。2014年，县里规划的"三河三岭"中药材片区开展项目，将4个乡镇37个行政村的4200多户农民纳入中药材种植业，集中连片种植面积达1.5万亩。去年，总投资300万元的特色农业扶贫、中药材产业扶贫项目之一的中药材初加工点建设项目落户到了7个乡镇的9个行政村，直接将当地的贫困群众和农民专业合作社拉上了产业发展的快车道。今年初，该县又印发了《陵川县2018年统筹融合财政涉农资金中药材产业扶贫项目管理办法》，确保了项目资金精准用于中药材产业扶贫这个"刀刃"。前不久，在北京召开的陵川县招商引资回乡创业暨中药材产业推介会上，一举签订了4个中药材合作项目，项目累计总投资达6500万元。

为了扩大陵川中药材的影响力，当地开展了很多扎实有效的宣传推介活动。2013年，县政府与中央电视台农业频道取得联系，中药材宣传的公益广告正式在央视7套播出。从2016年至今，该县连续举办了三届"太行连翘节"，创办了太行药乡陵川中药产业网，使陵川中药材产业有了自己的专业宣传平台。特别是今年4月，由著名词作家云剑作词、著名作曲家鹏来作曲、著名歌唱家祖海演唱、资深导演舒云导演的，宣传陵川中药材产业的《连翘花》歌曲MV正式发布，在省内外引起巨大反响。今年5月，陵川再次争取到了在央视7套播出"陵五味"道地中药材免费公益广告的机会，为宣传推介"太行药乡"品牌加油助力。

陵川县委、县政府全方位的推动，换来了全县中药材产业的跨越式发展。截至去年底，陵川县中药材分布面积达到126.4万亩，其中，以连翘、蝉蜕为主的野生中药材分布面积达90余万亩，人工种植及野生抚育中药材面积达到36万亩。全县所有乡镇70%以上行政村的2万余农户5万多人口参与到中药材产业建设中来,中药材产值达到2.6亿元,仅此一项,全县农民人均增收突破1000元,到"十三五"末,全县农民人均药材收入可望达到1500元。

(2018年7月13日)

万荣县："瞄准靶心"精准脱贫

本报记者　马建军

万荣县位于山西省西南部，黄河和汾河交汇处，是一个传统的农业大县、省定贫困县。2018年以来，万荣县委、县政府立足产业发展实际，制定了《万荣县特色产业扶贫2018年工作要点》，全力推进产业扶贫工作，大力发展实施特色产业脱贫项目。奋力推动"五有"机制建设，紧紧围绕"8311"特色产业建设项目，形成了以水果、干果、药材、香菇、养殖、蔬菜、光伏、旅游等为主导的多元化产业发展模式，带动贫困户2590户7700人。此举为全县脱贫摘帽提供了强大的产业支撑。

村社共建　开创脱贫攻坚新模式

万荣县辖14个乡镇274个行政村，总人口45.4万，耕地面积102万亩。该县共有贫困村67个，贫困户8156户27340人，其中有劳动能力的贫困人口9278人。2017年底脱贫退出41个村，2018年脱贫任务26个贫困村，未脱贫贫困户3078户9554人。

决战决胜 山西省58个贫困县的产业扶贫故事

　　汉薛镇怀介村位于稷王山脚下，全村共230户900余人，其中建档立卡贫困户109户406人，耕地面积3800亩，主要种植小麦、玉米、杂粮等传统农作物。该村村委会主任张高峰介绍说："我们村十年九旱、靠天吃饭，没有水源，全部为旱地，缺乏发展水果等经济作物的条件，但是，村里拥有丰富的劳动力资源、拥有海拔区位优势和渴望脱贫致富的群众，在帮扶单位运城市委党校的帮助支持下，挖掘潜力、发挥优势，探索出'村社组合'发展新模式。"

　　村社共建，激发群众参与热情。怀介村与丰晟菇业合作，以每亩400元的价格流转土地80亩发展香菇产业，自2015年10月投产运营以来，每年有40余名农户常年在基地打工，累计赚取劳务性工资120万元。同时，依托丰晟菇业的技术指导，村里整合扶贫产业资金40.6万元，置换土地35亩，新建香菇大棚27座，每名贫困群众年底分红100余元，对贫困户承包的香菇大棚，除了采菇框免费使用外，每棒还按照0.2元进行补助。目前，该村贫困户发展香菇每棒要低于市场价0.6元以上，降低了贫困户成本，增加了经济效益。

　　积极招引，拓展农民增收渠道。怀介村与山西济医堂药业集团签订合同，以每亩300元至400元价格流转土地400余亩打造中药材半夏种植基地。该村采取"公司+基地+贫困户"的模式，由公司全额投资，带动30余户贫困群众前来务工，每人每年增收8000元至1.2万元。2018年，将继续扩大半夏种植150亩，可再吸收贫困户15人前来务工增收。

　　自主择业，实现农户增收致富。该村根据群众需求，列出了产业发展清单，由村民进行自主选择。在发展丹参种植上，村里在2017年100余亩的基础上，引导群众发展600余亩，每亩收益可达4000元；在发展黄芩产业上，全村共种植400余亩，由华康药业包种包销，每亩纯收入可达3000元以上；在发展干果经济林上，怀介连片发展双季槐560余亩，涉及贫困户43户、土地280亩，每亩收益可达1500元至2000元。

发动双引擎　助推扶贫产业升级

万泉乡北涧村位于孤峰山脚下，共有138户512人，其中，贫困户67户237人。全村耕地面积976亩，该村土地稀少、干旱缺水、交通不便。为了打赢脱贫攻坚战，村党支部书记兼村委主任陈双冀和第一书记冯芙蓉及其与支村"两委"干部外出考察学习，结合本村现状，制定围绕发展支撑产业、促进农民增收、振兴农村经济目标，实施蔬菜大棚和古村落保护修复、开发旅游两个引擎，助推群众增收致富。

实施蔬菜产业提档升级新引擎。该村耕地主要集中在荒沟坡地，发展蔬菜种植传统已久，针对这一特点，村干部在征求贫困户意见的基础上，把发展春秋大棚确定为脱贫致富的支柱产业。他们成立了圆梦蔬菜专业合作社，采用"五统一联"管理模式（即村委会统一规划实施、统一流转土地、统一筹集资金、统一技术培训、合作社搭建平台统一销售、贫困户联合建棚），帮助贫困户通过种植大棚蔬菜实现脱贫致富。目前，该村共发展春秋棚74个，27户贫困户参与种植，大大提高了贫困户的经济收入。

实施古村落保护修复，开发旅游新引擎。该村占地300余亩，距今已有1000多年的历史，村内共有20世纪五六十年代的房屋院落115间、六七十年代的窑洞138眼，为了巩固脱贫成果，借鉴外地古村落旅游发展经验，开发闲置老村落，发展乡村旅游，形成以观光采摘为一体的旅游产业项目。目前，该村成立了泉涧乡村旅游开发有限公司，对老村房屋进行评估，同时，按照村委会控股占68%、全村村民参股占32%的股份形式进行经营，年底按照收益进行分红，带动贫困群众稳定脱贫。

目前，北涧村正在实施光伏发电项目。全体村民不投资、净分红。每年不是贫困户的正常户分红600元，贫困户分红800元。

"三步走" 铺就脱贫致富路

西村乡岭西村共有62户178口人，建档立卡贫困户55户160人。全村种植中药材360余亩、双季槐200亩、花椒40亩，2016年整体移民至县城恒泰花园，为了使村民移得出、稳得住、能致富，该村通过"三步走"，带动群众脱贫致富。

摸清家底，确定发展产业，必须充分征求有劳动能力贫困户意见。为此，该村第一书记陈明带领帮扶队员逐户深入贫困户家中，统计摸底劳动力情况，仔细征求产业发展意见。经统计，该村共有贫困人口178人，其中，有劳动能力的107人、学生23人、幼儿3人、65岁至70岁23人、70岁以上22人，通过排查摸底，摸清了劳动力状况，为确定产业脱贫打下坚实基础。

找准路径，确定干什么。摸清劳动力状况后，该村帮扶工作队长、第一书记、村"两委"主干和村民代表召开会议，经过充分讨论，确定一是发展花椒产业，重点解决65岁至70岁老人的收入问题；二是组织外出务工，解决贫困群众短期见效问题；三是新建养牛场，增强贫困户持续增收能力。

开动脑筋，想好怎么干。在花椒产业发展上，由帮扶单位万荣中学出资2万元帮助贫困户购买花椒苗木，并组织帮扶干部进行及时栽植，全村新发展花椒160余亩；在外出务工上，通过帮扶单位在外校友多方联系，帮助和及时组织贫困户参加培训，截至目前，村里共有45名贫困群众外出务工。在发展养牛产业上，他们采取"村集体+农户+贫困户"的模式，由村集体入股30%，普通农户、贫困户入股70%。三方入股300余万元，成立扶贫会养殖专业合作社，预计每年实现利润43万元。贫困户贺红杰激动地说："我家三口人，每年有种植药材、打工等稳定收入6万元以上，脱贫增收保证没有问题了。"通过针对村民实际状况制定的脱贫措施，有效实现了村集体经济收入与贫困户整体脱贫、稳定增收。

龙头带动　实施整体脱贫跨越

山西华康药业股份有限公司是一家集生产、营销、研发为一体的现代化中药生产企业，也是国家扶贫龙头企业和山西省农业产业化重点龙头企业。近年来，采取"公司+基地+农户"的模式，该公司充分发挥龙头企业的辐射带动作用，在万荣县的西村、汉薛、解店、皇甫、里望等乡镇及周边县市建立了3万余亩符合GAP标准的道地中药材基地。他们对贫困村、贫困户免费发放中药材种子、苗木，全程提供技术管理、保底收购一条龙服务；为贫困村、贫困户免费技术培训达2万多人次，优先招录贫困村、贫困户有能力的人员，同时为贫困村、贫困户的子女考上大学后提供资助已达30多万元。

发展产业是拔除穷根的根本之策。万荣县委、县政府高度重视脱贫产业发展，坚持把产业脱贫与乡村振兴战略紧密结合，指导、帮助、支持各乡镇、各贫困村探索建档立卡户参与度高、特色产业竞争力强、增收可持续的产业扶贫路径，为贫困村、贫困户脱贫致富注入了新的活力，在全县贫困村、贫困户中形成了变"要我脱贫"为"我要脱贫"的共识。各乡镇、各贫困村借鉴经验、开动脑筋、主动探索,形成符合村情、民情的脱贫产业,为贫困户如期脱贫、持续增收提供了精准的产业支撑。

(2018年7月17日)

沁县：产业带村　能人带户

本报记者　赵跃华

春种一粒粟，秋收万颗子。这几天，沁县的高粱、谷子已经度过了它们生长阶段最关键的时期，即将迎来收获季。

沁县地处北纬36°至37°的地理坐标，被专家称为优质农作物生长的黄金地带，自然生态良好，没有任何污染和污染源，全县宜牧耕地超过50万亩，大小湖泊湿地62处，大小河流126条，大小泉水270余处，发展种植和畜牧有着得天独厚的自然条件。

"五种三养"拓宽扶贫路

"去年我种了5亩高粱，每亩的产量在700公斤左右，由于我们是自己送过来的，人家（晋汾高粱公司）给我们按1公斤2.3元收购，除去成本，要收入7000多块哩！"一走进段柳乡霍沟村，记者就听见村民在谈论去年的收入，他们有的坐在树下乘凉，有的刚从地里"视察"回来，三三两两凑在一起，交流心得。

高粱种植大户李小明笑呵呵地告诉记者："种高粱比种玉米划

决战决胜 山西省58个贫困县的产业扶贫故事

算多了!"

相较玉米价格的持续低迷和不稳定,沁县高粱价格却逆势走高,相较于2元/公斤的保底收购价,全县5万亩酿酒高粱被晋汾高粱公司以2.26元每公斤的价格悉数收购。有了公司"撑腰",高粱全都高于市场价卖出去了,一年的辛苦总算有个着落,种植户们个个喜笑颜开。有了去年的"高收入",今年,农民的种植热情更加高涨。

坡头村沁县大金益养猪专业合作社由村集体领办,全村40户101口贫困人口全部入社,与山西大象集团合作,采取"企业+村集体+合作社+贫困户"的发展模式共同筹建,建成年出栏生猪3000余头的标准化猪场,贫困户人均可分红766元,村集体稳定收入1万元。

"贫困户主要是用扶贫切块资金入股合作社,还有6户贫困户,又额外合计贷款27万元入股,去年我们卖了1000头猪,这几户在拿到人均分红766元后,又拿到贷款分红户均1300元左右。同时贫困户不仅可以在社内打工,还可以跟大象集团学习养殖技术,现在生猪一般疫情都可以自己处理了,大家都挺高兴的。我们接下来会继续把这个合作社好好经营下去。"如此,扶贫金变成了"扶贫猪","扶贫猪"又晋升为"致富猪"。坡头村支书张效平对这个产业很有信心。

目前,沁县沁州黄谷子种植拓展2万亩,达到8万亩,其中沁州黄绿色谷子标准化生产基地达到4万亩;高粱种植拓展1万亩,达到6万亩;设施蔬菜拓展1000亩,露地蔬菜3000亩,达到2万亩;中药材种植拓展1万亩,达到4万亩。完成油用牡丹套种中药材5000亩。在养殖业方面,肉牛达到8万头,以汾酒集团为龙头,实施"535"

工程（即建设5个千头肉牛育肥场，建设30个百头母牛繁育场和50个存栏百头以上的母牛养殖专业村），带动贫困农户稳定增收。以大象集团为龙头，按照圈舍设施化、饲养程序化、管理标准化、粪污无害化、产销联盟化的发展思路，新增生猪10万头；鼓励支持潞宝金和生企业合理规划建设肉鸡养殖基地，重点扶持建设带动贫困农户的规模养殖场20家，带动贫困户参与发展肉鸡养殖。依托正大集团新建肉鸡产业园，年出栏量达到1500万只。

沁县立足产业基础，围绕如期实现脱贫攻坚和全面小康目标，以现代农业产业开发区为引领，以汾酒集团、大象集团、潞宝集团、振东集团、沁州黄集团等龙头企业为主要带动主体，打造形成了以沁州黄谷子、酿酒高粱、设施蔬菜、中药材、油用牡丹种植和肉鸡、生猪、肉牛养殖为主的"五种三养"特色农业开发新格局，实现了企业发展与贫困户脱贫增收多方共赢的良好态势，为推动脱贫攻坚和全面小康奠定了农业基础。

小鹌鹑"孵"出致富路

3年前，王建怀揣创业致富、助力脱贫的梦想回到了他的家乡沁县，凭借着在外打工积累的经验和积蓄，开始了自己的创业生涯。

"一开始，我在南方打工，开过出租车，做过销售，甚至架过高压线，再辛苦再累，日子过得也就那样，没甚余粮。"说起早年的打工经历，王建不胜唏嘘，"这也罢了，逢年过节才能回家一次，每次回家过年，第一感觉就是穷！"

返乡创业，回报桑梓。回到家乡的王建被村民选为村委会主任："摆脱贫困，不仅仅是我自己脱贫，还要帮助和我一样的乡亲们过上好日子。"作为青年干部，他肩负起了带领全村人脱贫的任务。

"一开始真是两眼一抹黑。"王建思来想去，觉得在农村创业，跟土地打交道，无外乎种植、养殖。王建告诉记者，他考察过养猪、养鸡等多个项目，都觉得不很理想。

"也是机缘巧合吧，邻村冀家凹之前有河南的老板来投资鹌鹑养殖，因为人们的意识淡薄、管理技术欠缺，这个项目中途就夭折了。我就想着，能不能在此基础上让鹌鹑养殖起死回生。"王建说。

从一个打工仔到完全陌生的养殖行业，其中的艰辛可想而知，王建专门去河南鹌鹑养殖基地考察，发现养鹌鹑技术比人们想象的要简单，从雏苗到生蛋只需45天到50天时间，投资少见效快，而且在长治周边县区，鹌鹑养殖几乎是空白地带，极有市场潜力。

2016年7月，王建身先士卒，用所有积蓄购买了5000只鹌鹑幼苗及养殖鹌鹑所需的设备，在南尧上村一个远离公路、水源和人群聚集地的僻静山坡，开始了自己的鹌鹑养殖事业。

自从养起来鹌鹑，王建每天起早贪黑，与鹌鹑"同吃同住"，多次实地考察大型养殖场，不断积累经验，聘请专业技术人员，摸清销售渠道。"去年我一共养了5个棚共12万只鹌鹑，一天能产鹌鹑蛋大概1000公斤，每公斤收购价11元左右，一年下来，除去工人工资和所有的开销，保守能赚50万元。"王建心里这本账算得很明了。

"有了我的例子，村民也就开始接受这个产业。"王建说。在扩大鹌鹑养殖的基础上，就可以带动村里的贫困户。

赵玉兰是南尧上村人，每天早上7点开始一天的工作，给鹌鹑喂食、淘粪、挖蛋，赵玉兰干得得心应手。"我53了，就是出去打工，一个月也挣不了几个钱，现在多好，一个月能挣2500块，不用出去，还不耽误家里种的10亩地，俺们心里高兴！"说到在家门口就能挣钱，赵玉兰满心欢喜。在王建的鹌鹑养殖基地，类似赵玉兰一样的工人大概有10个左右，王建为养殖场工人开的工资均高于市场平均水平，同时他还零利润为周围想要养殖鹌鹑的村民提供幼苗，教给他们养殖技术，并且定价收购鹌鹑蛋，他的目的就是在村里多培养几家养殖规模超过1万只以上的鹌鹑养殖大户。

青春不悔，圆梦家乡。从返乡创业的打工青年到当地小有名气的养殖场老板，38岁的王建花了不到3年的时间。其背后成功的秘诀就是勤劳、诚信和坚持不懈。下一步，王建准备扩大规模，争取养到20万只鹌鹑，推广全机械化操作，完善产品深加工，继续壮大鹌鹑养殖销售产业，扶持带动南尧上村更多村民共同致富。

小蘑菇"铺"就幸福路

"双孢菇一年长两茬，我们现在有7个棚，每个棚每茬能出菇将近3000公斤，市场价每公斤5元左右，利润非常可观。"王爱平捧着散发着清香气息的双孢菇对记者说。记者来到王爱平家的食用菌种植大棚，他正在采摘香菇，处理后的双孢菇将直接销往福建。

离开王爱平家的大棚，记者来到烟立村沁县吉达食用菌种植专业合作社，只见整齐干净的白色大棚沐浴在阳光中，一股泥土的清香扑鼻而来。走进大棚，映入眼帘的都是菌袋，正等待菌丝从小孔中钻出。"现在我们村里，家家户户都在种植食用菌。"烟立村党支部书记、主任张宇飞一边采摘一边说。他动作娴熟，往下一摁，轻轻一扭，小小的双孢菇就脱离了菇床。在另一边的工作室内，三

决战决胜 山西省58个贫困县的产业扶贫故事

个妇女正在给双孢菇去蒂。

沁县吉达食用菌种植专业合作社正式成立于2016年9月，按照"村委会+合作社+贫困户"发展模式，全村77户175口贫困人口把产业扶贫资金86万元全部入股合作社（村集体占股20%，贫困户占股70%，合作社占股10%），抱团取暖壮大特色产业发展。通过"联企"经营、吸纳贫困户务工、享受年终资产收益红利等多种模式，去年贫困户175人人均分得半年红利440元，村集体收益8500元，实现了集体经济破零和贫困户产业收益双赢。

"我们不仅组建了专业合作社，也形成了'基地+合作社+农户'的产业经营格局和'订单+技术支持+统一销售'的经营模式，节约了种植成本，提高了种植效益。而且为了保证稳定增收，贫困户脱贫后仍可继续享受3年收益分红，除了分红外，合作社还吸收贫困户在社内打工挣钱，贴补家用，最多的时候有30多人。"张宇飞告诉记者。

"这种模式把我们这些贫困户联在一起，互助合作，我能在合作社打工挣一份钱、入股分一份钱，而且还不误自己种地。这样用不了多长时间，我不但能脱贫，而且致富也没问题。"王爱平眉飞色舞地说道。

烟立村的双孢菇种植业从无到有、由小变大。如今，双孢菇大棚已发展到7个，种植面积达6800多平方米，真正实现了小蘑菇、大收益。这个曾经的贫困村，正以一种欣欣向荣的新姿屹立在沁县脱贫攻坚的大潮中。

发展现代农业，打好特色优势牌。沁县立足本地资源优势，积极创新举措，大打"特"字牌，在种植、养殖业上大做文章，另辟蹊径，为农业产业发展和农民增收发力。如今，沁县正在按照党的十九大报告提出的产业兴旺、生态宜居、乡风文明、治理有效、生活富裕的乡村振兴总要求，擘画一个农业强、农村美、农民富的美好未来。

（2018年7月24日）

闻喜：汇聚全县之力巩固脱贫成果

本报记者　马建军

闻喜县位于晋南地区，运城盆地北部。闻喜历史悠久，古称"桐乡"，秦设郡县，更名"左邑"。自公元前111年汉武帝刘彻在此欣闻南越大捷赐名"闻喜"以来，已有2000多年的历史。

闻喜国土面积1167平方公里，辖7镇6乡343个行政村，41.7万人，乡村人口33.8万。全县地形地貌复杂，旱塬特征突出，2600条沟壑纵横交错，3688个磨盘岭星罗棋布，丘陵、塬地、山地占到80%。耕地面积81.9万亩，是一个传统的农业县。"八五"时期曾是国定贫困县，2002年确定为省级贫困县。闻喜县有53个贫困村，有人口约3.6万，其中劳动力约为1.7万，占47.2%。

近年来，闻喜县委、县政府以习近平总书记扶贫开发系列重要讲话精神为指引，认真贯彻落实党的十八大、十九大精神，以脱贫攻坚统揽经济社会发展全局，按照"四个切实""五个一批""六个精准"的要求，发展壮大以中药材、经济林、优质小麦、蔬菜、畜禽养殖等为主的脱贫产业。全县53个贫困村基本达到了"五有"产业扶贫机制标准，实现了村村有带动农民持续稳定增收的特色产业。

一班好村干　带动一方富

郭家庄镇石键村位于稷王山脚下，全村有220户725口人，建档立卡贫困户39户127人，2017年脱贫35户117人，2018年脱贫3户7人，2019年脱贫1户3人。

石键村气候温差适合种植山楂。在国家扶贫政策和省、市、县有关部门及扶贫单位的支持下，村委会主任张秀平、第一书记秦小琼及支村"两委"一班人外出考察取经，依托当地优势，大力发展优质山楂种植、加工产业。

该村于2012年10月成立了佳惠山楂种植专业合作社，2014年注册资金变更为760万元，社员由成立之初的5户发展到现在的116户，带动农户200余人，带动贫困户36户，山楂种植面积1400余亩，年产绿色优质食品山楂1500多吨。2013年佳惠种植专业合作社建可储存近40万公斤山楂的冷库一座，这样一来，市场行情好销出去，行情下滑时储存起来，解除了村民的后顾之忧。2017年，该村新建一座集山楂储存、加工、销售、互联网+电网平台+合作社为一体的山楂切片厂，可带动贫困户34户116人。

石键村贫困户丁巧娣如今赶上了好时代、过上了好日子，她激动地说："全家三口人，自己有病，丈夫张新福在外打工，一个姑娘在上学。种植山楂7.5亩，加上丈夫打工收入，全家年收入超过3万元。"

"村第一书记秦小琼和村主任张秀平把我家的事当成自己的事来做。我自己患病难受，秦书记看见我的脸色不太好，马上开上自己的车硬把我拉到县医院检查确诊是子宫癌。她和村主任张秀平跑前跑后，帮我家干农活，陪伴照顾我做手术。医疗费基本全是国家管的。现在我的身体全好了。国家扶贫政策真好，村干部真好，我全家永远忘不了。"丁巧娣称。

为进一步扩大市场，充分利用电商平台的信息资源优势，石键村筹谋布局"山楂+"，依托山楂产业，大力发展旅游观光、产品深加工、电商等项目，把当地山楂产业提档升级，助民致富，让山楂切实成为当地的"红果果""金果果"。目前，该村已与山西俏千金贸易有限公司及京东、苏宁、阿里巴巴、亚马逊等主流电商平台的20多个网店签订销售协议，生鲜山楂从传统销售模式向网络销售转型迈出了新步伐。仅山楂这一项产业，全村亩收入在4000元以上，全村收入可达560万元，户均收入2.5万元，农民有了可持续的稳定收入。

一个好产业　一条致富路

闻喜县中药材种植、加工是一个传统典型产业，目前全县发展种植中药材面积达10.4万亩。以中药材天地网闻喜公司、浩泰制药公司等为龙头企业带动贫困村贫困户走上了致富路。

2017年，闻喜县实施了中药材产业崛起工程项目，项目总投资80万元，建设规模2000亩。建设地点为薛店镇丰乐庄村、苏店村、南张村、凹底镇户头村、郭家庄镇石键村、刘家场村。该项目分别由闻喜县三优中药材专业合作社、闻喜县浩泰农业综合开发有限公司、闻喜县延吉中药材专业合作社、闻喜县佳惠山楂种植专业合作社、闻喜县维尔种植专业合作社、闻喜县平顺种植专业合作社实施，带动50个贫困村实现中药材产业全覆盖。

薛店镇沟渠头村位于闻喜县北垣，全村430户1600口人，8个居民组。2017年建档立卡贫困户41户145口人，土地面积8800余亩，其中耕地面积4000余亩，沟渠头村长期以种植小麦、玉米、高粱等传统农作物为主，是传统的农业村，收入很低。

近年来，沟渠头村党支部、村委会认真贯彻落实党中央、山西省委省政府、闻喜县委县政府扶贫攻坚战略部署，在薛店镇党委、镇政府的引导帮助下，积极调整种植结构，因地制宜，大力发展中药材种植主导产业，中药材种植面积达3800亩，选择黄芩、远志、柴胡等需求大、耐干旱、易管理的中药材品种，全村药材种植、收购、加工、销售的产业链逐渐形成。

69岁的贫困户杨申贵说："我家3口人，有9亩中药材地，收入在5万元至7万元。我家里的经济来源主要是种植中药材的收入，还有国家对贫困户的各项扶贫资金，我家的光景好过着哩。"

该村党支部书记、村委主任杨锁旺说："村干部是脱贫攻坚的关键。要专心带领村民发展产业走致富路。2017年村党支部、村委会通过带动壮大中药材特色产业，贫困户新增药材种植300余亩；通过使用喷灌、滴管技术进行灌溉，保证了药材出苗率，提高了药材产量；通过推广使用农家肥，减少化肥、农药施用等绿色规范，提升了药材质量，引导全村走上绿色产业发展道路。仅中药材一项，全村收入达2300万元。在外上班的工作人员，一部分都回村种植中药材了。"

闻喜县2014年脱贫1613户5652人；2015年脱贫1718户5784人，退出贫困村4个；2016年脱贫1188户3918人，退出贫困村10个；2017年脱贫4013户14208人，退出贫困村53个，全县贫困发生率降至0.96%，贫困退出的14项指标全部完成达标，脱贫攻坚取得了实实在在的成果,实现了决战决胜。

如今在闻喜,县、乡、村各级干部把产业扶贫、精神扶贫、立志脱贫深深地贯穿和融入全体人民群众的心中。干群一条心,汇全民之智、举全县之力,苦干实干,共同为全面巩固脱贫攻坚成果而奋斗着!

（2018年7月31日）

昔阳：探索精准帮扶"多元路径"

本报记者　刘　雅　实习记者　贾昕宇

昔阳县位于山西省东境中部，太行山西麓，是典型的山区农业县，省级贫困县。昔阳县下辖12个乡镇，共有421个行政村，其中贫困村151个。近年来，为实现全县全面脱贫的目标，昔阳县委和县政府立足产业脱贫之基，统筹谋划特色产业发展、政策设计和工作部署，先后出台了《昔阳县"十三五"特色产业精准扶贫规划》与实施细则，全面指导151个贫困村制定产业脱贫计划，逐户量身定制脱贫措施，稳定和深化产业扶贫政策。经过几年的实践和发展，昔阳县根据全县各地不同的自然条件和人文环境，因地制宜地发展了双孢菇种植、果园种植、禽类养殖、仿真花制作等一系列多元化扶贫产业，实现每个村都有带动脱贫产业的主体，有效带动了贫困户7035户，户均增收3000多元。

规模养殖　肉鸡也变"金凤凰"

安家沟村是大寨镇下辖的一个小山村，这是一个典型的传统农业村，全村有151户391口人，其中贫困户就有69户，人均耕地1.41亩。站在安家沟高处望去，远远地就能看到曾经闻名全国的大寨村，更引人瞩目的是一排排蓝瓦白墙的现代化鸡舍。为实现全面脱贫的目标，落实"一村一品一主体"的工作，2017年，山西厚基伟业集团在此建设肉鸡养殖基地，经过一年的探索和发展，这里的肉鸡养殖已粗具规模，不仅带动了安家沟村45户贫困户加入合作社，还辐射了周边17个行政村联村养殖，共计有1194户贫困户因此受益。

脱贫攻坚，产业基础是关键。肉鸡养殖基地采用了"龙头企业带动+合作社入驻+贫困户分红"的模式，由山西大象集团提供鸡苗、饲料、肉鸡回收及防疫技术等服务，厚基伟业农牧科技公司负责出资建设和日常经营。目前，该养殖基地共建设标准化鸡舍22栋，其中已投产12栋，平均每棚肉鸡数量在2万只左右，年出笼肉鸡240万只。

记者采访时，正赶上工人在进行喂食工作，认真工作的安计娥吸引了记者的目光。安计娥家是安家沟村69户贫困户中的普通一户。她家中有3口人，老伴体弱多病。"过去我们的生活主要就是种玉米，一亩也就卖个500块钱。由于家里耕地少，一年到头也挣不了几个钱。"安计娥告诉记者，"现在村里有了鸡舍，人们都可以到这里来打工赚钱，一个月轻轻松松能挣1500元，年底公司还给分红1000元，再加上集体光伏发电每户还给3000元，收入比以前强多了，再也不用为生计发愁了。"据了解，养殖基地目前有常驻职工50余人。"基地会不定期地雇用一些村民来干一些杂活，既不耽误我们种地，又能增加自己的收入。"安计娥感到很满足。

山西厚基伟业农牧科技公司自2017年成立以来，坚持走现代化、规模化的发展路线,坚持把带动农户,尤其是贫困户增收作为首要目标。养殖基地一期工程自去年建成投产以来,不断发展壮大,如今二期鸡舍也在加紧建设中。"当初成立公司的想法就是想为村民做点实事,这也是我作为一个党支部书记、一个昔阳人应有的责任和应尽的义务。"公司董事长、法人代表宋以斌说:"过去村民只能靠种自己的一亩三分地为生,难以致富。想要增收,就要发展产业,就要发展规模化。在建设养殖基地初期,最担心的就是肉鸡的销售问题,养成卖不出去就会砸在手里。所以只有做大做强,形成一定的规模,才能更好地抵御市场的不稳定性和风险。"

对于未来的规划,宋以斌告诉记者,下一步公司还将扩大经营规模,不仅要养殖肉鸡,还要涉足蛋鸡。"明年计划引进20万只蛋鸡,让目前已加入公司的17个村的农户在自家地里养殖蛋鸡,鸡舍的建设由公司来负责,力争实现在每个田间的蛋鸡数量能达到1000只,真正实现生产要素的有效统筹和资源的充分利用。"

特色种植　农民增收新亮点

"今年的气候好,蘑菇的长势非常好……""从去年的秋菇开始,双孢菇的行情就不断上涨,今年价格比去年涨了一块钱……""没想到这小小的双孢菇成了发家致富的法宝……"7月16日,记者来到昔阳县晋蔬山珍种植专业合作社,工人们激动地告诉记者双孢菇种植给他们带来的幸福生活。

双孢菇种植是昔阳县起步较早、发展水平较高的产业之一。2010年开始,昔阳县部分农民自发种植双孢菇。之后,昔阳县委和县政府通过奖励扶持、政策引导、资金投入、项目建设等一系列措施的落实,使双孢菇产业在昔阳县蓬勃发展起来。据统计,全县共有近千户农户种植双孢菇，种植面积高达150万平方米。

晋蔬山珍种植专业合作社是昔阳县众多合作社中的一个，位于李家庄乡王家山村，于2011年由安家村党支部牵头成立。全社共建有双孢菇种植棚20个，种植面积达1万多平方米，年产值达到200万元，实现年利润100万元。安家村全村共有500多户，其中贫困户占到了1/5。现年66岁的王银柱老人就是这些贫困户中的一员，自2012年开始，老人便在该合作社务工。"在村里成立合作社种植双孢菇之前，我和老伴主要就是种植玉米，由于亩产不高，玉米价格也不稳定，一年到头也挣不下几个钱。"老人喜滋滋地告诉记者，"自从村里成立了合作社，仅在合作社打工一年就能收入近两万元。"

据了解，该合作社目前的所有种植棚均为恒温设备，仅此一项就解决了农村剩余劳动力70余人的劳动就业问题。无独有偶，在昔阳县闫庄乡，有机旱作水果也发展得如火如荼。

闫庄乡在昔阳县城东南25公里处，是纯农业区，乡里没有工矿企业，生态良好，属于温带大陆性气候，无霜期在164天左右，非常适合果树的生长。据闫庄乡乡长毛瑞深介绍，全乡共有贫困村11个，涉及贫困人口3864人，在"一村一品一主体"政策的落实下，这些村民全都参与了旱作水果的种植。目前全乡共套种苹果3680亩。"苹果种植是主导，套种旱地西红柿、辣椒、花生等，仅旱地西红柿平均亩收入就达1万元。我们还与台富合作社合作，由他们对苹果进行统一包装、商标注册和销售。"据毛乡长介绍，耕地套种的苹果在市场上也具有较强竞争力，远销北京、江西等地，平均亩产值在8000元左右。

楼上村是闫庄乡下辖的一个小村庄，共有300多口人，其中贫困户81户189人，占到了全村人口的一半以上。目前，全村1000

多亩耕地有200多亩用于果树种植。55岁的葛凤卫是楼上村的贫困户，见到记者时他正在自家的田间劳作。据老葛介绍，他家共有耕地10亩，其中3亩参与了村里的苹果与西红柿套种项目。"果树套种旱地西红柿就是好啊，我大概估算了一下，仅这3亩西红柿就能收入3万元，比种玉米强多了。"

"下一步我们还将扩大种植面积，在种植品种上既要因地制宜，也要尊重农民的意愿，突出以市场比较优势为引导，重点种植高效水果品种。同时乡里正在建设防冰雹的棚网和供村民储存的大型冷库。真正让农民能够依靠土地脱贫致富。"毛乡长对此很有信心。

妙手生花　仿真花变致富花

现年58岁的眭兰文是昔阳县赵壁乡黄岩村的普通农民，也是昔阳县在全面脱贫攻坚战打响之时确定的贫困户之一。黄岩村位于赵壁乡北部，界李公路沿村而过，全村共有735户1682口人，贫困人口有570人。以前的黄岩村，和许多农村一样，留在村里的很多人都是老人和妇女。村里没有其他产业，留守妇女除了看孩子种地就再没其他的事可做，经济来源就更谈不上了。

2015年，仿真花的到来打破了黄岩村固有的生活模式。"让每一个有劳动能力的贫困群众都能就近就业，都能稳定脱贫。"昔阳县委、县政府本着这一原则，选择了仿真花这个制作无污染、占用土地少，可复制、易推广、见效快，市场前景可观，可就地消化农村富余劳动力，让贫困群众在家里靠双手就可赚钱的扶贫产业项目。

黄岩村妇联主席赵红梅是村里引进仿真花产业的头一人，她找到了心灵手巧的眭兰文，俩人一拍即合，从此，眭兰文便与仿真花结缘了。从2015年开始，眭兰文开始学习仿真花制作，通过刻苦的学习，眭兰文不仅学会了制作仿真花，还琢磨出了一套自己的插花方式。一天做300多朵仿真花，可以收入近30元。眭兰文利用自己的闲暇时间，半年就能挣到5000多元。村里的其他妇女纷纷效仿。

仿真花厂的服务也非常周到，原材料是厂里人直接送到村里，做好后又有专人收购。每月的20号，村民就按时收到自己的工资。目前昔阳县已建立10个仿真花代办点，培训工人达2000多人次，完成订单交货200万支，合格率达99%以上，今年，共辐射带动全县3000贫困人口，增加收入1500万元以上。仿真花真正成了群众的致富花。

20世纪60年代，面对"七沟八梁一面坡"的艰苦环境，大寨人孕育出了自力更生、艰苦奋斗、埋头苦干的大寨精神。50多年后的今天，同样在这片土地上，昔阳县以习近平总书记系列讲话精神为指引，贯彻落实省市产业扶贫会议精神，在县委和县政府的正确领导下，坚持立足昔阳特色资源，将产业扶贫作为脱贫增收的重要抓手，引龙头、育主体、补短板、促攻坚、创新产业模式，以人民生活福祉的最大化为奋斗目标，走出了一条全面脱贫、全民脱贫的康庄大道。

（2018年8月7日）

阳高："4+N"产业扶贫模式决战脱贫摘帽

本报记者 米厚民 柴俊杰

今年5月，省委常委、大同市委书记张吉福专门就阳高县产业扶贫工作作出批示：产业扶贫是从根本上解决脱贫的重大举措，阳高的这一经验值得借鉴，各贫困县之间要经常交流、互相学习，从根本上寻找产业扶贫的科学之举、富民之策。

阳高县今年要实现整体脱贫摘帽，在已有79个贫困村实现退出的基础上，计划完成1.01万贫困人口脱贫、剩余39个贫困村全部退出的预脱贫任务，成为大同市3个首批要实现脱贫摘帽的贫困县之一。决胜脱贫之战已经打响，阳高县上下干群一心，举全县之力大打脱贫攻坚战。而"4+N"产业扶贫模式则是他们打赢这场攻坚战的制胜法宝。

科学规划　村村都有扶贫产业

7月25日，记者在狮子屯乡东双寨村见到村民许生贵时，他正在自家的塑料大棚里摘尖椒。"自今年6月份尖椒成熟开始上市，每六七天卖一次,至今我家的这个大棚已经卖了3000多元。"许生贵告诉记者,因为在大棚里种植,尖椒可以一直摘到国庆节,总收入应该达到1.5万元左右。

许生贵是东双寨村的277户贫困户之一。据东双寨村党支部书记谷爱军介绍,该村是由3个村搬迁后新组建的移民村,共有2246口人,其中贫困人口591人。村里土地肥沃、水源充足,原来以种植养殖业为主。脱贫攻坚战打响以后,根据县里的整体规划,今年以来,该村通过统一流转243亩土地,建起蔬菜大棚210栋,全部分给有劳动能力的贫困户来种。每个大棚占地1.2亩,造价两万元,每个贫困户每年只需出600元。"老百姓自己选品种,自己种,现在积极性很高。"谷爱军说,"这个项目当年建设、当年投产、当年受益,将带动贫困户稳定脱贫。"

东双寨村的蔬菜大棚产业是阳高县"4+N"产业扶贫模式的一部分。

产业扶贫是从根本上解决贫困问题的保证。怎样精准布局扶贫产业?为此,该县专门出台《关于阳高县脱贫攻坚产业发展的实施意见》。《意见》指出,阳高作为首批北方农牧交错带核心示范区先行试点县,"各乡(镇)、村委根据各自的区域优势,综合职能部门意见,探索和创造适宜本地区发展的可复制模式,围绕精准扶贫,统筹考虑,科学确定本区域内产业空间布局、主导品种和发展重点。"要围绕建设绿色蔬菜、特色杏果、优质杂粮、休闲观光、产品精加工五大产业体系,逐步形成优质农产品种植、现代化产业园区展示、农产品信息发布、贫困户新型技术培训、特色优势农产品配送五大基地,着力打造"4+N"扶贫产业模式。"4"即设施蔬菜、杏果、全产业链生猪养殖、旱作农业(小杂粮)产业;"N"

即黄花、特色养殖、中药材种植、光伏产业……最终建成全国的"米袋子"、京津的"菜篮子"、北方的"肉案子"和走向世界的"杏盒子"。目前,全县12个乡镇已建成9个设施蔬菜园区、5个千亩杏果经济林园区、2个千亩黄花产业园区、6个千亩中草药基地,发展西门塔尔牛、黑土猪、绒山羊等特色养殖1.2万头(只),发展小杂粮等旱作农业2万亩。而且,到脱贫期末要实现:

——绿色蔬菜产业,全县户均1个蔬菜大棚,设施蔬菜种植面积稳定在5万亩、露地蔬菜种植面积稳定在8万亩,其中发展无公害蔬菜生产基地10万亩。

——特色杏果产业,全县实现人均1亩杏果的目标。

——优质杂粮产业,面积稳定在25万亩左右,杂粮平均亩产达400公斤以上,优质率达到80%以上,商品率达到50%,加工转化率达到60%。

——农产品精深加工业,发展农业产业化精深加工企业20家,尤其是杏产业,要加快形成杏酱、杏罐头、杏干、杏果、杏仁、杏脯、杏脂油加工的产业体系。

科技支撑　激发农户内生动力

大白登镇千亩设施蔬菜脱贫示范产业园区建在福泉、新泉两个移民新村附近,470栋蔬菜大棚连在一起蔚为壮观,大棚内品种为"戴安娜"和"千禧"的西红柿长得正旺。

大白登镇镇长徐德明告诉记者,这里原来是一片盐碱地,种啥都不长,用老百姓的话说,叫"夏天水汪汪,冬天白茫茫。只听青蛙叫,就是不打粮"。近年来,为了脱贫大计,该镇在中国农大教授的指导下,引进了盐碱地改良技术,使这里从昔日4000亩不毛之地的盐碱滩变成蔬菜大棚脱贫示范产业园区,并在大棚里采用"起垄种植和水肥一体化"技术,不仅有效沉淀了土里的盐碱成分,还实现了蔬菜有机化高产量生产的目标。小白登村的26栋扶贫大棚堪称蔬菜新品种、新技术的"孵化基地":设施不同,品种不同,备耕不同,管理不同。科技实招招招见实——"天敌昆虫防虫害、生物菌剂防病害,不留半点农药害,真正绿色无公害",所产西红柿虽售价比同类产品贵,但供不应求,一棚蔬菜年收益万余元。

而在位于阳高县南部六棱山脚下的鳌石乡,寒富苹果套种中药材特色扶贫产业园里满眼郁郁葱葱,苹果树大都已经挂果,林下套种的黄芪、知母、射干、丹参等中药材长势喜人。"过去我只种玉米,一年下来,也挣不了多少钱。种中药材,去年就有近5000元的收入,随着寒富苹果进入盛果期和中药材产量的增加,收入会越来越多,日子会越来越好!"在园区内忙碌的乱石村村民宋喜亮高兴地说。

鳌石乡党委书记尉武华告诉记者,从2016年开始,该乡以产业扶贫为依托,因地制宜发展经济林套种中药材产业,通过流转、调换等方式,集中了近2000亩耕地,改种寒富苹果,并结合土壤、气候等条件,选种黄芪、党参等中药材,形成了寒富苹果套种中药材的立体种植模式,果林空间得到科学合理利用,实现了果树与药材的互促互利。"我们在每个村选出以支部书记牵头的能人成立合作社,在全乡范围内推广乱石村经验,实现整体脱贫。"

建设扶贫产业示范园是阳高县围绕易地搬迁针对性制定的产业扶贫实施措施。为了科学发展产业园区,该县制定了详细的扶持标准,对如何发展蔬菜、杏果、杂粮、黄花、中药材、食用菌、马铃薯等产业做了极为详细的规定,并着重强调要注重产业发展的科技支撑，引导扶贫产业的标准化生产、品牌化建设，有效激发了农民的内生动力。

为了给扶贫产业更好、更有力的技术支撑，阳高县政府请来教授团队：山西农大3名院长和8名教授与阳高扶贫产业"拉上了手"，设施蔬菜提质增效技术示范，功能小杂粮黍、高粱、谷新技术、新品种引进与示范，猪、羊新品种引进与养殖新技术推广……县校合作不光布局产业、跟进技术，还大力做好人才的孕育：优选240名农民，专门进行设施蔬菜、功能小杂粮"三区"人才培训，为县里培养出一批永不走的本土"教授"。

企业带动　多种模式壮大产业

为了使易地扶贫搬迁贫困户搬得下、有收入，实现稳定脱贫，东小村镇多方发力，建起易地搬迁扶贫后续产业塑料大棚项目。该项目总投资900万元，规划占地370亩，共建成塑料大棚300栋、900平方米的蔬菜交易市场一座，覆盖受益搬迁户310户850人。预计每年能为市场提供绿色优质蔬菜150万公斤，同时可为当地搬迁户提供100多个就业岗位。牵头领办该项目的阳高县火山现代农业发展有限公司负责人王旭告诉记者，公司实行统一管理、统一经营、优先供岗、年底分红的模式，每个受益搬迁户人人享有一份股份，预计每亩大棚年均收益7500元，为贫困户增加劳务收入120万元，户均股份分红可达400多元。在销路方面，公司已经与北京尚宇宏源商贸有限公司签订了全部的供销合同，解除了销路之忧。

在采访过程中，记者发现，阳高县产业扶贫特别注重龙头企业的带动作用。为了让更多的企业参与到产业扶贫中，阳高县想方设法创造条件——

决战决胜 山西省58个贫困县的产业扶贫故事

"我建车间请你生产"。王官屯镇西堡村，120亩的荒地上"长"出了年出栏1.8万头生猪的养猪场。像这样的养殖场以及配套的种猪场、洗消中心，遍布阳高11个村。这些"车间"总投资2.8亿元，资金主要来自5000户贫困户的扶贫金融贷款。贫困户建"车间"，正大集团租赁"车间"搞养猪，100万头的生猪全产业链还可拉动4万亩玉米种植销售以及5000人的就业，达效后阳高年养生猪量可达200万头。

"借你车间帮我生产"。古城镇去年669名贫困人口把20多万元的养牛红利揣进了包。发展产业促脱贫，该镇挂靠上了一家农业龙头企业，镇里统一购置250公斤左右的西门塔尔牛258头，由该公司托养代管，一年为一养殖周期，一周期末一分红：扣除政府投入的产业本金以及企业的饲养成本和管理费用外，所产生的纯收入全部分红到户。红利没上限，却有下限。每人每年分红不低于300元，相当于把产业存入银行，光收利还没风险。

"共建车间共同生产"。近3年，阳高县扶持的各类农民专业合作社如雨后春笋，年均以300个的速度递增。这些合作社在政府的引导下，通过合作社经营、农户参与，使本地能人和贫困户结成了利益共同体，推动着扶贫产业的发展。

大企业大项目的产业带动方面，阳高县也下了一番功夫。经过积极争取对接，与北京新发地、海南佳伟农业集团建设千亩高品质蔬菜种植产业园区，可带动1200户贫困户种植增收；搭上了茅台酒厂的龙头，全县2万亩高粱未产先预销；引来北京新发地的8名蔬菜营销大王，营销业绩人人年均在数亿元，双方对接达成意向，对全县每年所产蔬菜的营销"包圆"……龙头有了，规模大了，阳高开始创造自己的品牌，今年该县完成了11个农产品的"三品一标"认证，产业的附加值又随之提升。

"通过多产业发展，实现有意愿的贫困户每户至少有2项产业覆盖。"该县扶贫办负责人说，阳高产业扶贫的实施，富了贫困户的口袋，催生出强大的内生动力，为决战决胜脱贫攻坚战奠定坚实的基础。

（2018年8月10日）

广灵:"三驾马车"跑出脱贫加速度

本报记者 米厚民 何海亮

广灵县属于燕山—太行山区集中连片贫困区,是国家扶贫开发工作重点县、全省10个深度贫困县之一,可谓贫中之贫、困中之困。

全县18.5万人,贫困户11593户25525人,贫困发生率17.4%,想发展却地上无资源、地下无矿产,对于广灵主政者,脱贫压力可想而知。面对发展困境,广灵县委、县政府变压力为动力,立足本地优势深挖特色产业,逐渐形成以"广灵巧娘"编织箱包、制衣为主的轻工业;以"广灵剪纸"为主的非遗文化产业;以小杂粮、食用菌为代表的特色现代农业。"三驾马车"齐头并进,跑出一条广灵独特的脱贫之路。

"广灵巧娘" 撑起贫困户致富半边天

7月26日,记者一行走进广灵扶贫开发产业手工业园的巧娘宫合作社,在合作社的陈列室整齐摆放着由玉米苞皮、芦草编织成的篮子、花瓶、坐垫……一件件花色精美、巧夺天工的手工艺品，令人叹为观止。

在紧张繁忙的生产车间，巧娘们正在聚精会神地编织着篮筐，墙上"摆脱贫困编织未来"8个大字熠熠生辉，"巧娘"动作娴熟，手中柳条飞舞……

"巧娘宫手工编织专业合作社目前是大同市唯一一家以手工编织为主导产业的专业合作社。合作社员工1085人，其中农村建档立卡贫困妇女728人、残疾职工41名，合作社为残疾职工缴纳了医疗保险、养老保险、工伤保险，有效地带动了农村贫困妇女就业创业。"巧娘宫手工编织专业合作社负责人刘金萍女士介绍说。

据了解，为解决深度贫困地区贫困群众收入单一、发展动力不足问题，2017年广灵县规划了手工业园区，大力扶持手工加工产业，使这些产业从小作坊式的加工变成了公司化经营。政府为这些企业提供免费的场地，进行相应的技术培训，利用"巾帼带头人+合作社+基地+贫困妇女"的模式，为农村贫困人口提供灵活就业平台。

投桃报李。该合作社积极响应广灵县委、县政府大力发展农村"居家经济""炕头经济"的号召，将手工作坊开设在广灵各个村落之间，让老百姓在家门口灵活就业，利用空闲时间就能赚钱。

7月27日，蕉山乡中蕉山村的房秀美吃过早饭收拾完家务，匆匆赶到村里旧学校（巧娘宫合作社制作车间）上班，此时，已经有三五个姐妹聚在一起编制着篮筐，一根根杞柳条在手指间来回挥舞穿梭，一件件精致的手工艺品堆积在面前。

"编织一个赚19元，一天能编6个，编织好，公司统一回收，按件付酬。"房秀美心满意足地说，"我们守家在地，没事就过来，编个篮筐就能赚上钱，一个月累积能赚2000多元呢！"

巧娘宫手工编织专业合作社不仅直接解决贫困户就业问题，而且它的延伸产业链也带动了当地不少农民走上富裕路。

为节约成本，2018年，巧娘宫手工编织专业合作社承包732亩耕地进行杞柳种植，雇用127户农户进行杞柳的插秧、耕地、平地、浇地、锄地、割条等田间管理工作，仅此一项，每人增加收入4600元。

"我们这里的农民普遍种植玉米，每亩地一年最多能收入700元左右，若种植杞柳，每亩地可收入4000元左右。如果能够进行简单的去皮处理，每亩收益将达到6000元至7000元。"巧娘宫总经理张建国说。在市场的推动下，当地许多农民由种玉米改种杞柳，走上了脱贫致富路。

在"广灵巧娘"带领贫困户脱贫攻坚的路上，巧娘宫手工编织专业合作社并不孤单，广灵县鸿棉制衣有限公司一路与其并肩前行。

广灵县鸿棉制衣公司是一家劳动密集型成衣加工企业，主要从事来料加工、研发设计、制图制版、裁剪缝纫等服装制作流水作业。公司总经理魏丙先同样是一位巾帼英雄，她在服装行业打拼多年，积累了丰富的人脉资源。2009年在当地政府的号召下，拥有专业技术和管理经验的她回乡创业，在短短几年内就把公司做大，目前，该公司安置就业人员900余人，其中女职工500余人、建档立卡贫困户319人、残疾人36人。如今，该公司成为一支带领贫困户脱贫致富的生力军。

近年来，广灵县充分发挥"广灵巧娘"心灵手巧之长，积极引进、扶持、鼓励劳动密集型产业发展，小制衣、小编织、小手工等一大批劳动密集型产业在全县范围内遍地开花，让妇女足不出户就能挣钱致富。"居家经济""炕头经济"正成为广灵立足实际脱贫的良方秘籍，"广灵巧娘"撑起了脱贫致富半边天。

广灵剪纸　剪出贫困户幸福人生路

提起广灵，人们自然会想到剪纸。

广灵剪纸俗称"窗花"，植根于民间、源于生活。在广灵坊间几乎每个百姓都会剪窗花。忙时务弄庄稼，一旦得有闲暇，便舞弄起剪刀，刻剪起心中早已成形的剪纸作品来。每逢佳节家家户户刷房贴纸，增添一些喜庆色彩，以表达对美好生活的憧憬之情。

说起剪纸，广灵人满脸自豪。广灵剪纸堪称中国剪纸第一家，也称剪纸艺苑一奇葩，2009年被联合国列入世界级非物质文化遗产。

现年63岁的张多堂是广灵剪纸创始家族第四代传人，也是国家级非物质文化遗产广灵剪纸的代表性传承人。"广灵剪纸是纯手工工艺，不论科学技术如何发展，现代化机器是无法取代的。一个成品剪纸要经过图样设计、湿、踩、晾、刻、染等38道工序制作而成。"老艺人张多堂自豪地说。

剪纸，过去是广灵人的谋生手段，逢年过节，走街串巷去售卖。长期以来形成的一家一户式作坊经营模式，限制了"广灵剪纸"的发展。要想做大还得走现代企业经营之路，1999年，在当地政府的支持下，张多堂开始推行"公司+农户"的运作模式，以公司带动农户，把过去零散的剪纸艺人"串"起来，抱团发展。但由于资金和技术缘故，广灵剪纸业经营惨淡。

作为广灵独特的文化元素，有着广泛的群众基础和影响力，"广灵剪纸"岂能丢弃？为做大做强广灵剪纸文化产业，广灵县先后投资4500万元，建设了占地80亩的以张氏剪纸为中心的文化产业园区，形成了集设计、生产、教学、研究旅游观光、休闲和广灵餐饮文化为一体的文化旅游产业园。以剪纸产业园区为中心，孵化出青红剪纸、广灵剪纸文化艺术发展有限公司等企业，通过"公司+基地+农户"的经营模式辐射带动周边多个乡镇农民家庭受益。

家住蕉山乡中蕉山村的贫困户李海林就是靠"剪纸"这一技之长改变了命运。38岁的李海林一直以来与母亲相依为命，由于身体的原因不能干重体力活，通过参加免费的剪纸培训，他熟练掌握了"广灵剪纸"的全部制作工艺，如今，坐在家里拿起剪刀轻轻松松每个月就有2000多元的收入。自食其力，让他的生活充满自信和梦想。

如今，一张小小的"广灵剪纸"已扩大到5800多个品种，产品出口美国、加拿大、韩国等20多个国家和地区，带动当地6个乡镇2400人就业，年产值在2000万元左右，过去家家户户窗户上贴的窗花俨然成为当地贫困户脱贫增收的一把金钥匙。

广灵菌业　托起贫困户增收希望梦

在广灵县壶泉镇南关村村外，400栋大棚依次排开，蔚为壮观，放眼望去白茫茫一片，没有无际。这是广灵县北野食用菌业开发有限责任公司蘑菇种植基地，食用菌种植成为全县农民脱贫致富的主导产业之一。

7月27日，记者在北野食用菌业公司采访，遇到正在大棚地里干活儿的壶泉镇白家坟村建档立卡贫困户刘仲英。她告诉记者，政府帮她贷款5万元入股北野食用菌业公司，公司每年给她不少于3000元的分红，政府又安排她在公司打工，现在一年收入两万多，很是知足。刘仲英说："正是因为政府的精准扶贫改变了包括她在内的周边千百户贫困人的生活境遇。"

刘仲英女士供职的北野食用菌业开发有限责任公司成立于2004年，是一家以食用菌菌种、菌包生产研发为主营业务，以产品加工销售和技术服务为辅的全产业链省级龙头企业。公司采用"公司+园区+合作社+农户及联产承包"运营模式，共带动贫困户4568人走上脱贫致富之路。

"我们北野菌业公司针对不同的建档立卡贫困户采用不同的扶贫方式，一是让有种菇意愿的贫困户进入园区承包菇棚；二是公司为贫困户提供就业岗位；三是对于无劳动能力的深度贫困户，采用政府为贫困户出资入股企业的方式，企业为贫困户每年按固定分红脱贫；四是为每个贫困户可申请扶贫贷款5万元带资入企，政府负责贷款贴息，企业负责支付贫困户固定回报每年3000元，实现金融脱贫。"北野菌业公司相关负责人柴玉山介绍称。

记者发现，在该公司画展墙上有一份产业扶贫详细介绍和金融扶贫精准对接建档立卡贫困户名单。种菇就业扶贫直接带动建档立卡户种菇就业95人，农户年增收共300万元，人均年增收3万元左右。投资收益扶贫方面，合作社使用农户小额扶贫贷款资金1585万元，解决贫困户317人脱贫，按6%支付农户投资收益分红95万元，人均年分红3000元。资产收益扶贫方面，合作社使用村集体资产收益资金2700万元，解决7个乡镇82个村的深度贫困户4156人脱贫，按8%支付农户投资收益分红216万元，人均年分红520元。将扶贫成果和对接名单公之于众，便于接受社会各界的监督，体现的是企业的担当和政府真扶贫、扶真贫的扎实工作和自信。

作为当地扶贫主导产业，广灵县委、县政府加大对北野菌业公司的政策资金扶持力度，计划两年内投资2.47亿元，建造1000栋双拱立体菇棚，4条菌种菌包生产线及配套设施，建设成千亩万吨有机香菇扶贫产业园。

"2019年底扩建项目完成后，公司年可实现销售收入3亿元，实现利税4000万元，可带动贫困户1万人脱贫致富。"北野菌业公司董事长赵斌信心百倍地说，"到时将会提升整个区域经济发展水平，为广灵脱贫攻坚做出更大贡献。"

（2018年8月14日）

神池：健康养殖国际领先　扶贫路径多管齐下

本报记者　刘桂梅　裴彦妹　林晓方

8月1日上午，在位于神池县的山西晋神五和畜牧科技有限公司里，忻州市政协副主席、神池县委书记曹爱民，县长孟宏斌和相关部门的负责人正在部署定点扶贫工作。

放眼神池乡村，曾苦于干旱难收的土地上如今谷穗累累，风起时，谷浪翻腾，形成了一道亮丽的风景。去年以来，该县大力推广有机旱地种植，把它打造成了特色扶贫产业。

8月2日，神池县职业技能培训基地走出了一届新的毕业生——70名保育员。她们即将走上务工岗位，领到工资。这是神池打造"神池技工"品牌的一个缩影……

打开扶贫伞，撑起艳阳天。

神池县地处晋西北山区，是一个仅有10万人的山区小县，是典型的纯农业县，也是国家扶贫开发工作重点县。今年是该县脱贫攻坚的决胜之年。神池结合基层实际，在脱贫攻坚工作中做实做细创新思路，突出产业帮扶、突出特色种植、突出技能培训，走出了一条独特的脱贫攻坚之路。

健康养殖　杜湖神羊扶贫到户

绿草遍野，白羊满圈，"养羊闹光景"已经成为很多神池百姓的共识。

家住神池县龙泉镇荣庄子村的段银柱是因病致贫。前些年，他除了种谷子、玉米等传统作物外，闲暇时散养着几只羊。传统的养殖习惯和本地品种，让他的养殖效益增长较慢。他也尝试过用优种公羊改良自己的羊以提升养殖效益，但效果并不明显。去年，在神池县推动羊品种改良过程中，通过政府补贴，他分到了一只由晋神五和畜牧科技有限公司免费发放的新一代杜湖种公羊，在政府和企业的支持下，段银柱不仅脱了贫，还成了村里的养羊大户。

山西晋神五和畜牧科技有限公司由神池县政府引进的山西五和牧业有限公司与该县共同组建，是当之无愧的大型龙头养殖企业。公司聘请包括来自澳大利亚的世界顶级基因专家等国内外专家组建专业技术和管理团队，建立完善的良种繁育、科技服务体系，通过腹腔镜人工授精羊技术，将澳洲杜泊羊冷冻胚胎解冻，移植到本地湖羊体内，成功产出二代杜泊优种羔羊。据神池县畜牧中心主任侯联斌介绍，该羊遗传了湖羊耐粗饲、产羔多以及杜泊羊适应性强、生长速度快、出肉率高等特点。今年，神池县要对全县能繁母羊100只以上的规模养殖场实施人工授精，使受益贫困户达2000户以上。

作为全省养羊重点县，神池县从20世纪末就以打造"三晋羔羊第一县"为目标，把养羊业作为"一县一业"来抓。近年来，为进一步推动畜牧兴县、羊业富民，擦亮全省养羊大县、高繁母羊输出县和生态畜牧观光旅游县品牌，神池县按照稳量、提质、增效，调整结构种草扩饲和稳羊、壮猪、增牛驴的发展思路，依托晋神五和畜牧科技有限公司引进杜湖羊和湖羊进行杂交试验，全力培育适合当地养殖的新品种，探索和建立了政府为主导、企业为主体、合作社为平台的模式，服务养殖户抱团发展，投入4200多万元，扶持有养殖意愿和条件的4534户贫困户依靠养羊脱贫。此外还出台系列优惠政策，投资4000多万元，扶持586户贫困户养殖能繁母猪543头、能繁母牛885头、能繁母驴201头，并加强标准化养殖场建设，畜牧业保持了多元发展的良好势头。

借助杜湖神羊这一新品种，神池通过建立完善的良种繁育和科技服务体系对全县肉羊改良，并以政府扶持、乡镇主导、企业服务、金融保障、农户受益的"五位一体"产业模式，对全县肉羊进行新一轮品种改良，对于建档立卡贫困户，由公司提供种羊，政府通过扶贫项目，采取投羊还羊、滚动发展的办法，力争3年内完成全县基础母羊品种改良。

"除了羊产业之外，至去年底，全县猪、牛、驴、家禽发展到6.51万头、3.81万头、2123头、36万羽，畜产品质量安全监管实现了全覆盖。"神池县农委主任陈应元介绍说，下一步，他们将继续按照稳量、提质、增效的原则，推进以肉羊为主的健康养殖业发展，在扶持壮大晋神五和牧业公司的基础上再引进几家企业，多渠道培育适合神池环境的优质种羊，实现神池羊产业质与量的并进，使全县羊饲养量稳定在100万只左右，把"晋神高繁种羊"的品牌叫响，同时，因地制宜、因户施策，发展牛、驴、猪、鸡养殖，形成多元互补的特色养殖体系，增强群众增收致富的可持续性。

有机旱作　高效示范绿色发展

8月2日,神池县八角镇一望无际的示范田里,沉沉谷穗、苗壮青苗,见证着一年来的深刻变化。山西的现代农业发展要打好特色优势牌,习近平总书记去年在山西省视察时指出,要坚持走有机旱作农业的路子,完善有机旱作农业技术体系,使有机旱作农业成为我国现代农业的重要品牌。山西省各级认真贯彻落实习近平总书记指示精神,确定了绿色发展、生态和谐,立足实际、因地制宜,市场导向、主体运作,政策推动、示范引领的思路,一年来,神池县有机旱作农业稳步前行。

借助今年被确定为全省5个有机旱作农业试点示范县之一,并成功申报全国绿色有机旱作农业示范县的机遇,神池县把发展有机旱作农业作为推进脱贫攻坚、落实乡村振兴战略的重大举措。按照一年起步、三年见成效、五年基本建成的步骤,神池立足本地特色旱作农产品种类繁多的竞争优势,突出区域、传统、地标特色,努力打好绿色生态牌,并着眼于差异化、多元化发展和以点带面、示范推广、逐步扩大,借助现有旱作农业示范推广中心、合作社、研究中心和有机养殖示范点,依托农、林、水、机、牧等本地专家团队,全面实施规模和质量控制战略,认真做好高端产业定位、高层次顶层设计、高起点规划布局、高标准组织实施,科学制定了有机旱作农业5年规划、2018年行动计划实施方案,同时,结合4万亩深松整地和1万亩基本农田整理工程,进一步完善技术体系,走精、专、特、优的路子,做好土、水、种、技、机、绿6篇文章,在八角、长畛、烈堡、大严备等乡镇规划、建设了4个以杂粮、薯类为主的千亩集中连片封闭示范片,大力推进微生物肥料培肥、地膜覆盖、节水、机械化旱作等八大工程，按照"三品一标"的标准，轮作种植胡麻、莜麦、谷子、黍子、黑豆等作物，深度推进杂粮、薯类有机化生产，通过培训已让种植区农民初步掌握了有机旱作种植技术，并认真落实有机旱作农业示范推广补贴，全力推进特色农业向功能化、精细化发展，使有机旱作农业成为全县现代农业一个新的重要突破点。

八角镇川口村的村民白权厚对此深有感触。白权厚参与了有机旱作示范项目，使用省农科院研发的渗水地膜谷子穴播技术，经过科学种植和种子、地膜以及保护性种植多项补贴，他的黄谷子变成了名副其实的"金谷子"，一年下来预计比以往能多收入6万多元。

"在示范片里，我们推行'行政领导+指导专家+基地+合作社+农户'的产业发展模式，按照统一良种供应、统一肥水管理、统一病虫防控、统一技术指导、统一机械作业，提高生产组织化程度，目的在提质增效上有突破。"神池县农技中心主任、研究员施万荣告诉记者，"我们将切实发挥好本地水土优势，将有机旱作农业与畜禽养殖废弃物处置有效结合，推进有机旱作农业示范县建设从无公害向绿色、有机稳步推进，实现生产与生态的互惠。"

职业培育　技能傍身脱贫有术

8月2日，正式启用不久的神池县职业技能培训基地完成了两件骄傲的事：第一件是首届保育技术推广培训班顺利结业，70多名农村妇女完成了培训课程；第二件是举办了农业机械使用与维护短期培训。神池县农业机械使用普遍，立秋前举办这样的培训，对农民们来说，就好比下了一场及时雨。

决战决胜 山西省58个贫困县的产业扶贫故事

"贫困户不仅培训完全免费，而且食宿也免费。"职业技能培训基地负责人尹文告诉记者，神池县将劳务输出列为脱贫致富的重点产业之一，培训基地以政府主导（整合资源）、基地承载（免费培训）、农民为主体（贫困户优先）、专业服务（培训实训结合）、企业参与（定单定向培养）、立足神池辐射周边为思路，以市场为导向，采取预备制培训、岗前培训、订单培训和岗位技能提升等形式，走出了一条"政府主导+培训基地+企业+专业机构+农户"的富有神池特色的路子。与山西省剪纸协会、太原铁路学校等专业院校机构合作，引进先进理念、优质师资，通过讲授、互动、演示、现场操作等灵活多样的生产型培训方式完成教学。山西省文化厅驻村扶贫工作队队员、中国传统工艺美术大师及传承人、中国剪纸艺术家协会副主席、山西省民间剪纸艺术家协会主席郭梅花女士亲自为剪纸培训班授课，农村妇女踊跃参加，产生了良好的社会效应。

神池县紧盯脱贫摘帽目标，不断健全职业技能培训体系、政策支持保障体系、激励带动体系，围绕"神池饼匠""神池油匠""神池月嫂"等特色劳务品牌，采取奖补政策，开展以月饼、胡油、芥菜加工和家政、护工、月嫂和高级技工为主的技能培训，帮助更多贫困劳动者走出一条技能就业、技能增收、技能成才之路，全年可带动2000名贫困劳动力就业。目前，中式面点专业的学员在本县各月饼企业上岗就业，推动了神池月饼产业的发展，全县月饼加工企业达到80余家，有QS认证的企业23家，特别是去年举办的网上月饼节，月饼销量达6000多万个，为近年来之最。

49岁的神池县义井镇小黑庄村妇女张银枝，跟随丈夫来到县城务工，因缺乏必要的技能，一直没有找到合适的工作。看到培训基地的免费保育员培训计划后,第一时间报了名。经过近两周的短期培训,勤劳的张银枝以标准化的实操成绩拿到了结业证书。张银枝告诉记者:"实用而且特别通俗易懂,学好了找个月嫂的工作贴补家用。"对未来,她有更进一步的想法:"我们现在都是初级培训,中级高级培训要去忻州、太原才能参加,要是咱县也能有高等级的培训就更好了!咱能到大城市挣更多的钱。"

"掌握技能的劳动者是经济社会发展的基础。全面脱贫的奋斗目标只有在劳动的创造中才能实现。我们神池以技能培育带动产业发展,注重发挥贫困户的主体作用,激发大家主动参与脱贫致富的激情和热情,用勤劳的双手改变落后面貌、创造美好生活。"神池县副县长刘明亮说。

(2018年8月17日)

代县：借势发力　产业化铺就致富路

杨继兴

8月15日至16日，代县县委、县政府组织县四套班子领导、县直有关职能部门负责同志和各乡镇党委书记，对全县各乡镇的脱贫攻坚产业项目进行了检查观摩，所见所闻令人欣喜。这些项目既有特色种植、特色养殖，也有招商引资创办的加工企业，还有依托景区优势发展的乡村旅游项目，尽管种类不同、行业有别，但全都突出了"脱贫攻坚"这一主题，在整村脱贫、建设小康的征途上发挥了引领带动作用。

特色养殖助农增收

在胡峪乡枣园村边的一条山沟里，人们看到数千只土鸡正在悠闲地散步。它们时而低头觅食，时而追逐嬉戏，叽叽咯咯，好不惬意。这就是胡峪乡枣园村和杨庄村联合创办的土鸡生态养殖基地。枣园、杨庄是馒头山脚下的两个小山村，远离城镇、空气清新，有大面积的草坡、林地，野草、昆虫、苜蓿居多，生态环境良好，很适合饲养土鸡。在乡党委、乡政府的大力支持下，两村党支部、村委会将生态养殖土鸡作为脱贫攻坚的产业项目，共同投资54万元创办了生态土鸡养殖场，购进乌鸡、麻鸡6000只（其中4000只肉鸡饲养半年后上市销售，2000只蛋鸡滚动养殖），建设鸡舍3座，围网3000米，本着"谁投资谁受益"的原则，收益按投资比例分配。去年杨庄、枣园的70户贫困户的137名贫困人口每人都领到了300元的入股分红。今年截至7月底，养鸡场已销售肉鸡1200多只，销售土鸡蛋200多公斤，共收入9.5万元，到年底预计收入可达15万元左右。除去为2名担任养殖工人的贫困户劳力发放4万多元工资，使他们率先走上致富之路外，两村的70户贫困户也可户均增收1200多元。

同样养土鸡的还有阳明堡镇的马寨村，该村在实施精准扶贫过程中，充分利用政府下拨的扶贫资金，采用"村集体+合作社+贫困户"的运营模式，在村南的50亩核桃林地建起土鸡生态养殖基地，养殖土鸡1万余只，年产蛋2.8吨，年收益45万元。企业优先雇用本村贫困户劳力到基地打工，并由山西农科院畜牧兽医研究所及代县开胜农牧发展有限公司对基地工作人员和本村及邻村的散养户进行技术培训，使周边的贫困劳动力有工可打、有钱可赚，并学到了养殖技术。基地还以合作社带动个人庭院养殖，由基地免费提供鸡苗，无偿提供技术支持和疾病防疫，并统一回收、统一销售，每户散养15只鸡，年可收入4200元，有效带动了马寨村及周边村的贫困户共同致富。

峨口镇东下社村村民黄世明于2015年投资200余万元，建起了占地60余亩的养殖场，成立了喜农乐特色养殖专业合作社。主要养殖大白鹅、灰鸭、火鸡、孔雀、鸵鸟等禽类。带动本村30余户贫困户养鹅2000余只，年收益达到2万元。今年初，黄世明又投资150万元，流转农民河滩地70亩，承包大棚20座，新挖池塘11个，搞起了水产养殖，现已投放大闸蟹苗40万只，甲鱼、鲤鱼、草鱼等种苗5万余尾，带动贫困户40余人参与劳动，同时向周边乡镇贫困户提供鹅苗2万只，长大后由合作社统一收购和销售。预计年内可累计出栏大白鹅2万只、大闸蟹2.5万公斤，纯收入100多万元，其中贫困户的劳务和养鹅收入就达50余万元。

除了养土鸡、养鹅、养螃蟹外，还有上馆镇橙草沟村的山地猪养殖项目，聂营镇四达、新高乡凤翔与大象集团合作的养猪项目，也都在带动贫困户致富上发挥了重要作用。

创办企业就业致富

在峪口乡东章村的箱包厂里，30多名中年女工正端坐在缝纫机前紧张地忙碌着。她们原本都是成天围着锅台转的农家妇女，是村里办起的箱包厂给了她们就业的机会，使她们学到了技术，转变了身份，成为箱包厂的技术工人。

这个箱包厂是女能人李效芳利用东章村的12间闲置房屋做车间，投资50多万元购置各种机器设备50多台，于今年五一前办起来的，共招收工人30多名，绝大部分来自贫困户家庭。经过两个多月的技术培训，这些工人已经熟练掌握了操作技能，投入了正常生产。培训期间，头一个月发给生活费800元，第二个月熟练期发给工资1000元，三个月后计件发放工资，每个工人的月工资一般可达1500元至2000元。

代县阳明堡镇在精准扶贫中有效整合上官院、下官院、官庄、方村、九龙5个村的扶贫资金，联合成立了大唐羊头古城缝纫加工专业合作社，共覆盖5个村的贫困户139户411人，与河北省辛集市最大的手套企业红日集团（主要发展外贸和加工军工产品）合作，共投资40.5万元，建设厂房300平方米，购置缝纫设备100台，招聘贫困户职工35人投入试生产。全部建成投产后，可安置200余名贫困户劳动力就业，全部从这5个贫困村的贫困户中选聘。由合作企业红日集团负责技能培训、提供原料并包销产品。年可加工手套300万双，工人可收入工资150万元，企业可获利润30万元。企业利润按2：2：6的比例给村集体、合作社和贫困户分红。5个村按投入比例分红，各村所分利润的40%留在村集体用于公益事业，60%发放给贫困户和村民。

代县滨河移民产业园区则是代县县委、县政府为解决扶贫移民小区中集中安置的贫困群众的就业问题而创办的扶贫企业。首家入园企业为代县雁弘纺织有限公司，与上馆、滩上、新高3个乡镇联合投资1800余万元，建设厂房5000平方米，购置各类机器设备364台（组），招聘员工230多人，其中65%来自贫困户家庭，年可生产袜子3000万双，销售收入4820万元，实现利税670万元。按照一个产业园、一批贫困户、一条致富路的思路，构建"产业园+标杆企业+合作企业+贫困村+贫困户"的利益联结机制和"预分红+利润分红+就业收入"的带贫增收机制，带动贫困户稳定增收。当年按照注入扶贫资金1326.24万元的8%进行预分红，可带动69个村567户贫困户户均增收1871元。第二年抵扣预分红后，剩余利润按股分红，第三年按公司实际经营利润进行分红，三年后分红归集体经济组织所有。企业员工人均年工资收入2万元左右，实现了一人就业，全家脱贫。

乡村旅游助力脱贫

枣林镇鹿蹄涧村是北宋杨家将后裔聚居的地方，闻名海内外的杨忠武祠就坐落在村子中央。全村百分之七八十的村民都是杨家后裔，从杨业开始，至今已延绵42代。杨忠武祠俗称"杨家祠堂"，是杨业后代为祭祀杨业夫妇暨杨氏后代英烈而建造的宗庙，既是第三批省级重点文物保护单位，也是省教委命名的"山西省德育教育基地"。

近年来，鹿蹄涧村依托杨忠武祠和特色种植业等资源优势，大力实施乡村振兴战略，积极改造提升乡村基础设施，发展乡村旅游产业，累计争取上级和社会投资约2亿元，建设了宝石滩文化产业园、村级文化广场，实施了特色风貌整治、美丽乡村建设、杨忠武祠藏兵战道、整村提升等工程，组建了杨家将战鼓表演队，开办了农家特色小院1处、农家乐3家，新建了杨氏民俗文化展厅，基本完善了景区吃、住、行、游、购、娱旅游六要素。先后举办了两届杏花节、一届文化旅游节、一次全国旅游城市定向系列赛、一次国际骑游大赛，极大地提升了鹿蹄涧村的知名度，扩大了杨家将文化的影响力。今年五一期间，杨忠武祠景区被列入国旅旅游线路，接待游客人数迅速增加。今年以来，共接待游客1.5万人次，实现旅游经济收入37.5万元。乡村旅游已经成为鹿蹄涧村脱贫致富的主导产业。

位于雁门关乡陈家庄村东的吉乡缘花卉园，积极践行习近平总书记扶贫思想，努力探索保障贫困户增收、促进产业发展、实现贫困户与企业互利共赢的发展路径，通过创新企业发展模式，致力于建设集特色种植、餐饮接待、农产品销售、休闲娱乐、旅游观光为一体的综合园区。自去年初成立以来，共完成土地流转569亩，每亩土地每年支付农民流转金400元，让农户通过流转土地获得收益。通过改良土壤及种植技术，试种、推广油用牡丹317亩，带动农户发展高收益种植。依托雁门关景区和旅游路线形成的区域优势，设置了花卉观光园、珍禽养殖园、休闲垂钓园、文化娱乐园，开办了特色餐厅、农家土灶台、手工小作坊等设施，让游客亲自参与其间，吸引了大批游客来这里旅游观光感受乡村风情，体验农家情趣，并以此带动旅游路线沿线贫困村形成乡村农家乐产业群，立足本村，依托景区实现转型发展。随着企业的不断发展壮大，每年可以稳定提供300个工作岗位，其中80%的工作岗位优先提供给周边村的贫困户，使他们人均年增收3500元至1万元。

产业兴、百姓富，代县依托产业项目带动贫困群众脱贫致富，已经取得了可喜的成绩。以上例子只是全县脱贫攻坚大潮中的几朵小小的浪花，但透过这几朵浪花我们也可以窥一斑而见全豹。目前，代县人民正在县委、县政府的领导下，深入贯彻落实习近平扶贫思想和视察山西重要讲话精神，贯彻落实全省、全市攻坚深度贫困现场推进会和全市脱贫攻坚对标研判推进会精神，借势发力，再鼓干劲，进一步加大产业扶贫的力度，不断引进扶贫好项目、发展致富好产业，确保如期实现全县整体脱贫的目标任务。

（2018年8月24日）

宁武：多种模式齐发力　脱贫路上风光好

本报记者　刘桂梅　裴彦妹　林晓方

　　8月的宁武，盛夏将尽，秋凉未至，路边绿树成荫，田间庄稼灌浆，正是最好的时节。

　　西马坊乡"网红桥"上游客欢声笑语，飞溅的水花带来一片夏日清凉；阳方口镇产业园区热火朝天的建设现场，工人忙碌车辆穿梭；大水口村新大象养殖公司现代化的生产车间里，风扇轰鸣，肥猪满圈……此时的宁武也正是最繁忙的时节。

　　宁武是国家扶贫开发工作重点县、山西省10个深度贫困县之一，但同时也拥有良好的生态环境和便捷的地理位置，近年来，宁武县坚持以脱贫攻坚统揽经济社会发展全局，积极挖掘自身优势，攻克深度贫困堡垒，入股分红、龙头带动、政企互动、合作开发等多种模式一同发力，依托旅游资源优势，积极引导龙头企业、种植养殖大户带动贫困户增收致富，走出了一条"造血式"帮扶脱贫道路，带动全县贫困人口稳步脱贫。

借景生辉依村兴旅　贫困农民受益好风景

8月3日傍晚，2018中国首届冰火音乐节在宁武芦芽山旅游风景区隆重开幕，风景名胜、音乐盛典、国际大赛深度融合——活动不仅吸引了景区周边十里八乡的乡亲们前来围观，省城太原的贺小亮也和朋友驱车赶来。

"万年冰洞、马仑草原、悬崖栈道……走了一圈下来，宁武的这些好风景让我们都不想回了。"小贺感叹道。

宁武县旅游资源丰富，有山有水，而且品质上乘。这里的村民祖祖辈辈靠山吃山，过着平淡朴实的农家生活。但林场封山禁伐以后，村民顿时失去了大项经济来源，加之宁武生态环境变好，庄稼地里野猪频繁出没，不少人选择到山外打工。尽管每年游客络绎不绝，但大家除了偶尔停下来买点山蘑菇、吃个农家饭尝个鲜，一瞥之下，发出最多的感叹是"这里真穷"。

守着绿水青山就应该有饭吃。2016年，宁武县实施扶贫攻坚十大致富工程，其中加快实施以农家乐为主的旅游服务业脱贫增收工程是重中之重。当地以芦芽山国家级自然保护区、管涔山国家森林公园、万年冰洞国家地质公园等知名景区为依托，着力打造旅游脱贫富民产业，聚集全县之力、招贤社会各界，立足优势、因地制宜、多元发展。

今年5月，涔山乡沤泥湾村的张跃俊、薛春梅夫妻俩在村里开了一家名为"山里红"的农家乐。距离"山里红"不到1公里的地方，就是宁武县万年冰封商贸有限公司投资约2700万元聘请国际顶尖设计团队和国内外知名冰雕制作大师打造的发现冰封王国项目。炎炎夏日，依托这个清凉景点，沤泥湾村的村民大多都经营起了农家乐。据薛春梅介绍，他们平均每天能接待就餐游客30人。

开发冰封王国，对宁武县脱贫攻坚有着积极意义。该项目从2017年4月入住涔山乡，吸收了五花山、沤泥湾、程家圪洞、丁家湾、王化沟、王家山6村贫困户共计26户69人入股参与开发。项目以"公司+贫困户"的模式，采取贫困户入股保底分红和优先就业上岗的形式参与旅游开发，项目建设过程中和投入运营后为贫困户提供60多个就业岗位，目前已有沤泥湾、丁家湾和王家山3村实现村集体经济破零。2017年12月底已进行股金分红。宁武县副县长杨忠义介绍说，该项目已被宁武县涔山乡党委政府确定为发展乡村旅游产业扶贫的重点项目之一，项目的实施带动周边村落贫困户积极发展旅游服务产业，帮助当地群众脱贫致富。

距离宁武县城西南60公里的纯农业乡——西马坊，则坚定不移地确立了以旅游扶贫为方向的扶贫指导思想。乡党委书记董树平等一班人不断创新扶贫机制，将地方资源优势和特色融合，去年通过招商引资引进了宁武县西马坊乡原生态旅游开发服务有限公司，打造了玻璃栈道、旱滑道、亿年溶洞、主题公园、红色记忆展厅、芦芽漂流、芦芽瀑布等众多景点，通过对馒头山村、细腰村、营房沟村风貌整治修缮，开发百年油坊、千年神树、文化广场，村级环境美化了、村容村貌提升了，文化旅游带动贫困户313户，占贫困户总数的30%，得到了社会各界的认可。

景点的开发让西马坊乡的老百姓有了就业好去处。51岁的馒头山村民王庆丰就在玻璃栈道当上了安全管理员，每月有1500元的收入，老伴也找了份保洁员的工作，保底工资900元/月。这两份工资性收入让老两口乐开了花，日子不再紧巴巴！

依托这些资源优势，宁武发展起以兵工厂遗址为代表的军工文化游、以农家乐为代表的田园风光游、以自驾车为代表的观光休闲游、以悬空村为代表的古民居游、以汾河源头为代表的饮水思源游、以自行车绿道为代表的运动健身游，乡村旅游收到了明显成效，贫困户切实感受到了扶贫产业发展带来的红利。

集聚产业收益良方　农业园打造扶贫新路径

大暑时节的晋西北，阳光烘烤着大地。8月初，在距离宁武县城13公里的阳方口镇阳方村的宁武县扶贫农业园区项目建设工地上，工人们头顶烈日，正在搭建大棚钢架……

宁武县扶贫农业产业园是该县县委、县政府为加快全县脱贫攻坚进度，推进全县产业结构调整，在县经济技术园区范围内，规划400亩土地，培育引进发展农业加工项目而设立的产业园。据项目负责人张斌介绍，目前入园项目8个，其中真空包装脱水萝卜丝加工项目已经建成；塑料大棚种植观光项目正在续建；沙棘原浆口服液生产、燕麦深加工、中药材初加工和脱水蔬菜加工项目已开工建设；食用菌加工和脱毒马铃薯加工项目将于近期动工。

"按照高标准、大园区、细规划的原则，园区正在进行搭建钢架、土地深翻等前期工作，预计9月底，园区水、电、路、网等基础设施配套全部完成。"宁武县新农办主任张金亮指着刚刚搭起的大棚钢架对记者说："园区全部投产，不仅可以为周边的贫困人口增加收入，还能覆盖全县14个乡镇的就业问题。"

"贫困户脱贫致富，产业项目必不可少。如何既能解决贫困户由输血变造血的问题，又能增强企业的扶贫能力，成为贫困县值得探索的问题。"宁武县农委主任马国贞告诉记者，"本着以产业带动农户、以农户推动产业、以产业促进发展的新型发展模式，扶贫农业园区项目举起了宁武农业产业的龙头。"

在马国贞看来,扶贫农业园区的建设有望成为解决上述问题的一剂良药:一是产业园为入园企业统一配套基础设施,降低了企业的运营成本,有利于形成加工产业的集聚效应;二是园区的服务推动有助于调动企业主体能动性,在品牌培育、推介、引导等方面容易拧成一股绳,扩大品牌影响力;三是可充分发挥全县沙棘、燕麦、香菇、马铃薯、中草药等产地种植优势,完成从种植采购、加工分销到品牌推广等每一个环节的科学管理,实现食品安全可追溯,努力打造安全、营养、健康的食品供应全过程,提高企业的市场竞争力。"最关键的是,通过园区统一培训、示范、推广,可带动和扶持更多的农户参与到现代化农业生产模式中,为宁武的现代农业发展起到示范引领作用,奠定脱贫致富、乡村振兴的产业基础。"

记者了解到,成立近10年的宁武县高源薯业有限责任公司是一家由民营煤炭企业投资兴建,主要进行马铃薯全粉加工的龙头企业。该公司采取"龙头企业+专业合作社+贫困户"的精准扶贫运营模式,投资1亿元在扶贫农业园区兴建起占地40亩的产品中心。项目建成后,可实现产值1000余万元,能解决150多人的就业问题。不仅如此,所需原料全部来自周边村庄。

建立平台统一资源　助推脱贫致富可持续发展

贫困户贫穷的根源究竟在哪里?表面上看是穷在缺少资金上,但究其根本是穷在其资源整合能力的严重不足上,由此导致其无法获得资金、技术、原料、政策等诸多要素支持。针对这一深层次问题,宁武县引进山西新大象养殖公司,通过建立生猪养殖专门扶贫平台，统一整合社会资源，以新型扶贫养猪模式，带动贫困户脱贫致富，为决胜脱贫攻坚开创了一条崭新的途径。

阳方口镇大水口村的武和平，就是新大象养猪扶贫项目的最早受益者。武和平是当地建档立卡贫困户，17年前因车祸失去劳动能力，一家四口就靠着路边小卖部挣些零花钱，长年依靠救助维持生活。2016年，他迎来了好机遇，用政府为贫困户提供的5万元扶贫贷款，当上了新大象生猪养殖基地的股东，每年可按入股金额的15%进行保底分红。喜出望外的武和平逢人就夸："要不是现在政策好，咱哪年哪月才能过上这好日子！"

资金技术各方面都缺乏的贫困户之所以能迅速摆脱贫困，一切都得益于大象集团的扶贫攻坚项目。宁武县新大象百万头生猪养殖精准扶贫项目总投资11.954亿元，是宁武县农业产业重点项目，包括在薛家洼乡建设6200头种猪场、阳方口镇建设30万吨饲料加工厂、5000吨畜禽无害化处理厂各1个，在全县除2个旅游乡镇外的12个乡镇建设年出栏1.5万头至4万头的高标准养殖基地18个，辐射带动213个村2642户贫困户8022个贫困人口。2018年底一期工程全部投产达效后，养殖收入可达5.36亿元，带动种植业、运输业、服务业、劳动力转移收入720万元；可带动2642户贫困户脱贫致富，每户可增加收入1万元。

新大象养猪运营采取"公司+家庭农场"模式，第一个模式为"211"发展模式，即农户自己找地，由山西新大象公司指导筹建可容500头生猪规模的标准化猪舍，农户投资25万元，并交15万元保证金（每头交300元）。这种模式可使一对夫妇经营一栋猪舍，年出栏1000头，头均利润200元左右，年可实现收入20万元左右，可基本实现当年投资、当年回本。第二个模式为"1+1+1+1"发展模式，政府牵头、银行支持、企业实施、农户参股。即政府牵头解决水、电、路三通和协调土地并平整，帮助贫困户贷款并贴息；企业提供担保，支持每个贫困户贷款5万元用于入股，新大象参与帮助建设高标准猪舍和生产管理，所获利润按入股比例分红。同时保证参股农民每年不低于8%至15%的分红收益。这种模式打造了政府、银行、企业、农户共赢的一体化发展平台，整合了各项社会产业资源，全面增强了贫困户脱贫能力，为贫困户脱贫致富开辟了一条可行出路。

（2018年8月28日）

大同市云州区：遍地黄花香　人勤产业旺

本报记者　柴俊杰　何海亮

7月的大同云州，是最忙碌的时节。

7月26日记者一行走进"黄花之乡"——大同市云州区，蔚蓝的天空下，满目金黄，香气四溢。在吉家庄中心村农牧专业合作社3000平方米的晾晒场上铺满了鲜嫩的黄花，农民们有的忙着筛检、有的忙着存仓、有的忙着包装……各个面带笑容，忙得不亦乐乎。

近来，大同云州区人民心情不错，不久前身份证上的籍贯由大同县更名为云州区，这一小小的更名为未来发展增添了许多憧憬。更让他们觉得扬眉吐气的是，今年底就要摘掉戴在头上多年的"穷帽子"。

云州区老百姓满满的获得感主要源于政府确立黄花产业发展规划和农户人均1亩黄花，年均收入上万元的奋斗目标。

政府推动　农户由不想种到还要种

云州区是传统的农业区,如何在土地里找到可以让农民致富的产业,一直是亟待区委、区政府破解的命题。

云州区自古就有"黄花之乡"的美誉。云州区栽种黄花历史悠久,始于北魏,明永乐年间开始大量种植,至今已有600多年的历史,但多年来因农民零散种植不成规模、销售不畅,再加上种植黄花头两年没有产出,农民种植黄花积极性普遍不高,他们宁可种植亩产千斤收入几百元的玉米,也不想种收入可观的黄花。

"黄花菜鲜菜每公斤价格达6元左右,成品干菜每公斤可达45元左右。盛产期黄花作物亩收入可达1万元左右,是种植玉米收益的数倍甚至十余倍。黄花干鲜产品在市场上供不应求。"一位领导说,"不是老百姓不想种,而是我们宣传力度不够,政策支持力度不够。"为此,云州区委、区政府出台了《云州区加快黄花菜产业化发展实施方案》,将黄花产业确立为"一县一业"主导产业,提出了农户人均1亩黄花菜的脱贫摘帽目标,要求全县各级各部门把主要精力、主要财力放在黄花菜产业发展上,共同营造特色优势发展氛围。

为了发展黄花产业,区委、区政府专门成立了黄花产业服务办公室。黄花办的主要职责是做什么呢?云州区黄花办负责人安一平一言蔽之:"服务。"建立黄花菜发展的政策机制,切实加大片区资金投入;建立黄花菜的社会服务机制,为黄花菜生产创造有利条件。

"种黄花,又不能当饭吃,而且头年根本就没收益,总不能守着耕地饿肚子吧。"大同市云州区西坪镇唐家堡村的村民苟跃文将自家地里种上清一色的玉米，自己出去打工啦！

为了动员农民种黄花，云州区黄花办将种黄花和种玉米的收入算账对比制作成小册子发放给农民：盛产期黄花亩产250公斤（干黄花），市场均价每公斤50元，亩收入可达1万元至1.25万元，刨去浇水、施肥、人工等费用2500元，亩均纯收入可达7500元至1万元，是种玉米的10倍以上。而且一次种植多年收益，一般15年至20年才翻耕倒栽，能节省大量人力物力。

"为了鼓励村民种植黄花，针对制约黄花产业发展的一系列困难和问题，我区还出台了一系列扶持政策。"云州区黄花办负责人安一平说，"对新栽黄花每亩补助500元，2017年又对全区贫困户新栽黄花每人补贴1000元，并推广套种、间种模式，缓解了种植初期效益不明显的问题；黄花采摘劳动强度高、费时费力，政府部门发挥主渠道作用，通过网络、微信、上门招工等形式帮助种植户联系采摘工，致力破解'采摘难'；给种植户上保险；提供气象预报；在旱地集中连片种植200亩以上，由水利部门组织打机井，并配套水电路渠……"

在好政策"诱导"下，唐家堡村村民因种植黄花走上了富裕路。不甘落后的苟跃文也在自家地里种上了黄花，一种就是十多亩。苟跃文后悔地说："早听政府劝说种植黄花的话，我早就发（财）了。如果效益好，明年我再种几亩黄花，把过去的损失弥补回来。"

握指成拳在政府各部门的联合推动下，目前，全区黄花种植总面积超过13万亩，其中6万亩进入采摘期，产值增加了3.5亿元，形成倍加造、西坪两个万亩黄花片区，3个万亩乡镇，3个5000亩乡镇，18个黄花专业村。"十三五"期间，全区黄花种植将达到15万亩，实现农民人均1亩黄花脱贫目标。

龙头带动　黄花产品由单一性走向多样化

"黄花茶儿浓、黄花泡菜嫩、黄花面粉甜、黄花嚼片香……"在大同市及周边地区，这句顺口溜广为传诵。

为了不断提高黄花的产量、品质，延长产业链，增加黄花产品附加值，做大做强黄花产业。云州区委、区政府大力扶持龙头企业，云州区三利农副产品有限责任公司在政府积极支持下扩建原料库500平方米、分拣车间200平方米、烘干房500平方米，购置大型烘干机1台、锅炉1台、果蔬烘干机5台、黄花晾晒架400架、鲜黄花烤盘2500个、鲜黄花周转箱1500个；山西永翔食品有限公司在政府扶持下新建速冻保鲜脱水蔬菜生产线1条，扩建生产车间360平方米，新建冷库470平方米，购置大型烘干机1台；山西天特鑫保健品公司也在政府的扶持下，扩建提取车间300平方米，购置浓缩液贮罐6个、上清液贮罐5个……

投桃报李，黄花深加工龙头企业加快黄花产品研发，开发出有较高品位的黄花系列食品，有效提升了全区黄花深加工水平和黄花产品的多样化。目前，兴农黄花科技公司正在研制加工黄花泡菜、黄花面粉、黄花咀嚼片等11种黄花食品，其中"火山土"黄花酱已上市，很受市场青睐。山西永翔食品公司的速冻保鲜黄花菜、天特鑫保健食品公司的黄花茶以及黄花菜提取物等深加工提纯项目，都显著提高了黄花的综合效益和社会影响力。

在引导农民走向规模化种植、产品研发深加工的路上，专业合作社发挥了不可替代的作用。云州区吉家庄中心村农牧专业合作社就是众多合作社中的佼佼者。该专业合作社由张圣伟、陈少峰等

12名返乡创业青年于2016年1月28日发起建立，成立之初就以带领贫困户致富奔小康为己任，经过两年的发展，现入社人员已达434人，其中贫困人员404人。目前，该合作社带动发展黄花种植已达万亩，拥有自己的黄花种植基地、黄花晾晒加工厂、蔬菜预冷库、黄花菜加工车间、存菜库房，形成集黄花采摘、烘干、晾晒、加工、包装为一体的大型现代化生产加工合作社。

"我们通过'团支部+基地+合作社+贫困户'等形式，流转贫困户土地，吸收贫困劳动力参与种植管理，让农民流转土地得到租金，进入合作社打工挣到薪金。贫困户通过获取薪金、股金、租金'三金'，实现资源变资产、资金变股金、农民变股东。"该合作社负责人张圣伟说，"我们一开始就注重品牌的创建，目前，合作社有'吉家庄''吉家山水'等黄花品牌和'吉家农庄'富硒杂粮品牌，合作社就是朝着规模化、集约化、品牌化的现代农业方向发展，进一步打响大同黄花品牌。"

云州区以黄花产业发展为主导，以产业基地、专业合作组织、龙头企业建设为抓手，以基础设施建设和社会事业、培训工程等为辅助，通过对项目区内黄花产业的标准化建设和优化改造，达到提高黄花产业发展水平、增加农户收入的目标。目前，主要有黄花加工销售龙头企业13家，黄花种植专业合作社95家，带动贫困户7905户脱了贫。

"有黄花产业托底，我们今年脱贫摘帽是有信心的。"云州区负责人自信满满地说。

产业拉动　黄花销售由国内走向国际

云州区西坪镇下榆涧村的杨旗是从事黄花销售的职业经纪人。

每年七八月是杨旗最忙碌的时候，从早到晚，电话响个不停，他不是在田间地头就是到集贸市场，每天陪着客商转悠。

49岁的杨旗从事黄花买卖已经25年，是个资深经纪人，也是云州区最有名气的、最先搞黄花买卖致富起来的第一批人。他手头拥有许多客商资源，遍布祖国大江南北。

"从全国市场来看，黄花有湖南、陕西、甘肃等主要产区，但是大同黄花在市场上最受欢迎，我们大同黄花品质好、价格优，许多客商自己找上门来。"杨旗自豪地说。

大同黄花受市场追捧是有原因的。大同黄花有火山喷发后造就的富锌富硒土壤，加上日照时间长、水资源丰富、昼夜温差大等天然优势，生产出的黄花色泽金黄、角长肉厚、七蕊金黄，营养价值极高，并且具有止血、消肿、镇痛、清热、利湿、通乳、健胃安神等功效。目前，"大同黄花"商标已通过国家工商总局原产地保护认证，被中国绿色食品发展中心认定为绿色食品A级产品，中国国际农交会授予"2017百强农产品区域公用品牌"，并多次在国内、国际农产品博览会上荣获金奖。云州区成为国家级出口食品农产品质量安全示范区。

除了得天独厚的先天条件，还有云州区广大干部群众的积极宣传推广的后天优势。云州区干部群众在不同场合不时推广大同黄花，利用新媒体推送，报纸、电台、网站扩大宣传，并举办了大同黄花开摘仪式、产业扶贫农商对接会、黄花产销对接会等一系列活动。尤其，国际巨星成龙先生携团队来到西坪镇唐家堡村黄花种植基地，和农民群众一起采摘黄花，落实"脱贫攻坚战——星光行动"，吸引全社会聚焦和关注扶贫事业，进一步提高了"大同黄花"的国际知名度，黄花产品也由国内走向东南亚、欧美等地。

"莫道农家无宝玉，遍地黄花是金针。"云州区的黄花一业兴带动百业旺，黄花产业带富了农民，也让不少商家看到了商机，大同周边人群跑到云州区各乡村做生意的人多了起来，黄花产业带动下的云州区经济呈现出一派生机勃勃、欣欣向荣的景象。

（2018年8月31日）

和顺：传统现代齐发力　脱贫致富有保障

本报记者　刘　雅　实习记者　贾昕宇

和顺县地处山西省东部，太行山脉西侧，是国家级贫困县。全县共有建档立卡贫困户18633户，涉及贫困人口50306人。今年是和顺县脱贫攻坚决战决胜年，全县上下认真贯彻落实中央、省委、市委的安排部署，始终把脱贫攻坚作为最大民生和政治，以乡村振兴战略为统领，突出"抓党建促脱贫"这条主线，对症下药、精准滴灌、靶向治疗。和顺县委结合几年来的扶贫工作实践和当地贫困人口实际，为更好地落实"一村一品一主体"的政策，制定实施扶贫计划，确保今年实现高标准高质量脱贫摘帽。

火麻种植　新产业　新起点　新高度

7月18日，农历六月初六，记者来到和顺县平松乡大夫岩村的时候已临近中午，正赶上村里一年一度的传统庙会，村里热闹非凡。这里是山西宏田嘉利农牧科技有限公司的火麻种植基地。记者在人群中找到了大夫岩村党支部书记刘彦珍。据刘书记介绍，大夫岩村共有82户196口人，是典型的农业村、贫困村，全村共有贫困户55户144口人。"过去，我们村主要种植玉米，2016年开始发展火麻，目前全村共种有火麻1400多亩，占了全村耕地的80%还多。"

现年56岁的李忠厚是大夫岩村一个普通的贫困户，他从2016年开始种植火麻。"以前，我家每年的收入全靠卖玉米，一年到头赚不了1万块钱。2016年，村里成立了合作社统一种植火麻，那时候都不知道火麻是什么，心里直打鼓，没想到试种头一年就赚了1.5万元，去年又收入了2.5万元，今年我直接种了25亩。"提起种植火麻带来的收入，老李笑得合不拢嘴，"现在种植火麻，公司不仅提供火麻种子和肥料，还以每公斤9块钱的价格上门收购，这样的好事以前做梦都梦不到啊。"

统一收购大夫岩村火麻的是该县宏田嘉利农牧科技有限公司。据公司董事长杨建青介绍，该公司火麻加工主要是以榨油为主，一年可以生产成品油260吨，产品远销韩国、日本等地。2018年，公司与全县600多农户签订了5300亩种植协议，其中贫困户占80%，覆盖了6个乡镇20余个村，实现户均增收1.1万元。为了助力脱贫攻坚，公司还规定，在收购火麻时贫困户可优先享有保底价，真正让贫困户种火麻脱贫、种火麻致富。

作为和顺县首家以经营火麻籽、紫苏籽种植收购和加工销售为主的农产品加工企业，杨建青的目标就是要发展壮大公司规模，在全国各地都能看到自己的产品，从而带动更多的贫困人口实现脱贫，把火麻打造成为长期能为农民带来收入的产业。"目前我们正与同仁堂洽谈合作事宜，合作之后，和顺将成为同仁堂火麻仁的种植基地之一。到那时，我们的火麻种植面积就不是5000多亩了，很有可能是5万多亩，或许更多。老百姓也不仅仅是脱贫，那就是致富了。"谈到未来，杨建青信心满满。

据悉，火麻只是和顺中药材种植产业中的一个品种，该县还因地制宜地发展了黄芩、黄芪、芍药等药材种植，中药材种植正在成为和顺县脱贫攻坚、实现全面脱贫的重要推手之一。

山河醋业　一瓶醋带动一方富

"无醋不成宴"是山西省人民生活的真实写照。醋是山西省的重要符号，也是千百年来山西人民生活中不可或缺的调味品。距离和顺县山河醋业的厂区还有一段距离，记者就已经闻到了空气中浓郁的醋味。

山河醋业的前身为和顺县阳光醋厂，于2012年被收购成为今天的山河醋业，之后，在县委、县政府的领导下，依托食醋产业，融合当地种植户，走出一条"龙头企业＋基地＋农户"的产业脱贫模式。"2012年之前，阳光醋厂已经名存实亡。县里为了实现全面脱贫，落实'一村一品一主体'的工作，提出了在阳光占村发展醋业的想法。"据山河醋业党支部书记曹彦清介绍，为了更好地带动贫困户，辐射更多的贫困人口，出台政策鼓励贫困户参与原料种植，截至目前，公司已与周边的十多个村近百户农户签订了种植协议，共种植高粱2000多亩，种子全部由公司统一提供，同时提供技术指导等服务。"这样做不仅能保证原料的安全，还可以让农户更好地融入企业发展，从而调动其种植积极性，早日脱贫，早日致富。"

"每年春天，我就去山河醋业领取春耕的播种机。领上机器，统一规划，统一下种，公司还提供肥料。到了秋天，把高粱直接拉去醋厂，当场称重当场结现，价格还很稳定，再没有比这放心的买卖了。"阳光占村村民温贵云是醋厂原料种植基地的合作户，基地种植户模式的受益者。"我今年种了4亩高粱，亩产1600元左右，加上国家每亩补助的200元和醋厂每亩补助的200元，一年仅种植高粱就能收入8000多块。"温贵云对此很满足。

现年47岁的张建平是阳光占乡阳光占村的贫困户。他与妻子范瑞芳已经在醋厂工作了一年多，张建平每天的主要工作就是翻醅，从早上5点工作到上午9点钟，妻子则在醋厂的流水线上。据张建平说，夫妻二人常年在这里务工，自己还种着7亩高粱为醋厂提供原料，夫妻二人每年种植加打工能收入将近5万元。"以前靠种玉米为生，年收入也就两万块钱，现在一年能赚四五万，感觉手头宽裕了很多。"张建平满面笑容地对记者说。

"醋香不怕巷子深。今年山河醋业已经与李锦记达成合作意向，下一步我们还将扩大经营规模，在建的大曲厂预计今年9月份就能竣工，原料的品种也已经进入试验阶段。"曹彦清说，山河醋业前景一片光明，老百姓脱贫致富指日可待。

和顺肉牛　传统产业充当脱贫强抓手

和顺县素有"八山一水一分田"之说，自古以来就有养牛的习俗，脍炙人口的牛郎织女的神话传说就起源于此。牛是农家宝，在牛郎织女的传说中更是化身为憨厚、忠诚、智慧、勤劳的象征。和顺肉牛享誉全国，早在20世纪七八十年代，和顺就被农业部授予"商品牛基地建设先进县""全国畜禽品种改良先进县"的称号。为了实现全县全面脱贫的目标，去年以来，和顺县委、县政府针对畜牧产业扶贫行动开展了多项工程。

区位优势＋政策支持和顺县属黄土高原东侧中低山区，境内山多川少，特殊的地理位置形成了和顺气温低、无霜期短、降雨量充沛、昼夜温差大的独特小气候特征，培育了和顺肉牛适应性强、抗病力强、耐严寒的特性。此外和顺山大坡广、植被丰茂，林木覆盖率达35%，宜林宜牧面积占到全县总面积的45%，发展现代养牛业具有得天独厚的优势。和顺县委、县政府充分发挥区位优势，积极引导，围绕绿色、环保、生态理念，提升和顺肉牛的品牌质量，依托省农科院畜牧研究所、山西农大等技术支撑，着力把和顺肉牛打造成为全市、全省乃至全国的著名品牌。

脱贫攻坚，产业是关键。和顺县积极扶持畜牧龙头企业，制定出台了《和顺县2018年扶持畜牧产业助推脱贫攻坚实施办法》，明确了具体的扶持办法、补贴标准和实施范围。同时还组织完成了今年第一批畜牧产业扶贫项目入库前的评审工作，共评审了10个乡镇申报的畜牧扶贫项目119个；完成10个贫困村养牛场项目的招投标工作，已开工项目15个。畜牧产业扶贫项目的实施带动了贫困人口33009个，共涉及10个乡镇103个村，有力地推进了全县脱贫攻坚步伐。

企业牵头＋农企联动。银河湾农牧科技开发有限公司是和顺县养牛企业中规模较大、发展较成熟的一家。走在该公司的园区内，一眼望去，健硕的黄牛成群结队。据公司负责人赵斌介绍，目前公司共建有标准化牛舍4600平方米、青贮池6000立方米，现存栏牛660头，其中能繁母牛430头。2016年公司先后被山西省科学技术协会和晋中市农业委员会认定为"山西省农村科普示范基地""农业产业化市级重点龙头企业"。

自脱贫攻坚决战打响以来，银河湾农牧科技有限公司坚持以和顺县委、县政府全面脱贫整体位次前移的决策部署为目标，不断激活自身发展动力,连接带动贫困户发展生产,以精准对接建档立卡贫困户的方式助推全县脱贫攻坚。

为确保贫困户实现增收的目标,该公司不断创新联动模式。一是通过实施资产收益分红的方式带动周边群众增收。通过给农户分红的方式实现收入,共带动了周边10个村共1037口人增收。二是订单种植青饲玉米。雇用农户种植青饲玉米是公司助力脱贫的又一举措。现在公司共种植青饲玉米1500亩,涉及十多个村,平均每亩可增收200元,户均增收2551元。三是通过季节性用工的方式助农增收。农户可利用农闲时间到公司来放牧、种草、加工牧草,既不耽误耕种,又可以充分利用闲暇时间赚点小钱。四是通过土地流转来引导农民离土不离乡就业。公司目前共流转633亩土地用于种草,流转四荒坡2万亩用于草山草坡改良和牛群放牧。赵斌告诉记者,今年公司计划在5个贫困村发展30户存栏10头牛的家庭牧场,以拌喂的方式合作,无偿为贫困户提供牛粪,激发贫困户的特色产业发展,多方位带动农民增加收入。

目前和顺肉牛的养殖已经趋于成熟,自2011年3月经国家质检总局认证为国家地理标志保护产品以来,进一步提升了全县养牛产业在全省、全国的影响力,进一步提升了和顺肉牛的品牌地位,出现了一批带动贫困户增收的企业,除银河湾农牧科技有限公司外,和顺县天和牧业有限公司、和顺县绿和生态农牧业开发有限公司等企业如雨后春笋般涌现,在县委、县政府的领导下,始终把发展产业作为脱贫增收的重中之重,助力和顺县全面脱贫任务的顺利完成。

(2018年9月4日)

平鲁：扶贫产业开花结果　精神提振深入民心

本报记者　刘桂梅　裴彦妹　林晓方

2018年初秋，塞外平鲁已能感到丝丝凉意，一场围绕巩固脱贫成果的战役正在这里火热进行。由于自然条件和地理环境所限，平鲁祖辈贫困的现实从近代延续至今，部分群众依然生活在最低保障线之下。

但近年来，平鲁区把产业扶贫作为脱贫攻坚的根本出路，以"一村一品一主体"为抓手，采取政策特惠补贴、大户带动脱贫、小额信贷链接产业三种模式，大力发展杂粮、中药材、藜麦、蔬菜、畜禽养殖、乡村旅游、光伏扶贫等七大特色产业项目。在扶贫路上，20万人口的平鲁区一路探索一路创新，走出了一条具有当地特色的扶贫之路。

建起"鸡别墅"　扶贫先励志

要让平鲁贫瘠的土地变成希望的沃野，有很多具体的困难等着这里的干部群众去攻坚。

为此，从去年开始，平鲁区抽调353名工作队员成立了81支扶贫工作队，对293个村进行包村帮扶，组织32家企业对80个贫困村进行结对帮扶。

8月23日上午，大雨如注，秋凉来袭。记者一行几人沿着泥泞的乡间小路来到平鲁区榆岭乡石峰村。石峰村石山夹村，沿沟住人，自然条件差，村民致富难，是当地有名的贫困村。生活在这里的村民长期依靠传统种植和外出务工维生，全村共257户659人，其中贫困人口22户58人。

2017年，平鲁区发改局的扶贫对象被确定为石峰村后，局领导高度重视，按照精神提振、全面保障、绿色行动的绿色帮扶思路，进驻石峰村。为使扶贫工作落到实处，让石峰村的村民既"富口袋"，又"富脑袋"，工作队进村后，因地制宜，因户施策，确立了整体提升与分类扶持相结合、扶贫攻坚与农村发展相结合，以养鸡产业引领村民变"输血"为"造血"、以四两拨千斤，走千只鸡业产业扶贫之路。

发改局千方百计筹措资金20万元，积极与小峰山农牧专业合作社深度合作，以"六统一"为抓手，精准实施千只鸡业绿色帮扶行动，即为每个贫困户统一定做12平方米的高档彩钢"鸡别墅"，统一购买50只优种产蛋家鸡，统一提供质量可靠的养鸡饲料，统一进行饲养技术服务指导，统一进行疫情防控，统一回购投放超市销售。

大雨中，记者看到眼前的农家小院里就立着一座显眼的"鸡别墅"，沿着靠在院墙边的湿滑木梯走下去，这就是石峰村贫困户蔚佐生的家。老蔚家里现在只有老两口，年事已高，因病不能从事重体力劳动。"去年8月，发改局给俺们送来50只蛋鸡，又起了这么大的鸡笼,统一配料统一收蛋,我们俩就在家里招呼喂鸡捡蛋,不出家门就有了产业。"72岁的蔚佐生激动地告诉记者,"还是共产党好,党的政策好啊!"

蔚佐生的心声是全区扶贫成果的一个缩影。农委主任魏香兰给记者算了一笔账:"每户村民每天至少收获鸡蛋35个,日收入35元到40元,月收入1050元到1200元,年收入12600元到14400元。我们这个产业项目注重提升扶贫对象的自我发展能力,围绕养鸡特色产业,通过畜牧专家、饲养专家,培育当地一批有技术、懂经营、善管理的新型职业农民,为贫困村注入造血功能和不竭的发展动力。"

魏香兰多次提到"精神提振"这个词。她深有感触地对记者说,农民在政府的帮扶下,除了物质改善和收入增长外,精神提振更为重要。人活就是活一股精气神,如果缺了这个,一个家也就没有希望了。

种下"向阳花" 转型新典范

离开石峰村没多久,天色开始放晴,车行在8月的湛蓝天空下,令人神清气爽。峰回路转,山坡上扑面而来满眼金黄,这是一片向日葵的灿烂海洋!

但平鲁之贫不是一日,平鲁之困也不只一村。阻虎乡大干沟村是一个只有400多人的小村庄,村里耕地多为沟坡地,村民世代以种植土豆、荞麦和胡麻等作物为主,收入微薄。2014年,原本做煤炭生意的穆志在了解了国家相关政策后,积极思考转型,将目光瞄准了现代新型农业。他带领公司所有员工回到家乡大干沟村,成立了木森农牧有限公司,投资20余万元种植了150亩向日葵。

穆志每天吃住在窑洞，经过与专家共同反复试验，成功地在坡地上种植成活向日葵，开了坡地种植的先河。2015年，他将向日葵种植规模扩大到1万亩，成为整个朔州乃至山西省最大的向日葵种植园。省市领导曾多次实地考察了解，给予了极高评价和肯定。

大干沟村的杂交食用葵高产示范项目树立了朔州平鲁区又一农业品牌。它凭借着上万亩山沟和坡地，积极调整种植结构，形成了以向日葵为主，小杂粮、中药材等多元发展的种植体系，引导农民靠种地走上了致富路。

现年40岁的张茂是邻村屯军沟村人，记者向他了解情况时，他一个劲儿地摆手说："我可不算贫困户啊！"张茂一直就是村里的种树能手，木森公司开始扩大文冠果树种植面积，他就带领工人们一直在山上种树，传授苗木的管理技术和后期的维护，春天植树抢节令，是一年中最忙的月份，他说这一个月就可收入3万余元。目前木森公司流转12个村庄的土地1万多亩，拥有生产厂房、库房1600多平方米，有浇筑水泥晾晒场5000多平方米。中药材标准化种植示范基地3000亩、油菜绿色种植基地4000亩、向日葵绿色种植基地5000亩、经济林连翘5000亩、文冠果15000亩，形成了春耕夏管秋收冬加工的模式。解决长期就业人员20多人、季节性就业人员7000多人次，实现了经济效益与社会效益的有机统一。

"我们的向日葵不光籽饱粒大口感好，而且漫山遍野花开的景色也特别美；我们周围全是没有污染的原生态林区，野生动物资源丰富，随着公司规模的扩大，下一步我们要规划一条乡村旅游路线，把我们的青山绿水变成金山银山，走出一条适合农村农民自身发展的路子。"穆志说，"今年，我们与内蒙古三瑞公司深度合作，高薪聘请农技专家，组建了科技研发部，对红藜麦、文冠果、向日葵进行大棚温室新品种改良试验，实现外来产业本地化、科技化，带领更多百姓致富。"

此外，在带动脱贫上，穆志坚持以资源变资产、资本变股金、农民变股东、收益有分红这样"三变一有"的主线，建立市场主体与贫困户之间利益联结机制为纽带，通过股权把各种资源整合到产业平台上来，带动贫困户长效稳定脱贫。

以农业龙头企业、农业专业合作社、经营大户、家庭农场等为代表的新型农业经营主体，正驱动着平鲁现代农业快速发展、产业链条不断延伸、专业分工程度进一步提升。像穆志这样尝到甜头的新时代职业农民正在重新审视、重新对待脚下的这片黄土地。

满山草药香　脱贫搭快车

大地生金、土里长钱是千百年来农民追求美好生活的最大向往。如今的平鲁，很多农民靠种草药、经济林、大棚瓜……从土里刨出了金子，鼓起了钱包，找到了"钱"景。

烨明农牧专业合作社坐落于历史悠久的"门神故里"朔州市平鲁区下木角乡。当记者来到这里时，山中的夜色已经笼上天幕，合作社理事长李明刚刚查看完中药材下了山。

平鲁区烨明农牧专业合作社在探寻企业扶贫的道路上通过土地流转的模式，增加贫困户土地流转收入。合作社用工和土地流转优先考虑贫困户。因为贫困户人员多为老弱妇孺等没有劳动能力的，所以近几年，合作社每年扶持的贫困户占到四分之一。

"这里的土地大多为山地、坡地，土地耕作条件差，且交通不便，流转土地费用偏低，为了让贫困户在土地方面能有更多的收入,我们以每亩地200元至300元的费用流转土地。"李明介绍说。2017年,该社共流转下木角乡下木角村和边庄村108户3700余亩土地,合计流转费用约61.46万元,其中建档立卡贫困户21户439.3亩,合计流转费用约8.79万元。大部分土地流转收益超过了其每年种植小杂粮的收益,老百姓不再需要投入劳动力就能获得可观收入,都深刻感受到种植中药材给每一个家带来的实惠。合作社一直秉承回馈社会、反哺地方发展的理念,利用技术优势,探索"合作社+农户"的精准扶贫模式,积极帮助周边村庄农户脱贫致富。

"烨明农牧专业合作社以高于市场行情的价格租用我的55.6亩土地,我每年光土地流转就可收入16680元,解决了我这个没有劳动能力贫困户的大难题。"现年69岁的下木角乡下木角村村民支春业高兴地说。黑水沟村的王旺,今年在公司的带动下种了100亩黄芪,虽然药材收益期还没到,但今年就可以打籽了,一亩黄芪可以收三四十公斤种子,市场价80元,仅此一项就可脱贫致富。

"下一步,我们准备种一些移栽药材,如连翘、五味子等,实验成功以后就让村民也跟着种。这种情况下,我的企业发展了,老百姓收入也增加了,山野坡地也不再空闲了。"李明说,除了提高土地流转费之外,合作社还通过让农民在药材基地打工的方式来增加农民的收入。

像这样的例子在平鲁还有不少,改变昨日的贫困面貌,旧貌换新颜指日可待。补短板要见实效,真脱贫方可持续。补齐贫困户精神动力短板问题,平鲁区坚持"输血"与"造血"并举、物质脱贫与精神脱贫并重,增强贫困人口的自我发展动力。让贫瘠的土地变成希望的沃野,虽然还有很多具体的困难要去攻坚,但平鲁区会在这条光明的道路上砥砺前行。平鲁区委、区政府带领干部群众迎难而上的信心何尝不是右玉精神的体现。

(2018年9月14日)

大宁：产业升级带动精准脱贫

本报记者　柴俊杰　特派记者　闫红星

金秋时节正是收获的季节。国庆前夕，位于大宁县曲峨镇道教村的现代农业花卉双创示范园区迎来了一年中最繁忙的时候。由该园区培育的红掌、蝴蝶兰、竹芋等花卉品种源源不断地销往北京市南四环花木中心。

发展花卉产业是大宁县在脱贫攻坚战役中实施产业升级带动群众致富的举措之一。

大宁县是国家扶贫开发工作重点县，全省10个深度贫困县之一。近年来，该县围绕精准扶贫的方针结合大宁实际情况，把升级传统产业、引进新型产业作为带动农民精准脱贫的一项重要举措来抓，为全县在攻坚深度贫困、实现乡村振兴的新征程中提供了强有力的产业支撑。

企业带动　新产业布局未来

8月30日上午，大宁现代农业花卉双创示范园区。

决战决胜 山西省58个贫困县的产业扶贫故事

31岁的徐清清熟练地将一盆盆红掌整理好，装进包装箱内，然后封箱装车，一气呵成。在花卉培育基地已经工作了大半年的徐清清就是示范园区所在地的曲峨镇道教村人，原来在家里种简易大棚，因为收入不稳定，是村里的贫困户。2017年大宁县招商引资，山西隆泰双创农林科技有限公司正式入驻道教村，一座总投资1.37亿元的现代农业花卉示范园区拔地而起，徐清清的命运也随之改变。现在她是该园区的花卉工人。每月收入稳定在2300元左右，公司按月打卡，上班顾家两不误。

示范园区办公室主任张鹏飞告诉记者，园区分为花卉生产示范区、加工物流交易区、科研培训区和旅游观光养生区四部分。他们采取"公司+农户"的合作方式，以道教村为中心，辐射带动全县4个乡镇42个村2000余户农户发展种植花卉。该项目直接带动200名和徐清清一样的建档立卡贫困户在园区就业。

素有"三川十塬沟四千，周围大山包一圈"之说的大宁县沟壑纵横资源少，要想在脱贫攻坚的征程中加速发展弯道超车，就需要改变传统产业结构。而通过招商引资发展新产业则是该县决策者们为布局大宁未来所选择的一条捷径。

同样属于全县重点引进的大型企业之一的新大象百万头生猪养殖农业产业化项目，从2017年立项建设开始，如今已投资1.5亿元建设完成1个种猪场和2个育肥猪场。其中位于昕水镇当支村的育肥猪场占地面积60亩，设计规模年存栏1万头，年出栏育肥猪2万头。该猪场负责人李广元告诉记者，该项目2017年5月开工建设，2018年5月投产运行。目前该场首批育肥猪已调回，现存栏商品育肥猪6000余头。项目采取贫困户贷款入股到企业年底分红的形式对贫困户进行帮扶，仅当支村就有100余户贫困户入股，每户年分红可达7500

元。据了解，仅2017年，新大象百万头生猪养殖农业产业化项目在全县共带动2285户农户入股，其中贫困户为113户，资产性收益84.75万元。

创造了"大宁速度"的一次性防护手套项目，去年仅用一个月时间，大宁县就帮助企业办完项目开工前全部手续。去年11月28日，该项目一期工程的3号车间8条生产线投产，到2017年底已实现工业增加值200余万元，出口创汇40万美元。据了解，项目全部投产后，可提供3000个就业岗位，实现出口创汇1.7亿美元。从去年8月开始，县人社局、县扶贫局分两批输送288名当地贫困劳动力赴河北总部生产一线进行为期一个月的职业技能培训，有283人持证上岗，其中50%为建档立卡贫困户，实现"一人就业，全家脱贫"。参加技能培训的人中，现有10人担任车间主任等中层干部。

有机生产 老产业提档升级

曲峨镇布业村是大宁县有名的苹果种植基地。在该村红太阳果业合作社的苹果生产基地，"优质有机苹果示范园"的标识格外醒目。该村党支部书记贺庭璋告诉记者，这个由村里种植大户冯俊生牵头成立的合作社成立于4年前，现在合作社共有159户农户，苹果种植面积达到2600亩。"我们所有的苹果均通过了侯马海关进出口检疫局的有机检测。"贺庭璋自豪地说，去年全村仅果树一项收入就达到300余万元，农户最多的收入有十几万元，最少的也有3万元。

大宁县地处吕梁山南端，属于全国苹果优势区西北黄土高原苹果产业带，是省农业厅确定的"一县一业"苹果基地县，也是临汾市西山百万亩有机水果生产基地。截至目前，全县水果总面积达

13.34万亩，人均约占有面积达2.57亩，实现了"人均二亩园"的目标，水果产业已成为农民脱贫增收的主要经济来源。

近年来，大宁县紧紧围绕临汾市委、市政府要抓好西山以优质苹果、干果和杂粮为主的板块建设，全面推行农业标准化生产和品牌化创建工作，打造一批跨县域的优质农产品品牌的总体部署和要求，按照打赢脱贫战全面建小康的战略目标，依托良好的生态环境，启动"有机大宁"创建工程，全力推进传统重点产业向有机化发展，抓好有机肥料生产、使用和病虫害生物防治工作，减少化肥和农药使用量，打造有机农业特色品牌，从而实现传统产业的提档升级。

为巩固提升现有苹果产业，扩大并做精做细国家级水果出口质量安全示范区创建工作，大宁县一方面推广有机种植管理技术，做好相关基础设施配套工程建设，在采摘、运输、储存等方面下功夫，从产品到包装都要统一、规范，更加凸显品牌形象，靠质量和服务赢得信誉、赢得市场。此外，他们积极争取有机农产品认证和出口认证，建设有机苹果出口基地，抢占高端市场。

此外他们还依托现有设施大棚，大力发展有机无公害绿色蔬菜，最终把大宁打造成西山有机蔬菜生产集散地；建立一定规模的小杂粮生产基地，延伸产业链，搞好小杂粮加工、销售和品种开发，把特色产业推向市场，增加农民收入。

为了快速推进传统重点产业有机化生产的步伐，今年8月6日，大宁县还专门举办了建设"有机大宁"专家报告会，中国科学院植物研究所研究员蒋高明教授和中央党校经济学部教授徐祥临围绕我国有机农业发展大势，系统阐述了有机农业的发展前景、发展趋势，并对大宁县发展有机农业提出了具体意见。参会人员包括县四套班子领导、各乡镇书记、乡镇长、县直部门负责人以及农村支部书记、村委主任、第一书记和驻村工作队长。

县委书记王金龙表示,该县将按照产品有机化、管理规范化、市场高端化的要求,推动农业产业提档升级,打造"有机大宁"特色农业品牌,更好更快更高质量地发展有机农业、特色产业,争取三年有一个大的变化,五年建成"有机大宁"。

赋权于民　集体群众双增收

大宁现代农业花卉双创示范园区所在地曲峨镇道教村在大宁县是一个名声很大的村子。之所以说它名声大,不仅仅因为村里经济发展好,还因为该村的支部建设、社会管理、文化教育等诸多方面的发展在大宁县均名列前茅。

道教村是大宁县实行深化农村改革、振兴乡村经济的7个试点村之一。

大宁县作为深度贫困地区,农村发展弱质化、集体产权虚置化、乡村社会空心化和基层组织乏力、集体增收无路、群众致富困难等发展不平衡不充分的问题日益凸显,严重制约着攻坚深度贫困、实现乡村振兴、全面建成小康的进程。去年以来,该县大胆探索,率先实施了以购买式造林为主的林业综合改革。由以建档立卡贫困户为主体的扶贫攻坚造林专业合作社,经过竞价议标,与乡镇政府签订购买合同,自主投资投劳造林,当年验收合格后支付工程款30%左右,第三年验收合格后支付余款购买造林服务,树随地走,林权不变。2017年完成造林5.31万亩,带动生态脱贫1562户4699人,占当年贫困人口5189户14137人的33%;2018年,实施的8.16万亩造林和管护任务,可带动2088户6264口贫困人口脱贫,占现有贫困人口的67%。

2017年11月，该县拟定了《大宁县深化农村改革、振兴乡村经济的意见》，把购买式造林的成功经验拓展到农村基础设施建设之中，在该县曲峨镇山庄村等7个试点村实行了"深化农村改革、振兴乡村经济"一系列新举措，探索出了一条赋权于民、推动集体和群众双增收、攻坚深度贫困的新途径。

大宁县开展提高农民市场化组织程度、造林护林营林、农村道路建设养护、农村水利工程建设管护等改革，把群众力所能及的工程交给群众自己来办。同时，为了组织农民作为市场主体承接这些工程，创建"有机大宁""园艺大宁""诚信大宁""文明大宁""幸福大宁"，各村党支部发起成立了由全体村民自愿加入的经济合作社或股份经济合作社，下设建筑施工、植树造林、森林管护、畜禽养殖、干鲜果种植、特色产业发展等专业队，把群众组织起来，确认身份，折股量化，合股联营，抱团发展。

为集聚人才力量，让扶贫变"输血"为"造血"，大宁县设立了大宁技工新时代讲习所，乡设讲习站、村建讲习点，开展造林、道路、水利工程建设、手套厂用工、花卉栽培技术、有机农业、手机摄像头研磨等技工培训2800余人次。曲峨镇山庄村党支部书记贺兰珍带领全村常住的80个村民积极投身到各种培训和各项建设工程中去，她表示："村民既能学到一门手艺，又可以在家门口挣钱，纷纷称赞党脱贫致富的好政策。"

目前，大宁县已全部推行开了赋权于民精准脱贫这项改革举措。据统计，不计其他收入，仅造林护林、贫困村提升等工程，可实现劳务收入4791万元，按贫困人口人均增收4000元计，全县现有贫困人口3410户9341人，可靠改革工程建设项目实现经济脱贫。

（2018年10月9日）

天镇：扶贫产业"节节开花"

本报记者　马建军　柳　飞

天镇县是国定贫困县，面临着"人脱贫，县摘帽"的双重任务。近年来，天镇县依托自身区位条件，围绕产业扶贫这个关键任务，勇立潮头、积极作为，闯出了一条独具特色的发展道路。

企业带动链条延伸国外

世界杂粮在中国，中国杂粮在山西。山西杂粮得以走出国门，冠以世界身份，不得不提天镇通航粮贸有限公司。天镇县通航粮贸有限公司自2006年8月成立以来，积极探索"企业+基地+农户+市场"的经营模式，经过十多年的发展壮大，已经成长为一家集种植、仓储、加工、出口为一体的杂粮加工经营企业。如今它既是大同市第一家农产品出口创汇企业，也是大同市唯一一家农产品出口基地龙头企业。

9月19日，记者一行来到天镇通航粮贸展示园区，就被眼前的现代化设备震惊了，专用有机隔离加工设备、卫生环保功能车间、紫外线杀菌室、冷链仓库一应俱全,这些设备均达到了国际有机生产标准。在冷链仓库里,记者见到了一袋袋4吨见方的杂粮包装箱,上写满了陌生的外国文字,来回穿梭的铲车,将它们送往早已等候着的冷链车,冷链车的另一端就是位于天津港的冷链船,冷链船漂洋过海带着天镇人的梦想,走向了全世界。

负责人吴海平看着渐渐远去的冷链车介绍说:"上个月刚刚送完法国、德国客商,近期荷兰、印度的客商又将实地考察。"据他推算,预计今年他们公司可带动杂粮出口创汇1500多万美元。

天镇是个农业县,最高海拔2100米,最低海拔976米,一年四季分明,是种植小杂粮的传统优势区域。立足于这片得天独厚的沃土,天镇通航粮贸有限公司加工的优质黑大豆、小米等获得国际认证联盟36个成员国认证,远销意大利、法国、俄罗斯、韩国、马来西亚等国。其主打产品通航红芸豆经过24小时水泡不掉色,在国际市场呈现一枝独秀。经测验通航红芸豆各项指标均高于国际同类产品,接连获得了欧盟EOS、美国NPO、NACCP等国际有机品质认证。

在打造脱贫攻坚、振兴乡村战略中,县委、县政府计划在全县发展种植红芸豆5万亩继而打造有机红芸豆国际品牌。作为龙头带动企业,天镇通航粮贸有限公司承接种植了红芸豆2万亩。公司按保底价5.0元/公斤向农户收购有机红芸豆,如市场价格高于保护价,公司将高于市场价向农户收购,切实保障农民利益。目前该公司业务已辐射全县8个乡镇27个村,带动贫困户1015户、贫困人口2600多人,户均增收达8000多元。

吴海平表示,今后该公司将继续扩大种植产业加工规模。增加培训就业岗位，建立小微企业农产品转型升级出口创汇公共服务平台。得益于天镇县通航粮贸的主体带动，近年来天镇县小杂粮出口创汇名列全省第一，成为国家级小杂粮出口示范区。今后，天镇县还将大力发展订单农业，以订单形式与农户实行统一供种、统一管理、统一收购，使小杂粮生产、加工、销售有机结合，形成龙头连市场、企业连基地、基地连农户的利益共同体，实现地方发展、贫困户脱贫、公司盈利的三方共同目标，从而使精准脱贫战略跨出国门走向世界。

农牧融合发展循环体质

今年省政府办公厅印发《雁门关农牧交错带示范区2018年行动计划》，提出将按照草牧结合、农牧循环、生态有机的总思路和调结构、补短板、创品牌、上水平的总方针，重点调优种植业结构、做大饲草产业、建设草食畜生产基地，推进产业融合，把雁门关示范区打造成为全国北方农牧交错带样板区。2018年雁门关示范区粮经饲比例调整到52：18：30，畜牧业增加值占农业增加值的比重达到50%以上，全区畜禽粪污综合利用率达到70%以上。

地处雁门关农牧交错示范区的天镇县，立足县情紧紧围绕省政府的行动计划，积极探索农牧业转方式、调结构、促改革战略，把粮改饲作为农业供给侧结构性改革的切入点和主抓手，大力调整种植业结构。

在做大做强草产业，推进粮改饲草牧业更好发展过程中，位于天镇县二十里铺工业园区的天镇中地生态牧场发挥着四两拨千斤的带动作用。9月19日下午，记者来到天镇中地生态牧场，这里天高云淡、风清气爽。在一幢幢现代化的牛舍中，花白相间的奶牛正在咀嚼着美味的饲料。工作人员向记者介绍，牧场现存栏良种荷斯坦奶牛12600头，预计到今年底，存栏奶牛将达1.3万头。全年生产鲜奶6.5万吨，销售收入2.5亿元，利润3000万元。

该牧场的落地运行，不单是全县畜牧业发展的一个里程碑，而且还拉动了周边乡镇的玉米种植产业。据该牧场负责人介绍，牧场实施种养结合战略，就近解决奶牛饲料草料供应，实现奶牛养殖与牧草种植良性循环。该园区全年可收购当地青贮玉米8万吨、饲料玉米9000吨。其中辐射带动周边1200户农民种植青贮玉米2万亩，总收入3600万元，纯收入2800万元，增收300万元。

俗话说"近水楼台先得月"，在天镇人看来牧场周边的农户过的是天上人的生活。自2016年以来，谷前堡镇就牢牢抓住靠近天镇中地万头良种奶牛科技园区的优势，引导水源条件良好、土地资源富足的东马坊、一畔庄、十里铺、水桶寺、沙屯堡等村，集中连片流转土地，供天镇中地万头良种奶牛科技园区种植青贮玉米、苜蓿等。有了牧场这个保障，当地农民就有了跳出土地束缚的底气，他们可以自由发展"第二职业"，致富的门路更广了。他们有的应聘去园区工作，薪资达3000元至5000元/月还可享受五险一金；有的选择外出务工，人均年劳务收入最低达1.5万元……

牧场还与甘肃亚盛田园牧歌草业集团公司合作在三十里铺乡二十里铺村流转土地6600余亩，用于种植苜蓿。目前流转土地租期10年，租金为每年580元/亩。2016年6月种植苜蓿6200亩，每亩制作裹包苜蓿青贮0.75吨，每年可收割三茬。2017年又在牧场周边流转土地1万亩，扩大了牧草种植面积。在可观的经济效益背后，还有着良好的生态效益。牧场采用先进的US-FARM粪污处理系统设备，有效解决有机废弃物污染问题，实现了经济、生态、社会效益的良性互动。

光伏扶贫走在全省前列

天镇县光照资源丰富，被评为全国新能源产业百强县、首批光伏扶贫试点县，发展光伏发电产业、推进光伏扶贫，天镇县优势得天独厚。近年来紧紧围绕学习贯彻习近平总书记扶贫开发战略思想，特别是视察山西重要指示精神，天镇县按照坚持聚集产业转型原则，把推动能源革命实现转型发展与加快脱贫攻坚战略有机结合。大力推进光伏扶贫试点工作，努力提升试点成效，为全省、全国推广光伏扶贫蹚路子、摸经验。

9月20日，记者来到天镇县黑石梁光伏扶贫电站现场，只见一排排蓝色的光伏电板反射着耀眼的阳光，如同雄浑的战阵，恰似森严的甲胄。据村民介绍过去这里荒草密集，没有人烟，后来听说要建光伏电站，经过一番土地平整后，几个月时间电站就建成了。建电站不用村民花一分钱，占用的是荒山荒地。村子还能靠发电有收入，大伙儿举双手赞成。电站负责人对记者说，10兆瓦黑石梁光伏扶贫电站年有效利用达1816小时，位居全省前列。

黑石梁光伏扶贫电站的成功经验仅仅是天镇县大力推进光伏扶贫的缩影。据悉，自2014年天镇县被确立为光伏扶贫试点县以来，于2017年底，累计实施完成集中式地面光伏扶贫电站40兆瓦、分布式村级光伏扶贫电站12兆瓦、分布式户用光伏扶贫电站0.3兆瓦。截至目前，全县光伏扶贫项目累计装机容量达64.8兆瓦。实现全县贫困村村级电站全覆盖、非贫困村光伏扶贫收益全覆盖，组织发放收益990万元，惠及贫困户5000余户1万余人。

为了提升电站质量、提高发电效率，在光伏扶贫电站规划和建设过程中，天镇县突出把握四个"最"：一是用最优的地块建，在项目选址上，综合考虑海拔、光照、地形、接入等条件，反复比对论证、优中选优；二是上最硬的队伍干，在施工队伍招投标中，重点考虑资质和业绩，强中选强；三是选最好的产品用，无论大小设备、配件，特别是光伏组件等核心设备，重点考虑产品品牌知名度、性价比，以及是否当年量产主流产品，好中选好；四是以最严的管理抓，聘请专业技术总监，全程参与设计及现场施工管理，严格监督每一道工序，不放过任何一个细节，精益求精。

发展光伏扶贫，良好的运维管理是保障。天镇县采取市场化、公司化运营管理模式，成立专门的运维管理平台公司，招聘专业技术人员，组建专业化管理和技术团队，全程负责电站的前期准备、施工管理、运行维护和收益结算。重点引进全国领先的阳光智慧光伏云运营管理系统，对分散的村级电站、户用电站进行远程集中统一的信息化、智能化管理，实现了组串级设备实时监控、及时定位、消除故障。

分配是光伏扶贫最关键的一环。只有分配公道合理，才能让群众满意和认可。为此，在电站收益未结算前，积极筹措资金，按照贫困村每村8万元、非贫困村每村4万元预拨收益，惠及所有行政村的深度贫困户，并实现了村集体经济全部破零。各村电站收益除运维费用外60%用于保障无劳动能力的深度贫困人口，每户最高3000元；剩余40%主要通过设立卫生清洁、巡逻管护、矛盾调处等公益岗位，以工资形式补助给有一定劳动能力的贫困户。此外，对发生重大变故的家庭，给予临时救助。同时紧紧把握民主评议这一关键环节，按照农户申请、集体评议、村级初审公示、乡镇审核公示、县级审定公告"五步两公示一公告"的办法,规范程序,公平公正公开发放,得到了群众普遍认可。

(2018年10月12日)

永和：扬长避短兴特色产业

本报记者 白慧磊

永和县是全省10个深度贫困县之一，贫困程度深，脱贫任务重。近年来，该县在脱贫攻坚战场上扬长避短狠抓适宜发展的产业，逐渐走出了一条具有自身特色的产业扶贫之路。

兴办养殖业农民笑开颜

说起永和县近些年的特色产业，就不得不提养殖业。养殖虽说是传统农业产业，但对于自然条件相对恶劣的永和来说，可谓是当地许多贫困村的重要脱贫抓手，贫困户从养殖业中得到了实实在在的效益。

"去年6月，我和我的小儿子报上名后各花了3000元从村集体领回了两头牛，经过一年多的繁殖倒贩，到现在已经有12头牛了。我家现在靠养牛不但给大儿子娶了新媳妇，而且患有脑瘫的孙女再也不愁康复治疗费用了。村干部带领大伙发展养牛，真是个脱贫的好项目。我也要发挥自己会养牛的特长，帮助村里其他贫困户早日脱贫致富。"阁底乡阁底村贫困户张治全一说起养牛来就抑制不住内心的激动。

阁底村位于永和县城西南30公里处，由于当地群众赖以生存的红枣产业连年遭灾，导致大伙生活光景惨淡，集体收入更是为零。为了改变这种状况，该村于2017年召开了一次产业发展讨论会，全村人都来出主意想办法，怎样才能走出困境。经过分析，大家选定了行情稳定、风险较小、收入较高的肉牛养殖作为村里的扶贫项目来发展。具体实施办法是贫困户自愿报名和村委会签订协议，村里利用"科技助力精准扶贫"项目资金统一购进西门塔尔肉牛，报名户仅需承担3000元就能从集体领养一头母牛，通过这种方法，养殖户既省了一大笔钱，又可以通过繁殖小牛增收。

阁底村党支部书记张风林告诉记者："通过整合使用扶贫资金，我们村的养牛项目顺利起了步，今年村里将扩大到72户贫困户的扶持规模，等到集体经济慢慢壮大起来，村里再拿出资金引导贫困户以外的村民加入养牛产业行列中，就能让更多人增收致富。"

在坡头乡索驼村，养殖业现在已经成为村里继光伏、中药材之后的又一项致富产业。

"2017年1月，我们村成立了生态农场养殖专业合作社，合作社采取订单、帮扶、入股、合作等多种方式，体现的是风险企业担、红利可翻番、本金永远在、项目持续转的经营办法，带动了索驼村50余户贫困户，年增收20余万元。目前，合作社常年存栏100多头西门塔尔、夏洛莱肉牛和200多只能繁母羊。"合作社负责人李亮介绍道。

为了把索驼村的养牛产业做成引领当地经济发展的龙头企业，该村党支部第一书记李之炜还策划成立养牛协会和针对周边县区的大型交易市场。他说，既要带动贫困户脱贫，还要谋求合作社的大发展，以此辐射带动更多的村民致富。

现在的索驼生态农场养殖专业合作社年出栏肉牛可达400余头、羊500余只，在临汾市沿黄地区算得上较大的肉牛养殖企业。

与此同时，索驼村的萨福克湖羊示范养殖基地也已经筹备建设妥当。萨福克羊是一个早熟品种，生长快、肉质好、繁殖率高、适应性强。李之炜尝试将萨福克羊与本地湖羊杂交，以壮大索驼村的产业规模。"目前，几十只刚出生不久的小羊羔正处于观察阶段，下一步将在村子里推广。"李之炜对这个项目很期待，"目前来说挺顺利的，养殖产业在一定程度上是相通的，我们养牛时候走过的弯路、积攒的经验，对养羊帮助很大。"

妇女手工活致富好项目

都说妇女能顶半边天，在永和县特色产业扶贫战场上，广大农村妇女充分发挥她们心灵手巧的特长，走出一条靓丽的致富路。

河北省瑞益服饰有限公司是一家经营服装生产加工销售及进出口业务的劳动密集型加工企业，经过朋友牵线搭桥，今年5月，瑞益公司将服装加工厂建在了永和县响水湾片区，成立了永和县分公司。公司占地约2600平方米，内设裁剪车间1个、加工车间3个、打包车间1个、仓库1个，配备缝纫设备300多台，可提供裁剪、缝纫、运输、保洁、管理等500余个就业岗位，吸纳贫困户350多人。

家住黄河岸边的南庄乡张家洼村贫困妇女乔小平有一手不错的缝纫手艺，为了供养家里两个孩子上大学，她在今年7月主动联系乡里报名参加瑞益公司的缝纫工选拔，由于技术好，直接被公司选拔为工长。

"家里有两个正在上大学的孩子，生活压力很大，我能不出县就找到收入稳定的工作，心里非常高兴，村里姐妹都想让人带她们进厂当缝纫工呢。"乔小平一边工作一边告诉记者。

据了解，该公司为贫困户提供免费的技能培训和技术支持，确保广大妇女能掌握一门实用技能，进一步激发其主动脱贫的内生动力。下一步，瑞益公司将进一步扩大用工覆盖面，在全县条件适宜的区域设立20多个大姐工坊，建成20条生产线和20多个服装加工点，用工人数将达800左右，真正实现不出村、不出乡就有活干、有钱赚，为贫困户的脱贫致富提供了稳定的增收渠道。

山西许多地方每到腊月就会集中销售具有地方特色的年馍，崇尚健康的城市人都把这种食品当成过年走亲访友的绝佳礼品。在阁底村，当地妇女蒸制的枣花馍香甜可口，却只端上了自家的餐桌，没有变成换取经济效益的商品，直到阁底村第一书记张琼去年腊月慧眼识商机，才唤醒了朴实的阁底村妇女。

经过张琼的一番了解考察，她和村民都觉得这是一个投资小、易操作、带动快，还能利用当地红枣资源的好项目，随即就决定加紧实施。当时已是接近年关，为了让枣花馍能赶上春节销售季，她就马不停蹄地邀请非物质文化遗产传承人来培训指导，拜托自己在大学的好朋友设计了包装，自掏腰包购买了面点加工设备，带着十几名贫困妇女去县城体检办健康证，准备资料办理营业执照和食品加工许可证，怀着一腔热忱写出声情并茂的宣传文案。终于，"乾坤湾枣花馍"在春节前夕一上市就销售火爆。她又忙着联系物流，腊月廿九还驻村在岗，以确保每一份枣花馍带着满满诚意送到客户手中。短短11天的时间带动16名贫困户赚取劳务费1.4万元，阁底村的枣花馍更是在大年初二登上了央视《新闻联播》，向全国人民送上美好祝福。

近些年,永和县的红色旅游发展迅猛,许多贫困户跟着旅游脱了贫。省委组织部永和驻村工作队就此引进了香包加工项目,以丰富当地的旅游商品。香包挂饰制作简单易学上手快,由专门公司负责提供原料和回收包销,特别适合家庭妇女、留守老人、残疾人"在炕头上就业",基本能够保证每人每天收入20元至30元钱,不出家门就能有活干、有钱赚,还不耽误看孩子做饭。如今,揽着手工活计的妇女们都自豪地感到自己也是把致富好手。

永和果香甜产业新希望

永和地处黄河中游晋陕大峡谷苹果优势产业带,这里平均海拔600米至1300米,沟壑纵横,日照强、温差大,造就出当地个大色艳、口感脆甜的无公害优质苹果。然而多年来,永和这一优势发展得并不好,苹果产业的势头一度让沿黄其他县抢了去。

"我们永和的苹果不缺品质,缺的是品牌影响力,这就需要我们付出更大的努力,尽早把这个产业做大做强。"永和县华龙果业公司总经理李永红对永和苹果产业发展信心十足。

李永红是土生土长的永和人,他的创业史折射出了永和县苹果产业由疲转兴的发展历程。在2007年以前,李永红养过羊、开过饭店、种过核桃、贩过苹果……最穷时,参加不起亲戚家的喜宴,因为兜里掏不出100元礼钱。曾当过兵的他有一股不服输的劲头,再苦再难,他都咬牙坚持,直到2007年,他从苹果和核桃种植上赚得了人生第一桶金。

2009年,李永红在四川跑市场,把永和的土特产卖到了四川,不光把自己家的苹果、核桃卖完了,还在隰县、大宁等地收别人的苹果，仅这一年，李永红就赚了60万元。2010年5月，李永红成立了万森苹果专业合作社，2014年，他注资500万元成立了华龙果业有限责任公司，并注册了"大美乾坤"苹果品牌，采取"公司+合作社+基地+农户"的模式运营，在全县5个适合苹果生产的乡镇建立了标准化示范基地；公司还与一些贫困户签订帮扶协议，以保护价收购其生产的苹果，并免费提供技术支持等。目前，李永红在芝河镇红花沟村投资5400万元建设一个占地24亩的集储存、包装、销售为一体的万吨果品交易市场基本完工，该市场建成后将从根本上解决永和县干、鲜果的储存难、销售难的问题。由于他对全县苹果产业发展贡献突出，大伙都亲切地称他是永和县的"苹果大王"。

这些年，"苹果大王"李永红把永和县苹果卖出了好价钱，这极大地激发了全县发展苹果产业的热情。在特色产业扶贫政策的推动下，高标准苹果示范种植园区如雨后春笋般建设起来，永和县苹果种植面积达到4.3万亩，整个产业迎来提档升级新阶段。

记者在阁底乡看到，由永和县和省农科院合作建设的千亩苹果提质增效标准化综合托管示范项目正在阁底、雨林和高家垣3个村顺利推进，苹果树在省农科院果树专家的科学管护下长势良好。据了解，阁底乡苹果提质增效标准化综合托管示范项目面积1951.8亩，涉及393户农户。项目采取托管管护机制，通过项目重点扶持，解决阁底乡垣面苹果产业发展缓慢和农民产业脱贫增收缺乏后劲的实际问题。3年的专业托管为全县苹果产业的健康发展提供了可借鉴的经验。

如今在扶贫政策的支持下，永和县的苹果种植面积在逐年扩大，更加凸显了龙头企业在特色产业扶贫中所发挥的作用。据了解，华龙公司作为该县最大的果品生产和流通企业，他们将继续通过"公司+合作社+农户"的模式发展苹果种植专业村,农民不仅能在苹果种植上取得收益,而且从土地流转、包装、交易、物流等各个环节都能增加收入,从而形成成熟的发展业态,真正将苹果培育成为永和农民脱贫增收的好产业。

(2018年10月19日)

山阴：优势特色产业稳定带动脱贫

本报记者　刘桂梅　裴彦妹　林晓方

　　山阴县是历史文化名城，位于山西省北部，东邻应县，南毗代县，西交朔城、平鲁二区，北与左云、右玉、怀仁接壤。山阴县是产煤大县，素有"煤乡"之称。近年来，该县以创新、协调、绿色、开放、共享的发展理念为引领，依托产业精准扶贫发挥新型经营主体和龙头企业带动作用，建立起稳定带动贫困人口增收脱贫的特色农业产业体系，实现贫困人口精准脱贫、稳定脱贫。2018年9月7日，省政府正式批准山阴县省定贫困县退出并向社会公告。

电商助力　小杂粮开启大时代

　　9月的晋北清晨，寒意来袭，而当记者走进街头的"百汇农珍"专卖店里，却看到一片热火朝天的景象，工作人员忙碌着往货架上陈列新拉来的地方特产，不时有外地客商赶大早来采买当地土特产礼盒，办公室里的订货电话更是不断响起……

　　近年来，山阴县委、县政府积极推动农业供给侧结构性改革，把实施杂粮振兴产业工程作为推进乡村振兴的重大举措,初步形成了较为完善的以谷子、燕麦等为主的杂粮模式化、标准化、现代化产业体系,走出了一条山坡区农民脱贫致富的新路径。同时,当地高度重视农村电子商务发展,建起了"百汇农珍"电子商务销售平台,通过"线上+线下"新业态,应用信息化手段拓宽杂粮销售渠道。目前,该企业产品已远销韩国、英国、加拿大、澳大利亚等国家,初步形成了全省较具规模的新型农产品流通圈。

"百汇农珍"所属的山西鑫霏农业开发有限公司(以下简称"鑫霏农业")成立于2015年,是一家以农特产品种植、加工、销售为核心的现代流通企业,创办人张海元是年轻的"80后",一次偶然的回乡探亲,他看到家乡有那么好的杂粮和土特产,但是老乡们却因为没有销售渠道,生活困难。

"我看到了商机,也想帮助乡亲们脱贫致富,2015年我创办了'百汇农珍'线上销售平台,销售400多类、860多种名优土特产品。后又发展了两家实体店,通过线上加线下的新模式,帮助山阴当地农户以及企业拓宽销售渠道。"张海元告诉记者。

据统计,2017年鑫霏农业通过线上线下批发、销售农产品交易量达1.66万吨,总交易额达6300多万元,占全县小杂粮交易量的37.5%。

通过订单农业鑫霏农业已经扶持了山阴县480户贫困户,未来,鑫霏农业预计可带动区域内精品小杂粮种植面积10万亩,带动区域内及周边地区贫困人口1400多户,户均每年增收9000元以上。通过电子商务带动,全县小杂粮产业,已辐射带动3578户农民实现增收,户均增收1200元,其中带动贫困户2237户5792人稳定脱贫,产生了良好的经济效益和社会效益。

下一步鑫霏农业将把发展重点放到有机高品质小米以及小米精深加工产品上来。"小米还有很多隐含价值，谷子秆精细加工后可以做成颗粒型饲料，小米磨粉后可以做成即冲型饮料，或者米粉、蛋糕口感都很好，还可以做成锅巴等休闲食品。除了食用，小米的米糠还可以提炼出谷糠油，富含谷维素等多种活性物质，可以做成胶囊等保健品，还可以用于化妆品生产，小米的产品附加值会大幅度提高。"张海元对记者详细介绍。

以硒为贵　联合社打造大产业

在晋北大同盆地中南部，有一带状隆起的丘梁地貌，是朔州市怀仁县与山阴县、应县的分界岭，被称作"黄花梁"。南坡上有山阴县合盛堡乡的5个自然村，记者一来到这里，就听当地的村民说，自古以来，这里种的香瓜、西瓜、小米特别香甜，从来不打农药，慕名而来的食客越来越多，这其中的原因到底是什么呢？

山阴县惠牧源农牧专业合作社联合社董事长陈永和为记者解开了谜团，去年6月份，他带领黄花梁五村5个合作社在内的12家合作社成立了联合社。当时，省农科院专家来为联合社推广渗水地膜谷子时，才意外发现这里的土壤自然含硒量特别高，高出国家标准的20多倍。

硒是人体生命活动中必需的微量元素之一，是人体内的抗氧化剂，能提高人体免疫力，具有多种生物功能。2017年8月，在农科院专家的建议下，陈永和注册了富硒小米的产品商标"塞外火山土"，随后参加了各大城市举办的农产品博览会，还出色完成了多家机构的指标检测和认证评审，富硒小米也一跃攀升至高端市场，价格较过去翻了十多倍，订单更是源源不断。2018年，惠牧源农牧专业合作社联合社被山西省农科院选定为晋北有机旱作农业示范区,建设了黄花梁富硒有机旱作农业基地。还在黄花梁坡区建立了晋北富硒有机旱作农业试验区,以2000亩核心示范区辐射带动5万亩试验区。在联合社的带动下现在已经有8个村、200多户村民参与其中,其中包括55户贫困户。

联合社在2017年发展的基础上,又通过流转、托管、订单等多种形式,种植2000亩谷子、3000亩苜蓿,试种西瓜、香瓜100亩,种植玉米3400亩,营造1500亩经济林,使土地种植规模达到10000亩,年产小杂粮1500吨,年加工1500吨;新修并绿化生产道路12公里;继续完善线上线下销售渠道,提升绿色无公害生产水平,做大做强"塞外火山土"富硒小米这个品牌,不断提升联合社产品的附加值。

联合社不但实现了线上销售,还不间断地通过网上展销会、农产品博览会和主产地展销会等活动宣传名优特色产品,搭建交易平台,打通产销渠道,助力农民增收。接下来,联合社将逐步朝着生产、生活、生态"三生同步",一二三产业融合、农业文化旅游"三位一体"的集循环农业、创意农业、农事体验于一体的田园综合体发展,打造山阴县黄花梁富硒有机旱作农业示范区。

合盛堡乡黄花梁五村第一书记刘宇表示,对于黄花梁来说,就是要打好富硒有机旱作农业这张牌,要发展富硒小米、富硒瓜果、有机旱作小杂粮这几大支柱产业,让乡村振兴战略在黄花梁大放光彩。

由黑转白 双孢菇闯出大市场

走进山阴县薛圐圙乡,远远就看见万亩盐碱滩上连片的大棚,这是山西省省级龙头企业——宇昊蘑菇种植有限公司的厂房。该公司年产双孢菇2万多吨、菇类精细加工食品1.5万吨，吸收周边乡村100多户贫困户就业，带动实现了人均增收1000元的良好效果。

"这个蘑菇是个好东西啊！它一棒双孢，味道鲜、品质好、营养价值高，还能治病哩！"来自白坊村的采摘工边晓一边麻利地采摘着鲜白的蘑菇，一边高兴地向记者介绍着厂里出产的菌菇。据她介绍，由于位置靠近，仅她们村在宇昊蘑菇打工的就有五六十人。

宇昊蘑菇种植有限公司的现代化农业示范园区占地2000亩，建筑面积12万平方米，其中包括现代菇房320间、现代化发酵隧道200条，并配套建设罐头厂、蘑菇废料加工有机肥厂、蒸汽厂，年产双孢菇3万吨。

宇昊蘑菇种植有限公司副董事长吴盛宇介绍说，董事长最初经营的是煤炭企业，为引导企业转型发展，2012年董事长投资5.5亿元成立了蘑菇种植公司，基地以双孢菇种植为主，集生产、科研、加工于一体，是集固废利用、高效环保、生态循环的现代农业示范园区，形成了循环一体农业循环经济产业，目前已成为华北地区最大的双孢菇工厂，日产双孢菇30多吨，产品已销往全国各大城市，2015年被山西省授予"省级龙头企业"的荣誉称号。

"山阴气候温和、水源充足、土壤肥沃，生态条件得天独厚，有着丰富的奶牛资源和农作物资源。"吴盛宇介绍说，宇昊蘑菇的生产模式充分利用资源，把周边村庄的农作物秸秆和牛粪、鸡粪作为主要原料，既能消化处理也能进行生产，基地每年可以处理玉米秸秆、黍秸、牛粪、鸡粪等共计15万吨，既有效利用资源，也极大地解决了环境污染问题。而出菇后的废料又可再次利用，经加工成为优质的有机肥料推向市场，用于有机蔬菜、粮食和花卉等种植。

决战决胜 山西省58个贫困县的产业扶贫故事

宇昊蘑菇种植有限公司小小的双孢菇，不仅闯出了大市场，它还是周边村庄村民脱贫致富的大产业问题。因为宇昊蘑菇的建成，已经解决了当地500多人的劳动就业问题，曾经在家务农的妇女们，现在个个都是挣着3000多元月薪的工人。双孢菇的营养价值非常大，而且种植周期短可以循环，一期菌菇从种到收仅两个半月时间，每年可以种植5次，生产工厂全部采用恒温生产，一年四季都能产菇，立体化种植。虽然采摘繁重，没有节假日，但是工人们干劲儿十足。45岁的陶爱珍一家都在宇昊就业，老伴是上料工，她是采摘工，两人都打工三四年了，月收入在3000元左右。女儿是学会计的，儿子是信息管理专业，"毕业回来就都来这儿上班了，人家有文化，都是在办公室里工作，都守到家门口，一家人别提多高兴了！"陶爱珍笑容满面地告诉记者。

吴盛宇说，今后企业还要发展双孢菇的深加工，辐射带动周边农民致富，同时要积极开拓海外市场，真正让山阴生产的双孢菇走向全世界。

（2018年10月26日）

榆社：坚持精准方略　促进产业融合

本报记者　刘　雅　实习记者　贾昕宇

党的十八大以来，榆社县把脱贫攻坚作为首要的政治任务，努力在扶贫脱贫上做大文章，努力实现贫困人口有稳定的增收渠道。榆社县始终以脱贫攻坚统揽全县经济社会发展全局，坚持贯彻"一村一品一主体"，因地制宜，精准施策，大力推进特色产业扶贫；坚持把产业发展作为稳定脱贫、增收致富的关键举措和重要支撑，在产业扶贫精准滴灌到户到人上下足"绣花"功夫。

对症下药　蔬菜产业促脱贫

西马村是榆社设施蔬菜工程西红柿的主要种植地之一。记者来到村里的时候，正赶上当地村民在合作社门前售卖刚收获的西红柿，熙熙攘攘的人群宛如赶集一般。西马村全村有126户是建档立卡所认定的贫困户，这当中有一半的农户参与了设施蔬菜的种植，涉及贫困人口200余人。60岁的任跃福就是其中之一，也是设施蔬菜扶贫项目的受益者。据老任说，他从去年开始放弃种植玉米改种西红柿，但当年因疫病歉收。"今年西红柿的价格是每公斤2元，预计每亩平均产量能达到10000公斤。"老任对记者说，今年他又建了2亩温室大棚和1.5亩拱棚，温室大棚每亩可得到政府补贴1.5万元，拱棚每亩可得到政府补贴5000元。

无独有偶，云安村也因为设施蔬菜换了新容。位于榆社县郝北镇东北角的云安村，全村人口以留守老人和贫困人口居多，是全县脱贫攻坚的主要对象之一。近年来，在探索产业扶贫最佳模式过程中，该村抢抓边远山区脱贫攻坚的历史机遇，因地制宜，紧抓该村自然环境和基础条件较好、适合种植各类蔬菜水果的有利机遇，积极在发展设施蔬菜上做文章。目前，全村共有日光温室大棚77座、拱棚120座，实现了"户均一棚"的目标，以种植豆角、西红柿为主，惠及贫困户12户28人，是榆社南部区域重要的蔬菜供给集散地。云安村将在现有品种基础上，新上草莓、葡萄等采摘品种，着力打造集观光、旅游、采摘于一体的现代农业产业优势。如今，设施蔬菜已成为云安村脱贫致富的重要支柱产业。

2017年榆社全县新发展设施蔬菜2344亩，同比增长167%。今年是榆社县脱贫攻坚的关键之年，在县委、县政府的指导下，全县将继续扩大设施蔬菜发展规模，新建设施蔬菜棚区、集约化育苗场、冷库等配套工程；将继续聚焦深度贫困，以产业扶贫为重点，坚持精准方略，创新扶持模式，推进产业兴旺，带动稳定增收。与此同时，榆社县还紧紧抓住全省建立特色农产品优势区的政策机遇，打破乡村界线，集中连片布局，改善农业生产条件，增加科技投入，全力创建规模化种植、标准化生产、市场化经营、品牌化打造的特色农业产业发展园区。

企户联合　新兴产业铺就致富路

7月19日下午，榆社县云竹镇南村的药材基地里，村民正在一望无垠的知母田间进行虫害预防。现年45岁的李兰仙就是其中之一，此前她一直种植谷子、玉米等传统农作物。在当地，种植传统农作物平均每年的收益，对于像李兰仙这样养育着3个孩子的家庭来说，收入不足以满足生活的需求。直到榆社县天生农牧公司将这里规划为知母的种植基地，生活开始慢慢地发生了转变。现在李兰仙不仅种植了知母，还经常在基地打零工，"家里的地一多半都流转给基地种药材了，药材收益高而且还稳定。农忙时在基地打零工，一天70元，一个月下来还能挣2000多块钱。主要就是知母育苗、预防虫害一些简单的工作。"

实施中药材产业扶贫是榆社县探索的一条以药兴农、以药增收的产业扶贫开发之路。近年来，榆社县委、县政府整体规划，统筹全局，有效利用土地资源优势，广泛激发群众生产积极性，引导县内外公司、合作社、中药材种植大户、购销大户参与中药材基地建设。以广生公司和天生公司为依托，坚持"公司+基地+合作社+农户"的运作模式，建立了以箕城镇、云竹镇为核心的药材种植区，辐射带动全县发展中药材10万亩，创建了一个集中药材种植、回收、加工、销售为一体的全产业链现代化中药材产业园区。力争建设全省一流中药材基地特色县、打造太行山道地中药材知母第一品牌的目标。

中药材产业基地的落地，村民成为最大的受益者。一方面，村民将土地流转，获得土地收入；另一方面，村民全过程参与种植、管理，在家门口就能够获得稳定的收入。药材基地建设过程中，既让村民增加了收入，又让他们了解了药材种植的技术，不知不觉间农民的身份也渐渐转变成了"药农"。

目前，榆社县中药材种植面积达到13714亩，品种有板蓝根、柴胡、知母、黄芩、桔梗、凤仙花等，涉及100余个村，建项100多个，辐射带动贫困人口4220人。中药材产业的发展，已成为榆社县巩固脱贫成果的优势产业，为2019年全县如期脱贫摘帽奠定了良好基础。

在距离知母种植基地不到两公里的地方，就是山西十四只绵羊农业产业园项目。该项目是榆社县去年重点引进实施的特色农业项目，总投资30亿元，项目计划用地10000亩，工程分5年实施，建设50个单元基地，每个单元基地占地200亩，共建设500个养殖棚。项目建成投产后，可实现绵羊存栏30万只，年产绵羊奶3.2万吨，年输出产奶母羊15万只，采取"公司+基地+贫困户"的运作模式，预计可安置1000人以上就业，带动7000人脱贫致富。

该项目是榆社县调整农业产业结构、加快脱贫攻坚的一项重要举措，将引进国外优质奶绵羊种源，在榆社杂交、优选，生产出能为国人真正带来健康的绵羊奶，打造集奶绵羊繁育、养殖及绵羊乳制品生产、加工、销售为一体的全新特色产业。同时，产业园采用现代化、设施化、规模化的养殖方式，以玉米秸秆为主生产复合饲料，并对绵羊排泄物进行全面回收处理，实现零排放、零污染的清洁生产。

项目负责人表示，榆社县委、县政府在脱贫攻坚工作中会进一步加大保障和服务力度，推动该项目早日投产达效，布局全生态产业链条，大力发展循环农业，探索现代农业产业化发展新路子。此外，还要充分发挥现代农业企业的示范引领和辐射作用，扩大带动效应，促进更多贫困群众脱贫致富。

田园经济　绿水青山就是金山银山

党的十九大报告指出："坚持人与自然和谐共生。必须树立和践行绿水青山就是金山银山的理念，坚持节约资源和保护环境的基本国策。"脱贫攻坚不仅要实现贫困人口的脱贫，更是在全国范围内开展一次调整农业产业结构，建设生态农业的良好契机。走进榆社同宇田园综合体的园区内，记者感受到的既是创建田园综合体、构建与农民共建共享的利益共同体，是贫困山区精准脱贫、实现农业现代化的一条新路，也是兼顾农村发展和可持续发展的两全工程。

赵宝青是榆社县郝北乡赵家村的一个贫困户。见到记者时他刚刚结束一天的工作，"过去我在煤矿务工，一年下来收入一万多元。从去年开始我来到园区工作，每天100元钱，一年能工作300多天。"赵宝青告诉记者，园区流转了村里200多亩土地，自己也有4亩地参与其中，每亩每年会有800元的补贴。谈到对生活的改变，赵宝青脸上满是幸福："同宇田园综合体项目不仅帮助自己增加了收入，更改善了村里的环境。过去园区这片地是一片河滩，夏天的时候恶臭难闻、蝇虫横飞，经过整合改造之后的村貌焕然一新。"记者了解到，未来几年，在榆社县委、县政府的支持下这里还将发展农家乐经济，真正实现一二三产业全面起步。

近年来，榆社县不断深化农村土地制度改革，建构现代农业产业体系、生产体系、经营体系，发展多种形式适度规模经营，培育新型农业经营主体，促进农村产业融合发展。全县在深刻贯彻落实全面脱贫攻坚的前提下，兼顾生态发展、持续发展，该项目就是榆社县在实践既坚持产业扶贫重点，又落实"美丽乡村"规划部署的典型。

今年是榆社县脱贫攻坚的关键之年，全县以实施乡村振兴战略为总抓手，坚持规划领路、特色兴路、样板引路、改革开路、共建富路发展思路，牢牢把握由"打赢"向"打好"转变的质量导向，着力聚焦意识形态引领、培育特色产业、加快易地搬迁、提高保障水平、扶贫教育培训、激发内生动力、完善长效机制，确保圆满完成1.35万贫困人口脱贫、56个贫困村退出任务，确保脱贫攻坚连战连胜。

（2018年10月30日）

蒲县：三大主导产业助农精准脱贫

本报记者 张美丽

秋日的蒲县，五谷丰登，硕果累累。规划整齐的圈舍内畜肥禽壮，蜿蜒崎岖的田野里果蔬飘香，层次分明的梯田里构树马铃薯长势正旺，农家小院内核桃苹果散发出阵阵扑鼻清香……

"小康不小康，关键看老乡；老乡富不富，产业是支柱。"蒲县政府副县长张鹏道出了产业扶贫精准促进脱贫攻坚的秘籍。

"自去年7月18日省脱贫攻坚领导组制定出台《山西省'五有'产业扶贫机制标准（实行）》后，蒲县紧紧围绕有劳动能力的贫困户户均年新增产业收入3000元以上的目标，突出抓好贫困户与新型经营主体的利益联结。全县27个贫困村基本实现'三个目标'：每个贫困村的带动主体以紧密、半紧密联结方式带动有劳动能力的贫困户达到50%以上；建立股份合作经济组织的贫困村达到27个贫困村的30%以上；有条件且需要通过农业产业脱贫的贫困户都有增收项目。"县农委主任张德禄给记者介绍说。

在产业拉动方面，蒲县确立了"2+2+1+X"产业发展体系，即核桃、马铃薯两个种植项目,生猪、肉牛两个养殖项目和一个构树产业项目,辅之以小杂粮、中药材、食用菌、设施蔬菜等"短平快"产业项目。

养殖产业成贫困户的"银行"

52岁的张月明因为给儿子结婚欠了一些外债,早些年他和儿子、老伴都在浙江宁波打工,去年,由于老伴做了甲状腺手术,身体不好,不能再长期在外务工。回村后的他们一直谋划着能有个合适的营生。

去年9月,在第一书记王建龙和蒲县煤炭局驻村工作队以及村干部的合力协调下,县煤炭局协调帮扶资金45万元,加上村里的扶贫资金20万元、县政府项目补贴13万元,总共投资78万元,开始筹建可容纳600头猪的养殖场。

"该养殖场与天津宝迪集团以'公司加工基地+种植养殖基地+委托农户放养+农户或者贫困户'的模式合作。村里决定猪场建好后,以每年5万元的价格租赁给村民。"村支书亢彦平介绍说。张月明决定租赁村里的猪场,为宝迪集团进行托管养殖。

张月明给记者算了一笔账,自己用扶贫贷款交上场地租赁费后,猪崽、饲料、技术指导全部由宝迪集团提供,一批600头5个多月出栏,一年可以养殖两批共1200头,刨去雇用一个工人和猪棚取暖的费用,一年的利润应该有10万元左右。

在生猪产业带动方面,蒲县开启"龙头企业+合作社+基地带农户"的精准扶贫模式,目前全县生猪存栏34522头,贫困户发展养猪4478头,带动1000余户,仅宝迪一家就带动627户。

步入位于蒲县黑龙关镇中垛村的中垛茂州牧场的养殖专区,满眼的晋南黄牛正悠然自得地"长肉",这些牛不仅是企业的宝贝,更是贫困户的"银行"。

中垛村56岁的刘记生和李桂兰夫妻都是勤快人,本来家庭条件还过得去。但由于前两年儿子开大车在外地出了大事故,一下子赔偿了几十万元,把家底掏空不说,还欠了不少外债,成了村里的贫困户。从去年底开始,他们就来到中垛茂洲牧场打工,两人每月有5000元的收入。

"中垛茂洲牧场是以晋南黄牛的保护、繁育、育肥、改良为主导产业,未来设计集种植、养殖、旅游观光、餐饮服务为一体的现代化科技牧场。立足蒲县农业经济发展特点,以开创体验式旅游为目的,大力发展可持续农业,打造一二三产业融合发展的田园综合体模式。5年内将实现中垛2000亩土地全消纳、肉牛存栏1000头、有机蔬菜大棚100栋,直接带动周边村庄300人以上就业,实现全年产值3000万元以上。从工地建筑到牛场种地收玉米,牧场用工工资每年上百万都给了贫困户,仅这一项就可以使周边村庄200户以上贫困户脱贫,加上流转村里130亩土地,中垛村依靠养牛产业一项就全部脱贫了,以后田园综合体模式发展壮大,还可以带动更多村民致富。"中垛村村委会主任刘东升给记者介绍说。

目前全县肉牛存栏8150头,其中719名贫困户共发展肉牛养殖1499头。中垛茂洲牧场所属的蒲县茂洲农牧科技有限公司在各个乡镇设立分公司,通过种养结合的养殖模式,全面实行品种、饲料、用药、防疫、管理、销售"六统一"。5年内实现企业自身存栏2万头,带动全县肉牛存栏5万头。

核桃产业带来丰硕的现实红利

山中乡老窑科村的魏纪明夫妇原来家庭收入不稳定,还要养活两个孩子,日子过得捉襟见肘。但自从他们来到位于山中乡白家庄村的蒲县正茂核桃综合加工有限公司打工后,生活也是芝麻开花节节高。两人吃住在公司,年收入加起来6万多元,直接奔小康去了。

记者见到先天残疾、身材弱小的堡子河村民高月爱时,她正在专心致志地分拣核桃仁,她的丈夫是白家庄的环卫工,家里没有什么经济来源,还有一双儿女需要供养。现在她在公司打工每月有1000多元的收入贴补家用,自己也为家庭贡献了一份力量,她打心底有了自信。

"在社会帮扶方面,正茂公司主要在三方面做了一些努力。首先是就业帮扶,公司搭建了网络电子销售平台,优先聘用建档立卡贫困户,并根据乙方身体条件,安排合适工作,已安排贫困户就业16人。其次是技术帮扶,免费组织技术培训、专家现场指导,提升农民自身的种植技术水平,以订单农业形式与农户签订供销合同,以基准保护价5元为基础,按收购时的市场价格做适当调整,根据公司赢利情况,实现增产增收稳定脱贫。再是入股分红,公司负责与银行对接,贫困户获得金融扶贫小额信用贷款5万元入股,作为正茂核桃公司的发展资金使用,公司承诺每年按入股资金给予贫困户收益,5万元每年分红3300元。公司通过推动核桃面积品种改良、规模扩大,调动广大农民的栽植积极性,使核桃栽植逐步走向规模化、一体化,并研发新产品,延伸产业链条,拓宽产品网上销售市场,实现产、销、供一条龙,促进当地核桃种植产业化发展,保证贷款使用效益化。"公司董事长闫志明给记者介绍说。

蒲县正茂核桃综合加工有限公司以核桃系列产品开发为重点，建立了以企业为龙头，以农产品基地为基础，以签约农户、农民合作社为支柱的运作机制，形成了"公司+基地+合作社+农户"的发展模式。可直接为100人提供常年就业机会，直接带动上百户涉及3000人进行核桃栽植增收致富。

截至目前，全县核桃种植10.6万亩，种植户近5000户，涉及贫困户849户2892人。2017年，核桃种植户户均收入1.5万元以上。同时，依托国家级马铃薯栽培农业标准化示范区的政策优势，发挥马铃薯高新技术示范园的辐射带动作用，亩均产量由原来的600公斤增加到1000公斤以上，亩均收入1200元。

构树产业催涨了农民的腰包

蒲城镇城关村党支部书记崔保彦2016年种植的15亩构树，去年收割了4茬，每亩产构树饲料约5.5吨，亩均收入2200多元，今年收入比上年还高。老崔还养了62头黑猪，专用构树饲料喂养，尽管构树猪肉每公斤可以卖到50元至60元，比普通猪肉高出一倍的价钱，却仍是抢手货。

杂交构树无抗饲料在中科宏发农业科技有限公司研制成功，填补了国内研发的空白。"构树生物饲料可以完全替代养殖行业抗生素的生物饲料，彻底解决了畜禽养殖中抗生素与药残的问题。"中科宏发董事长李茂泉如是说。

构树为落叶乔木，具有速生、适应性强、易繁殖、轮伐期短等特点，其饲料草粉蛋白含量高达26%，根、茎均可入药，具有补肾、利尿、强筋骨等功能，树皮纤维为造纸高级原料。

构树扶贫是国务院扶贫办确定的精准扶贫十大工程之一。2015年，蒲县县委、县政府抢抓机遇，同中国科学院植物研究所签订技术合作协议，引进杂交构树组培苗，建立研发基地，发展构树产业。

记者在蒲县采访时看到，1500平方米的组培快繁中心、2个日光温室、100个拱棚已建成投用；茹家坪万亩构树示范园区核心区基本实现水网、电网、路网全覆盖，初栽的构树苗已经茁壮生长；在9个乡镇已成立了13家脱贫攻坚造林专业合作社，组织实施构树扶贫、退耕还林（草）、粮改饲工程和荒山、荒坡、荒滩绿化工程以及废弃工矿企业绿化工程。

在构树产业带动扶贫方面，因地制宜、因户施策，通过"构树苗木补贴+贫困户+农户""土地流转+贫困户+农户""劳动用工+贫困户+农户""小额贷款+贫困户+农户""村集体（合作社）+贫困户+农户"和"订单收购+贫困户+农户"等多种形式，建立了政府扶龙头、龙头建基地、基地带贫困户+一般农户的工作机制。

截至目前，政府已累计投入资金2000余万元，全县共育苗1000余万株，推广种植1.3万余亩，辐射带动农民1000余人稳定持续增收，其中建档立卡贫困户200余户。蒲县已被确定为第一批国家农业可持续发展试验示范区，现已有天津宝迪100万头生猪养殖项目、山西茂洲5万头晋南黄牛产业化项目落地，开启构树"林料畜""种养加"循环发展之路。山西省初步确定在蒲县规划实施集保种繁育、养殖屠宰、加工贸易为一体的晋南黄牛产业化工程，利用互联网、物联网等信息技术，建立市场营销网络体系和产品质量安全追溯体系，延伸构树"林料畜""种养加"绿色产业循环发展新路。同时规划建设有机肥生产线和沼气生产项目，实施35万亩耕地有机化改良。

　　未来3到5年，全县计划总投资5亿元，建成构树种苗快繁基地、万亩杂交构树种植示范基地、构树全价饲料加工基地、构树养殖示范基地、有机肥料生产基地和生态农业观光旅游基地等六大基地。

（2018年11月2日）

古县：产业攻坚实干脱贫

本报记者　林晓方　特派记者　闫红星　通讯员　王培亮

　　太岳革命老区——古县，是煤炭资源型山区县，省级扶贫开发工作重点县，先后荣获"国家卫生县城""国家园林县城""全国县级文明城市提名城市"等称号。全县辖4镇3乡111个行政村，总面积1206平方公里，总人口9.4万。近年来，古县结合县域发展实际，咬定"精准"二字，确定了特色经济林、电商、光伏、旅游、养殖五大脱贫产业，重点以产业促脱贫，推动人、财、物、政策向贫困村、贫困户倾斜、聚集，在攻坚中担当，在困境中奋飞，闯出了一片脱贫攻坚的崭新天地。

　　据悉，古县精准识别建档立卡贫困对象共涉及38个村6626户20022人。截至2017年底，累计退出27个贫困村，减贫4064户13118人，贫困发生率从2014年底的25%降至9.34%。目前，还有整体贫困村11个、贫困人口2562户6904人。

　　这些数字变化的后面，有古县在产业、生态、金融、教育、健康、职业培训、基础设施及基本公共服务等方面持续的、全方位的、实打实的投入与付出。

这些数字变化的后面,更有古县老百姓满满的获得感、幸福感和安全感。

特色产业　力求稳定增收实现脱贫

在古县毛儿庄村头的药材种植基地里,微风吹拂,胡花随风起伏,淡黄色的柴花像一层层的波浪不断向远方延伸。

"柴胡市场需求量大,供不应求,加上和山西仁和堂中药饮片有限责任公司签订'保底'协议,更让村民吃下了'定心丸'。"毛儿庄村委会主任王先丽这两天就在忙乎着这件大事。"村里17户建档立卡的贫困户全都参与进来了。明年,每亩至少收入3000多元,村里还计划上粗加工的设备……"

近年来,古县坚持产业带动,稳定增收实现脱贫的措施,以药材种植、古县谷子、古树核桃、古县牡丹为切入点,认真落实"一村一品一主体",确定5项脱贫产业,覆盖贫困户1.5万人次。

永乐乡草峪村是典型的农业村,以种植玉米为主,套种经济作物核桃。全村275户747口人,建档立卡贫困户79户218人,2017年底已全部脱贫。近年来,驻村工作队同村"两委"班子坚持以民为本,通过重点扶贫工程项目宏观帮扶,地方特色产业发展带动,由点到面、从局部到全部,推动扶贫攻坚各项工作,巩固扶贫成果。

"驻村工作队坚持把群众的安危冷暖放在心上,着力解决群众最关心的问题。他们办实事,牢记使命、尽职履责,让我们村重新焕发生机,有了致富奔小康的动力。"村党委书记付玉保说。

据悉,驻村工作队鼓励贫困户种植中药材、小杂粮、油葵等经济作物，提高耕地收入。依托华兴公司等企业，该村推广油用牡丹种植，在去年100亩的基础上，继续发展90余亩。采取"贫困户+农户"的发展模式，提高贫困户收益。与大象养殖集团签订合作协议，贫困户通过贷款入股，每年可获得入股资金15%的分红，目前已有8户贫困户签订协议。

为帮助村民拓宽培训就业渠道，掌握更多实用劳动技能，驻村工作队还积极组织部分建档立卡贫困户参加核桃提质增效项目培训会，通过培训，使种植户掌握核桃管护要点，推进核桃树标准化栽植。

古县南垣乡东池村有种植中药材的传统，农业调产以来，中药材的种植面积不断扩大，村民的收入也的确有了大幅度的提高。但中药材作为支柱产业的支撑作用还不明显，村民的收入和辛勤付出不成正比，延长产业链、增加附加值已经不是脑海中的名词了，而是要变成实际项目。2017年县农林委有农村集体经济建设资金，通过详细咨询、编制资料、多方论证，最终争取到项目资金70余万元用于建设烘干房，建设了一座500平方米烘干车间，目前烘干房已建成，可以对中药材进行深加工，将大幅提高村民经济收入，以2017年市场价估算，仅白芍一项，出地生鲜白芍售卖价2.1元，烘干后可销售至4元左右，全村目前种植白芍1400亩，每亩产量2500公斤左右，每亩便可增加1万元收入。

电商扶贫　让好产品卖出好价格

作为扶贫的重要赋能形式，2016年起，省委、省政府把电商扶贫纳入全省八大工程二十项行动。古县也推进电商扶贫工作，构建了一条以品牌为引领、以电商大数据为支撑的"互联网+产业扶贫"之路。

在全力推进电子商务方面，古县在"一村一店"模式下，实现全县38个贫困村村级电商网店全覆盖。特别是通过引进天一鸿锦电子商务公司发展"电商+赤焰椒"项目，采用"合作社+农户+基地"生产模式，带动种植赤焰椒2200亩，涉及贫困户440户，亩均增收4000余元。"依托电商模式，可以就近解决剩余劳动力和贫困户的就业问题。"隆盈园种植专业合作社的李宁经营着"电商+赤焰椒"项目，"老人和妇女们在家门口就能把家里养活了"。同时，在华兴农业、华海天宇、金米香等龙头企业的带动下，古树核桃、小米、连翘茶、牡丹油等年销售额突破4000万元，带动贫困户1000户增收。

2016年，"90后"大学毕业生房升毅然选择到古县永乐乡松树坡村当了一名大学生村官。

松树坡村交通闭塞，村民发展特色产业意识淡薄，经济条件较为落后。房升看在眼里，急在心里。他深知，要想带领村民致富，必须在村里发展特色产业。经过一番市场调查，他发现种植赤焰椒是一个投入成本少、种植周期短、回收效益高、市场风险小的好项目，亩收入可达2500元左右。

于是，房升决定率先示范，带动村民致富。他通过土地流转的形式，在村中承包了5亩土地试种。喜获丰收后，他便鼓励贫困户靠自己的双手脱贫，在全村带动50余户村民种植赤焰椒300余亩。同时，他向书记提出了"合作社+基地+农户"的发展模式，成立了古县久香甜赤焰椒种植专业合作社。还与马上购电子商务公司签订了320余亩的赤焰椒销售合同，开辟了村民种植产业新天地。

作为山西省三大核桃传统产区之一,古县近年来实施1万亩干果经济林提质增效项目实现对贫困户种植的核桃树全覆盖,全县核桃总产量达1000万公斤以上,产值1.8亿元,农民人均增收2500多元。

根据形势发展需要,古县开始注重品牌营销,全面加强促销手段。核桃代表企业华海天宇、天一鸿锦、桃源核桃生物等公司就核桃的收购标准、散货销售、营销渠道等积极走出去与营销商进行了广泛交流并签订销售合同。同时,该县进一步探索"互联网+特色农业"新模式,通过核桃品评、古县核桃+电商推介、培训活动,进一步提高大家的质量意识、品牌意识、互联网商品意识,加快电子商务与核桃产业的对接进程,提高古县核桃知名度和市场竞争力。

靶向治疗　啃硬骨头加快脱贫

针对贫困人口和完全或部分丧失劳动能力且无法依靠产业就业帮扶脱贫(巩固)的特困人口,古县一是加快推进易地扶贫搬迁,二是加大特殊困难群体华倾斜力度。首先,严格按照政策要求,精准识别搬迁对象,确定建档立卡搬迁户1479户4682人。对规划建设的49个集中安置点,在项目审批、用地、工程建设等方面开通"绿色通道",坚决做到按图施工、按设计标准建设。特别是充分尊重搬迁群众意愿,坚持政策执行不走样,鼓励农民进城上楼不强迫,帮助搬迁人口更好融入新环境,尤其是对特困群体采取特殊办法,将易地搬迁与民政安置有效结合,采取住房产权归公、滚动使用模式,对全县"五保户"实行集中供养。截至目前,建档立卡搬迁对象已搬迁入住4455人,入住率为95.2%,其余搬迁对象预计将于

10月底全部达到入住条件。同时推进拆除复垦工作。其次，针对全县建档立卡贫困人口中完全或部分丧失劳动能力且无法依靠产业就业帮扶脱贫（巩固）的特困人口，并适当兼顾虽不是建档立卡贫困对象但确需兜底保障的边缘非贫困户中的特困人口，制定《关于特殊困难贫困人口"补丁式"兜底保障工作方案》，探索建立了"帮扶企业+村集体+农业龙头企业+特困人口"的利益联结机制，引导古县鸿兴煤业、西山登福康煤业等17家规上企业筹资1200余万元，注入村集体或集体经济合作组织，择优选择具有发展潜力的农业龙头，按照每股1万元、每人2股2万元的额度定向投入发展扶贫产业，每股每年保底分红500元，形成社会众筹资金、合作社配备股权、公司统一经营、集体分红获益、政府监督管理的扶贫模式，使资金变股金、农民变股东。

在大力实施易地扶贫搬迁的同时，古县还积极发展了一系列能切实增加贫困户收入的产业，如"天下第一牡丹"文化旅游节、橡树种植加工及观光旅游、霍山云顶小镇、二十四节气旅游等，拓展文旅康养乡村旅游等也已成为脱贫增收新的增长点。统计显示，通过"文化旅游+特色农产品销售+乡村农家乐餐饮住宿"等模式，该县已带动贫困户385户1780人，户均增收1000余元。

抓好光伏扶贫项目，发展100千瓦光伏扶贫项目，截至今年10月已收益11万余元。光伏电站收益一部分用于补贴建档立卡贫困户，特别是补贴贫困户子女的教育支出，其余部分主要用于修路、水网维护改造等公益项目。

在依托资产收益促脱贫方面，古县积极利用"五位一体"金融扶贫小额贷款，建立企业与贫困户利益联结机制，拓宽增收渠道。通过新大象生猪养殖，入股贫困户410户，户均年收益7500元；晋阿养殖公司带动100户贫困户入股分红，户均年收益3100元；华海天宇、苗氏牧业、富家园、金丽翔养殖等企业带动贫困户181户，年人均收益640元。

（2018年11月9日）

右玉：生态大县"绿里淘金"　发挥优势产业富民

本报记者　柳　飞

产业扶贫是脱贫攻坚的首要任务和治本之策，近年来右玉县充分依托生态优势，坚持把产业扶贫作为实现稳定脱贫的治本之策，大力发展特色优势产业，努力走出一条贫困落后地区通过绿色发展实现脱贫致富的新路。

绿水青山变成金山银山

"一年一场风，从春刮到冬，白天点油灯，黑夜土堵门。"这是右玉过去的真实写照。以前由于植被稀少，常年风沙肆虐，自然生态环境极为恶劣，导致了当地的贫穷和落后。中华人民共和国成立后，右玉历任县委书记带领全县干部群众大搞绿化建设。经过70年的不懈努力，这片昔日的"不毛之地"变成了如今满目葱茏的"塞上绿洲"。

有了青山绿水，右玉开始摸索旅游强县之路。2016年，右玉县入选首批"创建国家全域旅游示范区"名单。右玉县委、县政府立即提出围绕"提升绿水青山品质、共享金山银山成果"的主题,进一步实施"旅游兴县"的重大战略,全力将旅游业打造成为右玉的战略性支柱产业。从对旅游经济的陌生到郑重提出"旅游兴县"战略,从年均接待游客不到1000人次到稳定超过150万人次,从旅游收入小到可以忽略不计到每年超过10亿元的县域经济新支柱、大产业,右玉的变化有目共睹。

初秋时节,记者来到了右玉县马营河村姚忠、王凤女夫妇的家里。据了解,夫妇俩由于两个儿子的上学、结婚,把多年攒下的家底掏空了。老实巴交的两口子,除了种地不会干别的。"以前我们家就是种玉米,产量不高,一年最多也就只挣两万块钱,月收入不足2000元。"原以为生活就会这样紧巴着过下去。2014年因为退耕还林政策的落实,村子周边的生态得到了很大程度的恢复。"环境好了,农作物产量也高了,去年家里的玉米就卖了将近4万块钱!"

伴随着生态环境的好转,马营河村把乡村旅游当作改变农民增收渠道的转折点。通过对村容村貌的整治,依靠厚重的历史文化底蕴,为马营河村生态文化旅游业提供了"美丽"资本。今年5月,马营河村组织村里有意经营农家乐的38户村民外出学习,借鉴先进经验发展乡村旅游。姚忠、王凤女也在其中。通过去呼和浩特的外出取经,姚忠、王凤女夫妇下定了吃旅游饭的决心。短短两个月后,他们就在村里开起了农家乐。"我家主要经营农家饭。客人最多的时候能坐满五桌,炕上地上都坐满了人,今年估计至少也有一万元的收入。"王凤女说。谈起不久前的国庆假期,王凤女更是笑得合不拢嘴。"短短7天时间,我们家就收入了三四千元,可比原来种地强多了!"

马营河村支部书记朱义向记者介绍，今年村里举办了多场传统民俗活动，单单这个夏天就接待了游客1.4万人，直接为村民增收15万元。马营河村的变化仅仅是右玉县发展生态旅游的缩影。近年来，右玉县依托鲜明的地域文化特色和良好的生态资源优势，以打造体验型、观赏型、居住型旅游目的地为目标，大力发展生态体验旅游业。先后成功举办了六届生态健身旅游节、五届西口文化论坛，成功打造出了"西口风情"生态旅游文化品牌。

右玉县旅发委工作人员表示，右玉从2005年开始发展旅游产业，历经硬件建设，与文化体育、油画写生融合，全域旅游等几个发展阶段，在经过了十多年的努力发展之后，已经到了一个提质、上档、升级的关键阶段。为此，右玉县提出了"旅游兴县"的重大战略，计划用5到10年时间，将右玉打造成为国家全域旅游示范区和全国知名旅游目的地，让山更绿水更清、人民群众更幸福。

药材种植开启致富之门

右玉县药材资源丰富，境内生长着板蓝根、党参、黄芪、黄芩、甘草、芍药等野生中草药材300多种，适宜人工种植的中草药有十多种。立足良好的自然环境优势和资源禀赋，经过认真论证考察和试验示范，右玉县最终确定把中药材种植作为产业扶贫重点之一。按照增总量、提质量、创品牌的思路，全面推广板蓝根、党参、黄芩、黄芪等中药材种植，引导鼓励农民依靠种植药材走上致富路。

远离县城的黄家窑村，昔日是一个靠天吃饭的贫困村，这两年瞄准药材种植，成了远近闻名的药材村。在黄家窑村党支部书记张宝军家的炕头上，张宝军笑盈盈地对记者说："生态好了，土壤结构自然得到了改良。同样是那块地，过去只能种土豆、莜麦，产量也很低。现在，豆类、谷类、胡麻、玉米等都能种，收成是过去的好几倍。去年，我们村还试种了中药材，春种秋收年底算账，39户贫困户全都脱了贫。"张宝军掰着指头给记者算："原来1亩杂粮能挣150块钱，去年试种了板蓝根，收益竟然是种杂粮的6倍多！村民尝到了种药材的甜头，今年几户人家又琢磨着种半夏，这是一种祛痰止呕的中草药，1亩半夏的收益据说是1亩板蓝根的20倍。"

村民张建平掰断一截板蓝根，指给记者看："中间的芯是黄色的，上好的品相。收购公司的人说地里肥力足，才能种出好板蓝根。"他对记者说，上年他家靠药材种植，年收入达到1万多元。"通过种药材，黄家窑人的思想得到了一次大的升华，全村人的凝聚力和向心力更强了。我们要坚定不移地走产业化发展路子，真正让农业强起来、农民富起来、农村美起来。"黄家窑村第一书记杨世新说。据了解目前该村种植板蓝根300多亩，平均每亩收入达1000多元，2016年该村率先脱贫。

为了全面推进中药材产业科学发展，右玉县制定了《中药材产业发展规划（2016—2020）》，大力实施"31231"中药材产业发展工程，坚持政府主导、企业参与、农户主体的机制，以农村土地承包经营权流转和林权制度配套改革为抓手，引导专业合作社和大户租赁承包、土地入股等多种方式，加快土地流转，为中药材产业发展规模化创造条件。

药材好，产业才兴。积数十年绿化植被、厚植沃土之力，现在右玉全力发展以板蓝根、党参、黄芩、黄芪为主的中药材种植。全县培育3个发展潜力大的中药材加工龙头企业，扶持10个优势明显的中药材专业合作社，建设20个特色中药材种植示范村，发展30万亩中药材种植基地，打造10亿元中药材产业，形成了一条完整的中药材产业链。据悉，该县通过与山西国新晋药集团公司、安徽华鼎堂中药饮片公司签订种植、收购协议，推广种植板蓝根、苦参、党参、黄芩等中药材4.4万亩，其中1353户3789名贫困人口种植2.7万亩，并为其发放化肥、籽种等补贴共计1737万元，为75个贫困村每村购买农机具1套，在推广种植机械化的同时助力村集体经济破零。经实地测收，每亩板蓝根纯收入能达到1000元以上，每亩党参年均纯收益2500元，远高于种植杂粮的收益。蓬勃发展的中药材产业，成为推动右玉经济社会发展的新兴支柱产业，成为农民增收致富的聚宝盆、开启群众致富大门的金钥匙。

野生沙棘做成优势产业

在右玉县，沟沟岔岔里生长着大片大片的沙棘林，每到秋天沙棘果成熟时，挂满枝头的鲜艳果实将山坡装饰得像彩锦一般。沙棘是一种落叶性灌木，其特性是耐旱、抗风沙，能固土，因此被广泛用于水土保持。右玉地处晋北，距毛乌素、库布齐沙漠较近，是风沙之口、贫瘠穷壤之地。为改变生存环境，当地实施乔灌草结合，大面积种植沙棘固土绿化。如今，右玉森林覆盖率接近60%，沙棘丛林占到1/3。

沙棘不仅可以防风固沙，其药用价值还可以追溯到2000多年前。据古医书记载，沙棘可降低胆固醇、预防心脑血管疾病及老年痴呆，增强身体抵抗力，改善心功能，清肺止咳、健脾开胃、防癌、延寿等。经过千百年的验证，沙棘果汁的药用养生功效已经被现代医学认可。据专家论证，沙棘果尤以右玉为上品。右玉的沙棘果受地理气候所影响，其营养、功效更为丰富显著。

右玉县在大力推进林业生态建设绿化、彩化、财化的同时，加快培育以沙棘为主的经济林产业，充分利用这些天然资源进行深加工，提高产品附加值，把野生沙棘做成了大产业。2017年，该县投入资金2305万元，在9个村推广种植大颗粒人工沙棘4500亩，修复改造退化沙棘林1.1万亩，受益贫困人口216人。今年以来，右玉紧紧抓住优质沙棘基地建设的机遇，加快沙棘提质增效改造，集中连片改造低产低效沙棘林4万亩，建成高标准沙棘园1.28万亩，完成优种沙棘苗示范推广栽植100亩，全力打造全国重要的沙棘产业基地。

其貌不扬的沙棘果正在变成右玉农民脱贫增收的"致富果"。在右玉县最北部海拔1860米的李达窑乡林家堡村，55岁的村民王靖强靠着种植沙棘果生活发生了大变样。从只靠十来亩薄田养家到现在一年能收入几万元，他的满足之情溢于言表："2016年下半年，我加入了村里的万福达扶贫攻坚造林合作社。去年，我和合作社的伙计们在县城搞通道绿化，一季下来，就挣了4200元，今年我们合作社在庄窝坡村种了1280亩沙棘，又有4000多元入账，你说我能不脱贫？"王靖强的话语中透着开心。

沙棘是个宝，它美了环境，富了口袋。靠着政府的推动，现在的右玉沙棘汁品牌已经叫响全国，成为右玉一张闪亮的名片。

"浓情浓意农到家，沙棘果汁我选它。"去年下半年，这句充满浓浓山西特产风的广告语，在江苏卫视刷屏，借助江苏卫视庞大观众粉丝流量，"农到家"沙棘果汁走出右玉，被全国人民所认识、了解。据悉，"农到家"沙棘汁引进国际先进的榨汁萃取设备，结合现代萃取工艺，保留了沙棘果汁的营养成分，酸甜清爽、自然清新，成为男女老少皆宜的天然养生饮品。"农到家"沙棘汁通过联手江苏卫视，不仅壮大了品牌发展，也让全国人民能够更清晰地认识到正宗右玉特产沙棘果汁的养生功效。这个大自然所恩赐的天然水果也注定不再局限于为山西人所独享，它走向了更宽广的天地……

（2018年11月13日）

浑源：黄芪产业扛起精准脱贫大旗

本报记者　杨晓青

10月19日，地处塞外的浑源县恒山山脉深处已现阵阵寒意。县农委相关人员正对千佛岭乡泽清岭村、西坊城村、黄沙口村的1200亩黄芪种植基地进行标准化生产验收。随行的县农委韩和明对记者说："如果你七八月来这里，黄芪就开花了，满山都是淡淡的白花，充满着希望。"记者的眼前顿时浮现出一幅黄芪产业带动浑源百姓精准脱贫的美丽画卷。

浑源县辖6镇12乡315个行政村，农业人口29.8万，占全县人口总数35.8万的83%。2018年，浑源县未脱贫贫困村79个，贫困人口13420户31508人。该县以"一轴三带"为构架，以"一城五镇一百村"为重点，以"五大工程"为支撑，围绕南山黄芪北坡杏、特色养殖黄芪羊、平川蔬菜和瓜果大做文章、做大文章，展现出一幅幅新农村、新产业、新发展的新气象。

黄芪主导　吹响产业脱贫领军号

恒山黄芪品质纯正，市场知名度高，而且生产区域与贫困区域高度重叠，涵盖全县南部山区十多个乡镇，是一项基础优势明显、扶贫效益突出的亮点产业。到2017年，全县宜芪面积39.6万亩，有芪面积26万亩，其中规范化仿野生种植面积16万亩，野生抚育面积12万亩，年产黄芪1000万公斤左右。拥有"地理标志证明商标""黄芪GMP认证"等金字招牌，浑源也成为全国道地药材基地、国家中药材GAP种植基地。近年来，浑源县大力支持发展黄芪、柴胡、黄芩等药材种植业，整合财政资金用于中药材产业补贴，平均每年新增黄芪种植2万亩，柴胡等小药材3000亩，拉动1200多户建档立卡贫困户年增收4500元。黄芪种植成为脱贫攻坚的支柱型产业。

2017年4月，浑源县黄芪种植与加工标准化示范区被正式列为第九批国家农业标准化示范区项目，这在全省还是第一个。承担这一项目的山西安瑞农林科技有限公司目前已流转土地9.3万亩，发展了大仁庄、黄花滩、千佛岭、官儿4个黄芪标准化示范种植基地，公司通过"龙头企业+公司+集体+村集体经济+农户+标准"的生产经营模式，在种植、管理、加工、销售等方面建立健全标准化体系，使黄芪种植加工由传统的分散模式向规模化、集约化、市场化的经营方式转变。安瑞公司业务经理高友向记者介绍："我们仅2017年就带动千佛岭乡和官儿乡20个村4384户建档立卡贫困户人均增收5000元。安瑞公司计划总的黄芪种植面积在20万亩以上，实现可持续种植后，年产值可达12亿元，可直接或间接提供约5000个就业岗位，带动项目区农民脱贫致富。下一步还将延伸黄芪产业链条，生产出中药饮片、黄芪口服含片、黄芪胶囊、黄芪酒、黄芪饮料等产品，年产值可达50亿元以上，届时将吸纳大量贫困户进厂务工，助力农民增收脱贫。"

在浑源县政通公司，董事长李政给记者介绍了公司开发的多种黄芪加工产品。成立于2001年的浑源县政通有限责任公司是一家以黄芪种植、黄芪种羊繁育养殖、饲草种植为主的综合性公司，也是一家规范化种植黄芪的企业。截至目前，已完成黄芪规范化种植1.7万余亩，黄芪野生抚育基地1000亩。政通公司采取"公司+基地+农户"的方式对贫困村（户）进行帮扶。记者在千佛岭乡黄芪规范化种植基地见到几个巡山管护的贫困户。泽清岭村的赵贵新56岁，家里共有14亩地，其中5亩流转给了政通公司种植黄芪，平时自己在基地进行管护，月工资2000元。比起以前仅靠种点胡麻之类入不敷出，现在收入稳定、心里踏实。47岁的贫困户杨玉新家里有十余亩地流转给了政通公司，平时自己也在基地务工，月工资2000元，足以养活自己和母亲。泽清岭村130余户的土地有近一半流转给了政通公司，基地用工也优先附近村的贫困户，至目前吸纳3000多人次就业，人均增收3700元。公司还与南榆林乡东圪坨铺村签订了帮扶带动协议，以每年10%的比例返还集体入股资金分红。同时，贫困户可以5万元入股，每年保底分红6%。目前，已给300户贫困户发放股金分红36万元。到明年，可带动1700户贫困户增收。

今年，浑源县又与北京同仁堂生物制品开发有限公司、山西中民新能投资有限公司、山西东方亮生命科技股份有限公司3家企业签订恒山黄芪产业发展战略投资合作意向协议，以推动浑源黄芪走向高端化、规模化、品牌化，为农民打造致富新引擎。目前，全县从事黄芪种植、加工、销售的企业共424个。其中，从事黄芪种植企业244个，黄芪加工企业180个。10个乡镇100多个行政村参与黄芪种植加工，全县1/3的农户从中受益，黄芪成为浑源农民致富的"发财树"。

绿色养殖　打造响当当的黄芪羊品牌

浑源县处于全国农牧交错带"镰刀弯"地区，是全省扶持的粮改饲示范县。近年来，该县大力推进养殖惠民工程，探索出农户散养、合作社圈养、本地企业规模养殖、招商引资企业规范养殖等多种模式。据统计，到2017年，全县牛饲养量达到7.79万头，其中奶牛饲养量达到1.38万头，猪饲养量达到51.69万头，羊饲养量完成121.5万只，禽类饲养量完成100.1万羽。全县已建成标准化养殖小区48个，畜牧业成为农民增收的重要渠道，泰丰、政通等规模养殖园区成为全市百园立农工程的典型。浑源县绿色养殖业中最叫得响的品牌就是黄芪羊。

作为全省"一县一业"肉羊基地县，2017年，浑源县羊的饲养量达到121.5万只，养羊重点区域在本县盛产黄芪的南山区，以黄芪羊养殖而著称。黄芪羊肉高磷高钙低脂肪，肉嫩味美，深受广大消费者的青睐，2008年获农业部绿色产品认证，黄芪羊肉远销大同、太原、北京、河北等地，市场前景广阔。在政通黄芪羊养殖园区，公司办公室主任王恒明向记者介绍，园区全年可出栏肉羊近万只，现存栏3600只。政通公司以多种形式帮扶贫困村（户）增收。园区长期用工的8个人中有6个是贫困户。50岁的龚成是附近下疃村的贫困户，爱人身体不好，两个孩子尚小，还有老母亲需要赡养，家庭负担沉重。家里的5亩地流转给公司种植玉米饲草供养殖肉羊使用，年可增收4000元，3年前来到园区务工，月工资2400元，年收入比原来增加了6倍左右。园区的3000多亩种植基地涉及周边百余贫困户。园区还采取"投母还羔""投母还草"方式对黄沙口村等进行帮扶，多方减少农户投资，增加收入。

恒山黄芪羊肉获农业部绿色产品认证，已成为知名的肉羊品牌。丘陵山坡区贫困乡村依托全省养羊基地县这个平台，以精准扶贫导向，扶持重点大户带动发展规模养殖。2020年，全县养殖基地达到350个，羊饲养量力争突破200万只。今后5年，浑源县计划依托政通有限责任公司畜产品加工资质，推进畜产品加工标准化体系建设。推广"龙头企业+专业合作社+基地+市场+农户"等新型加工养殖经济实体，推进龙头企业与农户生产经营的深度融合。同时强化对订单基地的生产指导与服务，创办、领办各类专业合作组织，采取股份分红、利润返还等形式，将加工、销售环节的部分收益让利给农户，带动贫困农户参与规模养殖，完善精准扶贫产业化利益联结机制，共同打造黄芪羊这一地域品牌。

多业互补　杂粮林果成百姓增收新渠道

驼峰乡田村曾是浑源一个较大的贫困村，2017年已经脱贫。去年田村开始推广渗水地膜谷子种植200多亩，今年扩大到800多亩。县里专门有针对渗水地膜谷子种植的补贴，还发放了铺膜机。田村村委会主任温阔成高兴地说："我们村一直有种谷子的传统，以前亩产顶多500多斤，用上渗水地膜以后，亩产达到900斤左右，收入增加300多元。"66岁的贫困村民吴明种了3亩半的谷子，用上县里免费发放的渗水地膜后，打了1650多公斤，产量直接翻了番。吴大爷说："用上渗水地膜不仅产量提高了，而且不用间苗，劳动强度也小了。我家还有6亩地流转给村里的合作社种植黄花，每年还有稳定收入1800元。"田村去年还成立了合作社，以每亩300元流转土地161亩种植黄花，涉及的40户中有32户是贫困户。县里有专门针对种植黄花的补助，田间管理也优先用工贫困户，锄草每亩50元，采摘每斤0.7元，这些都增加了贫困户的收入。

像田村这样立足自身优势，多种产业互补增加收入的村子，浑源县还有很多。从去年开始，浑源县在广大坡旱区加大杂粮扶持工作力度，县级财政每年拿出整合资金600多万元，购置渗水地膜和新型覆膜机，免费为种植户提供人、技、物多方面的支持，推广谷（黍）子等杂粮渗水地膜穴播覆盖技术。2017年实施的杂粮旱作技术模式，示范面积达到7.5万亩，取得了广泛的示范、辐射和带动效应。2018年推广面积达到8.5万亩。全县建立乡级500亩的示范片11个，并在驼峰乡田村示范片召开了春播现场观摩会。在今年雨水丰沛的有利气候条件下，各个示范田亩产平均可达500公斤，比非渗水地膜谷子增产50%。

仁用杏是浑源县五大支柱产业之一。截至目前以仁用杏为主的干果经济林面积14万亩，涉及全县13个乡镇188个行政村的16255户种植户。通过3年的提质增效示范，增产明显。如吴城乡下辛安村1300多亩仁用杏，2015年的亩产量不足60公斤，2016年3月通过提质增效综合管理亩产量达到80公斤，整个项目区实现增产20%的预期目标。吴城乡仅仁用杏一项，亩均收入可达1000元。

浑源县按照"一村一品一主体"产业扶贫和"五有"机制推进，全县特色农业逐步向功能型、现代化转型。接下来将重点推动以黄芪为主的中药材产业化发展，扶持国新、安瑞、丽珠、泽青等一批黄芪企业逐步做大做强。同时瞄准区域区位优势，大力挖掘特色种养潜力，黄芪羊、肉牛、杂粮、仁用杏、黄花、精品蔬菜等多产业稳健发展。可以说，实现年底精准脱贫，浑源县攻坚拔寨正在路上。

（2018年11月20日）

畜牧企业"驾辕拉车" 攻坚贫困"挂挡提速"

——产业扶贫的"繁峙战法"

本报记者 王 涛 金建强

发展是甩掉贫困帽子的总办法。产业脱贫是稳定脱贫的根本之策。特别是当前脱贫攻坚已进入啃"硬骨头"的关键阶段，剩下的都是贫中贫、坚中坚。在这种情况下，打好打赢精准脱贫攻坚战，让产业扶贫更加精准就显得尤为重要。

国家扶贫开发工作重点县——繁峙县，近三年来立足境内草地、秸秆资源丰富，气候温润凉爽，发展畜牧业得天独厚的自然条件，强化政策保障，整合扶贫资金，找准发力点，巧打组合拳，苦下绣花功，大力实施畜牧产业脱贫工程，取得了显著成效。

工程中的生力军——畜牧龙头企业，八仙过海、各显神通，突出彰显以产业攻坚贫困的辐射作用，在撬动产业提档升级的同时，正带动越来越多的贫困户有业可从、有企可进、有股可入、有利可获。

繁峙牧原　"5+"模式演绎大格局扶贫

一个龙头企业的产业扶贫势能有多强？繁峙县牧原农牧有限公司（以下简称"繁峙牧原"）的"5+"资产收益扶贫模式给出了一个诱人的答案。

11月8日，记者来到繁峙牧原采访，公司经理李毅介绍，繁峙牧原的首批资产收益性红利983.125万元，10月底已通过合作社全部分发给入股的贫困户，涉及13个乡镇的3025户贫困户，每户3250元。"还有775户贫困户即将入股，繁峙牧原的'扶贫之水'已开始精准滴灌贫困户的'穷根'。实施产业扶贫，繁峙牧原已拿定主意准备大干一场。"

成立于2017年的繁峙牧原，是繁峙县委、县政府招商引资招徕的一只"金凤凰"。公司系上市公司牧原集团（河南）全资子公司，落地繁峙的100万头生猪项目，计划投资15亿元，建设10个养殖场，带动1.2万户贫困户稳定脱贫。

"5+"资产收益扶贫模式的核心是"政府+银行+龙头企业+合作社+贫困户"。这也是牧原集团在全国十多个省市复制的一套较为成熟的产业扶贫模式。

具体在繁峙县的运营方式是县政府宣传引导，乡镇政府组织贫困户成立合作社；县政府协调邮政、农行、建行、村镇银行、农商行、浦发银行、平安银行、晋商银行等金融机构，为贫困户每户贷款5万元，期限3年，通过入股的形式交于合作社统一使用，用于建设猪舍及日常运营等开支，所建猪舍租赁给繁峙牧原使用，每年按投资额的6%收取租赁费。租赁到期后，牧原集团按照投资总额原价收购全部猪舍。

这当中,县政府再利用切块扶贫资金,按照3年期基准利率（6.5%）贴息合作社;合作社负责将收取的租金作为红利发放给贫困户,确保每户贫困户年收入不低于3250元,每年分红不少于一次;3年后,合作社再将贫困户入社的本金5万元贷款归还银行。

李毅说,按照繁峙县政府与牧原集团签订的扶贫战略框架协议,分红从今年起到2020年连续实施三年。此外,以"5+"模式为轴心,繁峙牧原还衍生出了土地流转增收、提供就业岗位等扶贫模式。100万头生猪项目,规划用地4889亩,每亩每年可为贫困户带来900元的租赁费。生猪项目达产后,还可提供2000个就业岗位。固定分红+租赁土地费用+就近入企上班,入社贫困户的脱贫摘帽就有了根本性的保障。

万锦肉牛　领着贫困户肉牛链上"斩穷根"

在繁峙县走访,记者惊喜地发现资产收益扶贫模式在当地实现了三方共赢,即政府借助企业找到了推动脱贫攻坚的载体;贫困户借助国家扶持资金入股,再加上劳动力和有限的土地,获得稳定的收益;企业则通过和贫困户建立利益联结机制,得到了土地、资金和政策,为加快发展注入"活水"。

这种模式不仅在繁峙牧原,而且在万锦肉牛、天河牧业、田源毛驴等公司同样演绎,只不过联结农户的方式各家根据实际情况又有所不同。

冬日临近,晋北的风愈发凛冽,让人不禁裹紧衣服。但位于繁峙县砂河镇下汇村的万锦肉牛育肥场（以下简称"万锦肉牛"）里却是另一番热火朝天的景象:1000余头西门塔尔肉牛在崭新的"牛宾馆"里悠闲地吃着草料，工人们不停地往青贮窖里拉运着粉碎后的秸秆。与此同时，运送玉米秸秆的农用车络绎不绝，农民脸上洋溢着幸福的笑容。"过去秸秆都丢在地里，不好处理还污染环境。现在我把玉米和秸秆一同卖给牛场，不仅省事，亩均还增收100多块，真是一举两得！"下汇村农民王大哥高兴地说。

万锦肉牛是山西省首家活牛供港澳肉牛育肥企业。2018年，万锦肉牛搭乘资产收益扶贫模式的车，投资4600万元，新建了一个占地1.9万平方米的现代化养牛场。项目投产后，可一次性存栏肉牛2000头，年育肥出栏肉牛5000头。

万锦肉牛负责人侯玉平介绍，育肥场采取资产收益分红模式带动了无劳动能力的贫困户55户入股，今年每户的3250元红利已发放。为助力脱贫攻坚，万锦肉牛想方设法围着肉牛产业链做文章。除了资产收益分红模式，他们还全力推出了劳务用工增加收入模式、饲草料种植订单模式。

侯玉平给记者算了一笔账：万锦肉牛今年吸收了100个贫困人口进场务工，每个务工人员的月收入在两三千元。另外，该场与周边村庄的1300户农户签订了1.3万亩的全株玉米种植及秸秆收购合同，3000亩的精饲料玉米种植合同，带动450户贫困户转变种植结构，亩均增收100元，户均增收800元至1000元。

万锦肉牛对贫困户实打实地帮扶仅仅是繁峙县借助一头肉牛攻坚脱贫的一个缩影。

记者还了解到，该县山西天河牧业有限公司通过"公司+基地+合作社+农户"模式，带动412户贫困户养殖西门塔尔和安格斯能繁母牛822头；杜永鑫农场通过"资金入股+资产收益"模式，带动杏园乡天成村等5个村的贫困户入股组建合作社，引领110户贫困户走上了脱贫路。

田源毛驴　"代养留驹"独创脱贫新路子

把千家万户作为繁殖驴驹的第一生产车间，把公司打造成为牵动贫困户一同发驴财的稳定靠山。

成立于2016年的繁峙县田源毛驴养殖科技发展有限公司（以下简称"田源毛驴"）是一家占地200余亩，总投资8600万元，存栏千头肉驴的新兴企业。以田源毛驴为载体，繁峙县别出心裁推出了"代养留驹"扶贫模式，融集公司、基地、贫困户、政府、银行、保险公司五要素，一举解决了贫困户不会养、不敢养、不能养、养不起、养不成、养不住的问题。

所谓"代养留驹"，即田源毛驴通过贷款（政府协调银行针对贫困户的助驴贷）、政策性贴息购买能繁母驴，为有意向养殖的贫困户每户发放3头至10头能繁母驴。3年后，所产驴驹归农户所有，母驴归还公司，农户每年每头只需支付500元的贷款利息和保险费用即可。

在模式的运行中，各要素之间既紧密联系又分工明确，其中政府为贫困户补贴每头210元的保险费，保险公司负责母驴养殖过程中出现意外的理赔，田源毛驴则负责成驴回收、信息共享和全程技术指导。

繁峙县杏园乡大峪村一村"代养留驹"达到了400头。在该村脱贫户张俊青家里，记者看到10头精神倍儿棒的能繁母驴。年过六旬的张俊青告诉记者，"代养留驹"真是个好模式，给了农民脱贫致富一条稳定的路子。他家的肉驴没一点毛病，年产八九头驴驹不成问题。

田源毛驴总经理周建伟介绍，以每户贫困户收养5头能繁母驴计算，户均年收益可达2万余元。2017年，公司带动全县26个村的412户养殖能繁母驴2613头；2018年，公司发放能繁母驴近万头，带动2000余户贫困户稳定增收。目前，"代养留驹"模式已成功带出了17个肉驴养殖专业村。

政府主导、企业引领、金融助推、贫困户参，四方主体联合发力，产业扶贫的"繁峙战法"用生动的实践回答了贫困区依托产业减贫带贫、加速脱贫"产业咋选、钱从哪来、发展谁带"的问题。

畜牧企业驾辕拉车，攻坚贫困挂挡提速。

繁峙县畜牧兽医中心主任高月平说，整合资金合力"造血"，不遗余力扶持龙头，目前繁峙县已形成百企百社带万户的养殖带贫格局，涌现各类养殖专业村27个。2016年至2018年，繁峙县的目标是畜牧产业带动1.6万户贫困户脱贫，占到全县贫困户总数的67.4%。其中，仅今年就带动3920户"摘帽"。现在来看，这一目标并不遥远。

（2018年11月30日）

"3X+4145"模式开辟中阳产业扶贫新路径

本报记者 曹 鑫 杨晓青

初冬的中阳大地并没有想象得那么寒冷，穿行在山沟梁峁间，随处可以感受到清清浅浅的金色暖意。虽说入冬后气温在下降，但中阳县贫困山区的百姓却感受着春日阳光般的温暖，浑身充满了干劲儿。

11月9日一大早，金罗镇水峪村的贫困户武玉龙简单吃过早饭，便骑着摩托车一溜烟赶往村里的养殖场上工，生怕迟到了。

在车鸣峪乡刘家坪村的香菇基地，工人们正忙着对新采摘的香菇进行挑拣分级。大棚里，工作人员更是悉心控温，争取在大冷之前，再上市一批香菇。

……

中阳县是山西省36个国定贫困县之一，是吕梁市脱贫攻坚的主战场。

脱贫攻坚战打响以来，该县始终将产业扶贫作为精准扶贫、精准脱贫的根本之策，创新思路，推出了"3X+4145"产业扶贫模式,持续增强扶贫"造血"功能,在激活了贫困人口内生动力的同时,还激活了扶贫主体的帮扶动力和产业转型的发展动力,探索出了贫困山区脱贫攻坚的"中阳路径"。

贫困户带资入股　内生动力得到增强

核桃、生猪、肉羊是中阳县的三大主导产业,近年来,该县在推进全县10万农民人均3头生猪、2亩核桃、1只肉羊的"321"农业产业化的同时,积极培育发展以中药材、食用菌、设施蔬菜、肉牛养殖、肉驴养殖等为主的特色产业,从而形成了主特结合、百花齐放的扶贫产业发展新格局。但随着脱贫攻坚进入深水区,一些深层次问题和矛盾也逐渐暴露出来:个别贫困户"等靠要"思想严重,龙头企业、合作社等扶贫主体参与扶贫的积极性不高。

现年45岁的武玉龙前两年在外打工,结婚生子,原本和和美美的家庭却突遭变故,孩子因煤气中毒不幸身亡,夫妻俩无法接受这个现实,从此一蹶不振,回到家乡金罗镇水峪村后,五六年什么都不干,出门破衣烂衫,脸也不洗,甚至不和外界接触,生活全靠救济,成了水峪村脱贫攻坚最难啃的"硬骨头"。

当伤痛随着时间的流逝渐渐抚平,重获生活勇气的武玉龙面对一没钱、二没技术的尴尬境遇,一时间又没了主意。

去年3月,村里成立益源养殖专业合作社,开始发展养驴产业脱贫项目,这让武玉龙看到了希望。尤其是5月中阳县推出"3X+4145"产业扶贫模式之后,武玉龙更是依托政策红利带资入股到合作社,靠负责饲喂草料和在村集体50亩青贮玉米基地打工,一个月能收入3300元。一年下来,武玉龙经济宽裕了,人也有了精气神,每天出门不仅拾掇得干干净净,连穿衣打扮也变得时髦起来，上班还骑上了摩托车，一刻也不舍得耽误。

激发武玉龙主动脱贫内生动力的是县委、县政府出台的"3X+4145"产业扶贫新机制。

中阳县农委副主任张星星告诉记者，所谓"3X+4145"，是贫困户个人出资200元，县财政为其配套2500元引导资金，扶贫单位、扶贫干部为其筹资300元，加起来的3000元通过X种（多样）产业方式，贫困户连续4年每年可收益1000元以上，并享受4个方面的优先政策，对于带动其脱贫的企业，每通过产业带动一个贫困户脱贫，可获得500元的奖补资金。"200元虽然解决不了任何根本性贫困问题，但撬动起来的是4000元的收益，却能让贫困户的生活有很大改善。更关键的是，自己出了钱，不再是坐等'输血'，而是主动参与到工作中来，内生动力不足的问题迎刃而解。"

扶贫主体聚拢资金　扶贫效应得到放大

下枣林乡神圪垯村58岁的低保户刘蝉生自己也没有想到他会有胆量一下子养了60头猪。村委主任张彦平告诉记者，原来村里的贫困人口之所以贫困，主要是怕承担风险，就拿养猪来说，他们一怕脏、二怕累、三怕市场有风险，所以大都不愿意干，即便是村里给修好了猪圈，也没人愿意养。为了改变这种状况，去年4月底，村里通过与中阳县厚通科技养殖有限公司沟通，采取了"公司+合作社+农户"的形式，借县里"3X+4145"产业扶贫政策的东风，让农户带资入企，厚通公司垫资为养殖户提供猪崽、饲料、养殖技术，并帮助销售，让村里像刘蝉生一样的农户一下子胆子壮起来。

厚通科技养殖有限公司是中阳县农业产业化龙头企业，承担30万头生猪的产业化项目。项目投产达效后，可吸纳300余名贫困劳动力就近就业，人均年增加工资性收入3万元；带动2000户农户从事生猪养殖，户均增收2万元，同时辐射带动周边农户种植核桃、玉米，通过运输饲料、加工肥料等增加一定的收入。

厚通科技养殖有限公司老总高三元说，帮扶贫困人口脱贫是企业应尽的社会责任，县里"3X+4145"产业扶贫政策不仅为企业带来了资金，还带来了劳动力，让企业在尽社会义务的同时发展壮大了自己，实现了社会、企业、农户多赢的局面，让企业参与扶贫的积极性倍增。

据了解，厚通公司从2017年开始，对带资入企的贫困户按照每人每年1000元的标准连续4年给予分红。仅厚通公司一家通过这一形式，就带动3个乡镇24个村的1916户5189名建档立卡贫困人口脱贫。

张星星坦言，县里像厚通公司一样参与扶贫的大型企业主要有4家，他们基本上带动了全县80%的贫困户带资入企。让企业参与扶贫，不能光靠企业发扬奉献精神，还要靠市场的力量让企业有利可图。

"3X+4145"产业扶贫机制就是让企业和农民成为紧密的利益共同体，企业通过农户带资入企，既解决了资金问题，又发展壮大了生产规模，在市场竞争中加大了话语权，增强了抵抗风险的能力。

转型发展获得动能　县域产业由"黑"转"绿"

去年3月注册成立的中阳县益源养殖专业合作社同样是"3X+4145"产业扶贫机制的受益者之一。为解决沟底、郝家畔两个贫困村及其他插花贫困村交通不便、水源缺乏等制约产业发展的不利因素，金罗镇决定按照"3X+4145"模式，以益源养殖专业合作社为龙头，带动贫困村贫困户发展养驴产业。目前全镇18个行政村480户1113口贫困人口通过"3X+4145"模式带资入股益源养殖专业合作社，委托合作社发展养驴产业，从而获得产业发展收益。

益源养殖专业合作社是中阳县聚源选煤公司董事长曹继平抓住政府推行"3X+4145"产业扶贫机制的机遇，实现企业转型发展所迈出的第一步。

中阳县是吕梁市有名的钢铁生产大县和煤炭资源大县，境内有吕梁市钢铁龙头企业中钢公司和数十家煤炭企业。近年来，随着省委、省政府大力推进供给侧结构性改革，如何转型发展成为中阳县众多企业的当务之急。"3X+4145"产业扶贫机制的出台让企业家们眼前一亮：搭乘政府的扶贫政策东风，由多方保驾护航转型具有发展前景的绿色产业，同时与农户结成利益共同体，增加有效投入，降低市场风险……诸多利好摆在眼前，一下子激活了企业转型发展的动力——中钢公司组建专门班子，聘请专业人员，探索推进车鸣峪旅游项目落地。同时，该公司结合暖泉镇实际，拟投资建设年产500吨的淀粉粉条加工厂；山西桃园腾阳能源公司集团成立了阳坡村农业开发公司，并联手山西振东药业集团发展种植中药材产业对全县进行产业扶贫；聚源选煤公司成立了中阳县益源养殖专业合作社；煤炭转型企业家高三元成立了厚通科技养殖有限公司；付家塔煤业公司成立了核桃加工厂和小杂粮加工厂……

中阳县委书记乔晓峰总结说，中阳县推广"3X+4145"模式，是利益联结机制与多元产业支撑的结合，它既解决了"四位一体"帮扶不到位的烦恼，又解决了贫困户内生动力不足的问题，社会帮扶的积极性也调动起来了，同时有力促进了全县特色产业的持续发展，培育壮大了带动贫困户脱贫的经济实体，开辟了产业扶贫新渠道。

记者了解到，在"3X+4145"产业扶贫机制的作用下，目前，中阳县37个贫困村均达到了"五有标准"。今年8月8日，经省政府批准，中阳县退出贫困县。

（2018年12月4日）

乡宁：巩固脱贫成果 提质持续发力

本报记者 刘桂梅 裴彦妹 林晓方

去年底，乡宁县接受了省级第三方评估验收，完成了脱贫攻坚既定的目标任务，县域整体性贫困彻底消除，贫困人口稳定实现"两不愁三保障"，36个贫困村全部退出，贫困发生率由20.12%降至0.84%，是山西省首批摘帽的15个贫困县之一。

脱贫摘帽后，乡宁坚持摘帽不摘责任、摘帽不摘政策、摘帽不摘帮扶、摘帽不摘监管"四不摘"原则，继续扎实开展脱贫成效巩固提升工作。贫困群众对生产生活方面发生的变化感触最深，枣岭乡谭坪村的闫存章说："以前路不好走，果子运不出去，果商脸难看，价格还减半。现在这些问题都解决了，娃的媳妇也好找了。"

从产业发展的谋篇布局到提质增效，从扶贫方式的主抓重点到因人而异，从帮扶思路的全力以赴到各项工作逐步完善，乡宁以乡村振兴战略为根本，确保脱贫退出的稳定和可持续性。

因地制宜　培育产业

临近初冬，地处吕梁山南端的乡宁县气温已经变得非常低。11月1日中午刚吃过午饭，尉庄乡尉庄村党支部书记乔国发就披上衣服匆忙走出家门，丰兴源新农业开发有限公司正在扩建厂房，他每天都要去看看。

走进丰兴源新农业开发有限公司，与院外蜿蜒公路上的静寂不同，厂区内熙熙攘攘，好不热闹。总投资达900万元的丰兴源新农业开发有限公司是今年4月刚刚投入生产的新兴企业。尉庄乡党委、政府在脱贫攻坚过程中，依托当地野生中药材丰富的资源禀赋，鼓励尉庄村党支部书记乔国发建立龙头企业，带动当地贫困户种植以连翘为主的中药材，力图通过加工销售连翘茶，不断扩展后续产业链条，进一步夯实产业发展基础，增强贫困户及农户依靠产业致富的信心，探索打造全县中药材基地。

"去年乡里带动发展产业，我种了5亩连翘。"45岁的尉庄乡乔家坡村贫困户文天明在这项产业上尝到了甜头，"我们这里的连翘天然无公害，采摘期又长，从4月底能摘到10月，一天摘5斤左右能挣近百元。"

"茶厂的建立让满山的连翘叶成了宝，山里空气好，野生连翘有层层腐叶做天然肥料，叶片肥厚。附近的村民来这里打工每年能有1万元至2万元的增收。"尉庄乡党办主任张世佑深有感触。

据了解，丰兴源新农业开发有限公司加工的野生连翘茶系列产品已销往澳大利亚、马来西亚、南非等国家和中国香港地区，成为乡宁县通过发展产业带动农户脱贫增收的一个缩影。今年以来，乡宁县狠抓产业扶贫这个发展引擎，出台了《2018年产业扶贫县财政补助办法》，确定了对未脱贫贫困户新发展的种养项目、建档立卡贫困户已建成的各类产业项目的补助标准。一大批因地制宜的产业扶贫项目应运而生：西坡镇韩咀民喜养殖专业合作社、赵院鑫农养殖专业合作社近日分别引进种兔500组；光华镇上窑村年初投产的服装加工厂，截至目前已吸纳贫困户20余人就业；双鹤乡孝义村成立的富民种植专业合作社已建成高标准大棚10座，种植菌类12万余棒，解决本村剩余劳动力100余人。

因人"下菜" "甜蜜"脱贫

"这是我们的蜜，颜色较深，用60摄氏度以下的温水冲泡喝，营养价值非常高。这是我在市场上买的砂糖蜜，这两种蜜，你从外观和味觉上就能分辨出来……"11月2日，尉庄乡东沟门村党支部书记刘高鹏一边比对着蜂蜜一边向记者介绍。

一进东沟门村，记者就被眼前的奇妙景象吸引，房顶上、树杈上、道路旁到处都是半米多高黄土铸就的"土箱子"，这是什么？刘高鹏看出了记者的疑惑，他爽朗地笑道："我们这里出产的可是地地道道的土蜂蜜，这个就是老百姓的传统土蜂箱。"东沟门村的村民养蜂传统由来已久，回顾养蜂产业的发展历程，第一书记张伟说："2015年来这里时，什么都不方便，老百姓收入来源少，大部分外出务工，是名副其实的空心村、老龄村。"在与村"两委"班子多次开会讨论、广泛征求村民意见后，张伟决定抓中蜂养殖，让村民的腰包鼓起来。

"产业发展要'因人下菜'。"刘高鹏说，"村民以前养殖的都是土蜂，经济效益低、规模养殖意愿低。但养蜂省人力，符合东沟门村的现状。"于是，他们引进新型中蜂养殖技术，并与乡宁县圣酝坊中蜂养殖专业合作社建立合作关系，为贫困户提供技术、收购等产销一条龙服务，签订协议保证合格蜂蜜采购保护价。在张伟的派驻单位市规划局的支持下，募集1万多元为45个贫困户免费提供新型蜂箱、配套装备一套，同时申请到中蜂养殖产业资金补贴每箱500元。目前近30余户村民养殖中蜂百余箱，村民累计增收7万余元。

在67岁的贫困户刘保山的养殖点，虽然这个季节花草不再，但在距离养殖点几十米远的地方，就依稀能听到蜜蜂的嗡嗡声了，一箱箱蜜蜂有序地摆放，阳光照射下，蜜蜂显得格外活跃。刘保山给记者算起了增收账："以前养土蜂一窝产量就10斤，而且杂质多，年收入就五六百吧。搞了新型养殖后，每箱产量提高到了30斤，今年仅这项就有3000元。"

中蜂养殖与气候紧密相关，更要依靠科学管理。快入冬了，山中气候已冷，刘保山小心翼翼地打开了加温保暖的蜂箱。"这种新型蜂箱可以把养蜂框拿出来，蜂蜜产量和问题一目了然，拿出的这框至少有三四斤蜜了，蜂箱每六七天需要清理一次，以免粘连。"谈起未来，刘保山语气坚定地说，"下一步要扩大养殖规模，年收入能突破2万元，脱贫要靠自己干，现在基础好了，实现小康没问题！"

中蜂养殖不仅符合东沟门村林多地少的特点，更是从老龄化、空巢化的角度考虑，让轻劳动力型产业后劲更足。在张伟、刘高鹏等一班人的带领下，如今的东沟门村有了网络通信信号，村民住进了新房，种植了花椒，养殖了中蜂。刘保山激动地对记者说："现在大家干活的积极性都很高，穷山沟变成了富山沟，穷面貌变成了新面貌！"

得益于党和国家的扶贫政策，得益于"三支队伍"的大力帮扶，东沟门村以产业带动发展，村民实现成倍增收。基础设施的巨变，易地搬迁的实施，让村庄不再"静止"，生活"活"了起来。2017年底东沟门村45户98名贫困人口全部实现脱贫，一举摘掉了贫困村的帽子。

因爱扶志　手心翻转

初冬将至的云丘山，尽管没有了夏日的漫山翠绿、云雾缭绕，少了那种置身事外的心旷神怡，但却彰显着宽广和大气。山间，树木在明媚阳光的映衬下更显遒劲；山谷，湖水清澈见底；村口，柿子树上挂满了红红的"灯笼"……在挂着"希望农场"牌子的养殖场，27岁的张楠正和几个小伙伴在一起喂鸡。

张楠是襄汾人，因脑瘫四肢行动不便的他，以前在襄汾特殊教育学校就读期间，成了家人的心病：出生于贫困家庭，自己没有劳动能力，父母又没钱养活他，走出学校以后该怎么办？

2016年，张楠的人生迎来转机。乡宁县云丘山希望农场的工作人员找到了他，请他加入"手心翻转"计划，到希望农场工作。"手心翻转"计划是乡宁县云丘山村企联合党总支服务脱贫攻坚的项目，以吸纳周边有劳动能力的贫困家庭残疾人从事有机农业生产为手段，让贫困残疾人由伸手要钱变为动手挣钱。张楠来到希望农场的第三个月，拿到了1200元的工资，而这是过去家里大半年的收入。

和张楠一样，存在自闭症、脑瘫、肢体偏瘫、智力水平低下等不同情况的工作人员，云丘山希望农场现在有6位。他们从不敢谈未来和理想到拥有一技之长、能独立生存、具备回归社会的能力，这一切的转变源于云丘山希望农场项目的启动，希望农场引进台湾团队，跳出以往"给钱给物"式的粗放扶贫方式，以扶志、扶智、扶技为目标，发展有机农业，带动村民脱贫致富。

在联合党总支书记、云丘山旅游开发公司董事长张连水的带领下，乡宁县云丘山村企联合党总支以旅游开发公司为依托，发挥党组织的战斗堡垒作用，带动周边行政村农民脱贫致富，这是云丘山村企联合党总支在脱贫攻坚中探索出的一条新路。

尤其是近年来景区坚持村企融合发展理念，主动投身脱贫攻坚主战场，探索出了一条以企带村、强村促企、村企共赢的发展道路，为乡宁脱贫攻坚、乡村振兴作出了积极贡献。2016年被国家旅游局评定为全国"景区带村"旅游扶贫示范项目，塔尔坡等8个村落被评为国家级传统古村落，大河村、康家坪村被省评为乡村旅游示范点和山西最美旅游村。"景区带村"旅游扶贫示范项目不仅带动1665名村民吃上了旅游饭，且人均年收入超过两万元。

发挥优势、凝心聚力，在村企党总支的引领下，近5年来，云丘山旅游开发公司先后投资2800余万元修建移民新村。为推动村民致富，公司优先吸收贫困户就业，并免费在塔尔坡古村给村民提供商铺，鼓励当地村民结合自身优势开发旅社、农家乐等产业，带动65户76名贫困人口实现了与景区合作共赢，人均月收入达2500余元。联合党总支还成立了上河优质粮食种植专业农业生产合作社，流转17个自然村933户人共6000余亩土地，让农民变股民。公司牵头建立大河村日间照应中心，为周边村子30多个60岁以上的老人解决老无所养的问题。此外，旅游开发公司每年还为大河村、坂尔上村全体村民1800余人缴纳新农合医疗保险，共计25万余元。

2018年，搞好脱贫成效巩固提升，绘就高质量脱贫蓝图，成为战略谋划乡宁县经济社会发展的高频词之一，也是乡宁县迈向乡村振兴的必由之路。沐浴在新时代的春风里，乡宁县正以时不我待、只争朝夕的历史担当，力求在新起点上奋力推动脱贫成效巩固提升工作取得新突破，为如期全面建成小康乡宁奠定坚实基础。

（2018年12月7日）

柳林：夯基础　抓特色　踏上产业致富新征程

本报记者　杨晓青　曹　鑫

2018年9月，一个好消息传遍了整个柳林县：经省政府批准，柳林退出贫困县。

柳林县34.4万人中建档立卡贫困户由2014年的10767户33173人减少到目前的613户1778人，贫困发生率降到0.6%。这来之不易的数字，意味着柳林县脱贫攻坚首战告捷。11月初，虽是初冬，吕梁山区却已寒风扑面，记者驱车来到这里，切身感受产业脱贫路上的柳林故事。

小扫帚染红山村　扫出大收益

"扫帚都入库了，现在就等着收钱了。"11月7日，贾家垣乡曹家沟村村民冯玉庭在扫帚仓库前高兴地对记者说。曹家沟村很多村民都和老冯一样，今年的收入稳稳的，而这都得益于县环卫中心帮助村里发展起来的扫帚产业。

曹家沟村1135人，1000多亩地，可以说是地下无矿产资源，地上无主导产业，村民收入微薄，生活困难。多年来，群众苦于找不到致富的路子。脱贫攻坚战打响以来，县环卫中心驻村帮扶工作队决心通过发展扫帚种植产业，帮助村民脱贫。村里2016年成立了绿洋扶贫攻坚种植专业合作社，以每亩200元流转76亩土地，然后给贫困户分红，地分给个人种植，个人需每亩交200元。13户贫困户以土地流转形式入股的方式，全部加入合作社。针对村民扫帚种植技术不精的情况，县环卫中心聘请了专业技术人员对种植户进行培训，对耕地、施底肥及来年的品种选购和技术进行详细讲解，全程跟踪服务指导。以"合作社+种植户+环卫中心"的模式运作，由合作社和环卫中心签订收购合同，种植户和合作社签订收购意向书，扫帚收获后统一由合作社清点验收入库，由环卫中心收购，多余的环卫中心负责外销，保证合作社和种植户的利益不受损失。村里的12户贫困户的12万元扶贫资金入股合作社，每年每户分红3000元，种植扫帚分红1000元。合作社用工优先贫困户，平均每天130元。2017年种植扫帚120亩，今年达到了220亩。驻村帮扶工作队队长张明明给记者介绍："今年的220亩扫帚经济价值有70万元左右了。明年我们计划发展到400亩左右，争取经济价值能翻番。现在我们的扫帚都出名了，销路一点都不愁，河北都有客户过来购买呢。""明年我们计划发展观光旅游，举办扫帚节，收获期扫帚变红，所以主题就定为'扫帚红了'！"看着简陋的办公室墙上大幅的曹家沟村扶贫攻坚作战图，张明明欣慰而又信心满满。

驻村工作队的办公室里围着好多笑呵呵的村民，55岁的贫困户冯玉庭和记者唠起了家常。由于儿子身体欠佳，家里经济一直很紧张，种了20多亩地，其中6亩是自己的，其他是包合作社的。老冯给记者算了一笔账：每亩租地200元，加上耕地的40元，施肥百余元,每亩成本不超过500元,亩均净收2500元左右,20亩地可收入5万元左右。今年的扫帚已经全部由合作社销售,就等收钱了。这让从来没有过这么多收入的老冯乐得合不拢嘴。其他村民也纷纷晒起了自家的增收账。想起了刚刚在合作社的扫帚仓库外墙手绘的致富图语录,"不瞒你说,现在生活好多了"真的是反映出了老百姓的心声。记者不禁和大家一起笑出声来。

推进贫困村"一村一品一主体"建设,就是要坚持因地制宜的原则,使全县产业结构更加优化,贫困村优势产业更加显现,经营主体更加健全,利益联结机制更加完善,贫困人口实现稳步增收并逐步达到小康。像曹家沟村这样发展特色产业的,柳林县还有很多,值得其他地方借鉴。

小碗团成就品牌　拓宽致富路

"我们要实现品牌产品终端化,扩大消费需求,让沟门前产品在全国开花,给柳林百姓带来更多的财富。"谈到产业脱贫,柳林县沟门前风味食品有限公司董事长贾旭东这样说。

提到柳林有什么特产,首先让人想到的一定是碗团。那些年不太起眼的小吃,在柳林小伙贾旭东16年的苦心经营下,被打造成了山西省著名商标,也成了全国知名的品牌。沟门前荞面碗团已成为柳林特产工业化生产和产业化推广的代表。作为山西省级农业产业化重点龙头企业,沟门前公司自2013年迁建陈家湾乡龙门塔村以来,厂容厂貌和生产能力有了较大的提升,产销两旺。年销售额2000万元中,有1000万元的碗团是通过电子商务平台销往全国各地的。脱贫攻坚战役中,沟门前公司积极响应和参与了产业扶贫。让贫困户有能力、有途径脱贫,沟门前一直在致力于"公司+农户"

的方式带动。公司帮扶的陈家湾乡、庄上乡11户建档立卡贫困户，通过一次性付给贫困户2000元、安排贫困户家庭成员工作、帮助寻找脱贫项目、包销农产品等方式，均实现稳定脱贫。针对小吃行业适合个人参与经营创业的特点，沟门前开展了租赁经营业务，即零风险、零投入、零库存鼓励贫困户参与其中，共同创业。同时，企业还吸纳了89户贫困户的445万元金融扶贫贷款，每户分红2000元。282户折股量化资金，每户1万元，每年分红700元。同时优先安排建档立卡贫困户务工，每月工资3000元。

在沟门前厂区，记者见到了正在这里务工的小伙张艳伟。单亲家庭的张艳伟来自庄上镇梨树洼村，现年23岁，那些年家里兄妹4人仅靠母亲一人支撑，日子艰难。初中毕业后，小张开始打零工，贴补家用。2016年，他来到沟门前生产线务工，每个月包吃住还有3000元的收入，公司对贫困户非常照顾，底薪每天要比别人高出十余元，平时公司还不定期对他们进行技术培训。小张说："前几年，我姐姐张乐艳也在沟门前工作，收入稳定，姐夫也在公司，都做到管理人员了呢，我们家去年已经脱贫了。"

按照公司规划，沟门前风味小吃将在5年内在全国开设3万个零售店，可提供约6万个从业岗位。同时积极开拓新市场，进一步包销贫困户农产品。贾旭东介绍说："目前我们正在开发多种产品，满足不同人群的消费需求。如低升糖指数碗团，用西红柿做调料，这个产品明年就能进入市场。旱地西红柿每亩能产三四千公斤，以今年每公斤2元的收购价，每亩就有5000元左右的纯收入，能带动不少农户致富。""在政府的支持下，'树百年品牌，富一方百姓'，把沟门前做大做强，打造山西小吃航母，为吕梁转型发展、脱贫致富贡献自己的力量，就是我的使命！"贾旭东掷地有声。

依托本地品牌"企业+农户",带资入企、量化折股也好,包销农产品、入企务工也罢,都让贫困户有了脱贫的项目和能力,同时也解决了企业资金等方面的问题,使企业得以长足发展,实现双赢。就像当地人说的,"明星企业来扶贫,脱贫效果我看行"。

小人物上下联结　推动大产业

走遍了陈家湾乡的沟沟峁峁,谁家需要什么农资、哪些粮食卖不了了,49岁的杨喜照都能了解到,并及时提供帮助。中垣村由于地处偏远,消息闭塞,村民范大爷种的谷子卖不出去,都拿来喂了羊,杨喜照通过合作社安排在村里的信息员得到讯息后赶来,及时帮范大爷卖了粮食,解决了他生活困难的问题。周边乡镇的农户家里也经常出现杨喜照清瘦却坚毅的身影,大家都知道他是这一带的能人。

柳林县垣银农产品销售合作社成立11年来,负责人杨喜照摸索出了这样的模式:统一耕作,统一应用新品种,统一销售,分户管理。由合作社提供产前、产中、产后一条龙服务,形成一条统一规划、统一种植、统一销售的林下经济产业模式。以合作社的示范作用,在周边村优先选定发展贫困村,形成一村有合作社一个基地、一个基地有一个能人负责、一个能人负责带动5户以上贫困户的格局。通过对参与种植的贫困户垫付农资、合作社承担的8+2产业优先支持、组织技术培训、免费推广优良品种等方法,使合作社与贫困户找到了一条可持续增收的好路子。

杨喜照介绍说:"前年,我们联合农户种植优质谷子2000亩,总产量达750吨,合作社销售330吨,收入148万元,社员平均增收1700元。去年,给汾酒厂种植3000亩酿酒专用高粱,合作社销售

83.5吨，收入43.42万元，社员平均增收2100元。今年与长治谷子所联合为晋谷40号育种，有60多亩，免费为农户提供种子，并且以高于市场价0.2元包销。"垣银合作社收入除向社员分红，支付管理费外，还按12%提取发展基金，用于扩大再生产。记者在合作社院内看到，谷子脱粒机、核桃分级机、内燃机动力喷雾器、微耕机等一应俱全。地上的高粱堆上放着一条长长的粗管子，杨喜照解释，这是吸粮机用的，这几天高粱收回来后，经过分级加工正准备送到汾酒集团，今年的保护价是每公斤2元，农户收入有保障。

县里重点在陈家湾乡发展的3000多亩谷子，每亩提供一袋种子，一袋化肥，选择基地、发放农资和种子都是由合作社具体负责的。随行的柳林县农委总工康立柱说："柳林县这个合作社成立得最早，运行得也最好。合作社还有农资服务站、银行卡助农取款服务点、科普惠农服务站。同时还是省级示范社。2015年还取得了500亩有机谷子产品认证。合作社还有自己的商标'晋农一粟'，希望能更好地利用起来，打出柳林绿色谷子的自有品牌。"

以陈家湾、贾家垣两个乡镇为核心，每年新发展5000亩优质谷子基地，全县建设1.5万亩绿色谷子基地。采取"公司+合作社+基地+农户"的模式，采取订单收购、最低价保护收购和以土地承包经营权、资金入股方式，打造利益共享、风险共担的利益共同体，助推农业产业化快速发展。这其中，专业合作社充分发挥了上连龙头企业、下连基地和农户的桥梁纽带作用，成为产业链条中重要的一环。

柳林县的产业扶贫进入巩固提升阶段，除了夯实原有产业基础，继续推进4万亩红枣、核桃经济林提质增效外，当地还在特色产业项目上抓亮点、做文章。建设标准化杂粮生产基地1.5万亩，发展露地特色蔬菜0.2万亩,新增中药材0.2万亩。重点发展生猪等畜牧养殖产业,以金家庄、留誉、王家沟3个新大象养猪场为龙头,生猪新增存栏4万头……各项产业稳步发展,柳林人踏上了产业致富的新征程!

(2018年12月11日)

吉县："金苹果"奏响新时代富民曲

本报记者 刘桂梅 裴彦妹 林晓方 通讯员 王彦章

今年8月8日，吉县被省政府批准退出贫困县，成为全省首批、临汾市首个实现脱贫摘帽的国家扶贫开发工作重点县。

吉县位于黄河中游东岸、吕梁山南端，属黄土高原残垣沟壑区。尽管身依黄河、背靠名山，生活在这里的勤劳善良的人们却没有因此而富裕。生长于此的吉县人，世代在川塬交错间为着生存摸爬，贫困如阴霾一般挥之难去。2002年吉县被确定为国家扶贫开发工作重点县，2012年被列入吕梁山集中连片特困区。2014年，该县共确定建档立卡贫困村61个，贫困发生率31.7%。

脱贫攻坚战役打响后，吉县坚持以脱贫攻坚统揽经济社会发展全局，抓重点、攻难点、扫盲点，推动全县61个贫困村全部脱贫退出，实现减贫28219人，吉县贫困发生率降至0.32%。这背后是吉县突出产业基础，依托以红色苹果为主，辅以黄色瀑布、绿色生态的脱贫产业体系的威力，走出了一条"1+X"的产业扶贫新路径，保证了贫困人口能脱贫、脱真贫、真脱贫。这个"1"，就是吉县把苹果产业做成脱贫的支柱产业。近年来，吉县瞄准产业升级、产品提质，累计整合各类涉农资金2.6亿余元，实施了水、肥、田间路、防雹网等果园基础设施建设，发展苹果深加工、冷链物流，建成苹果产业化园区，培育扶持超正果业有限公司、壶口有机农业有限公司等企业，同时塑造出"吉县苹果"区域公用品牌。

县委、县政府充分考虑贫困户在劳力、技术、资金等方面的困难，整合涉农资金，改善生产条件，支持和鼓励拥有果园的贫困户以果园流转、入股和合作等形式，参加各类苹果合作社，在物资服务、技术培训、果品营销、金融服务等方面全方位予以带动和帮扶，把贫困户纳入吉县苹果产业发展体系，在苹果提质升级过程中受益。目前，苹果种植面积占全县耕地总面积的80%以上，果农占农民总数的80%以上，农村群众依靠苹果产业脱贫的比例达80%以上。

提档升级　帮扶模式延伸苹果产业链

"我家有8亩苹果园，家里就是靠苹果过上好日子的，每年下来能有八九万元的收入，现在光景是越来越好了。"11月2日，吉县吉阳镇山阳村果农原娇中对记者说，"苹果采摘下来，就存放在超正果业的冷库里，到了过年的时候，价格肯定比现在要高，又能卖个好价钱！"

从锄草、拉枝、修剪、摘叶到转果、套袋、下果，在吉县政府、村委、合作社搞的多次培训下，老原成了种植苹果的技术能人。冬闲时候，时常会有外地果农请他去修剪果树，一天能挣150元。没事的时候，他就在这些果品企业转转，"这段时间，吉县南方来的果商不少。"

摘帽脱贫是一场硬仗，考量着吉县的担当，而如何保证脱贫后不返贫却又考验着吉县的智慧。吉县的做法是，实施"企业＋合作社＋贫困户"帮扶模式，让贫困果农主动参与，构建起农户、合作社、企业的利益联结机制。

吉县朝晖果业合作社和吉县壶口有机农业有限公司就是上述模式的践行者。他们把分散经营的农户组织起来，实现规模化种植、标准化管理、产业化发展、品牌化营销。合作社不仅推广新技术、组织技术培训，还提供产前、产中、产后一条龙服务。

在吉县超正果业有限公司的苹果储存基地，当地统一收购来的吉县苹果要在这里经过严格的品相筛选、清洗加工、病虫害检测等多道工序之后才能外销。在仓库内，有几十位工人正在挑选苹果，按照苹果的等级来入库，一旁站着专程来购买苹果的广西玉林水果商陈志伟。陈志伟告诉记者，在广西玉林，老百姓只认吉县苹果，都认为这是最好的苹果。

在苹果销售上，合作社对接市场，超正果业与山东、广西等地企业建立供销合作关系，并兴建了12座贮藏量为1万吨的果库，为村民贮藏苹果提供了便利。"企业+合作社+贫困户"的联合体中，企业背靠市场推动着产业的提档升级、产业链延伸，并带动合作社发展提升加工等二、三产业水平，进而带动贫困户加入产业链，共享产业链收益。

此外，吉县还依托县乡村三级技术服务体系和苹果产业协会，大力推行苹果标准化生产规程，强力推广减密间伐、蜜蜂授粉、测土配方施肥、生物物理防治病虫害等先进实用技术，加快提升全县苹果生产管理水平。

围绕规模大、管理好、效益优的目标，高标准、高规格精心打造样板园、精品园、示范园，以苹果产业为支撑，推动"三农"经济全面发展，聚焦供给侧，优化产业园区牵动；聚焦需求侧，强化营销体系带动；聚焦产业链，深化龙头企业驱动。

直接出口　主导产业加冕品质优势光环

吉县被农业农村部果树专家评为全国苹果最佳优生区之一，拥有种植苹果的"六个最适宜"：一是纬度最适宜，处于北纬36°；二是海拔最适宜，1000米至1200米；三是土壤最适宜，土层深厚，抗旱排涝，酸碱度适宜；四是温差最适宜，昼夜温差平均11.5℃；五是光照最适宜，年均2395.5小时；六是空气质量最适宜，无任何工业污染。

立足优势，吉县依旧着眼长远发展。近年来，该县坚定不移兴产业、提品质、增实效，提升苹果产业促进农民致富的速度、深度、广度，苹果出口美国、俄罗斯、澳大利亚、泰国等国家。美国是全球检验检疫最严格的国家之一，苹果涉及的病虫害检测高达800多种。能在这样严苛的标准下过关，彰显了吉县苹果品质的优势。

"早在2006年，在泰国就能吃上我们吉县苹果了。"吉县超正果业有限公司总经理丁振荣对记者说，"到了2012年，我的公司第一次直接出口吉县苹果，首次发送就发送了63吨，创汇6.5万美元。不论是对公司还是吉县，都是一个标志性事件。"

丁振荣介绍说，以前，他的公司没有出口经营权，只能由第三方进行出口报关。为了实现吉县苹果的直接出口，他和当地果业、质检部门一直在努力。经过严格的产地观测、检测、考察、考核后，超正果业有限公司取得了水果进出口自主经营权。2012年9

月，在广西举办的第二届中国东盟优质水果推荐活动会上，他们公司直接与泰国某进出口公司签订了1000吨苹果的出口合同，实现了吉县苹果与外国客商的直接对接出口。

在苹果产业发展上，吉县县委、县政府整合资金5000余万元，帮扶规模化发展、标准化生产、品牌化营销、产业化开发和统一标准、统一品牌、统一包装、统一宣传，在发展有机、打造园区、加强管理、提升品质、拓宽市场上迈出了更大的步伐。

吉县先后被农业农村部确定为全国无公害苹果生产示范县、名优特苹果生产基地，被省政府确定为"十一五"全省优势农产品苹果生产基地县、"十二五""一县一业"基地县。吉县苹果以其果型端庄、色泽鲜艳、口感纯正、风味浓郁的独特品质，先后荣获历届全国农博会苹果类金奖、山西省特色农产品十大名牌等称号和农业农村部绿色食品认证、无公害农产品产地认证。吉县苹果产业已成长为参天大树，据中国农产品区域公用品牌价值评估，吉县苹果品牌价值已达15.59亿元。

有机转换　吉县苹果产业迎来"二次革命"

站在吉县朝晖果业专业合作社东城基地的办公楼阳台上，大片的果园尽收眼底。经过几年的发展，合作社处于有机苹果转换期的果树已经达到2460亩。

合作社负责人杨朝辉是吉县最早倡导种植有机苹果的企业家。45岁的杨朝辉从山西大学毕业后，没有回吉县老家，而是留在太原，开始了自己的创业。2011年，对有机苹果产生浓厚兴趣的他到了广州，跟随世界有机农业运动联盟全球荣誉大师、世界有机农业运动联盟亚洲副理事长周泽江学习有机苹果的标准生产过程。回到吉县后，他成立了朝晖果业专业合作社，并注册了山西吉县壶口有机农业有限公司，花费20多万元，编写了《山西省吉县有机产品产业发展规划》。"最难的是说服乡亲们按照有机的标准来种植苹果！"杨朝辉回忆起当初的情形时说。

目前，朝晖果业专业合作社在柏山寺乡建起了200亩有机农业科研基地，已经形成了有机苹果、有机肥料、有机养殖、有机杂粮的循环产业链。对于吉县正在发展的有机苹果产业，杨朝辉直言不讳："发展有机苹果是大势所趋，是苹果种植的'第二次革命'。过去，人们吃饱穿暖就行，今后，人们不仅要吃饱，还要吃好，吃出健康。因此，吉县苹果种植户要居安思危，早转换早受益。"

对于很多人来说，有机食品可谓是早有耳闻却并不常见的新鲜事物。而有机苹果和普通苹果的不同之处，在于前者是来自有机农业生产体系，根据有机认证标准生产、加工，是经独立的有机食品认证机构认证的果园及苹果产品。按照常理，吉县苹果种植已经建立、健全了标准化管理、技术服务和质量监管三大体系，从建园、苗木栽植、技术措施、施肥用药、质量保证到营销流通，全程推行标准化生产、规范化管理，产出的苹果已经是公认的优质苹果，但该县为什么还要选择转型，从普通苹果向有机苹果转换？

"从世界范围看，目前有机食品的销售量还不到食品销售量的1%，但其发展速度相当快，而且销售潜力相当可观。"常年工作在销售一线，担任吉县苹果产业发展协会会长的杨朝辉一直在敏锐地观察着苹果市场的各种动态，"21世纪初，全球有机食品销售量占全部食品销售量的5%，但不同地区有所差别。在发展中国家，由于多数人还在解决温饱问题，有机农业发展相对较慢；而在欧美发达国家，由于人们对有机农业认识早、投入力度大，再加上当地政府给予相关政策进行支持，在美国几乎所有的超市都销售有机食品。有1/3的美国人会购买有机食品，且正以每年20%左右的速度增长"。

据介绍，杨朝辉的有机苹果生产基地经常有外商前来。他说，到2020年，吉县逐步建立起有机苹果的生产、加工、管理、信息、营销的完备运行体系，形成完整的有机产品开发产业链。全县通过有机认证的果园面积将达到5万亩，将逐步建设国家有机食品生产基地，创建国家有机食品基地示范县。

此外，朝晖苹果专业合作社每年都会出资聘请专家给果农进行技术培训，引导果农种植有机苹果，产生良好经济效益，受益农户达2600余户。

独特的生态条件，使吉县成为全国苹果最佳优生区。勤劳的吉县人民依托地域优势，发挥科技力量，提质增效大力发展苹果主导产业，走出了一条富民强县的经济发展新路子。目前吉县苹果栽植面积达26万亩，农民人均3亩以上，为全国之最。素有"中国苹果之乡"美誉的吉县，以果为媒，乘国家扶贫的东风，摘掉贫困帽子，谱写出新时代的果业脱贫乐章。

（2018年12月18日）

离石区：大力推进"六有" 为产业富民提速

本报记者 杨晓青 曹 鑫

你能想到吗？春生、夏长、秋收、冬藏，这些农村人看来再平常不过的辛苦忙碌被搬上实景剧舞台，真实地演绎出来，吸引了来自四面八方的游客。而那些自己演自己的贫困户演员每场能有80元的收入，对他们来说这是一笔不小的收入。而这仅仅是吕梁市离石区产业脱贫路上的众多亮点中很平常的一个。离石区按照"六有"（贫困村有脱贫产业、有脱贫带动主体、有合作经济组织，贫困户有增收项目、有劳动能力的有技能、有电商销售平台）全覆盖标准，扎实推进"一村一品一主体"，因地制宜、精准施策，走出了一条具有离石特色的产业扶贫之路。

发展旱作农业 许家山村的绿色蔬菜出了名

在离石区的团结路菜市，许家山村的绿色蔬菜经常被抢购一空，因为人们认准了那里的蔬菜品质好，而且是有机的。一个偏远山村依靠发展旱作农业，打出了自己的蔬菜品牌，带动了百姓致富。

西属巴街道办许家山村距离石城区15公里，全村共有193户513人，贫困户72户183人，全村耕地面积1400亩。制约该村发展的主要因素是自然条件恶劣、交通不便、产业结构单一（主要靠种植玉米和土豆等）、收入微薄，青壮年大多外出打工，劳动力严重不足。穷则思变，2016年村"两委"班子决定抓住区政府产业项目扶持的良机，把"旱作有机+特色蔬菜"作为特色产业发展。去年村里成立了众富种植合作社，通过向贫困户流转土地20亩，开创了蔬菜种植农事体验园，带动群众增收致富。体验园采用"合作社+农户+地主"的运营模式，将每块农田以1分地为单位向市民租种，每位承包者只需出资998元，就可免费来体验农事耕作，收获劳动成果，享受种植乐趣。村支书白在德介绍说，"去年共租种出65块地，仅租金一项就收入了6万多元。体验园的地是向贫困户以每亩500元流转的，增加了群众的财产性收入。体验园由贫困户种植管理，工资性收入每人每年约6000元。贫困户渠小平家里有4口人，仅靠他一个人在煤矿打工支撑。现在下班后利用休息时间在体验园干活，既能增加收入，还不影响照顾老人和小孩。一年能增收近万元。"

由众富合作社为农民免费提供种子种苗、技术指导等，引导农户发展蔬菜产业，种植西红柿、青椒、西瓜等。每亩能收入5000元以上。村里的玉辉养殖专业合作社还将鸡粪免费发放给村民发酵使用，提升了蔬菜的品质。村里的第一书记吴鹏利还自己购买秋葵种子给村民发放，试种成功可扩大蔬菜种植的品种。由于体验园的口碑效应，许家山村的蔬菜以品质好出了名，前来采购的人们络绎不绝。同时也带动了村民种植的小杂粮、玉米、南瓜等农产品销售，增加了收入。

许家山村500亩露地特色蔬菜全部选用优良品种，以农家肥为主，使用滴灌技术，并配合发展采摘业，集成配套各种增收措施，使有限的土地发挥最大效益。每亩蔬菜区财政还补助400元。同时依托电商平台，在网上进行销售，保证了销路。去年，许家山村实现了脱贫摘帽，今年6月，该村种植的蔬菜通过了国家的绿色认证。

许家山村依靠发展有机旱作农业，走出了一条产业脱贫的成功之路。

企村户"三位一体" 中则坪百姓增收有了保障

农闲的时候，贫困户可以将驴免费拉回家饲养，育肥后可随时送回，公司会按市场价给予补偿。这种"借鸡生蛋"的方法是吕梁市同发牧业发展有限公司带动农户脱贫的一种有效模式。

同发牧业所处的中则坪村有57户152人，贫困户26户59人，全村耕地面积430亩。自然条件差，黄土丘陵区交通不便，经济基础薄弱。但去年以来，该村依托吕梁市同发牧业有限公司为带动主体，发展养驴项目，使传统产业得到很大提升。同发牧业于去年5月成立，流转土地22亩，每亩为村集体增加1000元的收入。公司起初从山东德州引进肉驴200头，现在发展到500多头，预计明年发展到800头。养驴项目覆盖了中则坪、石门咀、宋家湾、袁家岭、大中局、盛地沟、许家山、茂塔沟等8个贫困村，共计434户贫困户1039人。涉及周边5个村的40户贫困户，每户5万元的扶贫贷款入股同发牧业，每户每年分红3500元。既贷款又养殖的贫困户，固定收入按每头驴每年800元的标准分红。

公司临时用工都是优先雇用贫困户，在养殖基地务工的7个人都是贫困户，每月工资都在2000元左右。石门咀村的贫困户郝月生今年63岁了，因为腰椎不好，不能干重活，家里原来主要种点黄豆，可是遇上年景不好，销售很困难。同发牧业负责人郭海平听说后，按市场价收购了老郝的黄豆，解决了他的难题，并且安排他来养殖基地务工，每月工资3000元。家里离养殖基地很近，务工的同时还能操持家里的农活。说起现在稳定的收入来，老郝乐得喜上眉梢。只要适合驴吃的草料，周边的农户还可以拉过来卖给基地，也能增加收入。公司按市场定出了价格，如玉米秸每公斤0.4元、黑豆秆每公斤0.6元、谷草每公斤0.8元。基地的驴粪还免费送给贫困户种地使用。

郭海平说："我们特别鼓励贫困户拉驴回家饲养，像现在到冬天农闲了，完全有时间饲养，随时送回来，增重的按市场价补偿。前几天还有一个农民拉走了3头。公司和农户的利益是一体的。为了解决驴场饲料问题，今年我们以每亩1200元一共收购了400亩青贮玉米，解决了至少10个贫困人口用工的问题。明年计划流转500亩地，用来种青贮玉米饲草。通过流转费和务工，又能带动不少农户增加收入。"

"企业+贫困村+贫困户"的"三位一体"发展模式，三方利益联结共同受益，为该村稳定脱贫打下了坚实基础。中则坪村产业规模极大提升，村集体经济得到壮大，贫困户增收有了稳定保障。

打好旅游牌　归化村走上特色产业致富路

信义镇是全国有名的特色小镇，这里区位优越、生态环境优美，该镇在脱贫攻坚工作开展以来，成功实现了依靠传统农业向产业多元化转型，其中旅游业尤值得一提。归化村便是信义镇众多村落中一颗最亮丽的明珠，该村曾是新农村建设中的美丽乡村试点，这里交通便利，基础设施完善，有占地2000多平方米的农民文化活动中心、900平方米的健身广场、3600平方米的宝峰公园，有民俗文化馆、文化长廊……最吸引游人的地方，是这里的实景剧《沟梁上的土疙瘩》。春夏秋冬四季变更的农事由78名村民本色演绎得朴素而生动，每人每年因此增加工资性收入2000元以上。

归化村位于离石区东北31公里处，全村辖4个自然村，共有农户341户860人，其中贫困户137户290人。归化村是个典型的农业村，前些年主要以种玉米、土豆为主，收入较低。脱贫攻坚战役以来，该村依托吕梁市宝峰农业养殖有限公司，吸纳贫困户110户，养殖传统四红牛。其中100户贫困户入股分红，每年每户分红2000元。金融扶贫69户，每户5万元，入股了当地的珍味谱食品加工公司和东裕薯业加工公司等龙头企业，每年每户分红3500元。2016年，该村实现了脱贫摘帽。去年，村"两委"班子在多方调研并去陕西佳县的中国乡村旅游模范村——赤牛洼村实地考察后，凭借生态优势和紧邻宝峰山景区的区位优势，投资打造了大型农耕文化实景剧《沟梁上的土疙瘩》。同时大力发展采摘园项目，景产融合，归化村走上依托旅游产业助推精准扶贫的新路子。去年，仅实景剧门票一项就收入6.3万元，实现了集体经济的破零。村中有农家乐15个，解决了30个贫困人口的就业问题。旺季的时候，每天能收入五六百元，去年最多的一户收入9万余元。占地20亩的葡萄采摘园今年已经挂果，每亩以800元流转村民土地，前期在大棚中务工的34户贫困户人均增收450元，后期管护用工11人，每人增收800元。

57岁的贫困村民王寅奎是归化村的实景剧演员，说起产业脱贫给他家带来的变化，老王笑得合不拢嘴："我身体不好，家里还有老母亲要赡养，以前孩子小，生活困难，现在可是什么也不发愁了。"老王带着记者参观了他家开的农家乐："这两间是客房，这里是娱乐间，全镇可就我们一家农家乐是吃住娱乐一体的，也是个乡村酒吧，是我儿子在外边打工学来的创意。这边也是临街的，是我家的小卖部，啥都有，方便着呢。一年多已经接待了2000多人。"老王扳着手指算起了自己的收入账：每年当群众演员6个月，每周两场，约有50场，每场80元，大概4000元，团队管理员每月还有100元补助；农家乐的收入也有3万元；5万元的扶贫贷款每年可以分红3500元；利用2000元的一村一品产业扶持资金还养了两头牛。"这不，院子里还堆着4亩地收回来的玉米呢。"说起这些，老王一脸的满足。

发展乡村休闲旅游给归化村注入新的活力，仅此一项年可增收近50万元，成为离石区特色产业扶贫的一大亮点。

离石区是全省唯一的省级贫困区，总人口33万，其中农业人口占了一半。通过2014年至2017年4年的扶贫攻坚行动，贫困村已摘帽79个，减贫5135户12535人，目前未脱贫贫困村14个，贫困户1416户3089人。产业脱贫进程中，离石区着力提升传统种植业，以小杂粮项目为主，在每亩补助100元的基础上，与小杂粮加工厂建立销售订单，形成了"基地+合作社+贫困户"三位一体的联结模式；大力发展贫困村养殖项目，加强龙头企业引领脱贫带动；实现了93个贫困村"五有"全覆盖；同时，将"有电商销售平台"纳入标准，"五有"变"六有"，有效解决了农产品销售难的问题。吴城、信义、坪头、枣林、西属巴5个乡镇街道每个都建立3个电商平台，完成了15个电商销售平台的建设任务。科学选定主导产业、培育壮大龙头企业、做大做强扶贫产业，将为离石区年底整体脱贫摘帽交上一份满意的答卷！

（2018年12月21日）

河曲：富民产业成就百姓脱贫梦

本报记者　何海亮

河曲，地处晋、陕、内蒙古能源金三角的中心地带，被神府煤田、准噶尔能源富集区、朔州工业区、河东煤田等大工业包围，财政收入在忻州地区遥遥领先，是个"富县"。然而，河曲境内平原丘陵高原交错纵横，由此形成的区域发展不平衡、不充分问题严重制约着全县经济社会的全面发展，更直接导致了它成为在"富有"光环下国家级贫困县的事实。

不因事艰而不为，不因任重而畏缩。河曲县委、县政府用强劲的工业经济拉动"三农"短板，实现弯道超车，在反贫困战役中，凝心聚力发展特色富民产业，为老百姓带来实实在在的收益，为贫困县脱贫摘帽奠定坚实基础。

小土豆、大产业　收获金色希望

时值隆冬，天寒地冻，薄薄的冰层下黄河水静静地流淌。在黄河岸边的河曲兴农科技开发有限责任公司内，笑声朗朗，多位农家

决战决胜 山西省58个贫困县的产业扶贫故事

妇女在厂房内一边挑拣微型土豆一边拉着家常，室内其乐融融。

"这是一个直径只有2厘米的微型薯，是公司培育出来的原原种，一粒卖五毛钱。"河曲兴农科技开发有限责任公司总经理张建文手里拿起小土豆向记者介绍，"原原种再长一年就成原种，原种就是种子了，我们的脱毒马铃薯是全县重点扶持的脱贫产业，惠及河曲8.63万山区农民，覆盖率90%。"

河曲兴农科技开发有限责任公司是一家生产、培育脱毒马铃薯、微型薯和原种的标准化生产企业，是产业扶贫的龙头企业。

文笔镇北元村王培云就是种植脱毒夏土豆的受益者。王培云今年种了八分地的夏土豆，亩产高达2500公斤，卖了6000元，成了远近闻名的新闻人物，许多村民除了羡慕也纷纷表示明年要种夏土豆。

脱贫攻坚最有利的武器就是产业。河曲县"十年九旱"，典型的干旱半干旱区。脱毒马铃薯耐寒、抗病毒能力强、产量高，是该县贫困户产业致富的首选。尤其，政府为贫困户每种一亩马铃薯增加50元的补贴，极大地提高了贫困户的种植积极性。

河曲兴农科技开发有限责任公司产业带动率高，除了培育原种带动农民致富外，自身也积极为扶贫贡献企业应尽的扶贫义务。该公司有一个微型薯繁育基地、两个原种生产基地。在沙泉乡高家会村原种生产基地，该公司共流转耕地604亩，其中16户贫困户流转土地222.6亩，户均13.9亩。流转耕地每亩45元，每户每年分红626元，人均250元。留守村民不出村就能在种薯基地打工，平时男工每天120元，女工100元至110元，秋收时男女工每天不少于200元。有11户贫困户打工收入50423元，户均4584元，人均1834元。长沙滩微型薯繁育基地长期雇用3户贫困户，女工年收入1.9万元至2.2万元,男工年收入42000元,收入最多的单寨乡瓦窑坡村贫困户窦旺林夫妇年收入在60000元以上。

该公司董事长张满贵给记者算了一笔产业带动账:河曲每年旱地马铃薯播种面积在6万亩以上,以脱毒原种、一级薯普及率92%计算,推广面积约5.5万亩。以山区3.7万户、8.63万人口平均计算,户均1.5亩,人均0.64亩。今年马铃薯受气候影响产量低于上年,平均亩产1500公斤以上,每公斤平均0.94元,亩收入1400多元,全县5.5万亩脱毒薯收入7755万元。每亩扣除700元生产成本,农民净增收3905万元,户均增收1055元,人均增收452元。

河曲有贫困户10268户22758人,按照有80%的贫困户种植脱毒薯推算,受益的山区贫困户约8190户18200人,户均增收1055元,人均增收452元。脱毒薯已做成河曲人公认的增收脱贫富民产业。

特色种植成就致富新"硒"望

鹿固乡城塔村张混全与土坷垃打了一辈子交道,自家的几亩田地种了玉米种谷子、种了谷子种粟子,轮番种了好几回,尽管勤奋打理庄稼,每年到头来还是只能顾上温饱。没想到今年开春,村里号召村民种富硒小米,说是产量高、品质好,而且对贫困户有补贴。张混全听说后就坐不住了,找到村委负责人商量,说即使不给补贴自己也想种几亩,换换品种。村委主任张军有些为难,这个富硒小米项目是政府帮扶贫困户的项目,张混全并非建档立卡贫困户,可是拒绝了老张的请求势必会挫伤其劳动积极性。指标不能占,可以与贫困户协商。就这样,爱种地的张混全就与不想种地的贫困户协商,补贴你享受,地我来种。在张混全的精心打理下,协商来的这块地年底收成全村最高,亩产200多公斤。所产富硒小米又以1公斤高于市场价2元左右的价格,被莲芯硒美农业科技开发有限公司收购。

除张混全外,城塔村20户贫困户也都因种植富硒谷子获得了丰收。

贫困户张海飞深有感触,他做过一个比较:未施硒有机肥的谷子亩产300公斤,价格2.4元,每亩收入720元;施了硒有机肥后亩产量能达到360公斤,每公斤售价3.4元,每亩收入1224元,每亩增收504元。

"种一亩谷子,成本400余元,种子、富硒肥、技术、扶贫资金都由山西莲芯硒美农业科技开发有限公司承担,我家种的9亩富硒谷子,纯收入8000元。这多亏政府的扶贫产业奖补政策。"说起近年的收成,城塔村贫困户张守元满脸欢喜。

贫困户说的莲芯硒美是一家从事富硒农产品开发的企业,位于河曲县土沟乡土沟村,该公司与中科大合作开发富硒杂粮种植、加工及销售,提高农产品科技含量,增加农产品附加值,努力满足广大消费者从温饱型、营养型到功能性的转变需求。

按照河曲县委脱贫攻坚总体部署,该公司积极参与"村企结对——精准到户"扶贫行动,2018年公司与8个乡(镇)44个村签订结对帮扶协议。公司与鹿固乡城塔村形成结对帮扶。2018年与城塔村20户建档立卡贫困户签订种植129亩富硒谷子协议,提供41280元富硒有机肥,提供24510元复合肥,提供12900元种子,129亩共回收谷子13500公斤,每公斤市场收购价4.96元,公司以6元的价格回收,每户增收702元。

"企业做大做强,更要体现社会价值。"山西莲芯硒美农业科技开发有限公司负责人刘峰说:"公司2018年推广富硒杂粮种植面积1.38万亩，涉及2300户种植，其中建档立卡贫困户535户。涉及土沟乡、前川乡、单寨乡、赵家沟乡等8个乡镇。该公司将320元/亩的富硒肥料免费提供给贫困户，同时免费提供种子、地膜及技术指导，除秋后以每公斤高于市场价1元至3元回收外，还实行奖励机制，对于一些按规定种植并秋后粮食质量较好的贫困户，再以0.2元至1元/公斤进行奖励。"

莲芯硒美公司除了促进产业结对帮扶外，公司用人也是优先雇用贫困户。该公司包装车间安排建档立卡贫困妇女158人，年在岗工作4个月，平均工资1500元/月，为建档立卡贫困户年增加收入6000元，共增加收入94.8万元。为2名退伍军人提供适合的工作岗位，月工资平均2000元。为贫困大学生提供工作平台，帮其解决就业难的困惑，每月收入1500元。此外，该公司还开展"五位一体"金融帮扶：企业共和2个乡（镇）的8个村60个贫困户签订了"五位一体"金融帮扶协议，包括文笔镇南园村10户，土沟乡兔坪村、岳家山村、石尧洼村、河岔村、黑豆洼村、俊河村、俊梁村7个村50户，涉及资金300万元，共为建档立卡贫困户增收24万元。

除了龙头企业的带动，县委、县政府针对绿色富硒谷子的种植技术，请山西农大、省农科院专家进行播种、抽穗对硒肥的施肥技术、病虫害防治方面的培训和指导，为产业的发展提供了有利的技术保障。

山西是小米之乡，谷子种植面积全国第一。围绕"山西小米"建设河曲小米区域公共品牌，2018年，河曲另一家龙头企业万家福商贸有限公司在前川乡前沟村、李家沙也、刘家沙也、上沟北、下沟北等村建设850亩优质谷子种植基地，提档升级加工包装设备，重点推广晋谷21号、29号，以提升小米品质，加工附加值带动全县

决战决胜 山西省58个贫困县的产业扶贫故事

8个乡镇136个村1920户贫困户稳定脱贫。特色产业真正让老百姓走出了一条高效农业的"硒"望之路。

牛羊住新家　农民乐开花

走进文笔镇扶贫养殖小区，干净整洁的厂区，一座座蓝瓦白墙简易房依次排列，绿化区、养殖区、办公区划分清晰。进入办公大厅，洁白的墙上张贴着的"搭建畜牧业联户发展平台 拓宽贫困户增收致富渠道"大字十分醒目。

"养殖小区共占地200亩，由7家企业自筹资金4059万元建设而成。小区是养殖企业（合作社）利用河曲电厂粉煤灰填沟造地形成的260亩土地，通过租赁土地的方式，集中发展养殖业形成的。2016年开始建设，2018年9月底全部完工。"文笔镇镇长菅云飞向记者介绍。

养殖小区是多个养殖企业为降低养殖成本、提高养殖效益，采取抱团发展模式兴建的一个集群式养殖小区，共建设2000头肉牛生产与辅助设施2.23万平方米、500头能繁优种母驴生产与辅助设施2500平方米、2500只羊生产与辅助设施5000平方米、1万头生猪生产与辅助设施8600平方米及公共基础设施。目前，小区现存栏牛550头、驴350头、猪6000头、羊850只。达到养殖规模后，年产值可达4500余万元，年利润900余万元。

养殖小区抱团发展，既能减低养殖成本，提高企业效益，又在带动贫困农户方面显示出强劲推力。7家养殖合作社带动1331户贫困人口3年内人均年增收1180元以上；通过贷款入企分红，带动127户贫困人口3年内户年均收益4000元，贫困户在养殖小区直接间接带动下走上稳定脱贫的小康路。

"养殖小区既形成了规模养殖效应，又带动了贫困人口的稳定增收，同时推动了半山区有机旱作绿色农业的发展，是一项一举多得的惠民产业。"菅云飞侃侃而谈，"正是基于此，县乡政府将养殖小区列为重点扶持对象。7个养殖企业，先后有5家获得政府扶贫产业资金906万元、吸纳635万元金融扶贫贷款用于养殖设施建设。整合扶贫资金403万元，用于养殖小区公共基础建设，才建成这个全县最大、辐射带动能力最强的扶贫养殖小区。"

"我县通过全面落实四大强农惠农政策和农业产业脱贫20项奖补政策，全面实施六大特色产业项目，大幅度提高了贫困户的产业收入，实现了贫困村及贫困户的稳定脱贫。"河曲县副县长张秀文说，"眼下，我县脱贫摘帽进入倒计时，全县干部群众正鼓劲加油，冲刺脱贫摘帽最后胜利。"

（2019年1月4日）

产业发力反贫困的汾西答卷

本报记者 金建强 特派记者 闫红星

以滴水穿石的韧劲挑战贫困，以奋力赶考的精神驱赶贫困，以不破楼兰终不还的决心向贫困发起总攻……

近两年来，汾西县在脱贫攻坚进程中，把产业扶贫作为重头戏、主战场，把精准定位、确保持续发力作为打赢脱贫攻坚战的不二法宝，交出了一份份亮丽的答卷。

答卷一：在贫困村最多、贫困面最大、脱贫任务最重的情况下，创出临汾产业扶贫的样本。

答卷二：该县以在97个贫困村建立"五有"机制为纽带，形成了党政合力、乡村发力、部门助力、群众努力的产业扶贫全新格局。

答卷三：有业可从、有企可带、有股可入、有利可获的贫困户，精气神足了，幸福感多了，大家对党和政府心怀感恩，迸发出了前所未有的脱贫内生动力。

……

汾西究竟做了什么？汾西究竟发生了什么？

孟冬时节，记者深入汾西的沟沟峁峁、村村寨寨，找到了"汾西答卷"背后的"汾西答案"。

顶层设计　力求扶贫产业"选得准"

地处吕梁山集中连片特困地区的汾西县，属国定贫困县，全县15万人，耕地39万亩，资源匮乏，沟壑纵横，土地贫瘠，十年九春旱的立地条件，使得"一方水土难养一方人"。截至2016年，该县精准识别建档立卡贫困人口仍有10520户31208人（其中深度贫困人口3378户8283人），贫困发生率高达24.1%。

贫困，如大山围困，如重石压心。但贫不是错，穷也不是见不得人事，关键要拿出战胜贫穷的斗志，真干、实干、豁出去干。2016年以来，汾西县委、县政府举全县之力，以产业扶贫为"第一抓手"，以嗷嗷叫的劲头攻坚贫困、摆脱贫困。

产业扶贫，精准定位是关键。如何准确嗅出根植于土地的特色与优势，因地制宜地让扶贫产业选得准，既需要深入调研，又需要科学论证，关键更需要顶层设计和机制导引。

在实践中，汾西县委、县政府立足自然禀赋，缜密规划、靶向出击，明确提出了肉鸡产业、核桃产业、玉露香梨产业、光伏产业做主导，其他微小产业力求创出特色的产业扶贫总体思路。别出心裁地出台"四定"机制，即县委、县政府领导，定脱贫政策；乡镇村委引导，定产业项目；农民群众主导，定发展模式；县直部门指导，定扶持措施。

同时，安排县农委牵头建立产业扶贫项目库，并先后出台《农业特色产业精准扶贫行动计划》《2018—2020年农业特色产业扶贫行动方案》《推进"一村一品一主体"产业扶贫的实施细则及操作规程》《肉鸡产业扶贫项目实施意见》等多个纲领性政策文件和方案意见。

"现在我们全县126个村（居）全部启动实施了产业扶贫项目，村村都有带动产业发展的合作社，有5家规模龙头企业主动参与成为带动主体，目前带动贫困户4256户12639人增加产业收入，产业扶贫项目村村开花、户户结果，正向着'五有'目标全力迈进。"汾西县副县长王红林说，汾西以"一村一品一主体"为底板的产业扶贫，归纳起来就一个字："实"。

减贫带贫　全力打好产业"特色牌"

产业亮出精准剑，甩掉穷帽何愁难？

2018年11月29日，记者走进汾西县永安镇、团柏乡、和平镇等地的企业、合作社、基地、乡村干部当中采访，切身感受到了打好产业"特色牌"为贫困村、贫困户带来的深刻变化。

在永安镇后加楼村，2017年刚脱贫60岁的刘俊莲说，她家的土地入股了村办合作社，响应县里政策栽玉露香梨。现在她是合作社管护梨园的工人，一天收入60元。加上每年的分红，全家一年收入1万元已不是个问题。

走进汾西县康瑞莱生物科技贸易有限公司车间，工人们正忙着烘干黄粉虫。在此帮扶的省科技厅驻汾西扶贫工作队队员吕宁向记者介绍，目前公司已建成5个养殖基地，带动90多户贫困户不出家门"发虫财"。

今天的和平镇张泉村已是个远近闻名的"香菇村"。因学致贫的贫困户朱红峰一脸兴奋地说，2018年他家建了4个棚种菇，一个棚5茬，产了2万多公斤菇，保底纯收入4万多元，脱贫摘帽就在眼前。一旁的村支书张云插话："村里的香菇基地目前带动了19户贫困户一起种菇，每根菌棒给他们让利一块钱，就是真扶他们。"

汾西县朝阳永盛养殖有限公司的八栋现代化高标准肉鸡养殖棚室，依山而建，坐落在南梧村的山坳里，从远看像一道亮丽的风景，煞是壮观。

汾西县畜牧局副局长张长恩告诉记者，这是汾西县洪昌农牧科技有限公司的直属企业，2018年8月刚投产。预计全年可出栏白羽肉鸡144万羽，年利润200万元，以资产收益分红的形式，直接带动周边240户贫困户增收脱贫。以洪昌公司为龙头，该县的近期目标是筹资1.62亿元（2018年已投入扶贫资金6584万元），新建十多个养殖园区，建成90个这样的棚，辐射带动2700户贫困户稳定增收。

在和平镇申村100兆光伏发电扶贫项目基地，和平镇副镇长樊红飞说，项目涉及和平镇和团柏乡两个乡镇，仅申村就流转农民土地2500亩。项目由苏州协鑫新能源投资有限公司投资兴建，借助国家光伏产业扶贫政策，基地每年将拿出1080万元直接"输血"3600户贫困户，连续20年。

以肉鸡、核桃、光伏、玉露香梨产业为四大主导产业，以香菇、双孢菇、黄粉虫、中药材等为辅助产业，汾西县依托产业扶贫、脱贫呈现出了"春风送暖、百花齐放"的态势，通过签订帮扶协议、入股合同等方式，全县涌现出"企业+贫困户""龙头企业+园区+贫困户""专业合作社+基地+贫困户""合作经济组织+贫困户"等多种带动模式。

2017年该县的鸡肉产品出口到了阿富汗，2018年该县的黄粉虫漂洋过海卖到了英国。未来两年该县的玉露香梨有望扩张到5万亩，成为山西省的又一个"隰县"。

实施产业扶贫，写好一个"特"字，正成为汾西减贫带贫最重要的推手。

要素保障　着力解决产业可持续

借产业扶贫的矛，刺脱贫攻坚的盾，着力解决产业的可持续，要素的保障是催化剂和压舱石。

资金是产业发展的血脉。汾西县整合扶贫资金，着力解决产业的可持续出台了一系列真金白银的帮扶政策。

以支撑贫困户如期脱贫、稳定增收，扶持玉露香梨产业为例，该县明确规定：只要按规定程序建设玉露香梨园区，土地流转费每亩补100元，连续补5年；建设费用（苗木费、栽植费、铺膜费、浇水费、肥料费等）每亩一次性补1320元；每千亩玉露香梨园区每年补助技术培训费用18万元（180元/亩），连续补3年。另外，玉露香梨园区打造费用每亩补助600元。

政策就是指挥棒，扶持就是方向盘。

该县永安镇古郡村农民孟义亭，自筹资金30多万元，创办汾西县创客兴园专业合作社，流转本镇南梧等3个村300多农户的土地建设千亩玉露香梨园区。去春园区新栽的325亩玉露香梨，已顺利通过验收。孟义亭说，县里的扶持政策给他吃了一颗定心丸。从长远发展着想，园区打了深井、埋了水管、建了梯田。现在一天雇50多个人整地、栽树、打坝，绝大多数是贫困户。把玉露香梨栽好、管理好，他有信心带着贫困户们妥妥地脱贫。

把有限的扶贫资金及人力和物力"捆绑"到产业扶贫的"车"

上、"一村一品一主体"的"身"上。

在调查中,记者发现,在深入推进产业扶贫的进程中,近两年该县牢牢遵循资金入社股权化、配股到户精准化、种养多元特色化、农民受益长效化的原则,对如何进一步巩固和完善项目主体基础和机制,如何进一步提高和增强项目主体质量和效益;对财政扶贫资金如何配股到村到户,如何明晰投资方式和股权配置,如何合理确定投资收益保底标准,如何健全规范财务会计管理制度;如何对产业项目用地、可研、立项、环评、证照办理开展"零"距离服务,如何实行受益贫困户动态调整制度等,均作出了明确指示和详细指导,确保产业扶贫"不跑偏"和"不慢跑"。

此外,2018年8月该县还拿出1000万元产业扶贫资金,对全县8个乡镇的25个"一村一品一主体"产业项目进行巩固、提质和增效。巩固,主要是对现有产业项目的基础性工作进行整改完善;提质主要是加大资金技术投入,提高生产能力,提升产品品质,注重品牌创建,提高营销水平;增效主要是提高资金绩效,注重企业效益、社会效益和扶贫效益,进一步提升产业的自身发展和带动水平。

肉鸡创出大品牌、梨园托起小康梦、光伏照亮脱贫路、蘑菇撑起"增收伞"……

汾西县产业精准扶贫从"给票子"变为"给路子",从"拿钱"变为"生钱",让贫困群众真真切切找到了脱贫致富的"金钥匙"。2017年9月,临汾市特色产业扶贫观摩培训会专门在该县举行,观摩其实效、推广其做法。

村村有产业、户户有项目、人人有帮扶。据悉,该县2018年在农业特色产业发展壮大方面累计投入资金1.81亿元。截至目前,126

个村97个"一村一品一主体"产业项目主体，共计为贫困户分红213.305万元。

产业扶贫的长征路，任重道远。汾西仍在路上，正阔步迈向远方。

（2019年1月4日）

武乡：红色战地变身脱贫热土

本报记者 赵跃华

武乡是一片红色热土，是与井冈山、延安、西柏坡齐名的革命圣地，位于太行山西麓，长治市最北端，多个乡镇地处深山，山路蜿蜒曲折。当年红色的革命火种之所以能够在此地熊熊燃烧，与其独特的地理位置有着很大的关系。然而，历史在这片土地上留下了贫穷的印记，绵延的大山隔断了致富的脚步，落后的观念使小康梦一再搁浅。

中央吹响打赢脱贫攻坚战的进军号后，这片红色土地上的儿女们纷纷响应号召，举全县之力，摘穷帽、拔穷根，打响了一场脱贫"歼灭战"，用自己的智慧和双手谱写出了一首首脱贫之歌。

穿越时光的挂面村

冬天到，挂面俏。冬日的暖阳，洒在监漳镇胡家坡村，这个村子制作手工挂面已经有100多年的历史，是远近闻名的挂面村。刚到10点钟，贫困户郝小英家的挂面架上就已经挂满了整整齐齐的挂面。细如银丝的挂面均匀地挂在挂面架子上随风飘动，稍稍用力一扯，弹性十足。

郝小英告诉记者，从和面、饧面、搓条、盘条、绕面、上棍、分交十几道工序，经历4次发酵，每根面条都拉伸至3米长，每一道工序都是人工完成。

郝小英做挂面已经有30多年，她的挂面在当地比较出名。"以前就是做挂面，不过做得少。"郝小英一边把人迎进屋，一边说，"最开始的时候，扁担挑着卖，后来买了个三轮车，骑着去镇上卖，最远就是县城。"销售市场小，加上老伴身体不好，郝大姐一直也没能把挂面卖得更远。把挂面卖到更远的地方，让更多的人吃到自家的挂面就成了她的梦想。

2016年，郝小英家里成为精准识别贫困户。按照因户施策的原则，结合她家的情况，镇、村干部觉得她可以发挥自己的专长，搭着县里大力发展电商的顺风车，把挂面卖到全国各地去。郝小英很动心，决定试一试。

在电商大讲堂，郝小英第一次接触到电商。"刚开始上课的时候，人都是懵的，年龄大了，接受新事物的能力很差，我都想放弃了。"说起刚接触电商那会儿，郝小英一阵感慨。她白天学，晚上背，经过不懈努力，终于学有小成，开起了微店。

销路打开了，郝小英又想到了创新。"有一次看电视的时候，看到有人把蔬菜、胡萝卜加到面里头，我突然想，我的挂面是不是也可以试试呀？"说干就干，第二天一大早，绿色的蔬菜挂面就新鲜出炉了。

正说着话，郝小英的微店就有了生意，她高兴地告诉记者，这已经是今天上午的第四单了。自从开了微店，真正实现了足不出户，面销千里。

任师傅做挂面将近40年了，来到任师傅家的时候，他正在准备午饭，看到我们进门，就热情地招呼我们吃一碗他的挂面。"这是我昨天做好的，今天来不及做饭，就吃两把。"任师傅一边下面，一边说着，"一会儿吃完，就把院里的挂面全部打包，有河北的客户来拉走。"他告诉记者，近3个月收入已经有1万多元了。

三年前，任师傅担心挂面传承后继无人，销售市场没有拓展，"挂面村"渐呈衰落之势。他怎么也没想到，三年来，乘着电商快车，挂面迎来了发展的春天。现在，有很多中青年都回乡学着做挂面，并逐渐打出监漳挂面这个品牌。

如今，郝小英的挂面不止"变了颜色"，还"穿上了外衣"。郝小英说："统一包装以后，运输方便了，也不会轻易地被碰碎。"郝小英的挂面终于走出了村子，走出了县城，走向了全国，她的梦实现了，日子也越过越好，挂面收入两万多元。任师傅的挂面卖得很好，挂面手艺后继有人，日子越过越红火。

像郝小英和任师傅这样的挂面师傅在监漳还有很多，他们靠着挂面脱贫致富，随着电商产业的兴起，挂面村的挂面已供不应求，一个个原本沉寂的挂面村如今也焕发出勃勃生机。

羊肥"小金珠"的大市场

在故县乡十里坡村有一个名人，他靠种植羊粪小米摘掉了贫困帽子。自己脱贫之后，他还做起了带头人，带领全村村民一起种植，一起脱贫致富。在省委宣传部扶贫工作队的帮扶下，他更是带头成立了武乡县龙晖专业合作社。他是"公司+合作社+农户"脱贫模式的带头人，注册"十里坡"商标并办理了小米无公害认证，他就是韩登科。

合作社成立后，发展社员50户，带动周边农户200余户，其中，贫困户130户。李大爷是合作社的社员，自加入合作社以后，一年能多产出1500多公斤小米。"咱们老百姓，一直靠种地生活，一年下来勉强能维持住生计。"李大爷高兴地说，"登科对咱帮助特别大，现在收入能达到万把块钱。"

由合作社统一购买种子、渗水地膜、农家肥，零投资实现春播秋收，合作社统一出售。村民刘粉先说起收成，脸上露出了笑容："2018年天旱，想着估计收成不行，挣不了多少钱，可是没想到，用了人家提供的地膜，收成还多了，产了1500多公斤谷子，卖了15000多块哩。"

2018年，龙晖种植专业合作社成为武乡第一家使用"武乡小米"农产品地理标志的合作社。韩登科告诉记者："咱们是第一个使用上咱们武乡小米地理标志的，要想使用这个武乡小米地理标志，首先有'三评一标'，就是说咱们现在有无公害认证、有商标，就是为了防止小米市场混乱。"

2018年，长治被正式命名为"中国小米之都"，此次申报工作是以武乡县晋皇羊肥小米公司为代表进行的。晋皇羊肥小米，种子好，谷种两次荣获"中国小米之冠"，色泽金黄，颗粒饱满，结晶度好，米油多，蛋白质含量高，口感鲜香粘糯，品质独特。源头把控、土壤检测、精准溯源、农科院合作一系列措施保障了小米的质量。

"在咱们基地安装了24小时视频追溯管理系统，不仅工作人员可以从后台看到晋皇羊肥小米的春种、夏锄、秋收，所有对晋皇羊肥小米有兴趣的用户朋友都可以通过扫描公司二维码进入公司工作后台观看公司基地视频。整个晋皇羊肥小米的生长过程是透明的、开放的。"晋皇羊肥小米基地管理人员说。

近年来，武乡县在农业供给侧改革的政策引领下，始终把小米产业作为扶贫的主要项目，立足本土特色资源优势，打造出武乡小米品牌，取得可喜的发展成果。"中国小米之都"这一名片，更有利于提升武乡小米品牌知名度，实现小米溢价，促进米农增收。在全县人民的共同努力下，武乡小米必将成为一颗耀眼的新星，在上党大地熠熠生辉！

"借光"点亮生活新曙光

光伏发电既可以有效利用能源，又可以给贫困户带来可观的经济收入，尤其是对于无劳动能力的贫困户，光伏发电就像是安装在屋顶或山上的银行。能发电、能挣钱可以直接带动贫困户脱贫，激活了一大批贫困户的造血能力。

隆冬时节，万物凋敝。在武乡县涌泉乡坡底村，一排排整齐的光伏发电板在阳光的照射下闪着蓝光，源源不断地把太阳能转换为电能。坡底村村委主任周胜旺对村里的光伏发电站进行常规检查，看着太阳能电表上的数字，他心里暖暖的。

新思维打开新思路，坡底村地处山区，有着独特的地理优势，年日照时数达2592小时，光照充足，利用这一优势建成的50千伏光伏发电站，用两个月就实现并网，投入使用。

在坡底村村委会，周胜旺给记者算了一笔经济账。正常情况下，光伏电站运行周期为25年，平均每天发电200度至300度，每月收入5000元。"2018年每度电是九毛八分钱，结算下来以后，我们

> **决战**
> **决胜** 山西省58个贫困县的产业扶贫故事

会按比例分给贫困户，帮他们脱贫，余下的用来改造村貌和公益事业。"周胜旺说。

分布在武乡县村村落落的这些光伏发电站，不占用耕地和林田，只利用荒山和屋顶，既满足就近供电，缓解电网高峰期的负担，还带动了集体和老百姓的收益。

武乡县抢抓光伏扶贫政策机遇，充分利用光照充足、山大坡广的自然资源优势，将光伏项目作为精准扶贫、精准脱贫的重要举措，某势而动、顺势而为，将荒山、荒坡利用起来，变废为宝，带来收益的同时，还增加了就业。

2017年，武乡县扶贫开发投资有限公司按照"五统一"原则负责全县光伏扶贫电站的建设、运营管理和收益结算工作，确保建设质量和运行安全。截至目前，全县共投资4.4亿元建设实施了总规模65兆瓦光伏扶贫电站项目，实现了光伏扶贫产业项目对215个贫困村集体经济和162个非贫困村深度贫困户的全覆盖。

武乡县扶贫开发投资有限公司光伏项目负责人任跃飞说："收益兑现方面，2016年的第一批9座村级电站，截至6月底国家财政补贴资金55.8万元，172个分布式村级屋顶光伏电站并网，截至10月底的上网电费380万元已拨付至各村委会。30兆瓦集中式光伏扶贫电站扶贫收益150万元、28.6兆瓦'十三五'第一批村级光伏扶贫电站，截至上年11月底光伏收益255万元，正在结算，争取尽快分配到户。"

如今，武乡县的光伏产业为村庄的发展带来源头活水，为农村的生活带来新气象，为农户的生活带来新曙光，走出了一条经济发展、保护生态、促民增收的"多赢"之路。

摘穷帽、拔穷根，改穷业、换新颜，武乡县把脱贫攻坚和乡村振兴紧密结合起来，因村施策，多措并举，下足绣花功，啃下硬骨头，跑出加速度，昔日的红色热土，已经奏响了脱贫的凯旋之歌。

（2019年1月8日）

方山：统筹整合资金　助农脱贫增收

本报记者　林晓方　通讯员　杨应平

眼下虽是寒冬，但方山县积翠乡山西集萃服装加工有限公司生产车间内依旧机声嗡鸣，一片井然有序的忙碌场景。32岁的刘小林就在这个厂子里上班，平均月工资2500元。见到记者前来采访，她高兴地走上前说："能在家门口打工就业，真是天大的好事。"

刘小林是积翠乡孔家庄村人，初中毕业后跟随村里的姐妹们到北京打工，在北京市大兴区某服装加工厂一干就是五六年，学到了不少知识，掌握了一些技术，积累了许多经验。婚后由于家务缠身再未走出家门。2018年秋季，听说村里要开办服装加工厂，她喜上眉梢，第一个就跑到村委会报了名。由于有先前的经历，刘小林很快便成为厂子里的佼佼者。和刘小林有着同样经历的邦罗村妇女苏利红，进厂之前在一家蘑菇厂打工，由于没有技术，收入甚微。自从到了服装厂，她年轻时学到的裁缝技术派上了用场，加上她时间观念强，最多时一个月可领到3100元的工资。对于在家门口就能找到工作这样的喜事，她俩感慨不已："多亏了村里办了这么个厂子，使我们一下子由农村妇女变成企业工人了。"

身份的转变，收入的增加，来源于村办企业，更源于方山县农业产业发展基金的注入和支撑。

方山是国家扶贫开发工作重点县，辖5镇2乡169个行政村，总人口14.85万。其中贫困村118个，贫困人口总规模为20015户5.1486万人。按照去年数据，有贫困村21个贫困人口5425户1.2516万人，贫困发生率为10.94%。

2018年，方山县紧盯脱贫摘帽目标任务，认真贯彻落实精准扶贫、精准脱贫基本方略，用壮志如铁的决心、绣花功夫的用心和万夫一力的齐心，确保去年底退出贫困村14个、减贫12300人以上，贫困村退出达到96%，贫困发生率下降到0.63%；97个已退出村和51个非贫困村得到巩固提升，向人民交上了一份亮眼的脱贫攻坚成绩单。

拿重金出血本　高瞻远瞩谋划产业

"脱贫路上，决不落下一户一人！"这是方山县委、县政府的庄严承诺，更是神圣使命。

方山把脱贫攻坚作为重大政治任务、第一民生工程和头等大事来抓，67次综合会议、专题会议、现场会议，统筹部署，扎实推进脱贫攻坚工作。

面对大考，该县确定了"六个全面"的工作思路：全面发展惠农特色产业、全面推进重点扶贫工程、全面落实强农惠民政策、全面推进农村基础设施建设、全面整治城乡环境卫生、全面深化干部驻村帮扶，坚决打赢脱贫攻坚战。县委、县政府领导把全面发展惠农特色产业放在了首位，深知没有产业的脱贫不是真正的脱贫，没有产业的支撑脱了贫还会返贫，也更加懂得产业对贫困群众增收致富的长远作用。然而，钱从哪里来？县委、县政府领导下定决心，舍得血本，从2018年实施脱贫攻坚三大项目（完成脱贫摘帽任务、解决深度民生问题、改善薄弱基础设施）统筹整合资金3.56亿元中切出1.45亿元，用于特色农业产业扶贫项目，并按照每个行政村20万元和建档立卡贫困人口人均2000元的标准下拨给各乡镇，作为村集体产业发展基金和贫困户股金，贫困户将扶贫资金自愿委托村集体集中统一实施扶贫产业，保证贫困户获得稳定的分红收益。在科学的决策下，一场围绕"一村一品一主体"和"五有"机制要求，按照"远中近""大中小"策略的产业发展大幕在北川大地徐徐拉开。

有资金搞创新　不拘一格发展产业

集萃服装加工有限公司的建设运行，正是农业产业发展基金的支持结果。方山县积翠乡孔家庄村村委主任马七平告诉记者："服装厂是采取'村集体+贫困户+协会+个户'的股份制的模式组建的。具体是村集体把20万元产业基金和全村贫困人口268人的26.8万元产业股金进行整合入股，山西教育服装协会以投资设备入股，村内个人以厂房入股。村集体和贫困户占52%的股份，协会和个人各占24%的股份。同时承诺，村集体的20万元产业基金年收益不得低于基金的10%，贫困户26.8万元的产业股金年收益不得低于股金的15%。"

"通过两个多月的运行，现在看来，我们厂子运行良好，贫困人口的保底15%的收益已经发给了大家，还解决了村内及周边50多名妇女的就业问题，现在村内可以说是没有闲着的妇女了。"孔家庄村党支部书记薛军一脸的自豪。

同处一乡的代居村在发展产业上走的却是另一条道路。村集体与山西新大象养殖有限公司合作，按每头猪300元的抵押金和5元的保险金，为公司代养猪崽600头，并按每公斤13.4元的价格签订收购合同。猪崽、饲料、防疫等均由公司负责，村集体利用村内已经建成的养殖场负责日常饲养即可。去年11月份，551头猪达到出栏，销售一空。经山西新大象养殖有限公司核算后，给村集体支付了12.2万元的利益分红。村党支部书记高金强高兴地向记者说："18.3万元的产业发展基金还在，仅半年多就收益12.2万元，除去雇用饲养员工资和电费、饲料装卸费外，村集体纯收入7万元是没有问题的。"

麻地会乡胡堡村的村集体产业发展基金更是用得简单精练，村集体将20万元基金一次性入股到驻村的山西庞泉重型机械制造有限公司，并签订合同保证村集体基金不低于10%的收益分红，也就是说20万元基金入股到企业，每年至少可获得2万元的村集体收益，真是保本增值、稳中有升。

距胡堡村不到3公里的水沟湾村将20万元产业发展基金和扶贫工作队的扶贫资金整合使用，投资27.6万元引进了黄花菜种植项目，在村集体的集体土地上种植黄花菜100亩。为了便于管理，后又公开以8.2万元的竞价转让给村民李斌平经营。这样，在保证产业发展基金用于发展产业外，村集体每年可获得8.2万元的稳定收益。

在农业产业发展的过程中，各乡镇作为实施产业的主力军，结合产业基础、资源禀赋，因村施策、合理规划，做到一个产业、一个方案、一支队伍、一抓到底，形成了一村一策产业扶贫规划，逐村确定产业项目、实施地块，成立由村集体牵头，吸纳合作社、企业等参与的村级集体经济组织，建立起合理有效的利益联结机制，从而也形成了村集体带动、委托经营、合股经营、订单种植、就业帮扶等不拘一格、多种形式的集体产业发展模式，涌现出"后则沟模式""桥沟模式""大象模式"等一批特色农业产业发展的先进典型。

没产业怎么办？ 政府统筹推动产业

"村集体的基金有一部分发展了产业，但更多的村没有选择出适合本村发展的产业来，村集体的产业基金在那里放着，贫困户的股金更是派不上用场。怎么办？"记者了解到，为了更大力度发展主导性、规模性、带动性龙头扶贫产业，保证贫困户产业资金收益，县里结合实际，又将没有发展产业的村集体基金和没有参与入股投资的贫困户股金进行了统一整合，累计整合资金1.23亿元，用于建设7.59兆瓦光伏电站和2万头肉牛育肥规模养殖项目，保证村集体收入破零和贫困户产业股金分红实现全覆盖。

方山县农经局局长赵卫平告诉记者："截止到目前，全县169个行政村有46个村利用村集体产业发展基金发展了产业，4556名贫困人口的股金参与了村集体产业的发展。其余123个村的产业发展基金和47305名贫困人口的产业发展股金全部得到了整合，并实现了村集体不低10%、贫困户不低于15%的收益分红。"

亿元资金的投入，促进了全县农业产业的快速发展，也有效地助推了贫困人口的稳定增收。目前，该县扶贫开发公司累计向贫困户发放股金收益分红1493.49万元，向村集体发放村集体产业基金收益62.34万元。

前不久，方山县马坊镇里其村贫困户孙龙龙的手机上收到一条信息，显示转入一笔产业收益分红金900元。正在他家走访的结对帮扶人向他解释道："这是县里今年为贫困人口发放的每人2000元的产业股金分红，1000元用于光伏发电站项目建设，1000元用于肉牛育肥养殖项目建设，按照不低于15%的收益分红，你们家有三口人，每口人的分红是300元，三口人刚好900元。"孙龙龙明白地点点头，眼神中充满了喜悦，折射出对未来美好生活的向往。

（2019年1月15日）

产业扶贫岢岚迸发新活力

本报记者　王　涛　金建强

产业是脱贫之基、致富之源。产业扶贫是解决生存和发展最根本的手段,是加快脱贫的必由之路。

吕梁山集中连片特困片区县、国家扶贫开发工作重点县——岢岚县,近两年来牢记习近平总书记视察时的深情嘱托,将产业扶贫作为脱贫攻坚的根本之策,因地制宜、因势利导,积极推进羊、豆、马铃薯、沙棘、食用菌、生猪六大传统产业和光伏、中药材、乡村旅游三个新兴产业,精准实施"8311"产业扶贫项目,不仅带动贫困户持续增收、稳定脱贫,而且有力促进县域经济的可持续发展。

隆冬时节,记者行走在"还是这方水土,已能养好这方人"的这片土地上,看到的是这里产业蓬勃的力量和希望,贫困村和贫困户正在发生着的深刻变化。

提升传统产业　支撑贫困户持续增收

岢岚地处晋西北黄土高原中部，管涔山西北麓，因境内有"岢岚山""岚漪河"而得名。由于地方口音，岢岚总被外地人听成"可怜"。此"可怜"并非那个真正的"可怜"，但岢岚贫穷、脱贫成本高却是真实存在的现状。截至2017年底，全县6.3755万农村人口中，仍有建档立卡贫困人口8442户1.97万人，贫困村116个，贫困发生率高达30.9%。

偏、小、穷、陋，有人形象地比喻岢岚"山穷天穷地穷"。看山，远山近岑，平缓连绵，无矿产资源，无秀丽风景；看天，年均降雨量只有400多毫米，年均气温只有6℃，每年无霜期只有110天；看地，土地贫瘠，坡陡沟深，广种薄收，靠天吃饭。

但岢岚"山穷天穷地穷"的背后，也并不是一无所有。因地处晋西北高寒山区，农田广阔、土层深厚、气候凉爽、草资源丰富，岢岚有"骑在羊背上的岢岚"的美誉，被称作"三晋绒山羊第一县"和"中华红芸豆第一县"。

"一村一品一主体"特色产业扶贫战略开启以来，岢岚县相继出台一系列补贴办法，着力发挥"晋岚绒山羊""中华红芸豆"两个国字号品牌优势，全力巩固和提升羊、豆、马铃薯、沙棘、食用菌、生猪六大传统产业，使之成为贫困户持续增收的主渠道。

岢岚县农委主任王慧生介绍，按照产业扶贫"五有"标准模式，2018年全县投入专项奖补资金893.4万元，通过合作社规划实施红芸豆、马铃薯、谷子、杂粮、玉米、高粱、瓜果蔬菜、观光油菜等区域特色明显的八大类特色产业种植园9.6万亩，带动贫困户3412户实施规模种植4.4万亩，户均增收1690元。在8个乡镇规划建设羊养殖园区13个，总圈舍面积达13064平方米，总预算587.88万元。

在"8311"产业扶贫项目方面，该县结合部级红芸豆高产创建项目建设10个千亩核心示范园区，带动贫困户3000余户实现种豆增收。引进新大象集团，通过"1+1+1+1"和"211"两种模式，引领450户贫困户走上养猪脱贫路。由扶贫攻坚造林专业合作社实施，结合特色经济林项目新种植6万亩沙棘林，改造老旧沙棘林5万亩，带动1752户贫困户4569名贫困人口，户均增收超万元。

下大力气打造红芸豆县域公共品牌，积极扶持红芸豆深加工和产业升级，以电商扶贫为抓手，打破"地头压价"模式，直接拉升贫困农民收入，岢岚走出了一条稳定带贫的路子。

一个突出的例子是2018年该县晋粮一品公司以高于市场10%～30%的价格将贫困户种植的红芸豆统一收购、统一深加工，再通过"互联网+品牌"统一销售，带动2000余贫困户户均增收900元左右，有效化解了红芸豆卖不出好价钱的问题。

壮大特色产业　　延伸产业链带农增收

产业扶贫的大量成功经验证明：只有把贫困村、贫困户嵌入特色产业发展链条，贫困户才能搭上产业发展的"顺风车"，摘帽脱贫更快速，发家致富更稳当。

以龙头企业为载体，上下游两端双向延长，不断加固和重组产业链条，带动贫困户跟着企业发展，傍着企业增收，岢岚县依托特色产业，在理论和模式上双双革新了传统产业扶贫的路数。

屋外呵气成冰，屋内干劲火热。2018年12月19日，记者走进位于岢岚县经济技术开发区的山西晋岚生物科技有限公司，清选一排酸—剔骨—修割—包装……公司现代化的屠宰分割车间内，以贫困户为主的女工们正娴熟地对羊肉进行精细分割。

2017年6月开工，2018年9月即运营的晋岚生物公司，是岢岚县落实习近平总书记"深度贫困地区要改善经济发展方式，重点发展贫困人口能够受益的产业"的指示精神，依托"晋岚绒山羊""岢岚柏籽羊"两大品牌和全县65万只优质羊资源，新建的一个支撑全县产业扶贫半壁江山的全产业链公司。

屠宰分割车间主任李云生介绍，公司总投资1.1亿元，规划设计年屠宰加工羊30万只，开发冷冻鲜羊肉及下货类产品100种，将每只羊的附加值提高1000元以上。晋岚公司作为一个项目落地，其意义不仅仅是补齐岢岚羊产业链中屠宰和肉制品加工滞后两块短板。通过订单养殖、保底收购等方式，项目将帮扶带动1272户贫困户每户年增收1000元，3年内联结贫困户养羊9万只，人均增收2500元，直接和间接带动650人"有事可做"。

"项目的实施，将促进岢岚羊产业由粗放型向精细化转变，实现产业链条各个环节带动贫困群众增收的目的。"李云生强调。

说起岢岚的特色产业，绕不开被称作"黄土高原维生素"的沙棘。数据显示岢岚目前有野生沙棘林42万亩，沙棘拥有量为全省最大，沙棘品质高居全国首位。

壮大沙棘产业，实施绿色扶贫，近年来岢岚县扩大沙棘种植面积，启动沙棘产业项目，引进沙棘加工企业，成功打造出了一条"种植沙棘—改善生态—发展生产—农民增收"良性发展的循环产业链条，让小沙棘挑起了产业扶贫的大梁。

落地该县羊圈会村的山西山阳生物药业有限公司，是一家现代化沙棘生物提取及保健食品综合性加工企业。公司生产副总徐俊卿介绍，从基地带动、原料带动、用工带动、协议带动着手，公司积极探索与贫困户形成利益联结机制。2016年建设沙棘基地2000亩，带动50户贫困户实现增收；2017年收购沙棘原料约5000吨，带动2000户贫困群众采摘沙棘，户均增收7500元。

徐俊卿说，此外公司还吸纳49名贫困人口进厂务工；通过"五位一体"扶贫小额信贷模式，与500多户贫困户签订协议，采取定额分红和订单回购两种方式实施帮扶，其中定额分红向贫困户每年支付4000元，连分三年红利。

在岢岚县实地采访，记者发现，以"公司+基地+农户""企业+合作社+农户""发展产业+转移就业"等形式，岢岚县涌现出了一大批立足特色产业，延伸产业链条带农增收的"龙头"，这些"龙头"正带动越来越多的贫困村从"输血换貌"向"造血制氧"转变。

培育新兴产业　引领贫困村快速增收

立足脱贫、衔接振兴、着眼小康……变劣势为优势，挖掘和培育光伏、中药材、乡村旅游等新兴产业，推动贫困村改天换地，引领贫困村快速增收，是岢岚县实施产业扶贫的又一亮点。

该县王家岔乡的宋长城景区PPP项目就是这其中最耀眼的一项产业带贫、产业富农工程。顶着凛冽的寒风，记者走进王家岔乡王家岔村，漫步村中，青砖、灰瓦、木制的屋顶门头，院子外墙上抹着黄色的稻草泥，修缮一新的村民住宅处处流露着古朴的乡村风情。抬头远望，清晰可见山间蜿蜒起伏的宋长城。

岢岚县文化局副局长说，宋长城景区是岢岚县人民政府与山西六建集团合作启动实施的一项脱贫攻坚重点项目，总投资将达

53226.66万元，分两期建设，三年完成。PPP的形式化解了没钱干事的问题，项目辐射王家岔乡、宋家沟乡8个行政村300余户村民。景区除拥有全国唯一的宋代长城外，还有3.6万亩的高山草甸，最终是要打造一个高寒地域创意农谷和旅游休闲宝地。一期工程通过吸收贫困劳动力参与、为贫困户提供营商平台、组建旅游合作社、土地经营权流转等，已直接和间接带动了260户贫困户脱贫增收。

春江水暖鸭先知。宋长城脚下的武家沟村村民已尝到"旅游饭"的甜头。53岁的贫困户李富贵乐呵呵地对记者说，2018年他靠发展民宿，已接待驴友30多人次，挣到了小一万元。

采访中，记者了解到，借助开发宋长城，王家岔乡按照"五有"标准，还建起寇家村纯粮酿酒厂、王家岔油坊、酒醋联合生产线，启动实施蘑菇山货加工等项目，探索构建企业、合作社、贫困户相互依存的利益联结机制，引领贫困户由"靠天吃饭"向"专产专业"转变，确保有稳定收入。

岢岚县委常委、宣传部部长吴红兵说："将乡村旅游放在产业扶贫的大格局中，岢岚有着深刻的考量和长远谋划，那就是让贫困群众真正拥有一个值得留恋也能够守得住的家乡。"

全县90个贫困村实现"五有"全覆盖；22个企业、346个合作经济组织作为产业经营主体，与贫困户建立起紧密、半紧密利益联结机制；2018年纳入产业扶贫范畴的贫困户，户均增收3500元以上……

扶贫的根在哪里？根在产业。产业越精准、越具可行性，扶贫这棵树就越茂盛。

让传统产业、特色产业、新兴产业成为贫困户生钱的产业，让产业发展与乡村振兴齐头并进……岢岚的产业扶贫之树开枝散叶，正迸发前所未有的旺盛生命力，推动"户脱贫、村退出、县摘帽"走向最后的胜利！

（2019年1月18日）

偏关：产业富民"拔穷根"

本报记者　米厚民　柴俊杰

"九曲黄河十八弯，神牛开河到偏关，明灯一亮受惊吓，转身犁出个老牛湾。"作为黄河入晋的第一县，偏关是国家扶贫开发工作重点县、我省十大深度贫困县之一。近年来，该县立足实际，合理布局，大力推进扶贫增收产业，确保贫困户稳定增收，如期脱贫。

产业布局因地制宜

岁末年初，偏关县天峰坪镇小蒜沟村的66户贫困户166名贫困人口每人分到500元的年底分红，这笔钱来自该村绿益养殖专业合作社。

地处深沟、四面环山的小蒜沟村是一个典型的山区贫困村，这里土地少、条件差、产量低，加之水资源匮乏，水土流失严重，属于典型的"十年九旱""靠天吃饭"的村子。这样的村庄应该发展什么样的产业？小蒜沟村党支部书记兼村委会主任胡建军告诉

决战决胜 山西省58个贫困县的产业扶贫故事

记者：2016年，小蒜沟村支村"两委"结合本村实际，经过反复考察、商议，最终通过村民同意，把投入相对较小、风险相对较低的蛋鸡养殖作为全村发展的第一项产业。在县、镇的大力支持下，投资63万元的扶贫养鸡场于2017年底顺利投产运行。养鸡场采取村委监管、合作社负责经营、全体贫困户享受分红的运行模式，是偏关县养殖规模最大的自动化养鸡场，鸡存栏量达到一万余只，目前已经成为该村脱贫致富的支柱产业。

在偏关县脱贫攻坚的产业布局蓝图中，小蒜沟村的蛋鸡养殖属于"规模健康养殖产业"的一部分。

据该县农委主任刘文斐介绍，为破解传统养殖"小、散、低"困局，该县出台新发展1000户大畜养殖户、1000户养羊户、1000户养猪户、1000户养鸡户的"四个一"畜牧业扶贫举措，以扶贫农牧专业合作社带动建档立卡贫困户发展规模健康养殖产业。在养殖区域的划分上，因地制宜，按照区域优势结合传统的养殖习惯，严格划分，初步形成了黄龙池乡区域、老营镇、南堡子乡、尚峪乡、楼沟乡、陈家营乡、水泉乡、老营镇、窑头乡发展养羊，在楼沟乡、尚峪乡、新关镇南山区域、窑头乡、陈家营乡、天峰坪镇和万家寨镇合并前原万家寨镇的区域发展养猪，新关镇北山、万家寨镇合并前原黄龙池乡区域、南堡子乡、尚峪乡、陈家营乡、水泉乡、老营镇、楼沟乡、窑头乡发展养驴，窑头乡、新关镇、天峰坪镇和万家寨镇合并前原万家寨镇的区域发展养鸡的新格局。

同时，在特色种植增收产业布局上，该县以益生元、宏钜大磨坊等加工收购企业为龙头，签订特色种植增收订单，建设以关河、县川河无公害"裕佳牌"脱毒鲜食马铃薯面积1万亩，以南堡子"恒堡余"为主的优质莜麦面积0.5万亩，以南北两山为主的渗水降解地膜覆盖谷子面积5万亩，以关河为主的地膜覆盖小黑豆面积1万亩，以黄河沿线为主的地膜覆盖谷子品质提升面积3万亩，以东山、南山为主的地道中药材面积0.5万亩，以天峰坪为主的优质高粱面积0.1万亩。共在全县发展特色种植面积达到10万亩，贫困户户均10亩。

产业发展政策到位

在地处高寒地带的偏关县，新关镇高家上石会村是全县少数几个能够种植水果的村子之一。去年春天，该村抓住县里大力支持发展产业的机遇，推广种植梨树1000亩、桃树300亩、葡萄200亩，并从山东引进水果新品种，成立专业合作社，实现了"人人种果树、家家有果园"的目标，成为该县名副其实的"水果村"。党支部书记郝中乐告诉记者："村里的水果种植产业能够迅速发展起来，得益于县里对产业发展的政策支持。"

据了解，仅去年一年，偏关县就在果树修剪、施肥、储藏、引进品种方面投入300余万元的资金补贴，此外还专门聘请原平农校和吕梁市的果树专家给果农进行技术培训，有力推动了该县水果种植产业的发展。

此外，为了推动"四个一"规模健康养殖产业发展，该县制定"养驴（牛）每头补3000元、养母羊每只补600元、养猪每头补750元、养鸡每只补30元"的畜牧业补助办法，通过引龙头、建基地、联农户，实现规模化、标准化、科学化发展。积极引导推动贫困户实施"面积15平方米、3天加1次料、自动饮水喂食、粪污无害处理"的科学化健康养殖。目前，已建成标准化猪舍723座，每个标准猪舍第一年补助3000元，贫困户户均增收3600元。依托龙头企业鼎盛种猪繁育有限公司，成立了264个农牧专业合作社，730户贫困户养殖驴（牛）1142头，1466户贫困户养羊15145只，878户贫困户养殖肉猪2072头，1985户贫困户养鸡57945只。

在发展特色种植增收产业方面，为了消除贫困户担心因天灾造成农作物减产和因市场波动造成增产不增收的顾虑，激发贫困户内生动力。去年，在认真落实为贫困户免除玉米、马铃薯自然灾害个人保险缴费102万元的基础上，偏关县脱贫攻坚领导小组还出台了谷子保险特惠政策，即由县财产保险公司为谷子产业提供收购价保险，张杂3号谷子保底价1.4元，张杂13号谷子保底价1.5元，共缴纳350.84万元保险费，为全县贫困户增收提供了保障，此举属全市首创。

在偏关县，有一项实现了全县建档立卡贫困户全覆盖的光伏扶贫产业。这项产业能够在全省率先走出"集中式共用""联合式同用""分布式户级"三种模式发展光伏扶贫产业，同样得益于县里政策的强有力支持。项目所在地天峰坪镇镇长李彦明告诉记者，在项目实施过程中，该县采用七三分摊、政府贴息的办法着力破解"资金难"问题，采取主动争取、专项支持的办法着力破解"配套难"问题，采取分项还贷、阶梯收益的方式着力破解"分配难"问题。截至目前，投资2.25亿元的30兆瓦集中式光伏电站带动1200户贫困户每年增收3000元；投资1.52亿元的59座23.1兆瓦村级联合式电站项目，带动3376户贫困户每年增收3000元以上，91个贫困村平均每村每年集体经济收入27万元；3000瓦屋顶分布式户级光伏扶贫电站项目，已并网安装6294户，贫困户年均可实现增收4000元左右。

产业壮大群策群力

陈家营乡桦林沟村村民杨永富是一个闻名全县的大能人。他在2017年成立农牧业发展有限公司，将公司经营范围扩大到全县10个乡镇233个自然村，选择具有一定产业基础、致富愿望强烈的2000户5000名农民加入"公司+合作社+农户"运营模式，公司给养殖农民提供优质种羊、技术培训与服务、统一购买种羊保险、统一回收羔羊与销售，农户利用自身劳动与自家农副产品作为粗饲料优势，进行养羊生产。公司还定期收购农户羊粪并统一发酵生产，然后再免费分发给农户，进行有机杂粮种植。在公司的带领下，全县5000多名农户走上了致富路。

在偏关县"坚决打赢全县脱贫攻坚战三年行动"中，涌现出了很多像杨永富一样的产业带头人，山西益生元生物科技有限责任公司总经理张千厚就是其中之一。

成立于2007年的益生元生物科技有限责任公司依托偏关地处黄河之滨、属于黄土丘陵区、境内四季分明、光照充足、盛产优质杂粮的独特优势，充分利用黄河老牛湾、护宁寺一带旱地良田以及无污染的生态环境，以"公司+基地+农户+品牌"的产业化经营模式，发展小米绿色种植1.7万余亩，生产出富硒小米、红皮谷小米等小米系列品种，小米苦荞陈醋系列产品，小米陈醋渍黑豆系列产品，杂粮石磨面系列产品等，其中富硒小米、红皮谷等多个优良品种取得了"地理标志"产品证书，偏关小米陈醋与小米双双取得了国家绿色食品发展中心"绿色食品"认证。

现在，益生元生物科技公司拥有完善的化验检验设备，建立了严谨的质量管理体系，开发出了不同规格、不同酸度的小米陈醋系列产品。目前产品线下主要销往呼和浩特、郑州、南京、广州、成都等地，并先后与北京老农部落、苏宁易购等电商平台合作在网上销售。张千厚说："多转化一斤粮食，就能为农民多增加两毛钱收益，挖掘传统工艺，打造偏关小米陈醋品牌，也是我们为全县脱贫攻坚应做的贡献。"

刘文斐告诉记者，推动全县扶贫产业发展的众多力量中，扶贫干部的作用不可忽视。

据胡建军介绍，该村的脱贫产业除了规模养鸡外，还先后成立了造林、养殖、农牧三个合作社，率先完成了村级集体经济组织注册登记，通过电子商务渠道上市销售包括小米、杂粮面、羊肉等在内的"品味山村"系列特色农副产品，已初步形成了以村级光伏电站收益和合作社经营为主要收入来源，以股份制为基础覆盖全体贫困人口的利益联结机制。而村里的产业能在两年内得以快速发展，是和第一书记陈磊的努力分不开的。

县、乡、村三级干部殚精竭虑、协调作战，农村带头人、企业家、扶贫干部八仙过海、各显神通，使得偏关县的扶贫增收产业在发展中不断壮大，为全县打赢脱贫攻坚战打下坚实的基础。

（2019年1月25日）

保德：变传统资源为优势产业

本报记者 王 涛 白慧磊

老话儿说"河曲保德州，十年九不收；男人走口外，女人挖苦菜！"这里所说的"保德州"就是地处吕梁山脉北段西坡，黄土高原东部边缘地带，紧临黄河，素有晋、陕、蒙三省（区）要冲之称的保德县。这里地形梁峁起伏、沟壑纵横、支离破碎，加之降水少、蒸发大，形成了"十年九旱"的气候特点，一句民谣生动地道出了当地农业生产落后、农民生活贫困的窘境。

2018年，脱贫攻坚的重任扛在每个贫困县干部群众的肩上，保德如何扭转农业资源劣势？如何让农民尽快增收致富？如何打赢脱贫攻坚战役？当地抓住了传统产业这条主线，把特色产业扶贫作为稳定脱贫的根本支撑，做足传统产业提质升级、实施主体带动经营、新业态产业发展三篇文章。

"龙头"牵动沿黄农民 红枣再成"当红明星"

红枣是保德的传统主导产业，全县红枣种植面积达7万亩，年总产量达2000万公斤。但近年来，全国红枣产能过剩、供大于求，产品同质化严重，导致滞销严重，农民弃收，羊啃鼠咬，自然腐烂，一些农民甚至有了砍树的念头。拯救红枣产业成为保德脱贫摘帽、农民增收、生态建设、乡村振兴的迫切需要。"要想重振红枣产业，必须补齐深加工和营销两块短板，才能让这个传统产业焕发生机。"保德县农委主任赵永进告诉记者。

2018年1月，在保德县委、县政府招商引资政策大力支持下，山西可宝食品有限公司强势入驻。公司利用自身资源优势，与中国农科院、天津科技大学等单位进行技术交流，合作研发系列红枣功能食品，现已研制出红枣系列产品3个单元8个品种。到目前为止，公司红枣深加工一期工程全部建成，红枣烘干、果糕、红枣固体饮料等8条生产线均进入紧张的设备调试和产品试生产阶段，是沿黄地区首屈一指的集红枣产品研发、深加工和市场营销为一体的农业产业化龙头企业。

公司总经理张元叶说："公司红枣深加工项目投产达效后，与全县贫困户达成利益联结机制，将贫困户融入企业，实现资源变资产、资产变资金、资金变股金、农户变股东，实现优势互补，延长产业链，将传统资源优势变为经济优势。"

"大力扶持龙头企业是保德红枣产业整体回暖的基础，保护枣农利益更是振兴红枣产业的先决条件。为了维护红枣产业链的健康发展，县里制定了专门的奖补政策：红枣品种改良每亩奖补2000元。红枣收购采取订单定量定价收购补贴的办法，实行每斤1元的收购保护价，市场价与保护价差额部分由财政进行补贴。而对于红枣收购经营主体，则享受每收购1斤红枣奖补1毛钱。"赵永进介绍道。

正在可宝公司出售红枣的杨家湾镇前会村贫困户乔林军高兴地说："以前没人打的红枣，在2018年又成了我们贫困户增收的好产业，这下红枣再也不愁卖啦！我要早点就把我那几亩荒了的枣树打理好，争取多产一些，多卖点钱。"乔林军重拾种植红枣的信心，其实是代表了广大保德枣农的心声，好政策带贫效应已初步显现。

"红枣深加工不仅有加工休闲食品一条路，它还是酿酒的好原料。"记者在山西养元堂酒业有限公司采访时，总经理高树林道出了红枣的又一妙用。据了解，公司与中国科学院、江南大学生物工程学院酿酒科学与酶技术研究中心进行红枣、枸杞养生酒的研发。现已成功研发出配方科学独特、极具养生价值的高端养生酒、养生醋系列产品。2018年初，该公司投产运营，去年全年共消化红枣500万公斤。待酿醋企业建成投产后，全年可加工红枣1750万公斤至2000万公斤、枸杞500万公斤，为保德红枣、枸杞打开更加广阔的销售空间。

产业做支撑，红枣再飘香。到去年底，保德县的红枣加工企业已与枣区乡镇150余个村签订了1000余万公斤的订单、定量、保价协议，受益枣农8217户，其中建档立卡贫困户达5465户。极大地激发了广大枣农经营红枣的积极性，有效助力枣区群众脱贫致富。

一名"保德好司机" 一个家庭获脱贫

"拿上车本本，就不愁小康了。"保德东关镇西南沟村村民降宇东在保德县好司机运输协会带动下经培训领到驾照后，喜悦之情溢于言表。在当地像降宇东这样的贫困劳动力都把从事运输业作为快速脱贫致富的首选。

保德是产煤大县，忻保高速、韩府线等交通干线四通八达，运煤车日均流量高达1.5万余辆,运输业十分发达。将"流动的产业"变为农民致富的门路,保德县好司机运输协会扮演了"开路先锋"的角色。

协会于2017年4月25日成立,通过近两年的运行,目前已是一个拥有个人会员1783人、企业会员76家,下设职业介绍所、运输有限公司、现代物流中心等3个实体的致富龙头。协会采取思想教育、精神扶贫与职业技能培训相结合的办法,目前已接受培训的司机达2421人,其中建档立卡贫困户就有606人。经培训建档立卡贫困劳动力取得汽车驾驶证B照、C照者,协会职业介绍所免费代为其领取4000元和2400元的政府一次性补贴。

在协会推出的一系列优惠措施激励下,前来培训驾照者络绎不绝,许多贫困劳动力都希望通过培训实现从"身无长技"到"学有所获"的转变。与此同时,协会针对当地贫困户致贫原因,打造出一条"考驾照、再开车、后买车、保致富"的稳定脱贫致富模式。即贫困劳动力在取得B照后,先经协会职介所介绍受雇当司机,月入近万元。一年后纯收入可达10万元,然后可向车辆租赁公司交纳首付或向相关银行贷款购买一辆价值40多万元的新车,至此便可在短期内依靠运营所得偿还车辆余款实现稳定脱贫。一年来,取得B照的贫困劳动力多数从事运输业,收入稳定,前景可观。

保德县好司机运输协会会长白根才告诉记者:"通过一件件成功的事例,不仅促使广大贫困户的思想由过去的安于现状、好逸恶劳、只求温饱、重农轻商的'等、靠、要'小农思想向'我要脱贫、我要致富、我要小康'的根本转变,而且激发带动了周边贫困人口积极作为的内生动力,呈现出个个谋脱贫、人人争致富的良好局面。"

随着互联网络和现代物流的迅猛发展，该协会还组建了现代物流中心，为广大司机建立了"互联网+货运"、乡村服务站等两张网，实现了城乡交通物流一体化、便捷化，有效增加了贫困户各方面收入，节约了农民的生活成本，推动了脱贫攻坚向纵深发展。

协会运营一年多来，所培训的司机普遍受到用人单位的一致好评，"保德好司机"劳务输出品牌已在周边省份全面打响，真正实现了"一人开上车、全家摘穷帽"。

产业发展多元化　织密脱贫致富网

近年来，保德县不仅让红枣再飘香、劳务变品牌，而且在其他特色产业发展道路上也越走越宽，呈现出多元化产业共同促农增收脱贫的可喜局面。

海红果是晋、陕、蒙交界地带的特色果品，营养十分丰富，在保德栽植历史悠久。由于资金和深加工技术滞后，使得当地海红果产业发展较慢，产销衔接差，农民种植积极性受挫。为了推进海红果产业化进程，变资源优势为经济优势，尽快引导农民脱贫致富奔小康，近年来，保德县以西府海棠酒业有限公司为代表的特色深加工龙头企业纷纷崛起，让海红果"枯木逢春"。

山西西府海棠酒业有限公司是一家专门从事以海红果、红枣、山楂为原料的酿酒企业，经过8年的发展，该公司一路高歌猛进，先后取得了果酒研发国家专利三项，注册了十余个商标，是山西省级饭店业商会的"诚信供应商"。2017年8月，公司所产的"西府海棠"干红又成为"世界一带一路组织"在国际交往中的指定用酒，迈出了国门。作为保德县特色农业深加工龙头企业，西府海棠酒业有限公司一直和全县果农建立着稳固的利益联结关系，目前已带动1500余贫困户和果农脱离贫困，安排30余名贫困家庭大学生就业，2017年、2018年共免费发放海红果树苗近18万株，以"公司+合作社+农户"方式，打造万亩海棠园，带动5000户贫困户与果农形成长期的产业发展。

公司总经理乔培明说："通过我们企业的带动，保德的海红果收购价格已经从以前的每斤3毛钱涨到现在的每斤1块4毛钱，红枣和山楂也按每斤1块和8毛的价格敞开向订单农户收购，果树真正变成了农户家里的摇钱树。"

近年来，保德县还按照"兴鸡强羊增猪稳步发展驴牛"的思路大力发展规模养殖和农户散养，天一百草驴养殖便是众多增收项目中极富特色的一个。

驴以优质牧草和秸秆为主要饲料，无重大流行疾病，易饲养且不耽误农活，综合养殖收益优于牛，是贫困地区农民增收脱贫的理想选择。对此，保德县在2017年与山西厚德集团全资子公司山西天一生态农牧产业有限公司积极洽谈，通过提供奖补优惠政策，最终将这个全省知名的肉驴养殖企业请回县里，在腰庄乡冀家峁村成立了保德县天一农牧百草驴养殖有限公司。

"近年来，由于驴肉、驴皮的市场需求巨大，每年市场缺口达100万头以上。特别是近5年，活驴、驴肉和驴皮的市场价格逐年提高，驴肉价格已超过牛肉，驴皮价格10年内翻了近百倍，供需矛盾的进一步加剧让肉驴养殖业迎来黄金发展时期。"公司董事长李建青介绍，"经过近一年的发展，公司目前存栏能繁母驴1060头，2019年我们将免费为农户提供驴驹进行育肥，等到育成商品驴进行回购时，每户农户可从一头驴身上获得将近5000元的收益。"

为促进全县养殖业健康快速发展，保德县已发放养殖特惠补贴资金1764.5万元，使全县驴、牛、猪、羊年饲养量达30余万头（只），鸡年饲养量达48万余只，肉产量4300吨，畜牧业年产值达到2.1亿元。

如今，保德县从传统资源当中不断挖掘经济潜力，实施了一系列特色鲜明、增收显著的扶贫工程，有机旱作、生态、光伏、林果、养殖、农产品加工、设施农业、旅游、电商、"两红"等特色产业普惠贫困户，成为他们稳定的经济收入。截至2018年12月，保德县累计退出贫困村154个，脱贫32967人，经自评，脱贫摘帽14项指标均达到贫困县退出标准。

（2019年1月29日）

企业领跑 政府助跑 贫困户跟跑

——产业扶贫助推脱贫攻坚"冲刺决胜"的五寨实践

本报记者 王 涛 金建强

国家扶贫开发工作重点县五寨县，地处晋西北黄土高原，属典型的黄土丘陵沟壑区。截至2015年底，该县161个贫困村14192户贫困户3.2717万贫困人口仍挣扎在贫困线上，呈现贫困面大、贫困发生率高、致贫原因复杂等特点。

斩穷根、摘穷帽、探路子……也正是从2015年起，该县正式吹响产业扶贫的"总攻号角"，牢固确立"产业扶贫是打赢脱贫攻坚战的基础和关键"的战略，通过大力发展特色种植业，培育壮大农副产品加工业，建立完善"一村一品一主体"五有机制，全力实施"8311"产业扶贫重大项目，有效激活精准扶贫的"一池春水"。

到2018年底，该县161个贫困村村村都有了合作经济组织，有

45个村拥有股份制合作经济组织，有32个村拥有新型经营主体，带动3.004万贫困人口实现增收，唱红了一出企业领跑、政府助跑、贫困户跟跑、产业扶贫推动脱贫攻坚"冲刺决胜"的时代好戏。

"特"字当头　能力不足车头带

五寨县辖12个乡镇，250个行政村，总人口11.25万，农业人口9.6万，耕地面积74.46万亩，平均海拔高、昼夜温差大、水资源丰富，是一个典型的农业县。县域中部纵横40公里的"丁"字形平川和东西两梁，农耕历史悠久、农业发达，是玉米、马铃薯、小杂粮、胡麻、葵花、甘蓝、葱头等农作物理想的生长地带，但受制于资本、技术、品牌以及产业化和组织化程度不高的掣肘，长期以来一顶贫困县的帽子一直扣在头上。

脱贫攻坚，重在产业，成在产业。"一村一品一主体"产业扶贫战略启动实施以来，五寨县立足资源禀赋，因地制宜，响亮提出了大力发展马铃薯、小杂粮、鲜食甜糯玉米、道地中药材及露地蔬菜等五大特色产业。针对贫困村、贫困户能力不足的现状，号召当地农业龙头企业、致富带头人大力实施产业带贫益贫行动，从资金、技术、市场三方面帮贫困村一把、带贫困户一程。

隆冬时节，记者走进集收购、生产、加工、销售小杂粮于一体的五寨汇丰贸易有限公司。公司生产区车水马龙，前来销售杂粮的农户络绎不绝。公司总经理李生茂坦言，近三年公司每年都拿出8000多万元收购本地的杂粮、杂豆，辐射带动1万多户农民增收致富，其中贫困农户3000余户、8000余人，覆盖8个乡镇的79个贫困村。

"以'公司+基地+农户'的模式实施帮扶，我们的帮扶是从产前到产中再到产后，全心全意全方位。特别是产后收购这一环节，我们组建有扶贫服务车队，上门集中收购，专门解决贫困户卖粮卖豆运输难的问题。只要检验合格，我们给予农户的收购价，每斤均要高出市场1分至3分钱。"汇丰公司董事长李有谋说出掏心窝子的话。

汇丰贸易公司只不过是企业找准自身在精准扶贫中的位置，真心实意帮扶贫困户，在五寨县一个最真实的缩影。

帮困带贫的楷模——农业产业化龙头企业五寨县康宇实业有限公司，通过"公司+农户"的订单经营模式，2018年将五寨农民种植的近三分之一的甜糯玉米送上了韩国人的餐桌。

亮眼的成绩单背后，是该公司与5个乡23个村的646户贫困户结成帮扶对子，2018年规模化种植优质甜糯玉米1万亩。"相比种植传统玉米，贫困户每亩至少增收在500元以上。"康宇公司董事长李建明说，实施产业扶贫是一家有担当的民营企业应有的一种社会责任，2018年公司在播种、机收及农业投入品上，真金白银贴补了贫困农户32万元。此外，我们的扶贫车间还吸收了600多贫困户进厂务工。"完全是实实在在地干，没有一点儿水分。"

在五寨县实地采访，记者了解到，除了汇丰贸易、康宇实业外，该县还涌现出了花雪食品、顺喜种羊、五寨绿源、双喜淀粉鹏程、亿牧源农牧等一大批把扶贫绑在产业链上，带动贫困户增收脱贫的"火车头"。

这些"火车头"勇于担当、创新模式、规范经营、诚信服务、连片开发，把八十里平川作为扶贫、脱贫主战场，以大田玉米、甜糯玉米、小杂粮、中药材唱主角、做底盘，有效解决了农业产业化进程中一家一户解决不了的"加"和"销"的问题，推动五寨产业扶贫迸发出前所未有的活力。

"扶"字支撑　调动农户增收入

人叫人干人不干，政策调动千千万。

在实施产业扶贫的进程中，五寨县始终把政策引导农户调整产业结构，寻求产业的发力点作为重中之重。

根据《山西省推进"一村一品一主体"产业扶贫实施意见》，该县特色产业扶贫领导小组编制《五寨县"一村一品一主体"产业扶贫行动方案》和《五寨县2018年"一村一品一主体"产业行动计划》，并印发《五寨县"五有"产业扶贫机制标准》，从政策扶持、农业调产、项目选择上为贫困村、贫困户脱贫致富指路。

记者从五寨县农委获悉，认真贯彻落实粮食直补、良种补贴、农资综合补贴和农业支持保护补贴政策，2018年该县发放农业支持保护补贴3882.74万元，按照确权面积亩均补贴达到了67元。在此基础上，为鼓励建档立卡贫困户种植特色农作物稳定增收，该县脱贫攻坚总指挥部还专门出台《五寨县建档立卡贫困户种植农作物特惠补贴方案》，对贫困户种植特色农作物进行额外补贴。

政策就是"指挥棒"，补贴就是"方向盘"。数据显示：2018年，该县12个乡镇236个村有8346户贫困户走上特色增收路，种植优质杂粮89218.16亩、鲜食甜糯玉米4042.27亩、脱毒马铃薯21953.03亩、中药材1591.9亩、露地蔬菜362.97亩、食用葵292.5亩，兑付特惠补贴资金达到577.13万元。

向土地要效益，向特色要效益，五寨县涌现出了一大批"土豆村""糯玉米村""药材村""蔬菜村"……2018年，该县种植马铃薯12万亩、杂粮29.5万亩、甜糯玉米6.5万亩、中药材3.5万亩、蔬菜3200亩，粮食总产达到2.25亿公斤；草产业带动全县100多个村、贫困户967户人均增收6000元左右。预计全县农民人均可支配收入达到8010元，较2017年人均增长12%。特色种植业的不断发展，农民可支配收入的持续增长，为整县脱贫摘帽奠定了坚实的基础。

"实"字夯基　跑出脱贫加速度

在构建贫困户与新型农业经营主体利益联结机制的基础上，五寨将组织建在企业内，建在产业链上，对于产业生态建设以及各种难题的破解起到不容忽视的作用。

入股分红、寄养代助、借母收羔、担保贷款……全产业链融合，以多种形式发展羊产业，带动贫困户增收脱贫的五寨县顺喜种羊养殖有限公司，通过"公司+基地+养殖户+贫困户"的羊产业脱贫带贫模式，实现了企业与农民的互利双赢、企业和产业的共同发展。

记者走进这家羊产业龙头企业，首先映入眼帘的是该公司的精准扶贫办公室。"办公室负责与贫困户有效衔接。我们所有的帮扶户在这里都建有档案，都有帮扶协议书。这样我们的帮扶才能更规范、更精准、更有效。"顺喜种羊公司董事长赵贵喜说。

记者随机抽取了一份顺喜种羊公司与贫困户签订的帮扶协议书，看到帮扶对象是该县前所乡张家村建档立卡贫困户周玉全。协议书上清楚地写有周玉全的身份证号、联系方式以及顺喜种羊公司的职责：以低于市场价的10%为周玉全提供优质种羊，帮扶期限是2018年1月1日到2020年12月31日。

五寨县农委副主任黄维说，在该县参与扶贫的涉农企业中，目前都有精准扶贫办公室或产业扶贫办公室，可以说这是五寨产业扶贫真抓实干的一个特色。办公室组织机构健全，职责分明，帮扶规划上墙，实施档案化管理，在推进"一村一品一主体"产业扶贫的进程中，唤醒了贫困户的进取意识、主体意识、市场意识，真正做到了坚持精准、帮扶落地和突出主体。

"实"字夯基，找准发展产业与增收脱贫的结合点，找准农业增产与农民增收的增长点，五寨的产业扶贫全面提升产业的带动能力，有效增强贫困户的"造血"功能，成为脱贫攻坚的一把"利器"。

产业重构，特色产业引领脱贫。截至2018年，五寨县省级农业产业化龙头企业涌现出4个；通过精准实施甜糯玉米、脱毒马铃薯、优质小杂粮、道地中药材、露地蔬菜、食用葵、羊、生猪、特色驴、蛋鸡、草产业、农副产品加工、光伏电站、乡村旅游、电子商务15类特色产业扶贫增收项目，全县基本形成了"一村一品一主体"的特色产业发展格局和长效增收机制，覆盖所有贫困户，带贫增收10683户，切实做到了"户户有增收项目，人人有脱贫门路"，助推全县脱贫摘帽跑出了"加速度"。

"即使整县摘帽后，产业对于实施乡村振兴仍是重点戏、主战场。从这层意义上讲，产业扶贫没有完成时，只有进行时，必须着眼将来时。"五寨县农委主任张鹏珍说，2019年至2020年五寨将在全县贫困村加力推进以"五有"建设为目标的"一村一品一主体"产业扶贫机制，通过实施产业扶贫项目、推进特色农业产业扶贫建设、创新产业扶贫模式、扶持新型农业经营主体、强化科技和培训支撑、完善财政金融扶贫政策等措施继续按下"升级键"，不让一户贫困户掉队，力争让贫困户户均新增产业收入达到3000元以上。

产业引航攻克贫困。五寨的产业扶贫仍在路上，五寨产业扶贫的好戏仍在后头，且必将更加精彩！

（2019年3月1日）

沁源：中药材拓宽百姓幸福路

本报记者　赵跃华

在长治市的西北部，太岳山东麓，晋东南、晋南、晋中交汇之地，有一个生态环境优美，山清水秀、天蓝地绿、四季分明、气候温润，被誉为"天然氧吧"的县城，全县森林面积220万亩，拥有天然牧坡120万亩、连片草场72万亩，森林覆盖率超过56.7%，居全省之首，素有"三晋生态第一县"之美誉，这就是沁源县。连续7年获评"中国最具投资潜力中小城市百强县"；连续5年获评"百佳深呼吸小城"；2018年喜获"全国森林康养基地建设试点县""全国森林旅游示范县"和"人民喜爱的生态旅游目的地"三个国字号生态名片。

沁源原是省级重点扶持贫困县，2014年全县尚有建档立卡贫困户5335户12772人，贫困发生率达9.01%。2018年9月，该县正式退出贫困县行列，成为长治市首个脱贫摘帽县、全省首批脱贫摘帽县之一。

独特的自然条件是中药材成长的摇篮，沁源县野生资源有草本植物百余科600多个品种，盛产连翘、黄芩、党参等564种中药材；县境内有鸟类400多种，其中国家一级保护38种、国家二级保护76种。近年来，沁源县奋力实施"绿色立县，建设美丽沁源"发展战略，担当尽责，大干快干，全面推进政府各项工作，全县经济社会持续健康发展。

绿水青山就是金山银山

春节刚过，丝丝凉意萦绕在山梁沟壑之间，群山起伏，云雾缭绕，目光所及之处，皆是一片绿意盎然，道路迂回曲折之间，抵达了长征村。

长征村位于沁源县交口乡北部，下辖两个自然村，拥有与县域同步的绿色覆盖率。生态良好，生产结构单一，属于纯农业村，全村167户490口人，其中，建档立卡贫困户42户120人。

郝银刚是长征村的村委主任，每天都要到山上去转两圈，冬天防火，夏天防洪，总要自己亲自看过才能结束一天的工作。"2016年俺们村脱贫了18户60口人，2017年23户59人，2018年1户1人，"郝银刚指了指远处的山坡，说道，"俺们村脱贫致富靠啥？靠的就是这片山、那片水呀！"

玉米地套种柴胡，今年撒种，今秋收玉米，明年先收柴胡籽，再隔一年柴胡种子和根一起收获。1亩地收30斤籽，1斤籽15元，1斤柴胡干品24元，亩产200斤，亩投入1000元，亩纯收入近5000元。

张桃生今年52岁，种植柴胡4年，今年是第一个收获年。他高兴地给记者算了一笔经济账。"我种了5亩，今年第四年，算是刚起步，柴胡就是第四年才能长成，每亩收了100多公斤，每公斤70

块钱左右，大约能收入3万多块钱哩。"张桃生说起自己的柴胡，脸上洋溢着满足的笑容。

长征村的中药材种植远近闻名，其中，连翘种植面积5000亩，套种黄芩1000亩、柴胡200亩。"现在，俺们拥有自己的加工厂，完整的加工设备，从种植、收获、加工到销售，有完整的产业链，村民只要种得出来，就一定能卖出去，变成现钱。"郝银刚说。

创新模式变输血为造血

为了使全村一起脱贫致富奔小康，长征村整合资源，成立了沁源县藏畛种植专业合作社、沁源县众康扶贫攻坚造林专业合作社，吸纳村里的劳动力；着力打造沁园合欢本草生态谷，发展中药材综合生态旅游区，提升品牌价值，增加村民收入；在村内建设长达700米的中医药文化墙，普及中草药功效及价值，传播传统中医药文化。目前，百草茶馆、百草禅意馆、芬芳手工馆已全部完工。

沁源县藏畛种植专业合作社成立于2013年5月，注册资本200万元，入社社员104户。现有库房600平方米，大小型农机具40余台件，晾晒场1000平方米，经营品种有连翘、黄芩、柴胡、射干、黄芪、苦参等。长征村种植面积6000余亩，近年来，带动了周边贫困户及种植大户，种植药材达1500多亩，已初步形成了集种植、繁育、经销和技术推广为一体的道地中药材合作社。

"原来是合作社购买的一些农机具，后来，政策扶持、政府帮扶，我们就加购了几台，才成了现在的规模。"郝银刚指着合作社园里的几台大型农机具说道。

除了种植自己的柴胡，张桃生还负责合作社的一些日常工作，还可以拿到一份工资。"我在合作社工作，按天拿工资，每天能拿

100块。"他边说边带着记者走进合作社的加工车间，详细地为记者讲解每种药材的加工制作步骤。

从药材送到加工厂，包装售出要经过切片、杀青、揉捻、炒干、烘干、包装等多个步骤，每个步骤都要精心仔细。"因为中药材的特殊属性，所以每一步都要更加小心细心，务必保证每一株药材安全干净。"张桃生每拿起一种药材，都小心翼翼，视若珍宝。

合作社针对贫困户的帮扶模式采取"合作社+村集体+贫困户""合作社+贫困户"两种发展模式。截至目前，合作社带动贫困户207户，种植柴胡、黄芪1300亩，并和贫困户签订了技术指导、保底回收合同。

48岁的张志刚是村里的贫困户，几年前的一场大病使他原本就拮据的家庭雪上加霜，加上两个正在读书的孩子，生活举步维艰。被确定为建档立卡贫困户后，村里针对他的情况制订了脱贫计划，不仅加入了合作社，还在自己的地里种植了7亩柴胡。

"刚知道自己的病后，真是觉得天都塌了，"张志刚说，"从来也没有那么绝望过，治好病以后，又拉了饥荒，那几年多亏了村里的帮助，才能使我这一家子渡过难关，去年，我已经脱贫了。"张志刚如释重负。

合作社和山西省农科院经济作物研究所签订了技术保障协议，与河北省安国市亨扬中药材有限公司签订了合作收购协议，得到了技术和市场销售的保障。

真抓实干　勠力同心齐致富

为了更好地响应党的十九大"乡村振兴"号召，适应当前农、社发展的需要，在2018年初，合作社重新认购股权，村集体的山、水、田、林等生态资源折股，生态股占25%（含5%的贫困股），村民认购的股份（包括现含土地、农机具等、厂房）占60%，外来社会资本认购15%，生态资源股属于全体村民所有，全体村民做股东，可享受效益分红和福利。村民认购的股份作为村民分红的依据，外来资本认购的股份按实际分红。这种模式，既盘活了集体资产，又体现了乡村价值，每位村民就是股民，形成了村、社同步发展的大格局。

张志刚就是合作社的股东之一，说起加入合作社，他的激动之情溢于言表。"做梦也没想到咱也能做股东，能分红，"张志刚说，"现在日子好过了，咱也要多干活、多出力，才对得起大家伙。"

合作社发展资金来源主要是由村民认购的股金，外来资本的认购股金，上级的涉农资金，采取的种植方式为林药模式和粮药模式，这样既节约了土地又解决了林、粮、药的争地问题，提高了亩产值。

沿着一条蜿蜒的小路，记者来到了56岁的张大姐家。屋子里的一家人其乐融融，看见有人进门，张大姐起身相迎，得知来意后，张大姐打开了话匣子。"我在合作社工作已经有三年了，每年怎么也能收入个一万六七，"张大姐爽朗地笑着，边倒水边说，"以前年轻哇，怎么也能出去打个工，现在也有了个年纪，别人愿不愿意用，咱都不想出去了，又有个小孙孙需要照顾，就越发走不了，刚好咱们村合作社需要女工，有个老姐妹过来叫我，我就去了，怎么也没想到，在自己家门口，一年挣的可不比在外头打工少。"言谈间，张大姐脸上都是幸福的笑容。一面面擦得锃亮的窗户映照出她满足的笑容，也镌刻着脱贫路上的清晰足迹。

长征村结合实际,按照党的十九大提出的实施"乡村振兴"战略,坚持农业、农村优先发展,按照产业兴旺、生态宜居、乡村文明、治理有效、生活富裕的总要求,先将产业兴旺作为重点,大力发展中药材产业,开办药膳农家宴、中药材花观赏园、中药材农耕体验馆等,充分利用现有的林、地资源,将中药材的种植、初加工、餐饮及乡村旅游融合发展,走出一条既保护生态环境,又能让老百姓增收致富达小康的新路子。让中药材产业成为沁源县新的经济增长点,成为巩固脱贫成效的措施,在乡村振兴中彰显活力。

"我们现在能加工一些纯露、手工香皂,香皂主要是苦参皂,有黄芩茶、蒲公英根茶等等,用过的都说好,市场反应也很好,下一步,我们要着力打造'六馆一廊一园',已经建好了一部分,剩下的部分争取尽快完工,新年开始,我们要大干实干,争取让全村人过上更好的日子,让他们有更大的获得感、幸福感!"郝银刚信心满满地说。

(2019年3月5日)

临县：特色产业圆了贫困户的增收梦

本报记者 何海亮

临县位于晋陕黄河峡谷中部、吕梁山西侧，是国家扶贫开发工作重点县、革命老区县、吕梁山集中连片特困地区重点片区县，全省10个深度贫困县之一，属于贫中之贫、困中之困。

临县总面积2979平方公里，总人口65.35万，其中农业人口58.8万，目前有贫困村136个4.83万人，年底脱贫摘帽的任务艰巨。

面对困难，临县县委县政府主动作为，带领广大干部群众迎难而上、攻坚克难，将各色产业铺设到各个乡镇村庄，成了农民脱贫增收主渠道。

主推企业　贫困户脱贫增收有保障

3月6日，记者在临县农委工作人员的陪同下，来到位于白文镇庙坪村临县丰林现代农业发展有限公司，站在公司的全景观光台上，公司全貌尽收眼底。一座座白色塑料大棚远远望去就像被白雪覆盖的房屋，一座接着一座向远方延伸，生产车间、储藏室、办公楼在园区内有序排列。"这是全县食用菌产业中唯一的市级龙头企业，是全县食用菌行业的领航者，更是村里的主导产业。"农委副主任张明贵说，"全县菌棒需求量为1500万棒，丰林现代农业发展有限公司年产400万菌棒，生产能力占全县的27%，是全县带动贫困户脱贫的产业大户。"

该公司负责人郝吉祥介绍，公司旗下菌棚67个、年产鲜菇80万公斤，蔬菜日光节能温室44座，2018年总产值达2644万元，直接带动3000余名农民增收，其中贫困户1500人圆了增收梦。

该公司充分利用临县80万亩生态红枣林的资源优势，研发出枣木菌棒。目前枣木菌棒出口到韩国，枣木香菇远销天津、北京等地。去年9月该公司的香菇基地通过了国标有机产品认证，创建了临县有机枣木香菇品牌。

公司发展壮大，受益的是养菇农和贫困户。贫困户郭满挺算了一笔增收账：流转两亩土地，每亩1500元，年收入3000元，在政府和公司帮助下建起食用菌棚，年收入在5万元左右；年终村集体还有收益分红，一家小日子过得非常滋润。

临县丰林现代农业发展有限公司在产业扶贫带动贫困户脱贫致富方面走在前列，为脱贫攻坚做出了贡献。该公司土地流转带动202人每人年增收430元；公司长期用工80人、季节性用工150多人，人均日工资60元至100元，带动95个贫困劳力年均增收9200元；村集体与公司合作，利用公司日光温室空间，建设一座500千瓦光伏电站纳入全县光伏扶贫范畴。2018年村集体获得分配收益29万元，通过设立公益岗位、公益奖补制度，激励村内贫困户通过参与公益劳动增加收入；帮助村内6户贫困户建了12棚食用菌棚，仅投产第一年，户均收入就达5万元以上。

在城庄镇移民新村一块平整的土地上，十几座大棚依次排列。大棚内绿油油的叶子长势喜人，一颗颗鲜红欲滴的草莓挂满枝头。这是山西爱亿侬农业专业合作社精心开发的绿色有机西红柿农业项目区。为了让移民稳得住、能致富，当地政府筑巢引凤，将山东山西商会会长武峰引来投资，成立了山西爱亿侬农业专业合作社从事绿色有机西红柿种植。合作社采用"公司+合作社+农户+平台销售运营"模式。农户以土地、人工入股，合作社以组织管理、资金入股等多种合作形式，公司以资金技术服务开拓市场等入股，形成良好的产业链运营模式，给当地农户，特别是贫困户创造了一个脱贫致富的好项目，此项目的实施可带动至少1000户贫困户脱贫致富。

该合作社负责人武峰说："合作社提供绿色有机西红柿的种苗、有机肥、产品追溯系统等，组织安排并免费提供全程生产技术服务，负责包底回收西红柿，保障西红柿每亩包底毛收入不低于1.5万元，村集体用土地、人工、管理入股，每亩占有整体毛收益的45%，保证农户不低于3000元的收入，毛收益的55%本着谁投资谁受益的原则，由合作社和村集体双方共同协商，合理分配。"

本着以"耕者多收耕者富，食者安心食者康"的理念，武峰准备打造一个叫得响的全国最大的绿色有机农业区域农产品品牌。为了让利于民，他采用从基地直接到社区餐桌的模式，减掉中间所有环节。为了让在外的山西人吃上家乡的安全食品，他利用网红、电商平台等多方销售，以销定产，持续发展给当地农户及平台、市场打造一个完整的农业、农产品产业链，带动各个环节村民增收致富。

创办合作社　贫困户脱贫增收有希望

临县是"中国红枣之乡",红枣种植面积超过80万亩,红枣种植面积和产量均居全国之首。由于独特的自然环境,这里还是天然的养蜂基地。临县许多农民靠养蜂为生,养蜂也成了农民致富产业之一。

在养蜂队伍中有个耀眼的明星——刘利,28岁的硕士研究生。长春工业大学毕业后,刘利带着满腔热情回到家乡创业,继承父辈从事多年的蜜蜂产业。有知识又有技术的她,很快在蜂蜜行业崭露头角。她吸纳200多户蜂农成立了黄河养蜂专业合作社,利用自己所学,组成自己的科研团队,研制蜂蜜深加工产品,延伸产业链条,增加产品的附加值。目前已研制出的产品有蜂蜡唇膏、口红,蜂蜜香皂、蜂蜜面膜,产品通过线上线下卖至全国各地,年产值千余万元,带动每户蜂农年均收入四五万元。

刘利说,临县80万亩红枣种植面积是纯天然无公害有机枣花蜜生产基地,同时临县还拥有洋槐、山花两大蜜源,从源头上保证了蜂产品的质量,所以研制的产品深受消费者青睐。仅2018年双11当天,就销售口红1万支、香皂7000块、面膜1.5万片,收入200多万元。

实践证明,刘利所走的路是正确的。她为广大养蜂户找到了广阔的市场,带来了增收希望,许多养蜂户纷纷加入刘利的养蜂专业合作社。在刘利的带领下,广大养蜂户奔走在致富的大路上。

无独有偶,青凉寺乡柳沟村又一个"90后"大学生回乡创业的故事被人们津津乐道。山西农业大学毕业的郭凯嘉,放弃城市优越条件,回乡创业,成立临县山圪崂农业专业合作社,带领村民研究香菇种植大棚，带领乡亲们致富。

山圪崂香菇种植基地采取"合作社+基地+贫困户"的模式运行。资产收益方面，柳沟、上会两个村注入资金20万元，每年按收益分红的70%给深度贫困的32户55人，30%归村集体，用于公益事业。工资性收益方面，通过吸纳柳沟村、上会村、下会村、中会村、刘家圪棱村等村贫困户到基地打工，使贫困户取得工资性收入。男劳力月工资性收入可达3000元，女劳力月工资性收入可达1800元。目前基地已带动贫困人口100多，人均收入可达2万元。

郭凯嘉有个小目标，针对农户研制投入小、增效快的小棚，农户可充分利用自家的前庭后院，搭建出菇小棚，基地免费为贫困户提供技术培训和技术指导，并对香菇进行统一收购。基地将通过示范带动引领，吸纳更多的贫困户投入到香菇的生产种植中，真正把香菇产业发展成一项能够带动全乡农民脱贫致富的富民产业。

临县有一批像刘利、郭凯嘉这样的优秀大学生回乡创业，他们有知识、有头脑、有责任、有担当，正是这些青年学子的加入推动了临县脱贫摘帽的过程。

强化技能培训　贫困户脱贫增收有信心

3月7日，记者在千沟万壑的吕梁山颠簸行驶半小时，翻过几座山，绕过几道梁，来到大山深处的罗家山。顿时被这个依山而居、错落有致、环境优雅、干净整洁的"世外桃源"吸引。

人勤春来早，勤劳的罗家山人三五一群，扛着自制镰刀，在地里修理枣树。罗家山村委负责人张艳兵说："村民积极劳动都是去年农技培训回来后发生的变化，农技培训不仅让村民学到技术，更重要的是换了思想，激发出村民靠自身劳动脱贫致富的内生动力。"

罗家山是临县三交镇史家洼村委的一个自然村,全村535口人,大部分出外务工,村里常住人口不足百人,守着2000亩山坡地,从春忙到冬,一年到头只能解决温饱。

穷则思变,罗家山人主动接受县农委的农业技术培训,村民有针对性地学习红枣改良技术、林下套种作物等,有了一技之长,改换了思想。此时,村里能人张福荣、张艳兵牵头成立了罗家山红枣专业合作社,采取"核心社员股份制、撂荒枣林流转制、统一管理自育制"方式吸收社员,想摆脱贫困的村民积极加入合作社,将土地、枣树、劳务折价入股,与合作社结成利益连接体,干劲十足。张福荣、张艳兵采用统筹财政资金、众筹社会资本、盘活农村资源将罗家山红枣合作社做得风生水起,村民们眉开眼笑。

近年来,临县农委加大了新型职业农民培训力度,培育了一批懂技术、会经营的经营主体牵头人,为经营主体发展奠定了人才基础。2018年共培训各类领头人2800余人、有劳动能力的贫困人口4.9万,切实做到了特色产业实施区域、实施农户全覆盖。

在临县农委,记者看到一份去年的产业扶贫统计表:高粱标准化种植项目基地1.2万亩,涉及29村;5000亩旱作农业封闭示范区,涉及6村均为贫困村;0.4万亩中药材基地涉及829户……据统计,通过产业扶贫,贫困户户均增收3012元,去年仅特色产业脱贫19467人。

(2019年3月15日)

岚县：立足资源禀赋　做大产业格局

本报记者　柳　飞

贫困地区要可持续发展，贫困农民要稳定脱贫致富，关键要有强有力的产业带动做支撑。近年来，岚县在产业振兴上下功夫，立足该县农业资源禀赋，大力发展现代种养和农产品加工业，加快发展乡村新型服务业，创新产业融合方式，构建"一村一品、一乡一业"稳定增收的现代乡村产业体系。该县实施以马铃薯为主导，生态养殖、小杂粮种植加工、生态旅游等为辅的"一主多辅"农业产业模式，去年全县6.2万贫困人口全部通过产业发展直接间接稳定增收，目前岚县人民正向小康生活大步前进。

土豆种出"大花样"

马铃薯在岚县有200多年的种植历史，岚县人把它当作主粮吃，天天离不了马铃薯，顿顿要吃山药蛋。由于岚县地处吕梁山区，老百姓生活水平相对落后，如何改变贫困的局面，岚县县委、县政府念起了土豆经。近年来，岚县将马铃薯产业作为全县脱贫主导农业产业，按照"种薯繁育扩量、基地建设提质、品牌创建知名、市场营销创新、产业链条延伸、产业发展融合"的发展思路，走出了马铃薯特色产业发展与脱贫攻坚同步推进的新路径。

发展马铃薯产业，选择良种是关键。山西康农薯业有限公司负责人李先录介绍说，种薯问题不仅关系到新品种的推广，还关系到病虫害防治和产量问题。"过去，老百姓不懂科学种植，常是把上一年收的土豆留一部分作为下一年的种子。由于病毒逐渐在薯块内积累，马铃薯出现了植株逐年变矮、块茎变形变小、产量逐年下降等退化现象。卖不上好价钱不说，甚至连自己家都不吃。"

由于脱毒种薯抗病性强、产量高，大面积使用脱毒种薯成为当前世界上提高马铃薯产量和改善品质所采取的重要措施。因此，岚县将马铃薯脱毒种薯高质量全覆盖作为稳定粮食生产、做大做强优势产业、促进农民增收的主要措施之一加以推进。该县多方筹措资金，大力扶持县内育种龙头企业——山西康农薯业有限公司，建成了全省一流、吕梁最大的脱毒马铃薯繁育基地，彻底解决了品种多、滥、杂、劣等问题。目前，该公司年生产微型薯（原原种）5000万粒、原种500万公斤、一级种5000万公斤。为岚县及周边县市农户供应脱毒马铃薯种薯，平均每亩增产500公斤左右，亩增加收入500元以上。

围绕马铃薯产业发展需要，岚县举办了马铃薯标准化生产等各类培训班，牵头组织开展了冬春农民素质大培训，与吕梁农校合作开设岚县马铃薯专业技术培训班，培养马铃薯专业技术人才。

"土豆花儿开，花海掩村寨，漫山遍野的土豆花，亮出了大农业新风采……"由著名歌唱家阎维文深情演绎的《土豆花儿开》闻名全国。土豆花也能成为一道景观，带来经济效益，这在祖祖辈辈种土豆吃土豆的岚县人心中，曾经是不可想象的事情。而目前的岚县土豆花已与婺源油菜花齐名，登上电视荧屏。作为"三晋种薯第一县"，岚县将马铃薯产业与生态旅游、特色餐饮、红色遗迹、非遗项目等县域旅游要素深度融合，全县经济发展取得了可喜的成绩。

2018年岚县成功举办了马铃薯主食联盟年会，标志着岚县马铃薯品牌真正走向了全国。为推动马铃薯主粮化进程，岚县成立了马铃薯主粮化研发推广中心，组建了马铃薯主粮化推进团队、岚县土豆宴研发营销团队，注册了"土豆宴"商标品牌，研发出了"金丝绣球""岚州一品鲍"等108种各式马铃薯美食，形成了独特的岚县土豆全席宴。现在，岚县基本形成了"土豆种—土豆—土豆花—土豆宴"经济全产业链，呈现出一二三产业融合发展的态势。

农机"拖"开新光景

"以前收秋，全家老小齐上阵，早出晚归很辛苦。现在好了，只需要一个人骑上摩托就能把秋收，方便、省事。"岚县上明乡官桥村农业合作社理事长张惯珍说，"农机合作社前途光明，不仅能够加快农业现代化进程，而且还是贫困户增收的有力手段。"

官桥村共有352户1143人，耕地面积4200亩，2015年精准扶贫回头看识别贫困户150户352人。官桥村是一个纯农业村子，村民收入主要靠外出务工和种植蔬菜。2014年以来，岚县农业综合开发领导组办公室将该村定为国家农业综合开发园区。该村3000亩土地纳入园区规划。该村源泉种植专业合作社又流转了其中的2000亩土地用于玉米、谷子等农作物种植。"水、电、路都通了，园区就缺农机。"张惯珍告诉记者，在省农机局的建议下，他决定成立农机合作社。

　　岚县是全省三个农机资产扶贫试点县之一，张惯珍发展农机合作社的想法得到了省农机局的支持。2017年，张惯珍组织成立了岚县惯惯农机合作社。省农机局注入合作社资产收益扶贫资金30万元，全部形成农机固定资产。同时，全村贫困人口以切块资金入股农机合作社。合作社统一经营管理，一方面以低于市场价的价格为入股贫困户提供耕播收等农机作业服务，耕作劳务费可抵顶贫困户入股分红，不用贫困户掏钱；另一方面，通过对外作业，获取耕作报酬，耕作收益给贫困户分红。贫困户入股包底分红300元，经营收入按村委、合作社、入股贫困户2∶2∶6的比例分配。这样，村委实现了集体经济的破零，合作社贫困户都可增收。

　　"有了农机，村民打工务农两不误。"张惯珍说，不少村民外出打工，无法投入更多的人力在土地上，只得求助农机。即便如此，村民从土地上得到的收益仍然不低。目前，该合作社共有大型拖拉机、旋耕机、土豆播种机、土豆收获机、宽膜机等各类农业机械10台。去年合作社的毛利润为4.8万元，纯利润为3万元。

　　近年来，岚县通过创新农机合作社组织运行模式和支持方式，规范合作社建设和规模发展，完善了贫困户和合作社的利益联结机制，确保了合作社与贫困户实现合作共赢、精准受益，营造了农机脱贫的良好社会氛围。随着农业机械的增多，农机专业合作社也逐渐兴起，"农机扶贫"成为该县贫困户又一增收渠道。

　　随着农机扶贫的受益面越来越大，该县积极引导和打造脱贫产业平台。其中，承担省级资产收益扶贫试点的岚县惯惯农机合作社与源泉种植专业合作社、三方兴业种养专业合作社、俊义种养专业合作社三个效益良好、结构较优、产业带动力强的合作社进行了整合，带动全村贫困人口每人每年享受农机收益分红300元。

香菇"撑"起一片天

打赢精准脱贫攻坚战，最关键要激发贫困人口内生动力。"今年，公司的香菇种植大棚将达到100座，其中有50座暖棚、50座春秋棚。这些大棚，将分给每户贫困户，让贫困户成为业主。有压力，有收益，有动力，这就把贫困户的积极性调动起来了。"欣康源公司法人代表史亮明已做好进一步带动贫困户脱贫增收的打算。

2017年，岚县脱贫攻坚战进行得如火如荼，在外打拼多年的史亮明决定回乡创业。清水河村是史亮明出生的地方，经北京农科院专家测试，水质、土壤、气候均适宜食用菌栽培。于是，史亮明的欣康源农业开发有限公司成立。他去食用菌规模化发展的河南、湖北、福建等地考察学习食用菌栽培技术。回来后建起了16个春秋大棚，种植16万袋香菇，开始摸索起香菇栽培技术。

2018年5月，经过北京出入境检验检疫局检验检疫技术中心检测，欣康源公司生产的香菇含有锗等微量元素，并被鉴定为特级香菇。迄今为止，欣康源公司只产出一茬香菇，共计4万多公斤。由于品质好，这些香菇销往太原、北京、浙江萧山等地。史亮明说："我们公司生产的香菇供不应求，因而明年要扩大生产规模。"史亮明透露，欣康源公司先免费为贫困户提供菌棒，待贫困户有了收益之后再收取成本费。此外，该公司还将负责技术指导、销路等，让香菇成为贫困户获得持续长效收入的"下蛋鸡"。

近些年，岚县把贫困户持续稳定增收作为产业扶贫的出发点和落脚点，大力发展以股份合作为重点的带贫模式。县财政扶持贫困户2000元/人的产业扶贫资金，入股经营主体，保股分红，连续收益

3年。史亮明的公司入股扶贫资金288万元,要帮扶土峪乡3个村440个贫困户稳定增收。3个村共1100余贫困人口,去年10月每人分红160元,分红款已经全部兑现。经过两年的摸索实践,并借鉴同行业的先进经验,史亮明制作的菌棒成活率达到99.9%以上。他开发研制的食用菌香菇红外线自动控制装袋机、往复式食用菌菌棒搅拌机,目前已送国家专利质检部门进行性能检测,准备今年在同行业进行推广使用。

万泽食用菌专业合作社也是岚县发展食用菌的龙头企业,领办人张泽轩从事食用菌种植30余年,2017年经营9个大棚10万个菌棒。2018年注入63万元贫困人口入股资金,分两期再发展大棚40个。其中10个棚已投入生产,其余30个棚也即将投入运营。该合作社自制菌棒25万个,每一棒可产菇25万个,每一个菌棒可产菇2斤,每斤平均价格为7元,每棒获利4.5元左右。在深圳有稳定的销售渠道,产品已打入香港市场。

据了解,岚县昼夜温差大,生长环境未受污染,所生产食用菌品质好,富含氨基酸和锗元素,可增强免疫功能,且能防癌抗癌,具有极强的市场竞争力。在龙头企业的带动下,未来的岚县食用菌产业将发展成为一项重要的支柱产业。

(2019年4月2日)

立足"一主五辅" 致力产业富民

——看兴县精准脱贫如何跑出"加速度"

本报记者 杨晓青 通讯员 白旭平

地处吕梁山深度贫困地区的兴县,贫困人口多,致贫原因复杂,有贫困村102个、贫困户7465户及贫困人口1.8961万,脱贫任务繁重。面对重重困难,当地按照县政府提出的"一主五辅"产业项目布局要求,大力发展杂粮、畜牧、马铃薯传统特色产业和食用菌、中药材特色新型产业标准化基地,促进贫困村和贫困户实现增收脱贫,仅去年就带动全县1.2万贫困人口实现脱贫,带动有劳动能力的贫困户户均年新增产业收入3000元以上。为今年的脱贫摘帽打下坚实的基础。

立足优势企业带动

杂粮做成脱贫增收大文章。作为全省面积第一大县也是杂粮种植第一大县，兴县依托杂粮种植品质好、面积大这一资源优势，通过资金投入和政策引导，发展绿色和有机小杂粮生产基地，新建农业园区，鼓励和引导龙头企业发展种植、加工、养殖循环产业链，积极推广"企业+基地+合作社+农户"的发展模式，逐步实现以基地带动特色产业发展，以旱作农业产业标准提升和品牌效益带动农民脱贫增收。

2月的一天，在优质小杂粮主产区之一的蔡家会村，山花烂漫农业综合开发有限公司的加工车间正在有条不紊地运行。去年全县60万亩杂粮喜获丰收，其中6000余吨将通过这里加工销往全国各地。在公司展厅，记者看到红小豆、豇豆、绿豆、豌豆、红芸豆等七八种有机农产品，其中"山花烂漫"牌小米系列有机小米、月子小米等各种包装应有尽有。销售经理蔡计林给记者介绍，公司成立于2008年，是省级扶贫龙头企业和省级农业产业化重点龙头企业。"山花烂漫"被认定为山西省著名商标并通过农业部绿色食品A级认证。在发展壮大的同时，积极参与全县脱贫攻坚，带动农民增收。公司通过土地流转、订单生产、劳务补助、吸纳就业等方式，与贫困户建立紧密的结对帮扶利益联结机制。农户生产的绿色谷子、有机谷子分别由公司以每公斤高于市场价0.1元、0.5元的价格包销。谷子良种按6元/公斤的保护价回收。2018年共发展订单农业2.72万亩，其中绿色谷子2.2万亩，涉及56个村3016户农户，其中贫困户963户，户均增收8000余元。公司还吸收贺家会乡金融扶贫贷款300万元，入股贫困户60户，户均年分红3000元。公司解决长期劳动力40人，其中贫困户17人，年人均增收3万元。王彩明是蔡家会镇沙庄村的建档立卡贫困户，他家订单种植的30亩晋谷21号育种谷子和15亩红芸豆卖下了好价钱，去年小杂粮收入了5万多块钱。51岁的贫困户吕侯平是白家山村人，家里孩子多负担重。种了十几亩地的枣树，但仅能收入几千块。2016年他来到公司务工，月工资3000元，老婆也在公司务工，月工资1800元，加上扶贫贷款每年分红3000元和打零工每天100元左右的收入，生活有了目标和保障。

小杂粮种得好、卖得好，那怎么就能让兴县小杂粮获得更高的附加值，让老百姓的腰包更加鼓起来？杂粮酿酒酿醋的产业也在蓬勃兴起，其中清泉醋业成为佼佼者。

山西清泉醋业有限公司是山西省农业产业化省级龙头企业，始创于1996年，公司在康宁镇曹家坡村建有占地60亩、年产4万吨的现代化陈醋生产基地；在蔡家崖村建有占地20亩，集醋文化展示、观光旅游为一体的晋西北清泉醋博园。清泉醋酿造工艺被列入山西省非物质文化遗产保护项目。负责人之一的白润泉给记者介绍，公司拥有"白清泉""晋绥"两个山西省著名商标。目前通过农业农村部认证的绿色高粱基地已有1万亩。公司通过"公司+基地+农户"的产业化合作模式，在康宁、蔡家崖、孟家坪3个乡镇32个村发展绿色高粱基地订单面积5000亩，严格标准化生产模式，并且以每公斤高于市场价0.1元的价格回购产品。共惠及农户948户，其中贫困户477户，户均增收3420余元。该模式实现了农民增收与企业增效的有机结合，得到了政府和农户的一致认可。同时吸收康宁、蔡家崖、瓦塘、魏家滩4个乡镇金融扶贫贷款918万元，入股贫困户183户，每户平均年分红3000元。

曹家坡村37岁的贫困户李旭琴已经在清泉醋业务工5年了，她这样对记者说："我家里有4口人，老公患有强直性脊柱炎，失去劳动能力。我在公司每个月有2000元工资，家里有3亩地种了公司的订单高粱，已经3年了。去年公司以每公斤2.2元收购，高出市场价0.1元，按亩产400公斤算，收入近900元，比以前种玉米高多了。家里一共有5亩地、退耕还林2.5亩，扶贫贷款5万元，每年分红3000元。如果没有这些帮扶，像我家这种困境很难度过，真是太感谢政府的扶贫政策了。"

小杂粮产业是兴县实现稳定脱贫的基础产业，涵盖全部建档立卡贫困户，到2018年杂粮面积已达60万亩。从基地到销售形成了完整的产业链条。采用"公司+合作社+基地"的产业发展模式带动农户增收。去年全县共投入2100万元，发展杂粮产业13.7566万亩，其中发展绿色谷子9.8万亩、绿色高粱0.88万亩。重点从优种、配方肥、精播机给予补贴，突出抓绿色有机标准生产流程全程跟踪技术服务、统一培训、统一订单回收的产业体系。全年订单回收杂粮2000万公斤，绿色杂粮基地认证10万亩，有机基地认证2万亩，共带动17个乡镇376个村委29622户农户，其中贫困户16520户，户均收入达6000元。

全民入股抱团致富　合作总社引领村民奔小康

"有了这37个食用菌大棚，再加上262亩中药材，2018年底收入50万元左右了，要不了几年，我们村里肯定大变样。"2月的寒风中，蔚汾镇河儿上村的春秋食用菌大棚虽仍在歇棚，但记者在村党支部书记张补平的眼里看到的却是满满的希望。

食用菌产业和药材产业都是兴县近几年确定发展的特色产业。该县引进华亿食用菌有限公司生产食用菌棒，到目前已形成从制作菌棒到生产基地标准化种植、订单回收、产品深加工为一体的产业链条。依托现有食用菌生产加工龙头企业，在恶虎滩、交楼申、蔚汾3个乡镇，新建菌棚125座、冷库1座，发展食用菌产业。贫困户种植每棒补助3元，非贫困户种植每棒补助2元，符合要求的菌棚，贫困户按总投资的50%予以补贴，非贫困户按总投资的30%予以补贴。采取以点带面、优先贫困户种植的方式，在全县推广。去年政府共投入340万元，发展菌棒100万棒，共带动贫困户130户，户均收入达26400元。2016年该县确定中药材为支柱产业，并且引进了兴皖药业有限公司，在全县基地上搞技术服务，并回收产品。去年共投入200万元发展中药材产业5000亩，带动13个乡镇的贫困户657户，预计达产后人均年收入可达8938元。产业发展过程多样化的经营模式中，合作社成为重要环节。

以蔚汾镇河儿上村为例，全村290户900人，1080亩地，有建档立卡贫困户132户406人，2017年整村脱贫后，利用扶贫资金建起37座食用菌大棚，当年收入20万元，实现了集体经济的破零。年底村委带领全体村民成立合作总社，所有村民每人以50元入股。"当年的20万元收入集体留了5万元，其余15万元按比例给贫困户分红每户356元。我们建立了完善的利益分享机制，确保社员的合法权益。2018年通过以每亩350元流转村民土地后种植药材262亩，统一管理、技术、采收和销售。年底的收入，我们也按比例给社员分红。"村委会主任兼合作总社负责人杜永军给记者介绍。合作总社采用"生产托管+流转一体化模式"引领社员参与规模经营，促进了适度规模经营，农民成为土地流转的参与者和受益者。社员屈贵平长期在外务工，家里土地撂了荒，将自家3亩土地流转到合作总社，流转为他增加收入1050元。社员郭信堂、杨小平等15户把200亩经济林托管到合作总社，合作总社统一管理技术、采收和销售。郭信堂高兴地说，这下子解决了技术、劳动力缺的难题，树木得到很好管护。62岁的贫困户康去平做村里的保洁员每月收入500元。3亩土地流转给合作总社每年收入1050元。去年入股分红，两口子分了730元。平时还可以在食用菌和药材基地务工，每天能收入100元左右。还有扶贫贷款分红3000元和退耕还林的收入1500元。"依靠合作总社，我们老两口的生活可是有保障了！"康去平老人高兴地说。

"合作总社的经营范围由种植和打工，拓展到承建造林、小型基础设施等项目，由过去一业发展为多业支撑。通过政府提供项目、合作总社承办实施、社员参与劳动的'政府+合作总社+社员'的模式，支持合作总社参与植树造林，道路、水利等农村基础设施建设项目，既可减轻财政投入负担，又能使合作总社获得稳定收入，还可以增加社员收入。"河儿上村党支部书记张补平这样说。

蔚汾镇公义村距县城6公里，现有村民171户643人，在去年也成立了合作总社。"村里发展了旅游观光采摘园，这是新建的15亩黑枸杞示范园。"蔚汾镇副镇长王建伟给记者介绍。村里通过对泥淖坑覆土造地，新增农田14.5亩，可带动30余户贫困户，预计年产值能收入30万元。"村里变化太大了，村民生活越来越好，这可要归功于政府的脱贫政策呀！"老支书康朴唐动情地说。

河儿上村成立全县第一个村委会牵头、全体村民自愿参与的农村经济发展合作总社以来，带动经济发展运行良好。目前兴县正在全县376个行政村推广合作总社这一模式，这将更好地促进产业规模发展，引领百姓抱团奔小康。

精准脱贫，产业先行！围绕产业布局和区域特点，兴县还因地制宜发展绿色马铃薯基地，带动13842户贫困户户均增收4000元；

发展畜牧产业，带动3000户贫困户户均增收7000元……

　　严格按照"五有"标准，兴县正在脱贫攻坚的路上以一鼓作气、攻城拔寨的决心，要在今年底坚决啃下深度贫困这块硬骨头！

（2019年4月9日）

做强特色 做大龙头 做好保障

——交口县产业扶贫模式调查

本报记者 柴俊杰

5月21日,省政府发出批准离石等9县(区)退出贫困县的通知。作为这次"摘帽"的省定贫困县之一,交口县至2018年底累计退出贫困村47个,退出率95.9%;减贫8471户23149人,贫困发生率降至0.73%。交口县能够在脱贫攻坚战役中如期实现"摘帽"目标,是与他们培育的"3+N"特色产业体系所发挥的产业支撑作用分不开的。

依托资源禀赋 培育三大特色产业

石口乡张家庄村建档立卡贫困户郭明太,去年5月以一个棚2000元的价格承包了3个食用菌大棚,一共赚了4万多元,再打些零工,全年收入超过5万元。2018年12月1日,郭明太摁上自己的红手印，主动申请"脱贫摘帽"！

郭明太说，他能够成为脱贫户，主要是因为扶持食用菌产业的政策好。"政府和企业不仅提供了大棚、菌棒和技术指导，而且帮着贮存、销售，我们只负责管理出菇，这可比以前种传统作物收入高多了！"

食用菌产业是交口近年来重点培育的"3+N"特色产业体系中的主打产业之一。

交口属于中纬度地带，夏季温凉，昼夜温差大，是香菇生产黄金纬度带。经专家论证，交口干燥的空气杂菌含量小，菌棒成活率高，白菇率和花菇率高，品质更好，此外，还填补了7月至10月香菇市场的空档。专家论证的结果是，香菇在这里可作为产业进行规模化发展。

为此，交口县制定出台食用菌七大类11项奖补政策，特别针对贫困群众，发展食用菌每棒补助2元，大棚每平方米补助50元。据统计，2015年以来，财政整合各类涉农扶贫资金补贴7000余万元，撬动金融贷款近2亿元，全部用于食用菌产业发展。

好政策极大地调动了群众的积极性。桃红坡镇西交子村民韩双狗过去一直靠政府接济、邻里帮扶勉强度日。食用菌奖补政策出台后，2017年6月，在村干部的帮扶下，韩双狗首次种植平菇600棒就实现增收3000元，2018年又投资3000元在房前建了一个800棒的香菇棚，增收5000多元，成为远近闻名的脱贫典型，还上了中央电视台《生财有道》栏目。

目前，交口县食用菌产业规模达到3090万棒，产值达到3亿元，覆盖全县7个乡镇、60%的行政村和65%的贫困户，吸纳劳动力4000多人，带动贫困户3000户左右，户均增收1万元以上。根据规划,到2020年,交口县食用菌总规模将达5000万棒,鲜菇生产能力5万吨,精深加工产品销售量30%以上,带动全县7000余农户10000余农民参与,实现产值超过5亿元。

此外,以生猪为主的特色养殖、核桃经济林也是交口大力推广的扶贫产业,目前全县核桃经济林达20万亩,年猪出栏30万头,再加上肉驴、肉鸡、绿色谷子、中药材等辅助产业,呈现出了产业特色明显、多渠道增收的态势。据统计,以食用菌、养殖、核桃为主的三大产业贫困户带动率达87%。

龙头企业牵头　凸显主体带动效应

4月18日,交口县韦禾农业发展有限公司在公司所在地举办菌棒出口韩国首发仪式。首发仪式的启动,象征着韦禾与韩国公司联姻的香菇菌棒运输正式起航。据韦禾农业公司总经理李佩洪介绍,此次出口韩国的香菇菌棒为50万棒,是该公司与韩国签订合同、建立合作关系以来的首批发送菌棒。

据了解,韦禾农业发展有限公司是山西省产业扶贫龙头企业、吕梁市农业产业化骨干企业,也是交口县"百企百村"结对帮扶和民营经济转型样板企业。公司专业从事香菇、平菇、木耳等食用菌菌种、菌棒生产、种植、产品加工、销售等业务,并通过发展食用菌产业,带动周边农民群众增收致富。自2017年以来,韦禾农业共生产香菇菌棒500万棒,生产销售优质香菇100万公斤,实现产值3000万元。公司通过劳务就业、扶贫资金入股分红、金融扶贫、"六统一分"承包菇棚、辐射带动、土地流转资金收益六种模式,带动周边18个贫困村、2200户农户脱贫致富。其中,有1967户农户直接参与食用菌产业,实现了稳定增收,为吕梁深度贫困地区脱贫攻坚做出了积极贡献。

在交口县，由大型农业公司带动贫困户脱贫致富，韦禾农业公司并不是孤例。

交口县农委副主任张海峰告诉记者，注重培育龙头企业带动农户致富是该县产业扶贫的显著特点。而在培育龙头企业机制上主要有两种模式，第一种是鼓励当地企业投资农业，建立农业公司，除了上面提到的韦禾农业发展有限公司、南山百世食安农牧业有限公司和天林农业发展有限公司等龙头企业均属于此类模式。第二种模式是通过招商引资，引进省内外大型农业龙头企业，新大象公司就是这方面的代表。

交口县通过龙头企业带动贫困户脱贫的主要做法是"企业管两头、农户包生产、政府搞服务"，通过股份合作、订单帮扶、产业园区带动等多元化利益联结模式，让龙头企业、合作社等新型经营主体牵着农户闯市场。同时借助产业培育，提升贫困群众的自我发展能力。据统计，目前全县已有规模化示范园区3个、龙头企业5家、农民专业合作社152个。

一个龙头企业的扶贫力量有多强？南山百世食安农牧业有限公司的"10万头养殖项目"给出了答案：通过"金融+订单农业"模式，以每公斤高于市场0.1元的价格与全县2000余农户签订玉米补助收购协议，户均增收1500元以上；依托公司开展的扶贫资金委托投资经营模式，已吸引周边村庄的100多户贫困户以入股分红的方式实现了增收。

强化风险防控　　激发农户内生动力

康城镇尚家沟村32岁的李宏明是一名食用菌种植户，但去年7

月初的一场百年不遇的洪水让他遭受重大损失。

尚家沟村是交口县有名的食用菌种植基地，光出菇大棚就有170个，这其中就有李宏明去年4月投资3万元建起的一个一万棒的平菇大棚。"正常情况下，一棒能够产3斤平菇，可卖到6块钱。一个大棚可以收入6万元左右。"李宏明说，正当准备出菇的时候，一场突如其来的洪水把他挣钱的希望全部冲毁了。"不幸中的万幸，我在去年6月份的时候，听说县里推出'一保通'里有食用菌产业险，每棒只需2角8分，而且政府补贴90%，个人只需出不到3分钱，就全部入了保。"最终李宏明获得3.15万元的保险赔付，挽回了他的全部投资。据了解，在这次洪灾中，尚家沟村40户建档立卡贫困户种植的40万棒左右的香菇、平菇受损严重，县人保公司共赔付134万余元，其中赔付两个合作社25万余元、赔付40户贫困户109万元左右，为受灾合作社及贫困户及时恢复生产、增强发展信心、稳定产业发展提供了坚实保障。

产业发展需要真金白银。实践中，交口探索创新"金融+劳动就业""金融+订单农业""金融+龙头企业""金融+产业项目"等8种金融扶贫模式，强化金融"输血"作用，激发产业"造血"功能，让贫困群众安稳增收，而他们推出的扶贫"一保通"综合保险模式则是老百姓脱贫的"民生保障'安全阀'和脱贫致富'稳定器'"。

所谓的"一保通"模式，即脱（返）贫险＋蔬菜大棚、小杂粮、核桃、食用菌、育肥猪、肉牛等农林牧产业险，疾病、慢病、意外伤害身故等健康险和小额贷款保证保险。捆绑形成以脱（返）贫保险为统领，涵盖产业、健康和小额贷款保证保险等19个险种为一体的"一保通"保险扶贫模式。这其中基本囊括了交口县脱贫攻坚所发展的所有农业产业。在产业发展上，该县实行"五位一体"小额贷款保证保险制度，县政府对贷款保证保险予以保费补贴。出现风险后，政府、银行、保险三方按照2∶1∶7的比例分担风险，确保产业融资高效安全。建立香菇售价保险，每棒保费0.36元，保自然灾害、保市场价格，保障兜底收入4.5元，确保产业稳定发展和脱贫成色。通过实施"一保通"模式，整合各类保险资源，将盈亏程度不一的险种搭配组合，解决保险公司不愿保、农户不敢种的问题。2018年食用菌保险赔偿达448.27万元，简单赔付率达到129%，有效稳定了贫困户的收入。

交口县农委副主任张海峰告诉记者，通过"一保通"扶贫保险，将食用菌、核桃、养殖全部纳入了农业保险范围，极大地提高了脱贫产业的抗风险能力，保障了贫困户兜底收入，有效调动了他们的内生动力，提高了他们参与产业发展的积极性。因为"一保通"的推行，交口县近三年来食用菌种植规模翻了三番，养猪存栏数翻了四番。

（2019年6月11日）

石楼：依托区域优势　打响绿色品牌

本报记者　王　涛　柴俊杰

位于吕梁山西麓的石楼县是吕梁山集中连片特困区深度贫困县之一，贫困发生率高达24.6%。近年来，该县全力实施攻坚深度贫困"三五工程"，聚焦深贫精准发力，结合县域实际，努力探索绿色产业扶贫之路，取得显著成效。2018年底，全县所有行政村都达到了2万元以上的集体经济收入，全县农民人均可支配收入达到3768元，同比增长15%，增速持续排名吕梁全市第一。圆满完成了退出1.2370万贫困人口34个贫困村的年度目标任务；全县累计实现4.3119万贫困人口80个贫困村退出，贫困发生率降低至11.22%，取得了明显的减贫成效。

升级传统产业

6月26日，记者在石楼县龙交乡兴东垣村看到，集中连片的400亩谷子因为全部实现了渗水地膜覆盖而特别引人瞩目。龙交乡农技推广站站长张建珍告诉记者，今年春播至今，因为缺雨干旱，旱地作物长势不容乐观，但覆盖了渗水地膜的谷子产量应该不会低于去年。张建珍之所以有这样的底气，是因为"去年在同等条件下，这里引进渗水地膜技术的谷子亩产达到400公斤，最高的达到600公斤！"

张建珍表示，这项从省农科院引进的技术省工省力、保墒保温，老百姓不用锄草，亩均产量比以前增加了七八倍。

石楼县农委副主任任青平告诉记者，渗水地膜技术是石楼推动传统种植产业升级、打造绿色农产品的一项有力措施。目前全县10万亩谷子已经推广渗水地膜覆盖1万亩。"2017年以来，我们为种植杂粮的农户每年每亩补助价值100元的复合有机肥、种子，3年累计补贴资金3000万元左右，累计补贴杂粮面积达30万亩，进一步调动了农民种植杂粮的积极性。与此同时，不断试验试种车厘子、露地木耳、灵芝等新品种；全面推广宽膜多沟、渗水地膜覆盖、少耕穴灌聚肥等旱作农业集成技术；实施坡改梯、土地整理、水路肥综合治理、农机作业等措施，每年改造中低产田1万亩左右，切实提高土地生产力。"任青平说。

据了解，不仅仅是传统种植业生产，该县的另外两项主导产业特色林果和生态养殖也积极引进新技术推动传统产业升级。

石楼县有红枣核桃为主的特色经济林50万亩，其中红枣林27万亩、核桃林23万亩。多年来，由于红枣常年遇雨裂果霉变，核桃品种繁杂、品质较低，致使果农对经济林的信心锐减。鉴于此，该县从2016年开始对红枣核桃经济林进行提质增效，日常管护每亩补助200元，改良嫁接每亩补助500元，通过实施整坑涂白、病虫害防治、改良嫁接、深耕锄草等各类管护措施，采取统一制定标准要求、统一购置投入品、统一群众实施、统一技术服务、统一组织验收的"五统一"模式，确保红枣核桃经济林工程效益，为进一步提高亩产效益奠定了良好基础。2016年至2019年，累计投资6000万元左右，实施以嫁接改良和日常管护为主的红枣核桃经济林提质增效工程27万亩左右，人均年增收800元左右。

在生态养殖业方面，该县充分挖掘全县千沟万壑适宜沟域生态养殖的天然优势，重点抓好金鸡、银狐、善农三大规模特色养殖业，"金鸡计划"年存栏蛋鸡达到80万只，带动0.38万贫困人口；"银狐计划"于2017年7月通过招商引资引进哈尔滨华隆集团投资3500万元，在小蒜镇王家畔村建设种貂场，现有水貂2.5万只，平均产子高达6.5只。为了产业辐射能带动更多的贫困户脱贫致富，2018年县政府投入扶贫整合资金2600万元，在小蒜、龙交、裴沟3个乡镇发展了5个村集体特种养殖场，辐射6个乡镇10个村集体组织，带动1331户贫困户4104口人脱贫，"善农计划"通过引进善农"蜂农工匠"带动全县发展养蜂户244户，发展蜂群1.4万箱，产量达84万公斤，户均年增收6.8万元。

创建绿色基地

灵泉镇车家坡村的党支部书记兼村委主任张国雄最近特别忙。

作为石楼县的美丽乡村示范点，张国雄不仅要抓好全村垃圾和污水治理等硬件建设，还要以"爱心超市"为载体抓好文明乡风建设。此外，今年10月，车家坡还将迎来一次"大考"——有机农产品生产基地的认证。

张国雄告诉记者，2017年，车家坡村"两委"通过宣传引导各项惠农政策，成立了石楼县丰驿种植专业合作社，吸收农户58户，其中贫困户20户57人入社，搭上了县委、县政府要打造有机示范县的快班车，成功建成了1600亩有机谷子创建示范基地。2018年继续扩大有机基地种植面积，将1600亩扩建为2800亩，基地统一种植，统一免费发放并施用有机肥料，统一管理，互相监督，2017年、2018年连续两年获得了国家质量认证中心有机转换认证证书。"按照规定，通过三年的有机生产，如果检测达标，我们就可以获得有机生产基地的证书，我们对此充满信心。"张国雄说。

不仅如此，车家坡村还通过规划建设完成272亩有机蔬菜种植基地，新建成1000余平方米的农副产品加工厂一座。购置了小米机械化生产线一条、小米石碾设备一套、石墨设备一套及真空包装设备等，并正在办理生产加工许可证。"我们以创建有机基地为依托，为村集体经济发展奠定了强大的基础，将带领车家坡广大老百姓脱贫致富。"张国雄对记者说。

车家坡村有机农产品生产基地建设是石楼县大力建设绿色农产品生产基地的一个缩影。

石楼拥有山水天然、远离污染的绿色环境优势，因此发展绿色、有机、无公害农业是石楼农业转型发展的根本出路。据介绍，石楼县纯天然无污染的自然区位优势孕育形成了以黄河岸边养生红枣、黄河滩中甜糯红薯、吕梁山上营养小米、山前院里生态蜂蜜等优质特色农产品为主的农产品体系。充分发挥石楼的绿色生态优势、做大做强绿色农产品已经成为全县共识。为此，该县自2016年以来根据全县特色产业区域性分布特点，通过政府引导、政策扶持、企业牵头、试点先行，以灵泉镇车家坡有机谷子、罗村镇桃花者村有机蔬菜为样板，着力打造东部有机谷子、蔬菜、核桃，西部有机红枣、红薯等万亩有机生产基地，做大做强有机农业，加快国家有机产品认证示范县创建步伐。现在全县已建成21个有机农业生产基地，其中两个基地取得有机证书、19个基地获得有机转换证书。

打造绿色品牌

今年5月23日，石楼县在北京举行了一次农产品区域公用品牌发布会，"塬谷石楼"品牌正式向全国亮相。发布会上，全国青联常委、中央民族歌舞团歌唱家、中国扶贫宣传形象大使刘媛媛与石楼县达成公益代言合作，担任"塬谷石楼"品牌形象代言人。同时，石楼县商务中心向石楼县7家经营农产品的企业授牌，部分公司代表现场签约订货。随后，与会的农业专家、相关企业和品牌专家、电商专家、石楼县委书记等参加了"农业品牌化与品牌区域化"主题论坛，就如何依托绿色环境资源，实施乡村振兴战略，走好质量兴农、绿色兴农、品牌兴农之路进行了深入的探讨。

"塬谷石楼"农产品区域公用品牌由石楼县委、县政府，共青团中央驻石楼扶贫工作队共同打造，旨在借此品牌进一步带动优质农副产品的推广，助力脱贫攻坚。而这次在北京举办品牌发布会，则是石楼县委、县政府着力打造县域绿色品牌的升级行动。

好酒也怕巷子深。尽管石楼特色农产品的品质优良，但是由于销售渠道不畅，广大贫困户只能端着金饭碗、过着苦日子。为了加快产业脱贫步伐，让好产品卖上好价钱，让贫困户过上好日子，近年来，石楼县围绕做大做精做优生态特色农业产业，深入推进农业供给侧结构性改革，加快生态特色农产品产供销体系建设，电商销售平台建设，强化产销合作关系，提升农产品供给质量，提升全县生态特色农产品的销售能力，全力打响石楼生态农产品知名品牌，实现全县生态特色农产品精准销售，广大贫困群众稳定脱贫增收。

具体措施上，该县引进和培植龙头企业，通过"市场+龙头企业（电商）+基地（合作社）+农户"的合作机制，高起点、高标准发展石楼有机农业，打造石楼有机农业品牌。东瑞农产品有限公司和树德枣业有限责任公司就是该县培育的本地龙头企业典型代表。东瑞农产品有限公司总经理赵东辉告诉记者，公司以农产品加工和流通为主业，通过"公司+基地+农户"的产业模式与贫困户签订种植收购协议，同时提供优良种子，进行种植技术培训等服务，带动了全县9个乡镇83个自然村970户农民实现增收。

此外，该县还加强与山西农大、省林科院、省农科院的合作，积极开展绿色农业生产技术指导。整合农业、林业、畜牧等农产品质量检测项目，按照有机农产品质量检测的技术标准，建设全省一流、全市唯一的农林牧产品综合检验检测中心，为有机农产品发展提供产地源头检测服务；与此配套，还重视夯实基础设施，着力抓好商贸物流，积极创建县级电商综合服务中心，不断完善乡镇服务站和村服务点功能及配套设施，每年确定1个试点乡镇、9个试点村。将发展电商经济与典型培养相结合，重点支持树德枣业申报省、市级电商示范企业，进一步增强乐村淘、聚世惠等网店的网络销售带动能力。

石楼县委书记油晓峰表示，"塬谷石楼"品牌的正式发布对于石楼县的扶贫工作和如期打赢脱贫攻坚战具有深远的战略意义，对快速拉动石楼县农产品产业的向好发展和优质农产品上行起到了强力助推作用。石楼将紧紧抓住创建国家有机产品认证示范县的有利契机，大力支持企业申报无公害、绿色、有机产品认证，积极推进无公害、绿色产品生产基地的申报工作，创建有机生产基地2万亩，进一步打响石楼农产品品牌。

（2019年7月5日）

交城：强化主体带动　力推产业扶贫

本报记者　林晓方　柳　飞

"2019年一季度农村居民可支配收入为2953元，比上年同期增加249元，同比增长9.2%……"交城县属吕梁山集中连片特困地区，2002年被确定为省定贫困县，全县建档立卡贫困人口规模11326户、27925人。三年的攻坚拔寨，该县把产业扶贫作为强县之本、增收之源、脱贫之基，立足资源基础和发展实际，精准谋划产业、加快政策扶持、强化主体带动、创新保障机制，全力推进产业扶贫，带动贫困群众增收致富，全县贫困人口实现脱贫，贫困发生率降到0.47%。今年5月21日，交城正式退出贫困县。

知名品牌托起脱贫责任

山西嘉荣农业科技开发有限公司位于全国著名骏枣之乡——交城县，是生产加工交城骏枣系列、核桃、枣夹核桃系列、果蔬系列、杂粮系列、食用菌系列、坚果系列等产品的专业基地。

公司生产红枣已十年有余，无论公司生产设备、环保措施还是卫生许可方面都达标，销售网络遍布全国，生产规模也有了新的流水线作业，目前贮藏库，贮藏能力达1000吨，2019年产值由原来的3000余万元上升到5000余万元。

现产品线下已销往东北三省，入驻家乐福、乐购、大润发等国际卖场；在山东青岛、济宁等地的商超非常畅销。早在2010年，公司产品就在长治市博源超市、金威超市等受到消费者追捧，目前已经成为长治、晋城的名牌产品。另外，公司"交城山"牌骏枣产品在太原武宿机场候机楼、晋农旅游超市、大同云冈旅游超市等都有销售，并受到众多消费者的青睐。

线上主要以"交城山"品牌的产品在淘宝、天猫、京东、拼多多等平台销售并受到众多消费者的青睐。

近年来，公司以党的十九大精神为指导，深入贯彻落实习近平总书记视察山西重要讲话精神，以及省委、省政府关于扶贫攻坚的部署要求，按照县委"四有"的产业扶贫思路，以县龙头企业为主导，充分发挥其对脱贫攻坚的示范带头作用，集中力量扶持，改善贫困村的生产生活条件，提高贫困人口的自我发展能力，增加贫困户的收入，加快脱贫致富步伐。

2018年，公司按"龙头企业＋合作社＋农户"的模式，引导农户与公司合作种植枣树、秋葵、野生木耳、土豆等，鼓励贫困户种植，加强自身的技术，免费为贫困户提供种子、技术培训和保价收购，为贫困户脱贫打好基础。同时带动贫困人口从事农产品销售工作，鼓励贫困人口通过电商平台从事网络经营，在增加贫困人口收入的同时，扩大了营销队伍，进一步增加了公司业绩。

每年的11月左右，由于业务量开始增大，公司积极招聘贫困户来厂就业，主要工作的方向：分级选枣、分拣枣、包装、打扫卫生、门卫等，现已带动贫困户30户70余人，通过再就业为贫困户带来1500元/月左右的收入。

2018年后半年，山西嘉荣农业就真空低温油炸脆枣项目扩大生产，将果蔬、红枣、蘑菇、木耳等作为主要收购产品，然后通过加工销往全国各地，这样既解决了农民销售难的问题，也为公司发展产品增加了更多的发展方向。通过上述措施，使贫困户发挥自身的长处，结合公司的优势，更好、更快地增加收入，争取早日脱贫成功。

特色种植引领发展气象

交城县突出红枣、核桃、畜禽、花卉、苗木等特色产业，基本实现了区域经济特色化、特色经济产业化、产业经济规模化，为推进新农村建设打下了良好基础。交城县把实施"一村一品"作为农业和农村工作的重要内容来抓，以推进农村产业结构调整、培育农业支柱产业、激活农村市场经营为目标，大力发展"一村一品"，取得了可喜的成效。

为了创新发展模式，打造"吕梁第一菜园"，该县打破传统的蔬菜种植模式，积极鼓励和扶持龙头企业和合作社大力发展无公害、绿色蔬菜产业，探索"企业+农户""合作社+基地+农户"的合作模式，重点依托建丰现代农业园、坤润有机蔬菜园、交城县承俊大棚专业合作社和山西禾源经济发展有限公司四大特色蔬菜产业示范园，有效促进和带动全县设施蔬菜规模化生产。

在决策运作上，交城县依托既有优势，打破常规招商引资，引进了山西省最大的蔬菜批发市场太原桥西蔬菜批发市场入驻该县，成立山西原禾源经济发展有限公司，投资5.8亿元在该县安定村兴建全省最大的农产品供应基地，其供应能力可保障太原市300万人消费3个月，上缴利税3000万元，实现产值8亿元。

7月3日记者一行来到交城县承俊大棚专业合作社，满园的造型花卉吸引了记者的眼球。据悉，这批花卉将装点太原的街道，助力二青会。负责人介绍，今年国庆的北京天安门造型花卉也在这里培育。

张承俊在北京从事花卉栽培、园林绿化业务多年，与各大涉农高等院校有良好的合作关系，积累了丰富的现代化农业生产经验，把握了市场的发展趋向，拥有广泛的技术与销售资源。园区采取"合作社+基地+农户"的发展模式，以种植、销售蔬菜和花卉为主，现已建成以西营镇大营村为主要基地的420亩高标准花卉、有机蔬菜生产园区，一座1500平方米组培育苗现代智能温室，提供优质种苗500万株，安排200余农户就业，带动周边蔬菜产业发展。针对交城县西营、洪相一带土地连片，农民集聚且收入偏低实际，驻村、包村干部因地制宜，提出建立农户土地集中流转、企业连片规模建设、附近农民入园打工的发展模式，并引入坤润、原和源、建丰、承俊等四户龙头企业，集中流转土地3200亩，着力打造交城高效农业产业园，使附近农民获得入园打工和土地出租双重收入。全县蔬菜面积达2600亩，蔬菜收入占农民人均纯收入的比重达到30%。

目前合作社已成功种植生产纯天然有机草莓，完成投资450万元，建成1500平方米蔬菜花卉智能组培育苗室，投资250万元，建成日光温室6栋。该镇大营村村民李四平高兴地说："这都是县里鼓励发展特色种植业带来的新气象。"

加工企业带动一方百姓

7月3日，记者一行来到了交城县山西老农民食品有限公司。据悉，该公司创办于2016年，地址位于交城县西营镇城头村，注册资金1000万元，总占地面积30亩，其中项目一期工程占地13.71亩，建办公区、生活区、生产车间共计9700平方米，肉羊屠宰生产车间13个、速冻库4个、储存库3个、机械化自动生产线16条；项目二期工程占地16亩，新建肉牛屠宰车间及配套屠宰设备。

公司以科学发展观为指导，靠着多年摸索形成的慎"引"、优"培"、尚"争"、活"用"、厚"待"的人力资源管理理念，在发展过程中，造就了一支结构合理、业务精通、技术精湛、勇于开拓创新且忠诚度高的人才队伍，使公司从小变大、由弱至强，成长为行业的一个实力派"小巨人"。

公司为加大养羊的产业化开发力度，目前已采用"企业+基地+农户"的养殖开发模式，充分利用交城县山川资源优势，开展山川联合，利用山区牧草，建立起肉羊养殖产业链和生态食物链，采用现代绿色生产技术和现代化产业发展模式，促进了传统畜牧业向现代畜牧业发展，收获了良好的经济效益和社会效益。

交城县电商办负责人梁彦刚介绍说，近年来，该公司为贫困户设立养羊收购保护价制度。按照每只羊每斤高于市场价格1元的收购标准，平均下来，贫困户每只羊能多领100多元。按照资产收益分配原则，贫困户以5000元为一股，按股息的6%分红，平均每人每年能领300元。目前资产收益带动全县900贫困户，羊只收购带动全县1000贫困户。

记者在走访中看到，山西老农民食品有限公司建设有全套整体牲畜屠宰生产线项目，全程无菌作业，产品按照国家食品安全法要求生产纯天然绿色放心产品。

公司总经理双来顺介绍称，原来交城县没有屠宰加工企业，县里屠宰牲畜需要送到附近的其他市县。不仅运输成本高，也不利于养殖户发展生产。公司屠宰生产线建设完成后，有效带动了全县1000多养殖户。光西营镇城头村就带动了30户，屠宰牲畜1000多只。

山西老农民食品有限公司产品辐射多个省市及港、澳地区。在创新的营销运作模式和广大公司的支持下，向专业化、规范化、国际化方向发展，坚持客户利益至上的原则，努力打造牛羊肉领域知名品牌，引领牛羊肉行业新潮流。

（2019年7月12日）

特色产业开拓扶贫新路径

——五台县产业扶贫发力撬动农民增收脱贫走笔

本报记者 金建强 通讯员 金俊贤

盛夏时节,五台大地一片绿浪翻滚、如火如荼的新景象。

农业园里新特作物长势喜人,产业园里农产品电商借助大数据忙着"淘宝",农家房舍上光伏电板晒着太阳昭示着好"钱景",山坡上一曲曲"金融扶贫真不赖、养群牛羊富起来"的信天游一阵又一阵地飘来,勾绘出了产业扶贫喜结硕果的立体画面。

作为国家扶贫开发工作重点县、燕山至太行山集中连片特困县、全省36个国定贫困县之一的五台县,近三年来,贫困发生率由23.03%下降到5.28%。截至今年年初,五台县有179个村、46848人脱贫,其中依靠特色产业脱贫17613人,占到脱贫总人口的37.6%。

发展生产脱贫是精准扶贫的重中之重,是贫困地区摆脱贫困的治本之策。以区域资源禀赋为基础,以特色产业为造血手段,五台县为欠发达地区探出了一条脱贫攻坚的特色路径。

党员+党性　坚持"四个一切"工作清单到人

五台县是一个拥有460个行政村、31.41万人的农业大县。时针回拨到三年前，该县尚有建档立卡贫困村244个、贫困户26488户、贫困人口6.0788万，贫困发生率高达23.03%。

面对严酷的县情，忻州市人大副主任、五台县委书记王继明掷地有声："要把脱贫攻坚作为全县'十三五'期间的头等大事和第一民生工程来抓，要坚持以脱贫攻坚统揽经济社会发展全局，牢固树立'抓发展首先抓脱贫、抓脱贫就是抓发展'的理念。"

以此为风向标，该县成立了以县委书记任第一组长的脱贫攻坚领导小组，带领全县上千名坚守在脱贫攻坚第一线的党员干部，坚持做到"四个一切"：一切围绕脱贫、一切为了脱贫、一切服从脱贫、一切服务脱贫。县委、县政府"硬性"要求各级各部门倾斜"五个重心"：做决策，优先脱贫攻坚；办事情，突出脱贫攻坚；动资金，保障脱贫攻坚；用干部，挂钩脱贫攻坚；抓考核，强化脱贫攻坚。

特别是今年1月4日，该县脱贫攻坚总指挥部以文件的形式，向县级领导、县直各部门、各乡镇下发《2019年脱贫摘帽工作清单》，将产业扶贫等几十项工作落在县、局、乡三级党员干部的头上，"硬性"要求做什么、怎么做，定标、定质、定时完成。直接将党员干部的工作实绩和表现划分为三类性质：脱不了贫是失职，干不好脱贫工作是不称职，脱贫中有问题不解决就是渎职。

定位+定补　发展特色农业奖补扶持拉动

五台县地形主要由山地、丘陵、平川构成，山多、坡多、沟多、草多，海拔落差大、梯次明显的独特气候特征决定了该县是发展特色农业的天然宝地。

产业是发展的根基，是稳定脱贫的保证。在大力实施精准扶贫的进程中，该县依据地域特征、资源禀赋、产业现状，确立了大力发展小杂粮、马铃薯、中药材、蔬菜、林果、畜牧、农产品加工、休闲农业等特色农业的总体方针，通过整合项目资金、加大金融信贷扶贫等措施，扎实推进贫困村"一村一品一主体"建设，稳步推动特色农业产业化，全力拓宽贫困户就业增收的渠道，精准帮扶他们早日脱贫。

该县分管脱贫攻坚的副县长刘新宇说："贫困户脱贫的根本出路在于产业扶贫，而起步时的政策补贴必不可少。"记者了解到，力避补贴"大水漫灌"和"撒胡椒面"，坚持政府引导和市场主导，近年来该县先后出台《五台县"一村一品一主体"产业扶贫行动方案》《五台县"十三五"特色产业精准扶贫规划》。今年，该县又以县脱贫攻坚总指挥部29号文件出台《五台县2019年产业就业扶贫奖补政策》。文件中明确作出规定，全县建档立卡贫困户发展新型优质玉米、薯类、小杂粮、中药材种植和育苗均可享受奖补政策。具体奖补标准为贫困户在自家确权登记的土地上，除享受国家规定的农业支持保护补贴外，种植优质新玉米每亩奖补100元，种植优质脱毒薯类每亩奖补150元，种植优质小杂粮每亩奖补200元，种植道地中药材每亩奖补500元，进行中药材育苗每亩奖补800元。

靠山吃山，认准中药材种植；依托贴补，将贫困户纳入中药材产业。目前，该县建成了耿镇中药材产业示范园区、东冶中药材产业园区、茹村中药材产业园区，扶持山西百草绿源中药材有限公司成为全县道地中药材产业龙头企业。

借助"公司+合作社+农户"的订单方式与农户建立利益联结机制，这些园区和企业带动全县4418户农户种植中药材受益，其中贫困户1386户。实实在在的奖补政策让建档立卡贫困户干劲实足，推动今年该县中药材种植面积达到了两万亩。

电商+微商　网上销售土货开通致富快车

大力发展特色农业，把发展生产扶贫作为主攻方向，能否打通特色农产品销售的"肠梗阻"是能否助推贫困户脱贫关键中的关键。

让"互联网+"联通致富路，让土特山货插上信息的翅膀走南闯北……在实践中，五台县外引内建搭平台，把发展、培育、扶持电商和微商作为促进特色农产品产销对接的有效举措，引领贫困群众变"单打独斗"为"抱团发展"，有力地拉动产业扶贫"跑得稳""跑得快"。

以列入全省电子商务进农村综合示范县为契机，五台县大力实施电商扶贫工程，建成了1600平方米的电子商务公共服务中心和1万平方米的县级物流仓储配送中心；电商服务覆盖338个村，其中贫困村205个，覆盖率达84%；累计举办电子商务培训8327人次，其中贫困人口2383人次；对接开通了"京东扶贫馆""淘宝特产馆"，培育企业及创业人员在淘宝网、微商城、朋友圈、供销e家、今日头条等平台开设店铺；完成了"五台斋选"公用品牌注册和包装设计。

此外，该县还制定了《五台县金融支持特色产业发展富民扶贫工程实施方案》，促成五台县农村商业银行确立4000万元的信贷扶贫资金，仅发放"富民贷"小额扶贫贷款就达2779万元。

好政策指路、引路，真金白银"护驾"。目前，五台县涌现出销售土特农产品的网店38个、微店231个，物流快递企业涌现出22家，使本地18大类36个品种的特色农产品走出深闺有了坚强的靠山。

夏日炎炎，五台县台城镇东岗村返乡大学生李双龙望着长势喜人的庄稼，一边忙活一边说："去年冬天与台城镇政府签订了10万公斤网上销售小米的合同，今年就要与农民兑现。仅此一项，就可让全镇120余户村民解决卖米难的问题。"李双龙大学毕业后看中了家乡的特色农产品，在产业扶贫的支持下，回村成立了五台县海创电子商务发展有限公司。如今，李双龙已拥有面积为640平方米的实体网店，专门销售本地特色农产品。目前在五台县，像李双龙这样线上线下运行的村级电商已有269个，扶持的金融专项资金达到7300万元，特色农产品销售的日流量达到2万余件。

五台县东冶镇爱青小杂粮种植专业合作社是一家集种植、加工、销售为一体，线上线下齐运行的电商实体。理事长孟爱青介绍，他们依靠县农商行东胜支行10万元的"富民贷"起步，以"合作社+农户""线上+线下"的种植销售模式，打响了"佛地黄"小米品牌，产品俏销北京、天津、深圳等地。目前，合作社已联合16个村的2311户农户种植谷子，其中贫困户342户，户均年收入6633元。

五台县五台山台珍特产有限公司瞄准当地享有盛名的台蘑、金银花、花椒等30余种名优土特产品,从县农商行贷款80万元,注册了"台珍牌"商标,通过了QS认证,建起1800平方米的实体店,利用网上平台,年销售额达到460万元,带动540余户采摘户和种植户受益,其中贫困户154户。

此外,五台县的"五台斋选"电商品牌目前已在全国打响,并依托京东、淘宝等18家电子商务平台,先后组织参加了天津的津洽会、山东的产销对接会、杭州的A20展销会、南昌的绿博会以及忻州首届农民丰收节,带动五台县28万农民借助电商实现农产品的网上销售,成为撬动农民脱贫致富的一根杠杆。

将产业扶贫作为摆脱贫困的根本思路,将发展特色产业作为脱贫致富的着力点和突破口,五台县已尝到甜头,并已确立新的奔头。

五台县县委书记王继明说,2019年是全县脱贫攻坚决战决胜之年。围绕65个贫困村退出、1.3940万贫困人口脱贫的硬指标,五台县将继续大力推进产业扶贫工程。具体说来,就是重点种植优质小杂粮20万亩、中药材5万亩、设施蔬菜2万亩。壮大规模健康养殖业,力争全县牛发展到8.7万头、羊发展到51.3万只、猪发展到9.7万头、鸡存栏达到57万只。扶持农产品龙头企业,支持百草绿源、五台山酿酒厂、金道物流等企业做大做强。培育豆腐丸子、万卷酥、佛珠、香蜡加工等小作坊、小企业发展壮大。

与此同时,大力发展文旅产业,抢抓五台列入太行旅游板块的机遇,发挥佛光寺、徐向前故居和纪念馆、南茹村八路军总部旧址、白求恩纪念馆、驼梁景区的辐射带动作用,提高贫困户在乡村旅游发展中的参与度,让贫困户真正受益。山不在高,有仙则名;水不在深,有龙则灵。

发展壮大特色产业，以特制胜，激活精准扶贫"一池春水"，五台县走出了一条产业扶贫的独特路径，带领农民正从贫困走向富裕，拉动县域经济向可持续发展挺进！

（2019年8月2日）

娄烦：光伏、土豆全覆盖　"七朵金花"争异彩

本报记者　张美丽

娄烦地处太原西北部的汾河中上游，是集山区、老区、库区为一体的国家级贫困县，也是省城人民最重要的水源保护地和生态屏障、全国首批生态文明先行示范区之一。全县有119个贫困村12440户建档立卡贫困户。

"近年来，娄烦县委、县政府高度重视产业发展，形成了三级联合互动，包片领导、业务部门、第一书记、两委干部、经营主体全力协作的特色产业工作体制，实行了领导干部包联项目、对接服务项目的制度；先后出台了《娄烦县'十三五'特色产业精准扶贫规划》《娄烦县农业产业发展脱贫扶持奖励办法》、南川河蔬菜产业集群项目补助办法、生态规模养殖补助办法、加强扶贫产业项目管理办法、贫困户自主脱贫奖励办法、马铃薯产业全覆盖项目实施方案、中药材产业项目实施方案等一系列产业扶持政策，通过政策引导、资金撬动，吸引了许多社会名人、能人、大学生、返乡创业人员投身到全县产业发展中来，积极推动了娄烦县的产业发展；通

过招商引资培育龙头企业，出台了管理办法，积极开展精准招商，并对投资项目建立了绿色通道，实行项目承诺制、并联审批制、一窗交办制、限时办结制等，努力打造审批最少、流程最优、体制最顺、机制最活、效率最高、服务最优的'六最'营商环境；同时注重地方特色农产品品牌宣传和区域性公共品牌打造。"分管农业的副县长张万生介绍说。

"县委、县政府以构建现代农业产业体系、生产体系、经营体系为目标，以项目为载体，围绕'两个产业全覆盖、七个特色上规模'的特色产业发展工作思路，以有机旱作农业为统领，按照'山地中药材、平川有机菜、坡地小杂粮、梁上优质薯'的布局，全力推进发展产业。一是实施马铃薯、光伏两大全覆盖产业项目；二是引进、培育新型经营主体，扎实推进全县中药材、食用菌、绿色蔬菜、油用牡丹、樱桃西梅沙棘、功能小杂粮、特色生态养殖等7个富民产业，全面推进特色产业工作。"副县长陈秋芳介绍说。

土豆变身全县增收支柱"金蛋蛋"

金秋时节，正是马铃薯收获的季节，娄烦县高低起伏的黄土丘陵上处处呈现出繁忙的丰收景象。在天池店乡南岔村新品种青薯9号生产大田里，种植大户尤同义拿着刚挖出来的马铃薯笑得合不拢嘴："青薯9号新品种大部分都有两斤多重，亩产达到了2500公斤。"

娄烦县生态环境独特，境内空气无污染，昼夜温差大，光照充足，气候冷凉，一年有三分之二以上的日子是晴天，非常有利于马铃薯生长，所生产的马铃薯基本以农家肥为主，绿色、有机、无公害。马铃薯成为全县主导产业和脱贫攻坚的重要支柱产业。8月27

日,娄烦县农业农村局组织技术人员对杜交曲镇罗家曲村早熟马铃薯试验示范点进行测产,试验示范田马铃薯平均亩产达到1850公斤。

据该县农业农村局局长康月明介绍,目前全县马铃薯已发展到10万亩,其中重点发展有机旱作5万余亩:包括原种2000亩,富硒马铃薯生产基地1万亩,有机旱作基地3.8万亩,千亩示范封闭片2个。全县马铃薯总产量达到16.5万吨以上,产值2.9亿元,仅马铃薯产业,全县农民人均收入就达1939元。

为发展有机旱作马铃薯种植,提高马铃薯旱作技术,娄烦县委、县政府出台政策,对农户种植马铃薯进行扶持奖励:原种繁育补助450元/亩,鲜食马铃薯种植基地补助200元/亩,有机旱作种植补助200元/亩,富硒马铃薯种植补助360元/亩,马铃薯贮藏窖补助3.5万元/100吨/座,马铃薯目标价格保险投保补助保费20元/亩,获得马铃薯"三品一标"认证企业补助1万元/个;同时建成了娄烦县农产品质量追溯体系,对2000亩马铃薯进行农产品质量追溯,实现全天监测监控;加强品牌市场销售,以马铃薯为代表的特色农产品参加省农博会,并举办主题专场宣传,以娄烦县谷雨公司为龙头,对全县鲜食马铃薯产品进行分级包装销售,全面提高附加值。

目前,娄烦县已实现由商品薯种植向脱毒种薯种植基地转变,由传统马铃薯种植向优质高产种植的转变,由鲜薯销售向品牌化市场运作的转变。"娄烦山药蛋"现已获得国家地理标志商标注册、全国农产品地理标志登记保护产品认证、2018年全国绿色农业十佳蔬菜地标品牌。2019年"娄烦山药蛋"列入国家名特新优产品目录。

今年,娄烦又以马铃薯产品富硒功能开发为重点,实施1.2万亩马铃薯富硒叶面肥作业，确保马铃薯硒含量达到国家富硒马铃薯标准，实现普通农产品向功能性农产品迈进。富硒马铃薯不仅产量明显提高，而且品质和口感也有较大提升，在富硒叶面肥的作用下，2019年全县富硒马铃薯生产基地平均产量预计亩产保守可达到1500公斤，按照当前富硒马铃薯市场价格比普通马铃薯价格能提高0.9元/公斤以上，平均亩产可实现增收1350元，富硒马铃薯基地可实现增收1620万元，可带动全县农民人均增收165元，为特色农产品增添了新功能，也提高了马铃薯的知名度和附加值，加快了有机旱作农业发展，为巩固脱贫成果、促进农民增收提供了强大产业支撑。

光伏全面保障贫困户和村集体收入

娄烦县依托县内"三类光照地区、二类光照资源"禀赋优势，将光伏扶贫作为产业扶贫的主要举措。

站在乔家洼村光伏电站往远处望，大山深沟、荒山荒坡上，一行行一列列光伏电板在阳光下像一面面镜子，整齐地排列着。光伏项目在源源不断地输出电能的同时，也源源不断地为贫困户增加着收入。据了解，乔家洼村光伏电站年均纯收益可达4800余万元，85个贫困村的建档立卡贫困户在这个项目上获得收入。

2017年6月30日，娄烦县第一批建设的14座、总规模1600千瓦的分布式村级光伏电站顺利实现并网发电。在此基础上，娄烦县于2017年8月启动申报总规模86.88兆瓦的光伏扶贫电站建设，并于同年12月获批。2018年6月29日，娄烦县举行86.88兆瓦光伏扶贫电站并网合闸仪式，这一项目不仅可覆盖全县119个贫困村12440户建档立卡贫困户，也可实现村村有光伏、户户全覆盖。

为确保项目顺利落地实施、如期并网，娄烦县加强组织领导，确保前期各项手续快速办结。建立健全项目跟踪机制和保障机制，及时协调解决建设中遇到的问题。为确保光伏电站高质量建成、高效率运行，聘请了国内光伏产品质量权威机构——北京鉴衡认证中心高标准设计电站的质量要求和执行标准，全过程监管，层层把关。

在运维管护中，每个项目村优先从贫困户中选择1人作为电站日常看护人员，负责电站日常清洁和看护。为确保贫困户精准受益，在村内光伏收益分配中，各村坚持光伏电站收益60%用于保障贫困户增收，40%由村集体统筹，用于村内小型公益事业和产业发展及奖补资金。

目前已建成村级光伏电站48个、联村光伏扶贫电站51.98兆瓦、集中式光伏扶贫电站30兆瓦，累计规模88.48兆瓦，实现了所有贫困村、贫困户全覆盖，可实现年均收入6800万元左右，在保障全县119个贫困村每村每年10万元村集体经济收入的同时，全县贫困户年均收益4000元左右，并可持续获益20年以上，为全县稳定脱贫和巩固脱贫成果提供了强有力的产业支撑。

七大富民特色产业齐头并进

静游镇东六度村村委会在市公安局驻村第一书记魏志清的帮扶下，确定绿色蔬菜为脱贫攻坚主要支柱产业，努力盘活了村里的30多个闲置温室大棚，提出引进技术、引进品种、引进市场和引进观念的发展方向。在大棚承包合同中就以用工使用本村村民，在技术上要培养村民掌握大棚种植技术，将一些市场资源用于本村，用承包人的劳作方式影响村民，让承包人受益激发本村村民的信心、转变村民的"等靠要"思想。

40多岁的村民王玉梅，因先天身体残疾只有1.2米多，丈夫齐安存身体也不好，15岁的女儿也患有疾病，是建档立卡贫困户。在魏志清的开导和鼓励下，王玉梅在大棚干活时学得快干得好，她还兼任了大棚妇女用工的小组长，忙得不亦乐乎。她说："以前人家用工根本不会要我，现在我每月收入两千多元，家里事情还耽误不了，真是说不尽的感谢。"

近年来，娄烦县出台了一系列特色产业扶持政策，以新型经营主体引领全县特色扶贫产业，按照"公司+合作社+基地+贫困户""电商+特色农产品+贫困户"的产业发展模式，形成了中药材、优质食用菌、绿色蔬菜、油用牡丹、樱桃西梅沙棘、功能小杂粮、特色生态养殖等七大类富民特色扶贫产业。

中药材产业发展迅速，有黄芪、黄芩、射干、党参、西洋参等，2019年已落实种植16000亩，留床面积23600万亩，年产值5000万元以上。2019年，全县食用菌袋式栽培55万袋，床式栽培5.3万平方米（折合106亩），预计年产量可达到250吨。2019年，娄烦县完成露地蔬菜播种面积1.5万多亩，设施蔬菜720亩。以南川河蔬菜产业集群片区为重点，建成新型日光温室545亩，预计全县蔬菜总产量3000多万公斤；引进汾河牡丹开发公司，在5个乡镇27个行政村种植油用牡丹2万亩，建成汾河牡丹观赏园，带动项目区贫困户2980户；樱桃西梅种植面积已经突破1000亩。山西达康天池生物科技公司新上马的1万吨沙棘果枝综合利用深加工项目，一期厂房主体工程基本完工，建成后可直接带动项目区968户贫困户2611人实现增收。娄烦是山西省优质小杂粮生产基地之一，主要以谷子、豆类、莜麦、荞麦、糜黍等小杂粮为主，全县小杂粮年种植面积在6万亩左右，年产量在900万公斤以上，可实现年产值5000万元以上。现已形成了以晋谷芝富锌小米、娄烦富硒马铃薯等为代表的功能小杂粮品牌，富锌小米市场销售达到16元/公斤、富硒马铃薯市场价格达到3.6元/公斤，而且产品供不应求，市场潜力巨大。2016年以来全县特色生态养殖项目共发展八大类33个项目，总投资17381.75万元，扶持资金8003.52万元，带动建档立卡贫困人口0.6846万。目前，娄烦县已形成新青林水貂、怀安肉牛、孔雀等为主的特色养殖产业和生猪、牛羊、蛋鸡为主的传统养殖业相结合的养殖共同发展的生态养殖模式。全县生态规模养殖基地达到31个，年肉类总产量3625吨、禽蛋产量480吨，总产值达到1.35亿元。

2019年4月，经山西省政府批准，娄烦县退出贫困县。县委、县政府把脱贫摘帽作为新的起点，全力聚焦2020年的交总账，及时出台了《娄烦县2019年脱贫攻坚巩固提升行动计划》，提出"坚持四个不摘、抓好五个结合、实施六个巩固、推动七个提升、完善八项机制"的"45678"巩固提升思路。在支柱产业和特色产业的强力带动下，娄烦县正全力加速，向着乡村振兴和全面小康的目标阔步迈进。

（2019年10月15日）

后 记

牢记习近平总书记的殷殷嘱托，山西省委、省政府始终把脱贫攻坚作为头等大事和第一民生工程，强化军令状、交总账意识，大力弘扬"上下同心、尽锐出战、精准务实、开拓创新、攻坚克难、不负人民"的脱贫攻坚精神，上下同欲，克难攻坚，用责任和担当、汗水和生命书写了脱贫攻坚的山西答卷。

为见证、书写、记录脱贫攻坚这一彪炳史册的人间奇迹，《山西农民报》全体编辑记者，在原社长王涛、总编辑米厚民的带队下，走太行、进吕梁、上雁北、下河东，跑遍全省58个贫困县，去山庄窝铺，进农家小院，到田间地头，对山西省脱贫攻坚成就进行了全方位立体式的报道，而其中着力最多的就是产业扶贫，就是读者朋友今天看到的这一本新闻报道汇总。

在脱贫攻坚的火热实践中，每一天都有感人的事迹发生，每一处都有典型的做法涌现。我们的记者挥洒激情和汗水，收获感动和力量，柴俊杰报道了平顺县中药材产业成为全县脱贫的"主力军"

的新闻，金建强报道了隰县一颗玉露香梨托起了一个县的小康梦的故事，副总编刘桂梅、裴彦妹、杨晓青报道了垣曲县特色产业打通增收致富之路的经验，原副社长何彩仙、白慧磊、张美丽报道了灵丘县绿水青山正在变成金山银山的传奇……"一村一品，一县一业"、产业扶贫"五有"机制、"南果、中粮、北肉、西干果、东药材"发展格局……我们在采访中见证了山西省产业发展的战略部署在脱贫攻坚一线落地开花。

历时近两年的采访，我们风雨无阻、持之以恒，赵跃华在沁县蹲守采访报道了产业带村能人带户，林晓方深入神池县报道了健康国际养殖引领脱贫路径，刘雅冒雨驱车和顺县报道了传统现代产业相加保障脱贫致富……还有曹鑫、史晶雯、何海亮、柳飞、米玲等年轻记者走村入户采访报道，为大家挖掘和呈现了全省产业扶贫中的众多典型经验和致富点子。我们在脱贫攻坚一线践行"四力"，我们用勇毅和执着担当着新闻工作者的使命和职责。

在这里，我们要感谢山西省特色产业扶贫工作领导组办公室的精心安排和组织协调，感谢58个贫困县的党委政府以及方方面面对我们完成这次采访报道给予的大力支持和积极配合，特别要感谢山西人民出版社的姚军社长，是他的政治站位和责任担当得以让这本书顺利面世。我们希望这本书能给相关部门提供可以参考和借鉴的经验，并抒发我们对扶贫干部和脱贫群众的由衷敬意，为后人留下可以传承和弘扬的宝贵精神财富。

我们将以在路上、在现场的信念，继续发扬能吃苦、能战斗的作风，坚守"三农"报道一线，继续为巩固拓展脱贫攻坚成果同乡村振兴有效衔接贡献农民报人的智慧和力量。

《山西农民报》编辑部
2022年10月